G. P. Taylor

Der Himmelsdrache

Aus dem Englischen
von Ursula Höfker

Arena

Für JC & KST
Ihr habt den Schwarzen Hund besiegt
und mein Leben mit eurem Licht erfüllt.

Die Originalausgabe erschien 2004 unter dem Titel
»Wormwood« bei Faber & Faber Ltd., London

In neuer Rechtschreibung

1. Auflage 2004

Aus dem Englischen von Ursula Höfker
Einbandillustration: Dieter Wiesmüller
Gesamtherstellung: Westermann Druck Zwickau GmbH
ISBN 3-401-05761-8

Inhalt

1

Wormwood

Vom Fenster in der obersten Etage seines vierstöckigen Hauses am Bloomsbury-Platz in London konnte Dr. Sabian Blake bis in die tiefsten Tiefen des Alls sehen. Durch die dicke Linse seines langen Metall-Teleskops schaute er hinaus in die Nacht. Die ganze Woche schon hatte er den Himmel beobachtet. Er wartete auf das Zeichen, das in dieser Nacht – da war er sich ganz sicher – erscheinen würde. Das seltsame Glühen am Nordhimmel war intensiver geworden. Die Sterne verblassten dagegen und der Nacht gelang es nicht, richtig dunkel zu werden. Auch der Mond stand blutrot am Himmel und tauchte die Straßen in ein warmes rötliches Licht, hell wie das der Sonne.

Blake war Astronom, Arzt, Naturwissenschaftler und ein Meister der Kabbala. Er verbrachte seine Tage und Nächte mit Berechnungen über den Aufgang der Sonne und den Stand der Sterne. Er maß die verschiedenen Phasen des Mondes auf seinem Weg über den Himmel und den Zeitpunkt, an dem der Schulterstern des Orion hinter dem Horizont verschwand. Blake drehte das kleine Minutenglas um, nachdem die Sanduhr die feinen weißen Körnchen von einem Zylinder in den anderen hatte rieseln lassen, und zählte. Bei neunundfünfzig wartete er voller Stolz, bis die letzten Sandkörnchen aus der oberen Kammer nach unten gefallen waren, und drehte dann das große Stundenglas um. Das dunkle Holz dieser Uhr war mit geschnitzten Schlangen verziert, deren Edelsteinaugen und goldene Zähne im Mondlicht leuchteten. Blake verglich die Sandstunden jedes Mal mit der Zeitanzeige seiner Messinguhr, die neben dem Astrolabium auf dem reich verzierten, steinernen Kaminsims stand und tickte.

Jede Nacht stellte Blake kabbalistische Berechnungen an, vom Anbruch der Nacht bis zum Morgengrauen, von Sonnenuntergang bis Sonnenaufgang. Auf Grund dieser Berechnungen wusste er, dass irgendwo im zwölften Haus des Universums ein Zeichen erscheinen würde. So stand es im Nemorensis und das Nemorensis log nie. Es war das einzige Buch, dem man trauen konnte. Wer das Nemorensis besaß, hatte die Geheimnisse des Universums in der Hand. Niemand wusste, woher das Buch stammte, doch viele hatten auf der Suche nach seinen Geheimnissen ihr Leben gelassen.

Nun gehörte das Buch Nemorensis Blake. Es war rechtmäßig in seinen Besitz gelangt – nach göttlichem Recht, wie er oft bei sich dachte. Während er ins All hinausschaute und nervös an seiner Lippe herumkaute, dachte er wieder an den Morgen des St.-Quirtel-Festes, als er kurz nach Sonnenaufgang das Paket geöffnet hatte, das ein Kutscher bei ihm abgegeben hatte.

Der Kutscher war Blake schon wegen seines Äußeren verdächtig vorgekommen, denn er hatte noch nie jemanden gesehen, der eine so niedrige Stellung innehatte und dabei so gut gekleidet war. Kein bisschen schäbig. Sein gut sitzender schwarzer Mantel und die schwarzen Stiefel ließen eher auf das noble Highgate schließen, nicht auf die Grobiane aus Rotherhithe, die gewöhnlich in London dem Kutscherberuf nachgingen. Seine makellose weiße Haut zeigte keinerlei Spuren schwerer Arbeit, keinerlei Spuren des Londoner Drecks oder von Pferdeäpfeln und Kutschfett. Er sprach ohne erkennbaren Akzent, dafür mit der gepuderten Sanftheit eines Dandys aus einer der vier Rechtsgelehrtenschulen Londons. Was Blake aber richtig stutzig gemacht hatte, war der goldene Ring, den der Mann am Mittelfinger seiner rechten Hand trug. Die Fassung hatte die Form einer Sonne und in der Mitte saß ein großer roter Stein. Von einer Seite ging ein flammender Schweif aus, der den Reif um den Finger bildete. Ein Bote, ja, aber Kutscher war der Mann ganz gewiss nicht!

Blake war es egal. Bereits die Form des Geschenkes, das ihm überreicht wurde, hatte seinen Blick magisch angezogen. Dies musste etwas Besonderes sein, ein Geschenk für einen weisen Mann, der beseelt war von einer Leidenschaft, die ihn von den Fußsohlen bis zum Scheitel erfüllte. Ihn überfiel ein unvergleichliches Gefühl, aufregend und gefährlich. Im Innersten wusste Blake, dass das Geschenk, das er gleich öffnen würde, sein Leben verändern konnte. Vor Aufregung bekam er fast keine Luft mehr und er versuchte die heiße Welle zu unterdrücken, die in seinem Körper aufstieg. Es war, als spreche das Geschenk von Seele zu Seele mit ihm.

Das Paket war in ein goldenes Seidentuch eingeschlagen und mit einer roten Baumwollborte zugebunden. Das Rot war so leuchtend und kräftig, dass es fast flüssig wirkte. Nichts wies auf den Absender des Geschenkes hin und der Kutscher war ausgewichen, als Blake ihn gefragt hatte, wie es in seinen Besitz gekommen sei und wer ihn mit der Auslieferung beauftragt habe.

»Ein Mann hat mich auf der Straße angehalten«, sagte der Kutscher leise, wobei er Blakes Blick vermied und den Kopf so hielt, dass die Hutkrempe seine Augen verdeckte. »Er wedelte wie verrückt mit den Armen, hat das Pferd fast zu Tode erschreckt. Ein Fremder, sprach kaum ein Wort Englisch. Franzose oder Spanier. Vielleicht sogar aus Persien. So einen hab ich noch nie gesehen.« Der Kutscher schnaubte und zog die Nase hoch. »Er sagte nur immer wieder ›Bloomsbury Street Nummer sechs‹. Dann gab er mir das Päckchen, drückte mir eine Guinea in die Hand, drehte sich um und lief weg. So war es, Doktor Blake.«

»Ihr kennt meinen Namen? Hat der Mann ihn Euch genannt?«, erkundigte sich Blake.

»Euch kennt doch jeder, Doktor Blake. Ihr seid ein Mann der Wissenschaften.« Der Kutscher lächelte. »Jetzt kann ich sogar sagen: Ihr seid ein Mann der Überraschungen!« Darüber musste er selbst lachen, übergab Blake das schwere Päckchen und ging rasch zu seiner Kutsche. Blake schaute ihm nach, wie er Matsch und Pfützen auswich, auf den Kutschbock sprang und langsam über den Bloomsbury-Platz davonfuhr.

Blake musste das Päckchen sofort öffnen; er konnte nicht warten, bis er im Haus war. Er setzte sich auf die helle Marmortreppe und zog rasch die seidene Umhüllung auseinander. Dann fiel sein Blick zum ersten Mal auf das Nemorensis: ein Buch, das schon von außen so herrlich aussah, dass sein Herz aussetzte. Der dicke Ledereinband war mit Goldblatt verziert. Die zerlesenen Seiten waren eng beschrieben und hatten einen schmalen schwarzen Rand, der mit den Jahren verblasst war. Er hätte nie geglaubt, dass er das Nemorensis einmal in Händen halten würde; er hatte sogar an seiner Existenz gezweifelt. Jetzt wusste er, dass es existierte – und es gehörte ihm!

Etliche Wochen später hatte Blake wieder einmal in dem alten Buch mit den dicken Pergamentblättern gelesen und versucht sein Wissen in sich aufzunehmen. Und da hatte er es im sechsten Kapitel des sechsten Teils auf der letzten Seite entdeckt, von unbekannter Hand an den Rand geschrieben: *Wormwood . . . der helle Stern wird vom Himmel fallen . . . und viele werden dabei umkommen.«*

Von diesem Tag an hatte er alle vier Himmelsecken nach dem neuen Stern abgesucht. Er war überzeugt, dass dies das Zeichen für den Beginn eines neuen Zeitalters war, ein goldenes Morgenrot, das dem kümmerlichen menschlichen Verstand Erleuchtung bringen würde. Bald würde die Welt in einem neuen Licht erstrahlen und er würde der Erste sein, der es sah, der Erste, der es der Welt mitteilte.

Blake trank eine Tasse heißen Tee und lächelte vor sich hin. Erneut schaute er durch die Linse des Teleskops auf seinem dreibeinigen Eichenständer. Die Sterne und Planeten waren noch immer dieselben, das Universum war unverändert. In wenigen Stunden war die Nacht vorüber und alles war wie immer. Wütend stampfte er mit dem Fuß auf. »Verflixt noch mal! Will er denn gar nicht kommen?«, rief er ungeduldig.

Der leere Raum warf seine Worte zurück. Blake begann an seinen Berechnungen zu zweifeln und fragte sich, ob er vielleicht den falschen Tag vorhergesagt hatte, die falsche Woche oder sogar das falsche Jahr. Noch einmal und noch angespannter schaute er hinaus in die Nacht und hoffte wider alle Erwartung, dass irgendwo in einer entlegenen Galaxie ein neuer Stern erschienen wäre.

Es war Mitternacht. In der Ferne hörte er die Uhr der St.-Georgs-Kirche zwölfmal schlagen. Plötzlich begann das Haus zu zittern und zu beben. Die ganze Welt schien einen Satz nach vorn und wieder zurück zu machen und sich dann schneller zu drehen. Blake hörte, wie in einem der unteren Zimmer ein Spiegel von der Wand fiel und zersprang. Ziegel kullerten vom Dach und fielen vier Stockwerke tief, um unten auf der Straße wie Blätter aus gebranntem Ton zu zerbrechen. Putz rieselte von der Decke, als die Wände wackelten. Blake fürchtete, das Haus könnte jeden Augenblick einstürzen.

Im nächsten Moment waren sämtliche Sterne verschwunden. Unvermittelt ging die Sonne auf und wieder unter. Aus Nacht wurde Morgen, dann wieder Nacht, ein ums andere Mal. Elf Sonnen erschienen, gefolgt von elf Monden, Aufgang und Untergang von Ost nach West. Man konnte weder sprechen noch schreien noch verstehen, was da passierte. Blake hielt sich am Teleskop und seinem dreibeinigen Stativ fest. Er hoffte bei jedem Beben, dass es das letzte sei, hoffte, dass das Morgengrauen nicht noch einmal in helles Tageslicht und in Dunkelheit übergehen würde. Er hoffte, dass, was immer die Welt erschütterte, aufhören möge.

Dann war plötzlich nichts als Schwärze – vollkommene Schwärze, umgeben von absoluter Stille. Es gab keinen Tag mehr und keine Nacht. Nur totale Leere, als sei die Welt am Ende, als sei das Universum implodiert, hineingesogen in ein gewaltiges dunkles Loch. Blake starrte durch die Linse in den Himmel, sah jedoch nichts. Nicht einmal das kleinste Fünkchen Licht.

Da erst merkte er, dass auf der Straße Lärm ausgebrochen war. Er hörte die Schreie der Männer und Frauen, die sich durch die Finsternis tasteten, sich vielleicht an dem Zaun des erst vor kurzem angelegten Parks entlanghangelten. Blake konnte nicht einmal das Fenster sehen. Er strich mit der Hand am Teleskop entlang. Da war das Metallrohr zu Ende. Er wandte sich ab und ging drei Schritte in die Richtung, in der das offene Fenster sein musste. Die Schwärze war so intensiv, so undurchdringlich, dass sie ihm fast den Atem nahm. Er stolperte über die lange Kordel, mit der er seinen dicken roten Morgenmantel zusammenhielt, den er wegen der Kälte über seinen Kleidern trug. Das war billiger als ein Kaminfeuer oder eine Wärmpfanne, doch jetzt, in der Dunkelheit, bereute er seinen Geiz. Wenn doch nur ein winzig kleines Feuer im Kamin brennen würde!

Er tastete sich zum Fenster und schaute über den Platz. Sein Blick wurde rasch von der einzigen Lichtquelle in der Straße angezogen, von dem weichen Kerzenlicht in einem der oberen Zimmer eines Hauses auf der anderen Seite des Parks. Eine einsame Gestalt schaute ebenfalls in die Dunkelheit. Es war das einzige Licht, das er sah, womöglich das einzige Licht auf der ganzen Welt.

Blake hörte das Wiehern erschreckter Pferde, die unruhig stampften und mit den Hufen auf das Kopfsteinpflaster trommelten. Unter ihm herrschte jetzt die schiere Panik. Das Gasthaus an der Ecke spie seine erschrockenen Gäste in die Nacht hinaus, wo sie wie blinde Mäuse in der unendlichen Finsternis herumtappten.

Blake wartete oben in seinem dunklen Zimmer, doch worauf und wie lange, wusste er nicht. Er lauschte auf die Geräusche von der Straße und fragte sich, was er tun könne. Gegenüber vom Fenster war die Tür. Er wusste, dass auf dem langen Flur irgendwo eine Kerze brannte. Wie ein blinder Bettler stolperte er durchs Zimmer. Als er fiel, bohrten sich Splitter von den frisch gehobelten Dielen in seine Handflächen. Lediglich die panischen Schreie, die von der Straße heraufdrangen, verrieten ihm, dass das Fenster zu seiner Rechten war. Er war ein Mann der Wissenschaften, einer, der nach der Wahrheit suchte, doch jetzt ließ ihn all seine Gelehrsamkeit im Stich. Zum ersten Mal im Leben musste Blake erfahren, dass er war wie der Rest der Welt – hilflos.

Das Geschrei von der Stadt her wurde immer lauter. Das kopflose Volk verstopfte die Straßen. Pistolenschüsse waren zu hören; offenbar zielte die Miliz dahin, wo Leute schrien, und feuerte ohne Rücksicht in die Dunkelheit. Die ganze Welt schien am Rand des Wahnsinns. Er hörte Leute in der Dunkelheit weinen und klagen.

Plötzlich zuckte ein greller Blitz über den Himmel. Weit im Osten durchdrang ein Strahl reinen weißen Lichts die Atmosphäre. Niemand konnte sich vor dem blendenden Licht schützen, das sekundenschnell den Himmel aufriss. London verstummte.

Blake rappelte sich auf und tastete nach dem Teleskop. Nachdem er das Okular gefunden hatte, schaute er zum Himmel. Der Lichtstrahl erschien noch einmal und noch einmal; immer heller zerriss er die Dunkelheit.

Blake sah durch das Teleskop auf das, worauf er so lange gewartet hatte. Hoch am Himmel im Nordosten konnte er einen Stern sehen, aber das war kein gewöhnlicher Stern – es war ein Himmelsdrache. Ein Komet von solchen Ausmaßen, wie ihn die Welt noch nie erlebt hatte. Blake konnte deutlich den langen weißen Schwanz sehen, der weit hinter dem gleißenden Kopf herströmte. Er wusste, dass der Komet weit weg war, und doch fühlte er sich aus irgendeinem Grund unwohl. Er sah, wie sich die Hörner des Drachen gegen das tiefe Schwarz des stillen Himmels abhoben – und wie sie sich genau auf ihn ausrichteten. Blake trat einen Schritt zurück und blickte zur Seite. Er konnte nicht glauben, was er gesehen hatte, konnte nicht glauben, was er dachte.

»Wenn es wahr wäre, wenn man es glauben könnte . . .«, murmelte er und strich sich nervös mit den Händen übers Gesicht. »Es ist ausgeschlossen, ich mache mir etwas vor«, sagte er dann mit fester Stimme, in der Hoffnung, sich so gegen die aufsteigende Schwäche wappnen zu können, die nach seinen Füßen gegriffen hatte und zu seinen Knien hinaufkroch. »Der Komet kommt auf die Erde zu«, murmelte er ungläubig. »Der Drache kehrt heim!«

Im Osten ging langsam die Sonne auf. Es war eine Viertelstunde nach Mitternacht. Blake schnalzte mit der Zunge und schüttelte den Kopf. Draußen hatte sich der Lärm gelegt. Die Leute auf der Straße schauten hinauf in den Himmel. Sie beachteten die Verletzten nicht länger und nicht die Feuer, die in einigen Hinterhäusern ausgebrochen waren. Alles schaute auf die aufgehende Sonne, die am heller werdenden Himmel strahlte.

Blake konnte sich kaum beherrschen; es drängte ihn, den Leuten da unten durchs Fenster seine Entdeckung zuzurufen. Er tanzte im Zimmer herum, stampfte polternd über die rohen Dielen und schwenkte seinen dicken roten Morgenmantel wie ein komischer Alter in einem Theaterstück. Er tanzte und lachte und sang lauthals: »Wormwood! Wormwood! Wormwood!«

Beim Herumhüpfen stolperte er und fiel erneut. Er zog seinen Morgenmantel enger um sich und rollte lachend über den Boden. In der mit Spiegelglas verkleideten Zimmerdecke sah er sich selbst, überzogen vom Schattengitter des bleigefassten Fensters. Er lachte, bis ihm Tränen über die Wangen liefen und sein dröhnendes Lachen von der Wand zurückgeworfen wurde. Außer ihm konnte niemand den Kometen sehen; es war Blakes Komet, der Herold eines neuen Zeitalters!

Von der Straße drang jetzt fröhliches Geschrei zu ihm herauf. Die Leute strömten aus ihren Häusern. Und die Gäste aus der Schänke, die sich in ihrer Angst auf den Boden geworfen hatten, rappelten sich noch ganz benommen auf und fielen sich, schmutzig, wie sie waren, in die Arme vor lauter Erleichterung, dass das Erdbeben und das Wetterleuchten vorbei waren. Auch Blake stand auf, stürzte zum Fenster und stimmte in den Jubel ein. Er zog seinen Morgenmantel aus und schwenkte ihn wie ein Fahne. »Der König lebe dreimal hoch! Auf dass seine Verrücktheit uns allen Freude bringe!«, brüllte er aus vollem Hals.

Dann merkte er, dass es plötzlich wieder still geworden war. Die Menge schaute nicht mehr zum Himmel hinauf, sondern in Richtung Holborn und zu den Feldern um das Gelände der Rechtsgelehrtenschule von Lincoln's Inn. In der Ferne hörte man Hufgetrappel – das Geräusch von panischen Pferden auf der Flucht. Die Tiere auf dem Platz ließen sich rasch anstecken, als habe ein lautloser Ruf sie dazu aufgefordert. Sie schlugen aus und trafen einen Mann so unglücklich am Rücken, dass er leblos umfiel.

Das Wiehern und Schnauben der Pferde kam immer näher. Einige zogen noch die arg mitgenommenen Überreste der ehemals vornehmen Kutschen hinter sich her, vor die sie gespannt worden waren. Andere liefen ganz ohne Zaumzeug und Geschirr, schlugen aus und stiegen, als wollten sie sich von einem unsichtbaren Verfolger befreien. Die wilde Herde stob wie bei einem Kavallerieangriff mitten durch die Menge, die sich auf den Feldern von Holborn versammelt hatte. Alles, was im Weg stand, wurde überrannt.

Die Tiere verteilten sich in die schmalen Straßen am Rand von Bloomsbury und liefen im Galopp durch die Gassen zwischen den schmucken Häusern. Mehr als hundert Pferde bogen auf den Platz ein – graue, schwarze und braune, früher allesamt gutartige Tiere, die, von der Angst wie verwandelt, um ihr Leben liefen.

Blake schaute vom Fenster aus zu; er konnte nicht helfen. Er rief den Leuten etwas zu, doch der Lärm, den die Pferde veranstalteten, schluckte seine Worte. Hilflos schlug er mit der Faust aufs Fensterbrett. Die Leute standen wie versteinert, starrten nur auf die Pferde, die sie wie eine Flutwelle überrollten. Innerhalb von Sekunden hatten die Tiere alles niedergetrampelt, was ihnen im Weg gestanden hatte. Die Opfer machten kaum ein Geräusch – keine entsetzten Schreie, keine Zeit, davonzulaufen. Was zurückblieb, war ein breites Feld von Verletzten und Gefallenen. Nur die kamen davon, die sich an die Umzäunung gepresst und in Hauseingänge oder in die Keller der hohen Häuser gerettet hatten, die erst vor kurzem entlang des Platzes gebaut worden waren. Da kauerten sie voller Angst wie Ratten in einem Fass.

Nur zu bald wurde klar, weshalb die Pferde in Panik geraten waren: Tausende von Hunden jagten hinter ihnen her auf den Platz; sie schienen aus allen Gassen und Löchern Londons zu kommen. Die Luft war erfüllt von Bellen und Knurren. Die Tiere schnappten nach allem, was ihnen in die Quere kam, getrieben von einer unerklärlichen Macht.

Die Panik war greifbar. Kinder schrien, alles rannte, kletterte auf Bäume, sprang über Zäune oder hangelte sich an den steinernen Verzierungen der Häuserfassaden hinauf, um außer Reichweite der Hunde zu gelangen. Straßenköter, gepflegte Spaniels reicher Leute, die Hunde von den Frachtkähnen auf der Themse und verwöhnte Schoßhündchen stürmten gemeinsam voran, gefangen in einem gemeinsamen Wahn.

Blake beobachtete, wie ein Junge schreiend den ganzen Bloomsbury-Platz hinunterrannte. Er war barfuß, nicht älter als zwölf, und etliche Hunde waren ihm auf den Fersen.

Der Junge lief auf den nächsten Baum zu, machte einen weiten Satz zu einem tief hängenden Ast, packte ihn und schwang sich in dem Moment hinauf, in dem ein schwarzer Mischlingshund ihn mit gefletschten Zähnen anspringen wollte.

Plötzlich klopfte es laut an Blakes Haustür. Der schwere Türklopfer aus Messing wurde immer wieder so fest auf die Messingplatte geschlagen, dass das Geräusch durch den Flur und die Treppe hinauf bis zum Observatorium drang. Blake schaute aus dem Fenster. Unten stand Isaac Bonham, ein Freund und Kamerad aus der Royal Society, der Königlichen Gesellschaft. Er rief laut, während er an die Tür klopfte und versuchte einen der kleinen braunen Hunde von seinem Hosenbein abzuschütteln, die gewöhnlich auf den Lastkähnen mitfuhren.

»Blake, in Hermes' Namen, lass mich rein!«, brüllte Bonham. »Erschieß ihn, Blake! Lass mich rein, tu etwas!«

Der Hund jaulte laut, als Bonham ihm einen Tritt versetzte. Doch dann kamen drei große hechelnde Doggen langsam auf den Platz getrottet. Sie schauten in Bonhams Richtung und selbst aus der Entfernung schienen sie seine Angst zu riechen. Blake sah die Tiere und erkannte, dass sein Freund in großer Gefahr war. Er rannte zur Tür in dem Wissen, dass er schneller sein musste als die Hunde, wenn er Bonham retten wollte. Das Herz schlug ihm bis zum Hals, als er von Treppenabsatz zu Treppenabsatz lief.

Draußen starrten die Doggen Bonham ein paar Sekunden lang an, dann liefen sie in großen Sprüngen los. Sie knurrten, fletschten die gelben Zähne und kamen rasch näher. Bonham schrie auf, als er sie auf sich zukommen sah. »Schnell, Mann, lass mich rein!,« rief er entsetzt.

Blake stolperte über seine eigenen Füße, fiel etliche Stufen hinunter und landete auf dem Treppenabsatz im ersten Stock. Er stand auf und lief weiter. »Halt aus, Bonham, ich komme!«, rief er. Bis zur Haustür musste er noch eine Treppe und den ganzen Flur hinunterlaufen. Dann geriet er in Panik. *Der Schlüssel? Wo war der Schlüssel?*

Bonham sah die Doggen näher kommen; sie liefen um die Wette, die Aussicht auf ein neues Opfer trieb sie an. Bonham machte sich auf das Schlimmste gefasst. Er stemmte sich mit dem Rücken gegen die Tür und zog eine kleine Pistole aus dem Gürtel. Er wusste, dass er nur einen Schuss hatte, wusste, dass er nicht alle drei Tiere damit töten konnte. Er hielt die Pistole mit beiden Händen und nahm das Leittier ins Visier. Es war größer als die anderen und ihnen um eine Körperlänge voraus. Er zielte und drückte ab. Der Hammer fiel und der Schuss ging los. Die Kugel traf die Dogge in die Brust. Sie stieß ein Jaulen aus, zuckte aber nicht einmal zusammen. Bonham hielt den Atem an und wartete. Noch dreißig Sekunden, dann würde er zur Beute der Hunde werden.

Blake stand vor der dicken Eichentür, die mit vier Riegeln und zwei Schlössern gesichert war. Rasch schob er die Riegel zurück – eins, zwei, drei, vier, zählte er mit. »*Der Schlüssel! Der Schlüssel!*«, rief er und suchte verzweifelt nach dem Ort, wo er abgelegt worden war. Als er zufällig hinunterschaute, sah er ihn an einem kleinen Haken hängen. Er riss ihn herunter, steckte ihn ins obere Schloss und drehte ihn so schnell er konnte um. Er wusste, dass es um Sekunden ging. In seiner Hektik ließ er den Schlüssel noch einmal fallen. Rasch hob er ihn auf, steckte er ihn ins untere Schloss und drehte noch einmal um. Es ging schwerer dieses Mal, doch dann hörte er das Klicken. Er griff nach der Klinke und die schwere Tür schwang auf.

Bonham fiel rücklings in den Flur und Blake sah drei Hunde auf sich zukommen.

Die verwundete Dogge nahm alle ihre Kräfte zusammen und war mit einem gewaltigen Satz auf der Marmortreppe. In Todesangst schlug Blake die Tür zu und legte die Riegel vor. Es gab einen lauten Rums und die Tür vibrierte, als der Hund sich dagegenwarf, doch sie hielt Stand.

Dann war alles still.

Isaac Bonham schaute Blake an. »Komm nie mehr so spät«, keuchte er. »Noch eine Sekunde und ich hätte der Welt Adieu sagen müssen.«

2

Pulvis Humani Cranum

Im zweiten Stock, in der Bibliothek mit dem gebohnerten Fußboden und den ockerfarbenen Wänden, fühlten Blake und Bonham sich sicherer. Von hier aus schauten sie hinunter auf das Chaos auf dem Platz. Mit Pistolen und Musketen erschoss die Miliz in ihren langen roten Jacken, weißen Reithosen und schwarzen Stiefeln die letzten der wild gewordenen Hunde und Pferde. Zwischen den Tieren lagen die Menschen, die von ihnen getötet worden waren. Diejenigen, die sich auf Bäume gerettet hatten, trauten sich noch nicht herunter, zu groß war ihre Angst vor einem neuen Angriff anderer Tiere. Die Verletzten hockten zusammengedrängt am Straßenrand und warteten auf Hilfe. Von der Themse zog ein feiner weißer Nebel herauf, schob sich vor die Häuserfronten und hing dort wie ein Leichentuch. Er waberte mannshoch über die Straße, sodass einige der Leute nicht mehr zu sehen waren. Wie frisch gefallener Schnee den Schmutz der Straße zudeckt, deckte der Nebel ihr Elend zu.

Die beiden Männer starrten auf die Szene, die sich ihnen bot. Es war drei Uhr morgens, doch die Sonne stand hoch am Himmel und warf lange schwarze Schatten auf die Nebeldecke. Am leuchtend blauen Himmel war der Drache nicht mehr zu erkennen. Blake schaute hoch; in wenigen Tagen würde es kein Geheimnis mehr sein. Wenn er nicht rasch handelte, würden andere ihn sehen und sich seiner Entdeckung rühmen. Das konnte er nicht zulassen. Es war *seine* Entdeckung, das Ergebnis jahrelanger Arbeit.

Bonham brach das Schweigen. Immer noch zitternd, wandte er sich an Blake. »Sie hatte nicht so viel Glück wie ich«, sagte er und zeigte auf ein junges Mädchen, das von seiner Mutter weggezogen wurde, hinein in den immer dichter werdenden Nebel. »So hätte es auch mir ergehen können, Sabian. Was bin ich froh, dass du zu Hause warst.« Bonham klopfte Blake auf den Rücken. »Eine Sekunde später und sie hätten mich zerfleischt. Du hast mich gerettet.«

»Gern geschehen, Bruder, gern geschehen. Du warst einfach noch nicht dran«, erwiderte Blake leise.

Bonham spürte, dass der Freund mit seinen Gedanken irgendwo anders war. »Aber du – wie steht's mit dir, Sabian? Was ist deiner Meinung nach geschehen? Sag es mir!« Bonham hatte eine tiefe Stimme, die warm und freundlich klang. Er versuchte ein Lächeln. »Ich konnte schon seine Zähne sehen, als er auf mich zukam. Ich habe den Hass in seinen Augen gesehen. In diesen letzten Sekunden war mir, als schaute ich in die Tiefen der Hölle. Was war die Ursache für all das? Zuerst die Dunkelheit und dann der Wahnsinn.«

Blake antwortete, ohne zu zögern. »Es war vorhergesagt.

Unmissverständlich, von Anbeginn der Zeit, und dennoch haben wir es nicht erkannt.«

Blake wusste, dass er Bonham in die Entdeckung des Kometen einweihen musste. Sie kannten sich, seit sie miteinander aufs Magdalenen-College gegangen waren. Sie hatten Geheimnisse miteinander geteilt und sie manchmal verraten, doch sie waren Freunde und Brüder in der Kabbala. Er wurde ganz aufgeregt. »Ich muss dir etwas sagen, etwas, das ich der ganzen Welt sagen muss. Du musst mir helfen. Meine Entdeckung wird alles verändern.« Blake packte Bonham mit beiden Händen am Revers seines Gehrocks und zog das Gesicht des Freundes dicht zu sich heran. »Versprich es mir, versprich mir eines: Du musst –« Er unterbrach sich und schaute ihm tief in die Augen. »Ich muss es wissen: Wirst du glauben, was ich dir sage? Und es für dich behalten?«

»Sabian, wir kennen uns seit unserer Jugend. Sag mir, was dich so beunruhigt.« Bonham löste Blakes Hände von seinem Kragen und führte ihn zu dem Sessel neben dem Kamin. Das Feuer war mit Kohlestaub bedeckt worden, damit es die Nacht über hielt. Es schwelte wie ein rauchender Vulkan; der Wind draußen zog den Rauch durch den Kamin nach oben.

Blake setzte sich in den Sessel. Seine Stimmung war umgeschlagen, aus aufgeregter Erwartung war Bangigkeit geworden. Als Bonham mit dem Messinghaken im Feuer herumstocherte, schossen zischend Kohlegase aus den Flammen, rot und blau.

»Jetzt sag mir, was dich beunruhigt, mein Freund.« So hatte Isaac Bonham Blake noch nie erlebt. Der Freund war immer die Ruhe selbst gewesen. Er lebte ein geregeltes Leben, alles bei ihm verlief in geordneten Bahnen.

»Was heute Nacht passiert ist, war kein Zufall und ganz gewiss kein Erdbeben. Die Grundmauern des Universums wurden von einer gewaltigen Kraft erschüttert, von der wir wenig wissen.« Blake schaute Bonham direkt an. »Ich habe heute Nacht etwas gesehen, das unsere Weltsicht verändern wird. Im Nemorensis habe ich davon gelesen . . .«

»Aber das Buch existiert doch gar nicht«, wandte Bonham ein. Jetzt war die Aufregung auf seiner Seite. »Das ist doch nur eine Legende.«

»Es existiert und es ist hier, unter diesem Dach. Es kam durch Zufall in meinen Besitz, übersandt von den Göttern, könnte man sagen.« Blake sprach schnell und in gedämpftem Ton. »Ich habe jedes Wort gelesen und endlich die entscheidende Entdeckung gemacht. Die Berechnungen ergaben, dass gestern Nacht etwas passieren würde. Als es finster wurde und kurz bevor mitten in der Nacht die Sonne aufging, habe ich es gesehen: Zwischen Sirius und dem Sternbild des Adlers steht ein Komet und er kommt auf uns zu.«

Blake wartete auf einen Kommentar von Bonham, doch der starrte ins Feuer, außer Stande zu begreifen, was er gehört hatte. »Was du gestern Nacht erlebt hast, war kein Erdbeben und kein Wetterleuchten«, fuhr Blake fort. »Die Zeit stand still . . . Wir haben erlebt, wie es vor der Schöpfung war – ein schwarzes, dunkles, leeres, absolutes Nichts.«

Bonham schaute auf. Langsam erfasste er das Gesagte.

»Heute ist der erste Tag eines neuen Zeitalters. Alles hat

noch einmal neu begonnen. Wie schon einmal weist ein Komet den Weg und weise Männer folgen immer dem Stern.«

»Das Buch ist wirklich hier?« Bonham konnte es immer noch nicht glauben.

»So ist es. Du kannst es mit eigenen Augen sehen, wenn du willst.« Blake erhob sich und trat an den Kamin. »Du kannst einen Blick auf dieses unvergleichliche Buch werfen. Ich werde dir das Geheimnis zeigen.«

»Aber was hat es mit diesem Kometen auf sich? Warum ist er unser Schicksal?«, fragte Bonham.

»In vier Nächten wird die ganze Welt ihn mit bloßem Auge sehen können. In einundzwanzig Nächten wird er entweder an der Erde vorbeiziehen oder ihr einen Schlag versetzen, von dem sie sich möglicherweise nie mehr erholen wird. Bei diesem Himmelsdrachen handelt es sich um Wormwood. Das Nemorensis sagt, dass er die Meere vergiften und vielen Menschen den Tod bringen kann.«

»Kannst du ihn aufhalten? Der Komet könnte die ganze Erde mit allem, was darauf ist, zerstören!«, rief Bonham. Er trat an das große Fenster mit den dicken grünen Vorhängen. »Wenn ein Himmelsbeben schon so viel Wahnsinn und Zerstörung bringt, wie werden die Einwohner Londons dann erst auf den Anblick des Kometen reagieren?« Bonham nahm seine Pistole und die Dose mit dem Schießpulver aus der Tasche und füllte eine neue Ladung in den Lauf. Dann holte er aus der Westentasche eine Schnupftabakdose und entnahm ihr eine Pistolenkugel, so groß wie eine Erbse. »Falls der Wahnsinn erneut ausbricht, bin ich darauf vorbereitet. Ich besorge mir Waffen, mit denen ich jeden Hund erschießen kann, der auf mich losgeht.« Bonham steckte die Kugel in die Pistole und brachte den Hahn in Position. Er zielte aus dem Fenster, als wolle er schießen. »Wenn ich das nächste Mal einem Höllenhund gegenüberstehe, kaut er nicht auf meinem Bein herum, sondern auf dem Blei hier.«

»Dein Blei wird die Panik nicht aufhalten und nicht den Kometen. Wenn meine Berechnungen stimmen, kommen wir gerade noch davon. Wenn ich mich geirrt habe, ist es das Ende der Welt.« Auch Blake trat ans Fenster und sah hinaus über den Platz.

»Das geht über mein Fassungsvermögen, Sabian. Panische Pferde auf der Flucht, wild gewordene Hunde und jetzt auch noch Kometen, die in die Erde einschlagen. Und du glaubst, du kennst das Geheimnis, das hinter all dem steckt?«

»Nicht ich, sondern das Buch. Aber wir müssen das Geheimnis für uns behalten. Es gibt Leute, die aus dem Wissen Macht schöpfen würden. Das Nemorensis hat die Fähigkeit, uns alle zu verändern. Es ist weit mächtiger als der Stein der Weisen und viele werden glauben, es könne ihr Blei zu Gold machen. Ich weiß, dass irgendwo zwischen den Seiten das Geheimnis des Lebens selbst steckt.«

Plötzlich hörten sie ein tiefes Knurren aus dem Nebenraum. Die Tür, die die Bibliothek davon trennte, war aus Buchrücken gemacht, sodass es aussah, als sei sie Teil der Bücherregale, die im ganzen Zimmer vom Boden bis zur Decke reichten. In etwa einem Meter Höhe ragte in der Tür ein großes grünes Buch etwas vor. Auf dem Rücken stand in goldenen Buchstaben der Titel: *Opus interacto*. Wenn der Buchrücken angehoben wurde, öffnete sich die Tür und man sah in eine Kammer, in der Blake seinen Schnupftabak aufbewahrte, seine Arzneien, Gin und was er wie seinen Augapfel hütete: *Artemisia absinthium*, Absinth, den grünlichen Branntwein aus Wermut.

Blake schaute Bonham an und gab ihm zu verstehen, er möge still sein. Das Geräusch kam wieder. Es war das tiefe, kehlige Knurren eines großen Hundes.

Bonham fasste die Pistole fester und zielte auf die Tür. Fragend sah er Blake an, dann zog er langsam den Hahn zurück und machte sie schussbereit.

Erneut war das Knurren zu hören, gefolgt von wütendem Scharren, so als versuche das Tier sich den Weg aus seinem Versteck freizukratzen. Dann kam das Knurren nur noch gedämpft und der Hund schnaubte durch die Nase.

Blake zögerte. Er schaute Bonham an, der die Pistole jetzt mit beiden Händen hielt, um nicht allzu sehr zu zittern. Schließlich ging Blake zur Tür. Als der Hund die Schritte hörte, knurrte er wieder lauter und warf sich gegen das Holz. Blake streckte die Hand aus und hob den Buchrücken an.

Die Tür flog auf und warf Blake zu Boden. Bonham erstarrte, unfähig den Abzugshebel zu ziehen. Vor ihm stand ein großer schwarzer Hund. Ein Ohr war eingerissen und das Gesicht von Narben gezeichnet. Er zeigte die Zähne, die schief und zum Teil abgebrochen waren.

»Hör auf, Brigand«, sagte jemand leise. Ein Mädchen trat aus der hintersten Ecke des Nebenzimmers. »Du erschreckst die Herren«, sagte sie und hielt den Hund an seinem breiten schwarzen Lederhalsband fest.

Das Mädchen kam näher; ihr Gesicht lag halb im Schatten und halb wurde es von der Sonne beschienen. Sie war groß und schlank, das lange schwarze Haar fiel ihr ins Gesicht. Sie hatte einen schwarzen Schal um die Schultern gelegt und trug eine weiße Schürze über einem groben grünen Kleid.

»Wer in Hermes' Namen bist du?«, fragte Bonham. Er hielt die Pistole auf den Mischlingshund gerichtet, der ihn immer noch anknurrte.

»Das ist Agetta Lamian!«, erklärte Blake, nachdem sich sein erster Schreck gelegt hatte. »Sie ist mein Hausmädchen.« Ärgerlich wandte er sich an das Mädchen. »Ich nehme an, du hast eine Erklärung dafür, weshalb du dich hier in der Kammer versteckst.«

Agetta schaute auf den Boden und verstärkte den Griff um Brigands Halsband. »Es war wegen dem Erdbeben, ich hab im Haus die Kerzen gelöscht. Ich wusste, dass Ihr oben seid, und hab wie immer Brigand reingelassen. Er holt mich ab, beschützt mich vor den Mohocks, diesen Raufbolden, wenn wir heimgehen.« Sie hob den Blick und versuchte ein Lächeln. »Ich hatte Angst. Das Haus begann zu wackeln, wir haben uns hier in der Kammer versteckt und ich hab mich an Brigand festgehalten. Er ist alles, was ich habe . . .«

»Und warum bist du nicht rausgekommen, als ich in die Bibliothek kam?«, fragte Blake argwöhnisch.

»Ich dachte, Ihr wärt böse. Ihr habt den Hund doch nie gemocht, also dachte ich, ich verstecke mich hier, bis Ihr wieder weg seid, und komme dann erst raus.« Agetta strich sich das rabenschwarze Haar aus dem Gesicht und schaute Blake offen an.

»Hast du gehört, worüber wir gesprochen haben?«, wollte Blake wissen.

»Nicht alles. Ich konnte mir keinen Reim drauf machen und habe nur die ganze Zeit versucht Brigand davon abzuhalten, dass er knurrt«, erwiderte sie. Es war ihr deutlich anzusehen, dass sie hoffte, dass die Fragerei bald zu Ende war.

»Das, was du verstanden hast, musst du für dich behalten. Zu niemand ein Wort darüber!«, befahl Blake.

»Ob der Herr wohl die Pistole wegtun könnte? Sie macht Brigand nervös und ich weiß nicht, wie lang ich ihn noch halten kann.« Agetta hatte in der Tat alle Mühe, den Hund zurückzuhalten. Es war offensichtlich, dass er Bonham am liebsten gepackt und geschüttelt hätte wie ein Kaninchen.

Bonham trat einen Schritt zurück, sicherte die Pistole und steckte sie in die Tasche seines Gehrocks. Ein ungemütliches Schweigen breitete sich aus. Bonham schaute zuerst den Hund an, dann Agetta. »Hast du ihn schon lange?«, fragte er nervös. »Er ist so . . . groß. Beißt er?«

»Nur Mohocks und die, die mir zu nah kommen. Genau das, was ich brauche, wenn ich hier um Mitternacht das Haus verlasse und zurück zur Fleet Street gehe.« Mit dem Hund dicht an ihrer Seite trat Agetta nun vollends in die Bibliothek.

»Machen die Mohocks dir denn Schwierigkeiten?«, fragte Bonham.

»Sie haben es mal versucht, aber jetzt macht Brigand ihnen Schwierigkeiten. Sie rennen meilenweit in ihren verrückten Anzügen und halten sich dabei für gefährlich. Ich halte sie für einen Haufen Dummköpfe ohne Hirn. Verkleiden sich und jagen sinnlos alten Männern und Huren hinterher.« Agettas Augen blitzten Bonham an. Sie fürchtete so gut wie nichts und Blakes Freund hatte etwas an sich, das sie neugierig machte.

»Dann gehst du jetzt besser und machst ihnen noch ein paar Schwierigkeiten mehr«, sagte Blake, um sie von seinem Freund abzulenken. »Es ist hell draußen, jetzt siehst du sie endlich einmal richtig und dein Hund kann sie bis in den Hyde Park jagen, wenn er will«, meinte er barsch.

Agetta schaute auf die goldene französische Uhr auf dem Kaminsims. »Es ist immer noch Nacht, Sir, aber die Sonne ist schon aufgegangen.«

»Mein liebes Kind«, sagte Blake, »du hast dich hier vor einem Erdbeben von solcher Tragweite versteckt, dass es die Zeit verschoben hat. Es ist Morgen, die Dunkelheit ist vorbei, ein neuer Tag ist angebrochen.« Er schaute hinüber zu Bonham und dann wieder zu Agetta. »Nimm dir den Tag frei und komm heute Abend wieder. Aber sag niemand, was du gehört hast, sonst kann nicht mal mehr dein Hund dich beschützen. Wir haben uns verstanden, ja?« Er hob den Blick zur Decke; über ihnen lag das Observatorium. Die Drohung in seiner Stimme war nicht zu überhören.

Agetta senkte den Kopf. »Ich habe verstanden, Sir.« Damit führte sie Brigand aus dem Zimmer. In der Tür drehte sie sich noch einmal um. »Ihr denkt bestimmt, dass ich weitersage, was ich gehört habe, aber das tu ich nicht. Ich mag viele schlechte Seiten haben, aber was ich verspreche, halte ich, Doktor Blake, das könnt Ihr mir glauben.«

»Ich weiß, Agetta, ich weiß.« Blake lächelte. Ohne dass er es merkte, hatte sie ihn wieder um den Finger gewickelt.

Agetta verließ die Bibliothek und schloss sorgfältig die Tür hinter sich. Sie ließ Brigand los und schob ihn auf die Treppe. Sie selbst aber rührte sich nicht vom Fleck, sondern legte das Ohr an die Tür und lauschte.

»Ich habe mich ganz schön erschrocken, Sabian«, sagte Bonham. »Fast hätte ich sie mitsamt ihrem Hund erschossen. Glaubst du, sie plaudert aus, was sie gehört hat?«

»Nicht Agetta, sie weiß, was sonst passiert. Da können wir ganz beruhigt sein. Sie weiß, wer hier der Herr ist.«

»Wir hätten sie hierbehalten können, bis . . .«

»Dann wäre ihr Vater hier aufgetaucht, und zwar so schnell, wie die Doggen über den Platz geschossen kamen«, unterbrach Blake ihn. »Und glaub mir: Du würdest es lieber mit einer Dogge aufnehmen als mit Cadmus Lamian. Wenn du die Mohocks für die Geißel der Stadt hältst, kennst du Cadmus Lamian nicht. Er ist schlimmer als der schlimmste Alptraum und jemand, dem man besser nicht begegnet.«

Blake trat wieder ans Fenster und schaute über den im Nebel liegenden Platz. »Wäre er nicht gewesen, hätte ich seine Tochter nie eingestellt. Er hat mich weich geklopft und meine Geldbörse dazu. Er meinte, sie wäre mir nützlich, aber sie kostet mich mehr als jedes Dienstmädchen, das ich je hatte. Irgendetwas ist mit diesem Mädchen. Wenn man ihr in die Augen schaut, hat man das Gefühl, jemanden vor sich zu haben, der die Welt schon viele Male gesehen hat und mehr über das Leben weiß als man selbst. Aber sie macht ihre Arbeit gut und sie weiß, wann sie den Mund halten muss.«

Draußen vor der Tür hob Agetta eine Augenbraue und verzog den Mund. Blakes Drohung mit dem Observatorium schreckte sie nicht. Sie hatte seine Kabbala-Brüder in ihren ausgefallenen Kostümen durchs Haus ziehen sehen und hatte sie singen hören wie die Zigeuner und sie hatte sich die magischen Formeln angehört, die sie sich beim Tanzen zuriefen. Agetta war es, die die ausgebrannten und mit schwarzem Wachs verklebten Leuchter säuberte und die mit bitterer Myrrhe gefüllten Räucherschalen wegräumte. Während die Männer tanzten, erleichterte sie lächelnd ihre Geldbörsen um jeweils eine Münze, einen Sovereign von diesem und eine Guinea von jenem. Und später sagte sie jedes Mal lächelnd »Danke, Sir«, wenn die Männer ihr noch ein Trinkgeld gaben, weil sie ihnen in den Mantel half, bevor sie um Mitternacht in den Gossen verschwanden wie die Ratten von London, die sie waren.

Blake konnte von Agetta denken, was er wollte. Er konnte ihr den Kopf vollbrabbeln mit Geschichten von anderen Welten, geheimnisvollen Zaubersprüchen und merkwürdigen Warnungen. Doch jeden Tag um Mitternacht hatte sie wieder einen Tropfen von seinem Reichtum in ihre Tasse geschüttet, und sobald die voll war, war sie verschwunden, und zwar für immer.

Agetta ließ die beiden Männer in der Bibliothek weiterreden und schlich leise die Treppe hinunter zur Hintertür, wo Brigand schwanzwedelnd auf sie wartete. Der Dienstboteneingang ging auf eine schmale Gasse, in die selbst am helllichten Tag keine Sonne kam. Es war feucht hier und jetzt, am frühen Morgen, eisig kalt. Die Nebelschwaden hingen an den Hauswänden wie riesige Spinnweben und legten sich auf ihr Gesicht, während sie Richtung Holborn ging. Der einzige Mensch in der Gasse war eine zerlumpte Frau, die am Tor des gegenüber liegenden Hauses kauerte. Sie war nur Haut und Knochen unter ihren Lumpen, und wer genau hinsah, konnte die Ginflasche in ihrer Hand erkennen. Sie war hässlich wie die Nacht, mit zerfurchtem Gesicht und Blasen an den Lippen.

»Gib einer alten Frau einen Penny«, rief sie. »Nur einen Penny, damit ich eine Flasche Genever kaufen kann.«

Agetta beachtete sie nicht und ging rasch davon. Brigand aber lief hinüber zu der alten Frau und schnupperte an ihrem Gesicht. Dann machte er einen Satz rückwärts, als sei er sich nicht sicher, wer oder was sie war.

»Lass sie in Ruhe, Brigg!«, rief Agetta und ihre Stimme schallte als Echo durch die Gasse.

Der Hund kam zu ihr gelaufen. Er schüttelte sich und zitterte und sämtliche Haare standen ihm zu Berge. Der Frau fiel die Flasche aus den tauben Fingern. Klappernd rollte sie übers Pflaster. Brigand folgte Agetta die leicht abschüssige Gasse hinunter, blieb jedoch immer wieder stehen und schaute zu der alten Frau zurück. Es war, als sähe er sie mit anderen Augen, als könnte er unter den schmutzigen Lumpen die Frau erkennen, die sie in Wirklichkeit war. Eine Frau, der er nicht traute.

Am Ende der stillen Gasse lag Holborn mit seiner lauten Geschäftigkeit. Wagen und Kutschen verstopften die Straßen. Sie waren unterwegs nach Vauxhall, aufs Land. Überall standen die Leute, die das Erdbeben aus ihren Betten gejagt hatte, in Gruppen zusammen und starrten fasziniert auf die Sonne, die durch den Flussnebel drang. Weit über der Kuppel der St.-Pauls-Kathedrale stand die leuchtend rote Scheibe am blassblauen Himmel. Eine frische Brise wehte durch die Straßen und brachte den Geruch der Flut mit – ein Geruch nach gerösteter Muskatnuss. Agetta ging durch Holborn, bahnte sich ihren Weg durch den Lärm und die Horden von Menschen vor den Läden und Schänken. Sie nahm die Abkürzung durch die dunkle, schmale Gasse, die von Holborn zur Schiffsschänke und den Spielhallen im Whetstone Park führte.

Vor drei Nächten war in der Inigo-Jones-Gasse jemand ermordet worden. Agetta sah noch die Blutflecke an der Mauer, über die der verwundete Mann versucht hatte zu entkommen. Man hatte ihn auf der Straße schreien hören, und obwohl sofort mehrere Leute herbeigeeilt waren, hatte man den Mörder nicht mehr erwischen können. Es war, als habe er sich einfach in Luft aufgelöst.

Eiskalt lief es Agetta über den Rücken, als Brigand sich mit einem drohenden Knurren an ihr vorbeidrückte. Der Hund blieb unvermittelt stehen und begann zu bellen. In der Gasse war niemand zu sehen, doch er fletschte die Zähne und knurrte etwas an, das wohl nur für die Augen eines

Tieres sichtbar war, etwas, das sich in einer anderen Welt bewegte.

Agetta wusste, dass sie nicht mehr allein waren. »Hör auf, Brigg, du machst mir Angst«, rief sie.

Der Hund sprang inzwischen auf und ab und knurrte noch lauter.

»Brigg, hör –«

Plötzlich wurde Agetta von hinten gepackt. Eine Hand legte sich über ihren Mund. Sie wurde in einen Eingang gezerrt, der ihr bisher noch nie aufgefallen war. Eine Tür schlug hinter ihr zu und sie saß in vollkommener Dunkelheit fest. Sie hörte das schwere Atmen der Person, die sie festhielt, und spürte eine Hand in einem feuchten Handschuh auf ihrem Gesicht.

»Keinen Ton, Mädchen, sonst siehst du deinen Hund und das Tageslicht nie mehr.« Es war die Stimme der Frau aus der Gasse, Agetta erkannte sie sofort wieder. »Ich hab dich beobachtet, Tag und Nacht. Ich weiß, wann du kommst und wann du gehst.« Die Frau drückte sich dichter an Agetta heran. »Ich hätte dich schon lang schnappen können, aber es geht mir gar nicht um dich. Du musst etwas für mich tun. Wenn du morgen Nacht Blakes Haus verlässt, kommst du in die Inigo-Jones-Gasse, dort wirst du eine Nachricht finden. Die sagt dir, was du tun sollst. Tust du es nicht, hole ich mir deinen Köter und verfüttere ihn an die Ratten . . . und danach hole ich dich.«

Agetta wollte etwas sagen, doch die Hand verschloss ihr den Mund. Sehen konnte sie nichts, sie roch nur Gin und den Gestank von der Straße und verfaultes Fleisch. Wenn die

Frau sprach, rasselte ihr Atem durch ihren Körper. Es hörte sich an, als stehe sie schon mit einem Bein im Grab.

»Kein Wort zu Blake oder deinem Vater. Sie können dir nicht helfen, Kleine. Morgen in der Gasse bei der Schiffsschänke, eine Viertelstunde nach Mitternacht. Die Glocke von St. Georg sagt dir, wann es so weit ist. Sei pünktlich.«

Bevor Agetta etwas sagen konnte, wurde sie wieder auf die Gasse hinausgestoßen und die Tür schlug hinter ihr zu. Sie landete bäuchlings im Inhalt der Schmutzeimer, die einfach auf die Straße gekippt worden waren. Brigg kam bellend zu ihr gelaufen. Sie drehte sich um. Der Eingang war verschwunden. Sie sah nur noch eine geschlossene Wand. Agetta schluckte. Nebel hüllte sie ein und es wurde düster um sie herum.

Vor ihr stand eine dunkle Gestalt. Im Licht der Schänkenlaterne war sie nur als Silhouette zu erkennen. Lautlos kam sie näher. Es war ein Mann in einem dunkelroten Umhang. Sein Gesicht war weiß und konturenlos. Agetta sprang auf und zog ein Messer aus ihrem Rockbund. Ohne ein Geräusch zu machen und ohne dass sie etwas zu spüren schien, machte die Gestalt einen Satz nach vorn, ging mitten durch sie hindurch und verblasste. Agetta brachte keinen Ton heraus. Zum ersten Mal in ihrem Leben war sie starr vor Angst.

Als der Lärm der Straße wieder an ihr Ohr drang, schaute sie sich um, benommen und verunsichert.

3

Der Apotheker

Agetta rannte durch das nächtliche Chaos der Fleet Street. Das Herz klopfte ihr bis zum Hals. Sie wischte sich den Schmutz vom Gesicht und schaute mit Tränen in den Augen stur geradeaus. Brigand lief neben ihr her. Alle paar Schritte drehte er sich um und vergewisserte sich, dass ihnen niemand folgte und er nicht wieder den klammen, faulen Geruch der zerlumpten Frau in die Nase bekam.

Vor sich an der Ecke Ludgate Hill und Fleet Bridge sah Agetta die Herberge ihres Vaters. Der dichte weiße Rauch aus den drei Schornsteinen vermischte sich mit dem sich auflösenden Nebel. Das Haus war aus schmalen Backsteinen und Balken gebaut und trug ein Ziegeldach.

Agetta blieb stehen, um Atem zu holen. Sie hoffte, dass die Angst bald verschwinden würde, denn sie wollte nicht, dass ihr Vater ihr ansah, wie erschrocken sie war. Dieses Geheimnis konnte sie nicht mit ihm teilen.

Vor der Herberge schlossen drei kleine Jungen Wetten ab über den Ausgang eines Hahnenkampfes, der bereits in vollem Gang war. Agetta schaute zu, wie die Vögel vor- und zurücktänzelten und versuchten dem Gegner mit den scharfen Krallen den tödlichen Schlag zu versetzen. Die Hähne sehen aus wie zwei fette Richter mit gepuderten Perücken, dachte sie.

Der größere, dickere Vogel hatte einen glänzend schwarzen Kamm, der wie eine schwarze Zipfelmütze von einer Seite zu anderen fiel, als er hochsprang und sich duckte und immer wieder die Krallen nach dem kleineren Gegner ausstreckte, der in den Schmutz gefallen war. Die Jungen kreischten vor Aufregung, als der Hahn mit dem schwarzen Kamm dem anderen auf den Rücken sprang und ihm mit Klauen und Schnabel zusetzte. Sein Gegner wehrte sich nicht mehr. Der Tod war schnell eingetreten. Der ältere Junge hob den Sieger an den Beinen hoch und warf ihn in die Luft.

Die Leute aus der Fleet Street schienen keinen Gedanken mehr an das Himmelsbeben zu verschwenden. Es war etwas gewesen, das jenseits allen Begreifens lag, wie ein entsetzlicher Alptraum, doch jetzt war es vorbei. Das Leben ging so geschäftig weiter wie bisher. Im Schmutz der Straße lagen weggeworfene Nachrichtenblätter und Pferdewagen verstopften wie immer die Straße. Dazwischen liefen Träger mit einer Sänfte, deren Fenster mit Läden verschlossen waren, sodass man nicht sah, wer darin saß. »Gestattet!«, riefen sie und drängelten sich im Eilschritt Richtung Stadtkern durch die Menge.

Agetta war umgeben von Eile. Der Lärm der Straße tat ihr in den Ohren weh. Sie war völlig aufgewühlt und hatte noch immer den Geruch der behandschuhten Hand in der Nase. Ungeduldig schubste sie die Jungen beiseite. Die ließen sich das nicht gefallen und schlugen nach ihr, doch als Brigg nach ihnen schnappte, verzogen sie sich. Sie wussten, dass er nur zu gern zugebissen hätte.

Agetta stand vor der verblichenen roten Tür ihres Hauses. Auf dem Schild darüber stand: *Lamians Herberge – saubere Gäste willkommen!* Drinnen schlug ihr der Duft von gebratenem Lamm entgegen. Wie es sich anhörte, wurde in der Küche Fleisch zerteilt. Brigg ging zu seinem Platz beim Kamin gegenüber der Treppe, scharrte kurz, legte sich hin und starrte in die Flammen.

Agetta klopfte sich den Schmutz von den Kleidern, bevor sie zu ihrem Vater ging. Ohne seine Arbeit zu unterbrechen, rief er: »Agetta, bist du's? Komm, du musst Essen ins Gefängnis bringen. Die halbe Stadt spielt verrückt und die andere Hälfte hat Hunger. Komm endlich rein!«

Cadmus Lamians Stimme war laut und barsch. Es war nichts Sanftes an ihm, weder an seinem Ton noch an seiner Erscheinung. Er war groß und grobschlächtig, hatte aber lange, schmale Finger, die eine ganze Spanne maßen. An der Schläfe hatte er eine Geschwulst, die ihn entstellte und die Haut über seinem Gesicht stramm zog.

Agetta ging rasch in die Küche. Cadmus stand an dem großen Holztisch mitten im Raum. Seine Schürze war voller Blut- und Fettflecken. Der schwarze Ofen spie Hitze und Rauch. Er brachte die Wachskerzen zum Schmelzen und ließ die Augen brennen bei all dem blubbernden Fett, das auf die Hammelhälfte wartete, die Cadmus gerade zerlegte.

Neben dem Ofen stand der offene Kamin mit dem breiten, hölzernen Mantel, einem Wasserkessel, der an einer Kette hing, und einer eisernen Auflage. Das Feuer brannte hell und schickte heißes bernsteinfarbenes Licht bis in die dunkelsten Ecken der Küche.

Cadmus schaute nicht auf. Er bearbeitete einen Fußknochen, der sich nicht brechen lassen wollte. »Das war vielleicht 'ne Nacht. Ich hatte mich kaum hingelegt, da hat der Wahnsinn angefangen. Hat mich glatt aus dem Bett gehauen und die Treppe runtergeschüttelt und seither schreien sie alle nach Essen.« Er hieb mit aller Kraft auf den Knochen, dass die Splitter zur Seite flogen. »Merkwürdiger Anfang für einen Tag, Mädchen. Gefällt mir nicht, gefällt mir ganz und gar nicht.« Er hielt inne und wischte sich mit einer verschmierten Hand den Schweiß von der Stirn. Als Agetta sich nach ihrer Mutter erkundigte, meinte er: »Sie ist im Bett. Sagt, sie hat Fieber. Ich sage, sie hat zu viel Gin getrunken.«

Damit hob er die breite, flache Klinge über den Kopf und schlug dann mit aller Kraft auf den Knochen. Der zersprang und das Messer fuhr in die Tischplatte. Cadmus knurrte zufrieden, dann lachte er. »Sie wollen nichts als Fleisch im Brotteig, und das kriegen sie auch – aber nur für einen Penny.« Er sah Agetta an. So still war sie sonst nie. »Hat's dir die Sprache verschlagen?«, fragte er barsch.

»Ich muss ins Bett. Es war ein langer Tag und eine kurze Nacht. Bevor es dunkel wird, muss ich wieder zu Blake. Er hasst es, wenn er die Kerzen selber anzünden muss.«

Was tatsächlich geschehen war, konnte Agetta ihrem Vater nicht erzählen. Er würde ihr die Geschichte nicht abnehmen. Wahrscheinlich würde er sie auslachen, wie immer. Sie hoffte, dass ihr Vater sie in Ruhe ließ, dass er sie schlafen ließ und sie sich vorbereiten konnte auf das, was kommen würde.

»Zum Ins-Bett-Gehen ist noch Zeit genug. Jetzt gibt's erst mal Arbeit und Arbeit bedeutet Geld«, knurrte Cadmus und legte die Hammelhälfte in den großen Bratentopf. Das Fleisch zischte, als das heiße Fett die Haut zu knusprigen Blasen aufwarf. Mit einer Hand öffnete Cadmus die Tür des schwarzen Ofens. Die rote Glut schickte einen Schwall heißer Luft in den Raum. Cadmus zog den Bratentopf über den Tisch, schob ihn vorsichtig in den Ofen und schlug zufrieden die Tür zu. »Fertig«, sagte er und drehte sich zu Agetta um. »Wie geht's Blake, dem alten Hund? Hat er immer noch so viel Geld?«

Agetta warf ihre Börse auf den Tisch; man hörte Münzen klimpern. »Zwei Schilling, mehr war heut nicht drin. Er hatte keine Besucher heute. Eine Münze hab ich in seiner Manteltasche gefunden, die andere hab ich aus seiner Geldbörse genommen.« Agetta lächelte selbstzufrieden.

»Und er bezahlt dich auch noch dafür!« Ihr Vater lachte. »In den Topf damit, zum Rest. Eines Tages verlassen wir dieses prächtige Stadthaus und ziehen uns aufs Land zurück.«

»Einen Besucher hatte er doch«, erzählte Agetta. »Isaac Bonham. Ein paar Hunde waren hinter ihm her, als das Erdbeben losging. Er ist gerade noch mal davongekommen. Ich hab sie belauscht. Sie faselten was von einem Stern am Himmel und von einem Buch. Dummes Geschwätz, was anderes kann man von ihnen ja nicht erwarten.« Agetta legte die beiden Münzen in das Holzkästchen, das auf dem Regalbrett über dem Kamin stand. »Blake hat gemeint, das Buch wär voller Geheimnisse und würde ihnen sagen, ob der Stern auf die Erde fällt oder nicht. Ich glaube, sie haben ihn einen ›Kometen‹ genannt.«

»Bonham, sagst du? Mitglied der Königlichen Gesellschaft. Ein reicher Mann, reicher als Blake.« Cadmus sann der Vorstellung von zwei reichen Männern in ein und demselben Haus nach. Agetta sah förmlich, wie er überlegte, wie man sich diese Situation zu Nutze machen könnte. »Dieser Blake glaubt, er wäre der Größte. Will die Geheimnisse des Universums ergründen.« Cadmus hielt einen Moment inne und zog ein Blech mit Brot aus dem Ofen. »Sieh zu, dass du dir alles merkst, was er sagt. Es gibt welche, die würden viel Geld bezahlen, wenn sie wüssten, was in dem Haus vor sich geht.« Er schaute vom Tisch auf und lächelte. »Vergiss nicht, Agetta, das Gute kommt zu dem, der warten kann, und wir haben lang genug gewartet. Aber jetzt komm und hilf mir, wir haben Gäste, die essen wollen, und vielleicht war das Erdbeben nicht das letzte.«

Agetta schaute sich in der Küche um. Sie kannte nichts anderes. Dieser Raum war ihre Welt, seit sie geboren wurde. Seit 14 Jahren waren ihr alle Gerüche vertraut, jeder Fleck an der Wand, jede Spinnwebe, die jemals von der Decke gehangen hatte. Sie erinnerte sich noch, wie sie sich als Kind die Hand an der Ofentür verbrannt hatte. Von da an war der Ofen für sie das schwarze Monster gewesen, das drohend in der Ecke lauerte. Sie hatte es mit Anfeuerholz und dem Treibholz gefüttert, das sie aus der Themse gefischt hatte, wenn sie mit ihren Freunden bei Ebbe dort im Schlamm spielte. Abends saß sie neben dem Waschzuber, in dessen fettigem Wasser sich immer Töpfe stapelten. Er erinnerte sie an das gesunkene Schiff, das sie in Rotherhithe gesehen hatte. Die Bretter des Holzzubers standen hoch wie die Planken des Schiffs, das sich bei Flut mit Wasser füllte.

Die raue Stimme ihres Vaters riss Agetta aus ihren Tagträumen. »Hast du das Buch gesehen, von dem Blake gesprochen hat? Es könnte wertvoll sein und vielleicht können wir es ihm abknöpfen . . .«

»Er weiß doch dann sofort, dass ich es war. Außerdem habe ich keine Ahnung, wo er es aufbewahrt«, antwortete Agetta zögernd.

Cadmus überlegte laut: »Wenn wir den richtigen Zeitpunkt abwarten, wenn zum Beispiel der Kaminkehrer . . .«

»Wir sollten bei dem bleiben, was wir bisher gemacht haben, und Schluss«, fauchte Agetta.

»Verlierst du etwa die Nerven, Mädchen? Willst deinem Vater nicht mehr helfen? Bist dir plötzlich zu gut zum Klauen?« Mit dem Fleischermesser in der Hand kam Cadmus auf sie zu.

Da klopfte es laut an der Küchentür. Cadmus Lamian stieß die Messerklinge wieder in den Küchentisch. Die Tür ging auf und ein Mann trat zögernd und leise ein. Agetta fiel auf, dass seine einst wohl guten Kleider jetzt alt und zerschlissen waren. Sein langer Gehrock trug die Spuren der Straße und an den Ellbogen und am Kragen schimmerte das Futter durch. Das Leder seiner Stiefel war hauchdünn, sodass sich die Schwielen durchdrückten. Er war schlanker und größer als ihr Vater. Das zerfurchte Gesicht sah aus, als wäre es von einer fremdländischen Sonne gebräunt.

»Mister Lamian«, sagte er leise, kaum lauter als ein Flüstern. »Wenn ich so kühn sein dürfte Euch um ein Gespräch unter vier Augen zu bitten.«

Lamian bedeutete Agetta mit einem Blick zu verschwinden. Sie drehte sich um und ging zur Tür. »Ich kümmere mich um die anderen Gäste, Vater. Sie brauchen vielleicht was.«

Der Mann machte keine Anstalten, die Tür freizugeben. Unbehaglich drückte Agetta sich an ihm vorbei. Er grinste, als er sah, wie unwohl sie sich dabei fühlte.

»Ein hübsches Mädchen und so jung«, sagte er so, dass sie es noch hören musste.

»Was kann ich für Euch tun, Mister Sarapuk?«, fragte Cadmus und bot seinem Freund einen Stuhl am Tisch an. Sie setzten sich beide. Das offene Feuer ließ die roten Adern in Sarapuks Augen hervortreten. Sein Kinn war von feinem weißem Haar bedeckt, in dem noch Reste von Schiffszwieback hingen.

»Es geht um meinen Laden«, flüsterte Sarapuk. »Ich habe ein kleines Häuschen in der Seething Lane gekauft, in der Nähe der Hart Street. Über dem Laden gibt es Wohnräume, ich werde also Ende der Woche umziehen.« Nach einer kurzen Pause fuhr er fort: »Euer gutes Essen werde ich natürlich weiterhin brauchen – sagen wir jeden Abend um sieben?« Wieder machte er eine Pause, drehte den Kopf zur

Tür und lauschte. »Meint Ihr, es wäre möglich, dass Agetta es mir bringt? Zu mir kommt selten jemand, mit dem ich reden kann, und sie ist so ein Engel und würde eine angenehme Abwechslung in das Leben eines alten Mannes bringen.«

»Alles ist möglich – wenn der Preis stimmt«, erwiderte Cadmus mit einem Lächeln, in dem sich die Aussicht auf Geld spiegelte. »In diesem Laden, den Ihr erworben habt – was wollt Ihr da verkaufen?« Er suchte schon nach der nächsten Möglichkeit, Geschäfte zu machen.

»Ich werde nichts verkaufen, Cadmus, ich werde heilen. Ich werde mich als Apotheker und Arzt niederlassen. Mein Geschäft werden Arzneien sein, Zähne und Schädelklopfen. Ich interessiere mich auch für Anatomie, aber man kommt so schlecht an williges Material.«

»Man muss eine ganze Menge gelernt haben, um so weit zu kommen, Mr Sarapuk. Das sind höhere Dinge, so hoch, dass ein Mann wie ich gar nicht darüber nachdenken sollte.« Cadmus versuchte dennoch interessiert dreinzuschauen.

»Nun, wir werden alle einmal krank, ob an Körper, Verstand oder Gemüt. Irgendwann braucht jeder einen Doktor und Operieren ist die Kunst der Zukunft. Ich beabsichtige – zu gegebener Zeit – ein kleines Hospital einzurichten – falls ich Leute finde, die genügend daran interessiert sind, Geld zu verdienen.« Er schaute Cadmus direkt an. »Ich habe so viele Fehler in meinem Leben gemacht, bin um so viel geprellt worden, aber dieses Mal wird es anders. Jemand, der hundert Pfund investiert, könnte das Vielfache zurückbekommen. Doch solche Männer sind – wie Leichen – schwer zu finden.« Sarapuk klopfte mit dem Finger auf den Tisch, als schlage er den Rhythmus zu einem unhörbaren Konzertstück.

»Kann sein, dass ich jemand kenne, der Euch in beiden Fällen helfen kann, Mr Sarapuk«, erwiderte Cadmus. Sein Interesse war geweckt. »Die hundert Pfund – welche Garantie gibt es, dass man sie zurückbekommt?«

»Ich kann dazu nur sagen, dass es für den rechten Mann immer goldene Gelegenheiten gibt.« Sarapuk hob eine Augenbraue und lächelte.

»Etwas muss Euch doch dazu antreiben, Mr Sarapuk. Leute gesund machen, ein Hospital eröffnen, das sind hohe Ideale.« Cadmus beugte sich zu ihm hinüber. »Ich versuche das Beste für meine Frau und meine Tochter zu tun. Ich weiß, wann ich ein gutes Geschäft machen kann, und solang die Familie Lamian gesund und gut genährt ist, bin ich ein glücklicher Mann. Aber Euch, was treibt Euch an?«

Sarapuk schaute sich wieder im Zimmer um. Sein Blick blieb an der Tür hängen. Er lauschte. Die Küche lag im roten Schein des Feuers und ringsum an den Wänden brannten Kerzen. Das winzige Fenster am hinteren Ende ließ kaum Licht von der Straße herein. Man sah nicht, ob es Tag oder Nacht war. Diese Küche war ein zeitloser Ort, umgeben von dicken Mauern, die Aufstände abgehalten hatten, Bergarbeitertumulte und sogar die Pest. Selbst der große Brand von London hatte sie nur geschwärzt. Sarapuk überlegte lange, bevor er antwortete, und holte erst noch tief Luft.

»Mein lieber Freund, ich habe die Welt bereist auf der Suche nach ihren Geheimnissen. Von Ägypten bis Persien habe ich die Ruinen vieler Städte ausgegraben. Ich habe mich nicht geschont bei meiner Suche, doch das, wofür ich mich verausgabe, ist nicht in der Welt zu finden, sondern in den Tiefen des menschlichen Körpers. Meine Suche richtet sich nach dem Sitz der Seele.« Mit festem Griff legte Sarapuk die Hand auf Lamians Arm und zog ihn noch näher zu sich. »Ich weiß, dass ich derjenige sein werde, der ihn findet, und wenn ich ihn gefunden habe, kann ich eine menschliche Seele zum Zeitpunkt des Todes einfangen und der Welt beweisen, dass wir unsterblich sind. Denkt doch, Cadmus, denkt doch nur! Was würden die Leute nicht darum geben, eine Seele zu sehen, das unsterbliche Sein, eingefangen in einem Glaskrug und für zwei Schilling zu besichtigen? Ich wäre ein reicher Mann. *Wir* könnten reiche Männer werden!« Sarapuk lachte, schrill und aufgeregt.

»Ihr haltet es tatsächlich für möglich?«, fragte Cadmus, der sich von der Aufregung anstecken ließ.

»Es ist wie bei einem Mosaik, denn jedes Jahr habe ich ein weiteres Teilchen gefunden. Jetzt ist es fast vollständig.« Sarapuk hielt inne und schaute sich nervös um. »Wir dürfen niemand davon erzählen, es muss ein Geheimnis bleiben. Die Oberen könnten meine Forschungen nicht gutheißen und ich kann nicht wählerisch sein, was die Herkunft meiner *Freiwilligen* betrifft.«

»Diese Freiwilligen – sind sie ... tot?«, fragte Cadmus zögernd.

»Bis jetzt, ja«, erwiderte Sarapuk leise. »Die Zeit wird aber kommen, dass ich einen oder zwei brauche, die – wie soll ich sagen – auf dem Weg von einer Welt in die nächste sind.« Wieder holte er lang und tief Luft. »Ich hätte sie dann gern frisch. Ein paar von denen, die ich gekauft habe, waren schon etwas beschädigt.«

Cadmus überlegte. »Ich könnte Euch vielleicht helfen. Ich habe einen Freund, John Swift. Der ist Gefängniswärter in Newgate. Gegen einen kleinen Obulus könnte er Euch besorgen, was Ihr braucht. Frühstückt auf meine Kosten mit meinen Gästen und lasst mich noch etwas über die Sache nachdenken. Es ist ein höchst ungewöhnliches Geschäft und unsere Partnerschaft müsste unbedingt geheim bleiben. Ich will nicht, dass die Leute denken, Lamian wisse nicht mehr, wo sein Platz im Leben ist.«

Sarapuk stand auf, nahm Cadmus' Hand und schüttelte sie heftig. »Das sind bedeutsame Zeiten, wir leben im Zeitalter von Wissenschaft und Wahrheit. Wir könnten dazu beitragen, dass man die Welt mit anderen Augen sieht. In einem Jahr könnte man in der Londoner Gesellschaft über Euch reden, Ihr könntet im Park von Vauxhall Eure eigene Loge haben, eine Kutsche oder einen Kahn auf der Themse und Eure Tochter würde eine wunderschöne Frau für jemanden abgeben.«

Der Flur hatte sich mit Gästen gefüllt, die auf ihr Essen warteten und sich mit Brigand um einen Platz am Feuer balgten. Agetta drängelte sich durch die Wartenden und schloss die Tür zu dem riesigen Speisesaal auf, der fast den gesamten Westteil des Hauses einnahm. Es war kalt in dem Raum. Ein frisches Feuer versuchte der feuchten Kohle

Wärme zu entlocken. Dicker brauner Rauch stieg den Schornstein hinauf und hinaus in die Oktobersonne.

Ein endloser, mit Holzstühlen umgebener Tisch nahm fast die gesamte Länge des Raumes ein. Vier große Kerzenleuchter standen darauf. Die Kerzen brannten schon einige Zeit; der gelbe Talg roch nach Schweinefett. Als Agetta die schwere Tür aufstieß, huschten etliche Ratten in die hintere Ecke des Raumes und verschwanden in den Ritzen.

Eine Woge von Menschen schob sich in den Saal. Es waren abgerissene Gestalten, der Bodensatz der Gesellschaft und Menschen, die einmal einen höheren Rang eingenommen hatten, jetzt aber auf dem Weg in die Gosse waren. Es waren Straßenkünstler darunter, Possenreißer und ein Mann, der behauptete, er trage die Wundmale Christi, und sie den Leuten für Sixpence zeigte.

Die Herberge war billig: ein Bett für zwei Personen mit einem Nachttopf darunter oder Hängeplätze zu einem Viertelpenny für diejenigen, die die zwei Pence für einen Bettplatz nicht hatten. Die Hänger ruhten ihre müden Knochen im Knien aus, indem sie sich das lange Seil unter die Achseln klemmten, das von einer Wand zur anderen reichte. Sie hängten sich so ein, dass der Oberkörper den kalten Boden nicht berührte, und ließen sich in einen unbequemen, immer wieder unterbrochenen Schlaf schaukeln.

Das Frühstück wurde in aller Eile eingenommen. Heiße Fleischstücke, kleine, runde Brotlaibe und Tonbecher mit Gin wurden aus der Küche gebracht. Die Hände der Hungrigen streckten sich nach dem Essen und griffen sich für einen Penny Fleisch, eingewickelt in Brot, das sie mit einem Becher billigem Gin hinunterspülten.

Agetta bediente am Tisch, achtete darauf, dass alle etwas bekamen und keiner mehr nahm als ihm zustand. Mr Manpurdi wickelte zwei rote Tücher um seine Hände, um die weißen Binden zu schonen, die die blutenden Wundmale bedeckten. Sie beobachtete ihn aufmerksam. Ohne Bezahlung ließ er niemand seine Male sehen. Als sie ihm beim Essen zuschaute, sah sie, dass er echte Schmerzen hatte. Er hielt die Hände seltsam verdreht, während er versuchte das Brot zum Mund zu führen. Agetta brach eines der kleinen, aus grobem Schrot gebackenen Brote auseinander, griff sich ein Stück Fleisch vom Teller und legte es hinein. Sie reichte es Manpurdi mit einem Lächeln. Er nickte und verbeugte sich leicht zum Zeichen seiner Dankbarkeit.

Agetta brauchte keine Religion. Wie konnte ein liebender Gott es zulassen, dass sie in solcher Armut lebte? Sie verspürte weder Lust noch das Bedürfnis, Manpurdis Wundmale zu sehen. Sie bedeuteten ihr nichts, waren nicht halb so interessant wie die Dromedare, die sie vor Goughs Menagerie gesehen hatte. Die waren direkt aus der Wüste Arabiens gekommen, aus den Ruinen von Babylon. Für Agetta war Mr Manpurdi nichts anderes als eine der vielen Missgestalten, die bei ihnen wohnten. Sie hatten schon einen Jungen gehabt, dessen Haut dem Panzer eines Käfers glich, eine Frau mit drei Armen und ein Mädchen mit so riesigen Ohren, dass sie nur »der menschliche Elefant« genannt wurde. Sie hatte sie alle gesehen. Sie waren in diesem Speisesaal verkauft und gekauft worden, um dann auf privaten Veranstaltungen, Märkten und im Park von Vauxhall ausgestellt zu werden.

Agetta wusste, dass einige dieser seltsamen Wesen von Menschen geschaffen worden waren. Einmal hatte sie beobachtet, wie ein Mann sich Entenfedern ins Gesicht steckte, um behaupten zu können, er sei halb Adler, halb Mensch. Ein anderer hatte seine Zähne so zurechtgefeilt, dass sie wie Wolfszähne aussahen, und seine Haut mit Tee gefärbt.

Mr Manpurdi war allerdings in einem Punkt anders: Er war nett und freundlich und machte nicht viel Aufhebens um seine Person. Alles, was er vorzuweisen hatte, waren die blutenden Male, die nicht heilen wollten – und die Geschichte, wie er eines Nachts dazu gekommen war in einer Vision, die er lieber nicht gehabt hätte.

Langsam betrat nun Mr Sarapuk den Speisesaal und setzte sich ans Tischende. Er schaute Agetta an und lächelte, während er nach seinem Frühstück griff. Dann beugte er sich zu Manpurdi hinüber und machte eine Bemerkung, die sie nicht verstand.

Agetta sah, wie ihr Vater die Küche verließ und an ihr vorbei mit einem Tablett mit Essen nach oben ging. Er warf ihr einen Blick zu, der ihr sagte, sie solle sich wieder an die Arbeit machen. »Wir haben einen Gast, einen besonderen Gast. Einen Dichter. Er ist gestern Abend angekommen. Will nicht gestört werden. Er bleibt in seinem Zimmer. Nur ich darf ihm sein Essen bringen. Verstanden?«

Damit drehte Cadmus sich um, stapfte die Treppen zum ersten Stockwerk hinauf und weiter bis zur Dachkammer.

Agettas Neugier war geweckt. Sie folgte in einigem Abstand und lauschte auf die Schritte ihres Vaters.

Oben angekommen, blieb Cadmus stehen und vergewisserte sich, dass ihm niemand gefolgt war. Dann stellte er das Tablett auf ein Tischchen und nahm einen Schlüssel aus seiner Tasche. Agetta versteckte sich am Treppenabsatz hinter der Ecke. Sie hörte, wie der Schlüssel ins Schloss gesteckt und rasch umgedreht wurde. Knarrend ging die Tür auf. Agetta hielt den Atem an, damit ihr nichts entging.

»Isst du gewöhnliches Essen?«, fragte ihr Vater. »Ich hab hier Brot und Fleisch. Und Wasser hab ich auch gebracht, ich dachte mir, dass so einer wie du vielleicht keinen Gin trinkt.«

Es kam keine Antwort. Agetta atmete wieder, lauschte aber weiter auf irgendetwas, das ihr verraten könnte, wer in der Dachkammer war. Da hörte sie, wie Ketten über den Boden geschleift wurden.

»Könnt Ihr mir die abnehmen?«, fragte eine schwache Stimme, die sie noch nie gehört hatte. Sie war sich nicht sicher, ob es die Stimme eines Mannes oder einer Frau war. Sie klang leicht, zerbrechlich und rein. »Ich habe weder die Kraft noch den Willen, zu fliehen.«

Erst nach einer langen Pause antwortete ihr Vater: »Mr Gough hat mir gesagt, dass du schneller weg wärst, als ich schauen kann. ›Nehmt die Ketten unter gar keinen Umständen ab‹, hat er gesagt, ›sonst fliegt er davon.‹«

»Wohin soll ich denn fliegen? Es sind Gitter vor dem Fenster und die Tür ist abgeschlossen. Soll ich unter der

Tür durchkriechen oder durch ein Rattenloch schlüpfen?«, erwiderte die Stimme.

»Du bist ein seltsames Wesen. Aber jetzt gehörst du mir. Ich hab einen stolzen Preis für dich bezahlt und du kannst mir noch nützlich sein. Erst vor ein paar Minuten hat mir ein Wissenschaftler gesagt, dass er einen wie dich gut gebrauchen könnte. Aber selbst er wird sich wundern, wenn er erfährt, was für einer du bist.«

Cadmus betrat die Dachkammer. Agetta hörte seine Schritte auf dem Holzfußboden und wie er das Tablett auf einen Tisch stellte. »Ich lass alles hier. Nimm davon, was du willst. Ein paar Pfund mehr würden dir nicht schaden, so dürr, wie du bist. Allzu gesund siehst du nicht aus. Aber deine Zähne sahen gut aus beim Kauf. Wie im Mund eines Gentleman.« Cadmus lachte.

»Was habt Ihr mit mir vor? Werde ich mein Leben lang hier oben bleiben?«, fragte die Stimme.

»Du bleibst hier, solange ich es will. Du bist ein höchst ungewöhnliches Wesen, und wenn ich dich der Welt zeige, bin ich ein gemachter Mann. Wer hat schon jemals so etwas gesehen: einen richtigen –«

Die Tür zum Speisesaal flog auf und auf dem Flur wurde es laut. Brigand begann zu bellen, als die Frühstücksgäste auf die Straße drängten. Cadmus Lamian verließ rasch die Dachkammer und Agetta schlüpfte in ihr Zimmer.

Unten auf der Straße kam ein Wagen mit einem Verurteilten vorbei, den sie durch den Tumult in der Fleet Street zum Galgen nach Tyburn zogen. Die Metallbeschläge auf den großen Wagenrädern ließen den Dreck nach allen Seiten spritzen.

Etwas unter dem Dach von Lamians Herberge zog den Blick des Verurteilten an. Ganz kurz nur sah er ein Gesicht, das sich gegen das schmutzige Glas des Dachfensters presste. In diesem kurzen Moment brach das Herz des Verurteilten zweifach. Er sah eine Traurigkeit auf dem Gesicht am Fenster, die von einem größeren Schmerz als seinem eigenen sprach, und aus irgendeinem Grund wusste er, dass ihn ein gnädigeres Schicksal erwartete als den Mann, in dessen Augen er gesehen hatte.

4

In der Inigo-Jones-Gasse

Auf dem Bloomsbury-Platz lehnte eine einsame Gestalt an einer alten Ulme, deren kraftlose Blätter nach und nach wie ein goldener Münzenschauer auf die Erde fielen. Der Mann hustete und stellte seinen Mantelkragen auf, da ein kalter Wind blies und die Blätter über das Gras fegte. Etliche dicke Schafe weideten unter den Ulmen. Sie hielten Abstand zu dem Fremden, der an einer langen Tonpfeife zog. Der glühende Tabak beleuchtete sein Gesicht.

Die Glocke der St.-Georgs-Kathedrale schlug in ihrem hohen Marmorturm die Viertelstunde. Der Turm ragte weit über die Häuser in dem dicht bebauten Viertel hinaus. Ein Gerücht hatte die Runde gemacht und viele waren davon überzeugt, dass es um Mitternacht wieder ein Erdbeben geben würde. Zeitungsjungen liefen mit dicken Packen des *Londoner Anzeigers* durch die Straßen und riefen die Schlagzeilen, sagten Katastrophen voraus und baten die Welt Ruhe zu bewahren. Vor der Schänke hatten sich etliche Männer versammelt. Sie tranken Gin und warteten darauf, dass die

Erde wieder das Zittern bekam, an den Häusern rüttelte wie in der Nacht zuvor und den Himmel vollkommen schwarz werden ließ. Über der Themse hing ein leuchtender Neumond am tiefroten Himmel. Die käuflichen Frauen von Holborn schlenderten die Straßen auf und ab, hoben ihre langen Reifröcke und die weißen Schals und hielten jeden Gentleman an, in der Hoffnung, ihn verführen zu können.

Blake und Bonham hatten den Abend im Observatorium im vierten Stock verbracht und am offenen Fenster geredet und geredet. Ihr Abendessen hatte aus gebratenen Tauben und Makrelen bestanden. Sie hatten das Fleisch genossen und die knusprige Haut der Tauben am Tellerrand liegen lassen. Jetzt warteten sie darauf, dass der Himmel aufklarte. Der Wind trieb die Wolken auseinander und sie gaben den Blick frei.

Blake fummelte an dem langen Metall-Teleskop herum. Er versuchte die Linse so einzustellen, dass sie den Kometen sehen konnten. Von Wormwood hing seine Zukunft ab und sein Ruf. Zum ersten Mal fürchtete er, dass er sich getäuscht hatte, dass es ein Irrtum gewesen war, ein Fleck auf der Linse, die Spiegelung eines Lichts irgendwo in der Ferne. Je weiter es auf Mitternacht zuging, desto nervöser suchte er den Horizont nach dem Kometen ab.

Bonham wartete geduldig. Er schaute zu, wie Blake die Linse und die Höhe des Teleskops einstellte und wenige Augenblicke später wieder von vorne begann. »Er wird da sein, Sabian. Du hast dich nicht getäuscht. Vertrau dir. Sobald es Mitternacht ist, wird der Stern aufgehen, und du wirst ihn wieder sehen«, meinte er zuversichtlich.

»Warten wir's ab«, erwiderte Blake. Er ging zu einem großen Schrank an der hinteren Zimmerwand und öffnete ihn. »Ich muss dir etwas zeigen und jetzt ist genau der richtige Zeitpunkt dafür.«

Blake holte ein großes, in ein Seidentuch eingeschlagenes Paket aus dem Schrank, kam zurück und legte es auf die Abdeckplatte der Camera obscura. Während er das Paket langsam auswickelte, wuchs Bonhams Unruhe.

»Dies ist das Buch, Isaac. Es wurde vor so langer Zeit geschrieben, dass niemand mehr weiß, wer der Autor ist«, sagte Blake. »Dass ich den Tag erleben würde, an dem es in mein Haus kommt, hätte ich nie gedacht. Doch hier ist es und ich muss den Sternen dafür danken, dass sie es mir geschickt haben.«

Fasziniert starrte Bonham auf das Buch mit seinem dicken Ledereinband, der alten Goldschrift und dem verwitterten Papier. Blake blätterte bis zum sechsten Kapitel des sechsten Teils und dort bis zur letzten Seite. Sein Finger zeigte auf den handgeschriebenen Eintrag am Rand.

»Da, schau! Es stimmt!« Er las laut vor, was da stand: »*Wormwood, der helle Stern, wird vom Himmel fallen und viele werden dabei umkommen*. Er kommt, Isaac, wir sind die Ersten, die ihn sehen, und wir können nichts tun, um ihn aufzuhalten.« Blakes Augen glänzten in einer Aufregung, die an Wahnsinn grenzte. »Wir müssen es der Welt sagen, aber ich fürchte, wenn wir das tun, wird Panik um sich greifen und es wird Unruhen geben, wie wir sie noch nie erlebt haben. Und wenn es nicht stimmt, stehe ich als der größte Idiot da, den die Menschheit je gesehen hat.«

»Verdammt, wenn du's tust, und verdammt, wenn du's nicht tust.« Bonham schaute gebannt auf das Nemorensis. »Aber irgendjemand musst du es sagen, und wen findest du Besseres als die Königliche Gesellschaft? Weißt du, wo der Komet einschlagen wird, wenn er die Erde trifft?« Bonham blätterte in dem Buch und versuchte die seltsamen Buchstaben und Kalkulationen zu entziffern, die die Seiten füllten.

»Wenn er in die Atmosphäre des ersten Himmels eintritt, wird er in viele tausend Splitter zerspringen«, erwiderte Blake. »Die Splitter werden auf die Erde regnen und nach meinen Berechnungen wird alles zwischen Paris und London zerstört werden. Das Meer wird verseucht und auf der Erde wird eine Generation lang Dunkelheit herrschen!« Er schaute Bonham an, dessen Gesicht im Kerzenlicht nur als dunkle Silhouette zu erkennen war. »Wie kann ich das der Gesellschaft sagen? Diesem Haufen übersatter Intellektueller, die sich gern selber reden hören? Sie werden mich allesamt für verrückt erklären.« Nervös ging Blake durchs Zimmer.

»Nicht wenn wir ihnen Beweise liefern. Wir können Lord Flamberg herbitten, ihn den Kometen mit eigenen Augen sehen lassen. Ihm werden die anderen glauben. Ich kann es für morgen Abend arrangieren. Wenn wir länger warten, könnte ein anderer behaupten, er hätte den Kometen entdeckt. Er trägt aber deinen Namen, Sabian. All deine Arbeit und deine Berechnungen sind auf diesen Augenblick hinausgelaufen, das darf nicht umsonst gewesen sein.« Bonham ergriff Blakes Hand und schüttelte sie. »Ich gratuliere dir schon heute. Morgen wird es die Gesellschaft tun und dann wird die ganze Welt dein Genie erkennen. Wer weiß, vielleicht wird das Nemorensis die Welt verändern und du bist derjenige, den man damit betraute, sein Wissen an uns weiterzugeben.«

Unten auf dem Platz wachte der geheimnisvolle Fremde über das Haus, den Blick auf das offene Fenster gerichtet. Kutschen fuhren an ihm vorbei und ein patrouillierender Wachmann schlug bei jedem Schritt mit seinem Stock auf den Boden. Niemand beachtete den dunklen Schatten unter der Ulme oder den Rauch aus seiner glühenden Tonpfeife.

Agetta hörte Blakes Stimme; sie drang von oben über die Wendeltreppe zu ihr herunter. Sie öffnete die Tür, die am hinteren Ende des Platzes auf die schmale Gasse führte. Wenn sie nach links schaute, sah sie die Lichter von Holborn. Die alte Frau war nirgendwo zu erspähen. Agetta hielt Ausschau nach Brigand und rief seinen Namen in die Dunkelheit. Sie war allein.

Ohne weiter zu überlegen, beschloss sie zur Straße zu laufen. Sie hob ihren langen Rock hoch und drückte ihn gegen ihre Schürze. Mit der anderen Hand zog sie den Schal enger um sich. Dann rannte sie los. Ihre Schuhe klapperten auf dem Pflaster und klatschten in den Schmutz. So schnell sie konnte, rannte sie auf die Lichter zu. Sie wusste, dass sie zwischen all den Leuten, die sich auf den Straßen von Holborn drängten, in Sicherheit war.

Dann gaukelte ihre Phantasie ihr plötzlich vor, dass sie verfolgt wurde – dass ein dunkles Etwas ihr folgte, schon so nah war, dass sie seinen Atem in ihrem Nacken spürte und hörte, wie es Verwünschungen flüsterte. Sie geriet in Panik; ihre ganze Kraft verließ sie. Ihr Gesicht wurde kalt, als eingebildete Hände sich um ihren Hals legten und ihr die Luft abdrückten. Die Härchen im Nacken stellten sich auf, als sie sich vorstellte, wie eisige Finger sich nach ihr ausstreckten. Sie schaute vor sich auf den Boden, damit sie nicht stürzte, und lief immer schneller. Ein angstvoller Schrei entfuhr ihr.

Plötzlich wurde sie zu Boden geworfen. Um sie herum tobte der Straßenlärm von Holborn. Benommen von dem Aufprall schaute sie hoch. Über ihr stand ein Mann, von Kopf bis Fuß in Schwarz gekleidet. Sein Gehrock war mit dünnen goldenen Rändern verziert und auch seine breiten Stiefelschnallen glänzten golden. Er schaute auf sie herunter und hielt ihr die Hand hin.

»Kleine Leute sollten schauen, wohin sie gehen«, sagte er mit tiefer Stimme und einem Akzent, den Agetta noch nie gehört hatte. »Es ist sehr spät und es sind Menschen unterwegs, in die du nicht hineinlaufen möchtest.« Der Mann lächelte freundlich, als er Agetta auf die Beine half.

Agetta starrte ihn an. Er war fast zwei Meter groß, hatte ein schmales Gesicht und große grüne Augen, die ein schwarzer Hut mit weicher Krempe fast verdeckte. Den Kragen seines Gehrocks hatte er hochgeschlagen, denn die Nacht war kalt. Agetta wollte ihm ihre Hand entziehen, doch er hielt sie mit sanfter Gewalt fest.

»So warm, so weich . . .« Er hielt inne und schaute ihr in die Augen. »Du bist ein Mädchen, das vieles weiß. Das kann für jemand, der so jung ist, sehr gefährlich werden.« Endlich ließ er ihre Hand los. Agetta rührte sich nicht, sie war wie festgenagelt. Sie wusste nicht, wer der Mann war und woher er gekommen war. »Ich sehe dir an, dass du eine Verabredung hast, die du einhalten musst, mit jemandem, den du nicht warten lassen darfst. Soll ich dich zu deiner Verabredung begleiten?«

»Seid Ihr verrückt oder haben Maden Euch das Gehirn zerfressen?«, erwiderte Agetta heftig.

Im selben Moment schlug die Uhr von St. Georg von ihrem hohen Turm den ersten Schlag der Mitternacht. Agetta schob den Mann zur Seite und rannte Richtung Inigo-Jones-Gasse. Ganz Holborn hielt inne und schaute zum Himmel hinauf. Alles wartete auf das nächste Erdbeben. In der Ferne wurde eine Schiffskanone abgefeuert und leiser Donner rollte die Themse entlang. London wurde still und wartete.

Agetta drängelte sich durch die Leute auf der Straße. Keiner beachtete sie – aller Augen waren zum Himmel gerichtet. Der Neumond stand über der Stadt, der Himmel war klar und helle weiße Lichtpunkte schmückten das Universum wie Kerzen einen Baum. Die Schönheit des Alls hatte etwas Ursprüngliches, als sei die Welt neugeboren und dies die erste Nacht der Schöpfung.

Mit dem zwölften Schlag der Uhr bog Agetta in die Inigo-Jones-Gasse ein. Sie kam ihr noch enger, dunkler und unheimlicher vor als sonst. Die Blutspuren an der Wand waren immer noch zu sehen. Jeder Stein verströmte Angst. Agetta zögerte und schaute hinter sich. Sie hielt sich in der Mitte der Gasse und drehte sich beim Weitergehen ständig um, immer darauf gefasst, dass jemand oder etwas sie aus den Schatten heraus ansprang.

Der Lärm aus der Schiffsschänke erfüllte die Gasse. Agetta hörte die Männer rufen, die, ohne sich um den Himmel zu kümmern, mit hohen Einsätzen Karten spielten. Ihr schrilles Lachen wurde zwischen den Hauswänden hin und her geworfen.

Die rußgeschwärzten Hauswände hatten von der Feuchtigkeit einen dicken grünlichen Überzug. Über der Tür zur Schänke brannte eine Lampe und schickte einen dünnen Lichtstrahl aus, den der Nebel, der bis auf Kniehöhe über dem Boden lag, brach. Agetta sah nicht, wohin sie ihre Füße setzte oder ob sich etwas unter dem Bodennebel verbarg. Das Licht tanzte um sie herum und die Nebelschwaden nahmen die Gestalt gesichtsloser Gespenster an. Agetta war jetzt im dunkelsten Teil der Gasse angekommen, um nach einer Nachricht zu suchen, die die verlauste, alte Hexe ihr vielleicht irgendwo hinterlassen hatte. Sie wusste, dass das, was sie suchte, nicht weit sein konnte, doch was genau sie suchte, wusste sie nicht.

Die Schänkentür flog auf und ein dicker, alter Mann fiel hinaus auf die Gasse. Agetta drückte sich in den Schatten und beobachtete ihn. Der Mann rappelte sich auf und lehnte sich an die Wand. Mit einem zufriedenen Grunzen quittierte er die wachsende Pfütze, die er selbst machte. Agetta stand nur ein paar Schritte entfernt, doch er bemerkte sie nicht, und da er schon wieder Lust auf billigen Gin hatte, tastete er sich an der Wand entlang, bis er die Tür wieder fand, zog sie auf und torkelte hinein.

Agetta blieb, wo sie war. Insgeheim wusste sie, dass sie nicht allein war. Rechts von ihr wurde der Nebel aufgewirbelt, als käme jemand auf sie zu. Über sich auf dem Dach der Schänke hörte sie ein Kratzen, als ratschten Klauen über die alten Ziegel. Es war, als nehme eine Vorhut Aufstellung um sie herum. Die kalte Feuchtigkeit kroch ihr die Beine herauf wie nasse Hände. Sie wollte nur noch losrennen, weglaufen und die Zeit zurückdrehen. Mitternacht war vorüber, doch sie hatte noch kein Zeichen bekommen.

Dann hörte sie das Getrappel von Kutschpferden, die rasch die Straße von Lincoln's Inn heraufkamen. Das Geräusch wurde lauter, als sich das Knirschen der eisenbeschlagenen Räder auf dem Kopfsteinpflaster dazumischte. Im Licht der Schänke sah Agetta vier glänzende schwarze Pferde daherkommen. Sie trabten durch den Bodennebel, als gingen sie auf Wolken, und trugen schwarze Federbüsche auf dem Kopf wie bei einer Beerdigung.

Die Kutsche hinter den Pferden war äußerst elegant. Der Kutscher auf dem Bock hatte den Kragen seines Reisemantels hochgeschlagen und hinten standen zwei Lakaien mit kalkweißen Gesichtern und gepuderten Perücken. Ihre Mäntel waren mit goldenen Kordeln und Schulterstücken verziert. Die Kutsche hielt vor der Schänke und blockierte den Eingang zur Gasse. Von ihrem dunklen Versteck aus sah Agetta, wie der Kutscher sich umschaute, dann langsam von seinem hohen Sitz herunterstieg, die Kutschtür öffnete und sich hineinbeugte. Dann drehte der Mann sich um und ging zur Tür der Schänke. Dabei schaute er in die Gasse hinein. Er war klein und seine Füße waren nach innen gedreht, weshalb er einen watschelnden Gang hatte. Er erinnerte Agetta an einen dicken, fluglahmen Vogel, den sie einmal in einer Kuriositätenschau in Piccadilly gesehen hatte. Sein dicker Bauch wölbte sich unter dem Mantel und ließ seinen Gang noch unsicherer erscheinen. Einmal stolperte er und musste sich an der bemoosten Wand abstützen.

Der Mann schaute lange und angestrengt in die Dunkelheit der Gasse hinein. Agetta drückte sich angstvoll an die Wand. Halb erwartete sie von ihr aufgesogen und wieder von der alten Hexe festgehalten zu werden. Der Mann war keinen Meter von ihr entfernt, doch er sah sie noch immer nicht. Er drehte sich um, watschelte zur Kutsche zurück und beugte sich wieder hinein. Dann trat er einen Schritt zurück und streckte dem Passagier die Hand hin.

Agetta sah eine hoch gewachsene Frau in einem langen schwarzen Kapuzenumhang aus Samt aus der Kutsche steigen. Der Umhang glänzte im Licht der Lampe und wirbelte den Nebel bei jeder Bewegung auf. Die Frau trug eine Tigermaske mit dicken schwarzen Schnurrhaaren, die zu beiden Seiten abstanden. Jeder Tigerstreifen war mit Edelsteinen besetzt und um die Augen glitzerten blaue Diamanten. Ihr schmaler weißer Nacken schimmerte in dem trüben Licht.

Sie schaute in die Gasse hinein und rief: »Agetta! Agetta Lamian . . . ich habe eine Nachricht für dich.«

Agetta versuchte sich noch enger an die Wand zu drücken, als die Frau ihren beiden Lakaien bedeutete, von der Kutsche herunterzusteigen.

»Komm raus, Agetta, sonst müssen meine Männer dich holen. Ich tu dir nichts, du kannst mir vertrauen.« Die Frau redete mit einem leichten Akzent. Ihre Stimme klang freundlich und seidenweich und so, als hätte sie sie noch nie im Zorn erhoben.

Agetta antwortete nicht. Über sich hörte sie das Kratzen; es war das Geräusch, das ein großes Tier macht, wenn es sich mit scharfen Krallen an etwas Glattem festzuhalten versucht. Sie schaute die dunkle Gasse Richtung Holborn hinunter und wäre am liebsten losgerannt. Auf der Straße war es totenstill und auch aus der Schänke kamen nur noch leise Geräusche. Es war, als gäbe es auf der ganzen Welt nur noch sie und die Frau.

»Agetta«, sagte die Frau ruhig, »ich muss bald wieder gehen, und was ich dir zu sagen habe, ist wichtig. Dein Leben und das deines Vaters könnten davon abhängen. Ich weiß, dass du da bist, also komm raus, Mädchen!« Die Frau wartete nicht auf Antwort, sondern drehte sich um und stieg wieder in die Kutsche. Der Kutscher kletterte auf den Bock, nahm die Zügel in seine behandschuhten Hände und beruhigte die Pferde, bevor er anfuhr.

»Wartet!«, rief Agetta und lief zur Kutschentür. »Ich bin hier, ich werde mit Euch reden!«

Die Tür ging auf. Agetta fiel ein seltsames Muster auf dem leuchtend gelb und schwarz gestrichenen Türblatt auf. So etwas hatte sie noch nie gesehen. Es war nicht das Emblem eines Adligen; die sah sie oft auf den eleganten Kutschen, die die Fleet Street hinunterrollten. Auf dieser Kutschtür war eine goldene Sonne, in der ein rotes, menschliches Auge leuchtete, das Agettas Bewegungen zu verfolgen schien.

Aus dem dunklen Inneren der Kutsche kam die leise Stimme: »Steig ein, Agetta. Wir werden eine kleine Ausfahrt machen, eine Ausfahrt, die dein Leben verändern wird.«

Die Frau klang vertrauenswürdig. Trotzdem wusste Agetta, dass es vollkommener Wahnsinn war, in die Kutsche einer Fremden einzusteigen. Das war das Ende mehrerer Mädchen gewesen, die sie gekannt hatte. Sie waren von der Straße weg verschwunden und keiner hatte sie mehr lebendig gesehen. Sie schaute in die Gasse zurück, hörte wieder das Kratzen vom Dach. Und da schob Agetta alle Vorsicht beiseite. Ein kalter Schauer lief ihr über den Rücken, als sie in die Kutsche stieg.

»Ist es die Kälte oder die Angst, die dich zittern lässt?«, fragte die Frau, als sie Agetta eine behandschuhte Hand hinstreckte. »Meine Freunde beobachten dich seit einiger Zeit ... Sie sind der Meinung, dass du uns helfen kannst. Sie glauben sogar, dass du das Zeug dazu hast, eine von uns zu werden.« Plötzlich wurde die Tür zugeschlagen und die Kutsche fuhr mit einem Ruck an.

Im Innenraum brannte eine schwache Lampe; der Docht verbreitete ein warmes bernsteinfarbenes Licht, das die Ledersitze und die goldbeschlagene Tür glänzen ließ. Die Frau schwieg mehrere Minuten lang. Sie schaute durch die edelsteingeschmückten Augenschlitze ihrer Maske und studierte jeden Zug in Agettas Gesicht.

»Du hast die Lippen einer Lügnerin«, sagte sie schließlich über das Geräusch der Kutsche hin, die durch die Straßen ratterte. »Erzählst du Lügen, Agetta?«

Agetta zögerte. »Manchmal«, erwiderte sie vorsichtig. »Lügt nicht jeder mal?«

Die Frau lächelte, als Agetta versuchte ihr in die Augen zu sehen. »Du hast die Augen einer Diebin, Agetta«, sagte sie. »Stiehlst du auch?«

»Nur, wenn ich will«, konterte Agetta kurz angebunden und schaute zur Tür. Sie wusste, dass sie abspringen und davonlaufen sollte, doch die Frau streckte den Fuß aus, sodass er zwischen ihr und der Tür war.

»Ich will nicht, dass du aus der Kutsche fällst«, sagte sie. Ihr Tonfall war plötzlich ein anderer und sie sprach schneller. »Jedenfalls jetzt noch nicht. Wir brauchen dich noch.«

»Wozu?« Agetta versuchte ruhig zu bleiben, doch sie wünschte, Brigand wäre hier und würde der Frau an die Kehle springen.

»Lehn dich zurück und hör zu und vergiss die Sache mit dem Abspringen und Davonlaufen«, meinte die Frau. »Wenn wir dich umbringen wollten, hätten wir das schon längst tun können. Du wärst dann schon eines von den vielen Straßenkindern, die bei Ebbe in der Themse gefunden werden . . .«

Agetta erwiderte nichts darauf. Sie schaute sich die Frau genau an. Der Geruch von teurem Wein umgab sie und ein Anisduft. Agetta hatte diesen Duft schon einmal gerochen, als Blake eine Flasche seines magischen Absinths auf dem Tisch hatte stehen lassen. Sie hatte die dunkelgrüne Flüssigkeit betrachtet, sich jedoch nicht getraut davon zu probieren. Stattdessen hatte sie am Verschluss gerochen und der starke, süße Likör war ihr in die Nase gestiegen und hatte ihr die Tränen in die Augen getrieben. Jetzt erfüllte der Duft die Kutsche, hing an den Kleidern der Frau wie ein schweres Parfüm.

»Wohin bringt Ihr mich?«, wollte Agetta wissen.

»Nicht weit. Du bist hier drin sicherer als auf der Straße. Ich will, dass du dir den Fluss anschaust. Das wird dich zum Reden bringen.« Die Frau suchte in ihrem Umhang und brachte eine silberne Reiseflasche zum Vorschein. »Möchtest du etwas davon? Es wärmt das Herz und nimmt den Nebel von deinen Füßen.« Sie lachte, als sie Agetta die dickbauchige Flasche anbot.

Agetta wandte den Kopf ab. Sie konnte der Frau nicht trauen.

»Es ist kein Gift«, versicherte diese ihr, schraubte die silberne Kappe ab, hob die Flasche an die Lippen und nahm einen großen Schluck. »Schau, meinst du, ich will mich selbst umbringen? Nimm, wir werden für lange Zeit Freunde sein. Du wirst lernen müssen mir zu vertrauen, und das ist eine gute Gelegenheit, um damit anzufangen.« Zum zweiten Mal hielt die Frau ihr die Flasche hin.

»Wenn wir Freunde werden sollen, warum kann ich dann Euer Gesicht nicht sehen?«, fragte Agetta, als sie die Flasche vorsichtig in die Hand nahm.

»Dir könnte nicht gefallen, was du siehst. Außerdem wäre es besser, du würdest nur meinen *nom de guerre* kennen, meinen Decknamen. Du kannst mich – Yerzinia nennen.« Die Frau lächelte. Agetta sah, dass ihre Augen strahlten wie die Edelsteine auf der Maske. »Magst du nicht davon trinken? Es wird dir nicht schaden, im Gegenteil, es wird dir sehr gut tun. Es weitet den Verstand, befreit die Seele und wärmt den Körper.« Yerzinia schüttelte sich genüsslich und kicherte.

Agetta wusste, was kommen würde. Das intensive Aroma aus der Flasche stieg ihr in die Nase. Sie zögerte kurz, bevor sie die silberne Flasche an die Lippen hob. Ihr war klar, dass sie, sobald sie einen Schluck davon getrunken hatte, nicht mehr zurückkonnte. Mit einem Tropfen nur war sie an die Freundschaft gebunden, als hätten sie Blutsbrüderschaft getrunken.

Yerzinia redete, als könne sie Agettas Gedanken lesen. »Wir werden Schwestern sein, ich kann mich um dich kümmern. Du brauchst dich nie mehr um irgendetwas zu sorgen. Ich kann dich freimachen von den Töpfen und Pfannen, dem Putzen und Bedienen. Bald wirst du nie mehr einem Gefangenen das Essen nach Newgate bringen müssen.« Sie hielt inne und lächelte wieder. »Ich weiß, dass es dir nicht gefällt, wie sie dich anstarren. Und jetzt trinke auf ein neues Leben.«

Agetta setzte die Flasche an und trank von der zähen Flüssigkeit. Zunächst tanzte das Aroma nur auf ihrer Zunge. Dann schluckte sie und der Absinth wärmte ihr die Kehle mit seinem aromatischen, geheimnisvollen Geschmack, für den sie keinen Vergleich hatte. Zum ersten Mal lehnte sich Agetta zurück und entspannte sich im weichen Leder der Kutschsitze. Die Kutsche schaukelte wie ein Schiff auf hoher See, als die wärmende Flüssigkeit durch ihren Körper rann, jeden einzelnen Nerv vibrieren ließ und jedem Muskel in ihr neue Kraft verlieh.

Wogen reiner Freude überspülten sie und sie fühlte sich ausgesprochen lebendig. Es überkam sie eine überwältigende Liebe für alles um sie herum. Rasch nahm sie noch einen Schluck, versuchte so viel als möglich auf einmal aus der Flasche herauszubekommen, in der Hoffnung, dass es nie aufhören und jeder Tropfen das Glücksgefühl verstärken würde.

Yerzinia setzte sich neben sie, nahm ihr die Flasche aus der Hand und trank selbst noch einen Schluck. »Ich erinnere mich noch gut daran. Der erste Schluck bleibt einem ewig im Gedächtnis. Absinth hat magische Kräfte, er verändert die Seele und macht dich frei wie einen Adler.« Sie nahm Agettas rechte Hand und drückte ihren Daumen hinein. Es begann, leicht zu brennen, als sie fester drückte. Agetta sah dünne Rauchfahnen von ihrer Hand aufsteigen und wie Sumpfkobolde durch die Luft tanzen, spürte jedoch keinen Schmerz. Sie achtete gar nicht darauf.

»Denk immer daran, Agetta, Glück und Freude sind wichtiger als die Regeln irgendeines Gottes. Heute Nacht wirst du erwachsen. Von heute an wirst du nur für dich leben und nicht für deinen Vater oder Sabian Blake.« Yerzinia hob Agettas Hand an ihren Mund und blies in die Handfläche. »Du hast in deinem kurzen Leben schon so viel angestellt, dass es reichen würde, dich mehr als einmal in Tyburn am Galgen baumeln zu lassen. Davor kann ich dich bewahren. Stehlen ist etwas für Dummköpfe und du wirst bald erfahren, dass sich dir eine ganz neue Welt auftun wird, von deren Existenz du bisher nichts gewusst hast.«

»Was soll ich tun?«, fragte Agetta. Sie redete wie im Traum, wusste nicht, ob sie die Worte laut gesagt hatte.

»Das wirst du früh genug erfahren. In einem Gedanken, einer Vorstellung, die dich nicht mehr loslässt, durch einen Wunsch, der erfüllt werden muss, und ein Verlangen, das nie befriedigt werden kann. Dann wirst du wissen, was du zu tun hast, und wir werden uns wieder begegnen . . . bald.«

Bei diesem Wort kam die Kutsche so abrupt zum Stehen, dass es Agetta vom Sitz hob. Ein Lakai sprang von der Kutsche und öffnete die Tür. Agetta schaute hinaus auf eine der schwach beleuchteten Straßen Londons. Sie roch die Themse und hörte die Bootsführer ihre letzte Fahrt ausrufen. Ein Nachtwächter rief, dass es ein Uhr sei und alles in bester Ordnung, und er klopfte dabei mit seinem Stock an die Wand.

»London Bridge«, sagte Yerzinia leise. »Hier wohnt ein Mann, den du kennen lernen solltest. Komm am Sonntagmorgen noch einmal hierher, bevor du zu Blake gehst, und suche nach dem Geschäft des Buchhändlers. Er hat etwas für dich, etwas, das du brauchen wirst.«

Der Lakai streckte die Hand aus und half Agetta aus der Kutsche, schloss dann rasch die Tür und sprang wieder auf. Mit dem Klicken des Türschlosses ließ der Kutscher die Zügel schnalzen und die Kutsche ratterte über das Pflaster von Bishopsgate. Die vier Rappen mit ihrem Beerdigungsschmuck fielen in einen leichten Trab und ihre beschlagenen Hufe ließen auf dem Kopfsteinpflaster die Steinchen auffliegen.

Agetta war allein. Die Wirkung des Absinths ließ mit jedem Meter, den Yerzinias Kutsche sich entfernte, nach. Sie hatte das Gefühl, dass es kälter geworden war, und wickelte ihren Schal enger um sich. Dann schaute sie sich ihre Hand an, die jetzt brannte, als hätte sie sich verbrüht. Mitten auf ihrer Handfläche war ein schwarzer Daumenabdruck, der die Lebenslinie unterbrach. Agetta spuckte in die Hand und rieb mit dem Daumen über den Abdruck. Er brannte stärker, wurde aber eher noch größer und nahm vor ihren Augen die Form eines großen roten Auges mit schwarzer Umrandung an. Der Schmerz pulsierte im Rhythmus ihres Herzschlags. Rasch wickelte Agetta ihre Hand in die Schürze und presste den feuchten Stoff auf die Wunde. Dann machte sie sich langsam auf den Weg nach Bishopsgate.

5

Verbrannte Flügel

Cadmus Lamian saß an dem langen Gasttisch und starrte in die Reste des Feuers, das um jeden Funken Leben kämpfte. Dagda Sarapuk schlief in einem großen Holzstuhl am Feuer und schnarchte. Ein Windhauch blies den Staub über den Steinfußboden des Speisesaals und ließ die Flammen der Kerzen zittern, die auf dem Kaminsims brannten.

»Gesprächig seid Ihr nicht gerade, Sarapuk«, knurrte Lamian. Der Gin gurgelte in seiner Kehle wie eine winzige Kröte, die nach Luft schnappt. »Ihr hättet wenigstens so lange wach bleiben können, bis ich mit dem, was ich Euch erzählen wollte, fertig gewesen wäre.«

Sarapuk schlief weiter. Sein Kopf rollte hin und her, als quälten ihn die Visionen, die seine Alpträume ihm bescherten.

»Es geht um sehr, sehr viel, um Dinge, die nicht von dieser Welt sind. Um die Art Dinge, die einen aus dem Drecksleben hier mit seinen Läusen und Krankheiten herausheben.« Lamian schlug sich mit der flachen Hand auf den Arm und klaubte dann die von seinem Blut dick und rund gewordene Laus mit der geübten Sorgfalt eines Mannes auf, der dies schon tausendmal gemacht hat.

»Ich hab Euch sogar eine Feder mitgebracht, die ich Euch als Beweis zeigen wollte.« Betrunken, wie er war, fummelte er an sich herum und brachte dann aus der Innentasche seines Gehrocks eine lange weiße Feder zum Vorschein. Er hielt sie hoch, hinauf zu dem flackernden Kerzenlicht, und starrte durch die weiße Pracht hindurch, die in dem dunklen Raum mit einer Helligkeit strahlte, die nicht von dieser Welt war. »Was bringt es, wenn man ein Geheimnis hat und es für sich behält, frage ich? Hier bin ich, ein einfacher Koch mit einer alten Herberge, aber oben unterm Dach, weggeschlossen vor den Augen der Menschheit, habe ich etwas so Wundervolles – das hat die Welt noch nicht gesehen. Doch wem kann ich es zeigen? Vor wem kann ich mich damit rühmen? Das ist das Dumme an Geheimnissen: Sie nützen dir nichts, wenn du sie nicht mit jemandem teilen kannst.«

Sarapuk grunzte eine Antwort, murmelte im Halbschlaf Worte aus einem vergessenen Lied: »Berühre mich mit dem Weihwasser . . . damit ich rein werde . . . Wasche mich, dann bin ich weißer als der Schnee . . .«

Lamian schauderte, als hätte er einen Geist reden hören. Er packte den eisernen Schürhaken, der im Kamin lag, und stupste Sarapuk dreimal damit in die Brust. »Hört mit Eurem Gebrabbel auf, Mann!«, rief er. »Ihr macht mir Angst. Das ist Kirchengeschwätz und da soll es auch bleiben.«

Sarapuk rutschte vom Stuhl und plumpste auf den Boden. Wie ein Ertrinkender an einem Ast hielt er sich an Lamians Stuhl fest. »Ah! Was ist das?«, gurgelte er, als er mit den Knien auf den Stein aufschlug. »Lang her . . . so viel vergessen . . . aber es kommt zurück, es kommt zurück . . . lauert mir in der Nacht auf, ein Hund, er verfolgt mich, jagt mich.« Endlich kam er zu sich. Er kniete vor Lamian, als wolle er ihn anbeten. »Ich hab's gesehen, Cadmus, und das Wort hat mir nicht geholfen. Ich hab es in der Dunkelheit herankommen hören, hab seinen Atem in meinem Nacken gespürt . . . etwas ist hinter mir her und will mich fressen.« Die letzten Worte hatte er halb schluchzend gesagt. Tränen standen ihm in den Augen. »Sag, dass du mich beschützt, Cadmus. Wir wollen mehr füreinander sein als nur Saufbrüder. Du bist mein einziger Freund und der Hund kommt jede Nacht näher.«

»Das ist doch nur ein Traum, Einbildung. Es gibt nichts zu fürchten.« Lamian hielt die leuchtend weiße Feder wie einen Zauberstab. »Schau her, das wird dich beschützen!« Er warf sie Sarapuk zu. »Die stammt von einem Engel. Ein herrlicheres Wesen hast du in deinem ganzen Leben noch nicht gesehen. Glitt auf Flügeln durch die Himmel und jetzt gehört er mir.«

»Sieht mir eher wie eine Schwanenfeder aus. Ich hab genug Engelsfedern gesehen, dazu Teile vom Kreuz des Rabbis und Drachenzähne. Die Welt ist voll von solchen Dingen, die man alle für eine Guinea kaufen kann und die gegen alles helfen.« Sarapuk rieb sich die Hände, als wolle er unsichtbaren Schmutz abwischen. »Du bist mein Freund und jetzt auch mein Geschäftspartner, aber Engelsfedern hab ich von dir weiß Gott nicht erwartet. Tausende gerupfter Schwäne stolzieren durch die königlichen Gärten und zeigen der Welt ihre nackten Bäuche, aber kein einziger hat jemals eine Engelsfeder abgegeben!«

»Mann«, rief Lamian wütend und enttäuscht, »das hier ist kein Trick aus irgendeinem Kuriositätenkabinett! Der Engel ist so echt wie du und ich. Ich hab ihn mit eigenen Augen gesehen und ihm diese Feder mit meinen eigenen Händen aus dem Flügel gerupft. Es sind keine Schwanenflügel, die einem Mann an den Rücken geklebt wurden. Er ist ein Engel!«

Sarapuk sprang auf, nahm die Feder und hielt sie ans Kerzenlicht. Er betrachtete die goldenen Ästchen, deren Strahlen ineinander gehakt waren und wie flüssiges Weiß leuchteten. Die Feder sah aus, als sei sie aus wertvollem Edelmetall gemacht worden, und war für ihre Größe ungeheuer schwer. Sarapuk zog sie durch die Kerzenflamme und hoffte, Lamians Fälschung würde verbrennen. Die Feder schwelte nicht einmal und wurde auch nicht schwarz. Mitten in der Flamme leuchtete sie noch heller. Sarapuk wog sie in der Hand und sein Gesicht verriet, wie es in ihm arbeitete. »Wer hat die gemacht?«, fragte er, eine Augenbraue hochgezogen.

»Ich nehme an, es war der, der uns alle gemacht hat«, erwiderte Lamian.

»Quatsch! Früher hab ich das mal geglaubt, aber der Glaube wurde mir wie so vieles gestohlen. Jetzt glaube ich nur noch das, was ich sehe, und sonst nichts mehr. Erst wenn ich etwas finde, was die Existenz einer anderen Welt beweist, fange ich auch wieder an zu glauben.« Sarapuk schlug ein paar Mal mit der Feder an die Tischkante und bei jedem Schlag erklang ein Ton. Er war zunächst so hoch, dass man ihn nicht hören konnte, doch als Sarapuk stärker gegen den Tisch klopfte, drang er in die Ohren wie der Schrei von Fledermäusen.

»Es ist etwas ganz und gar Wundersames«, meinte Lamian und griff nach der Feder. »Glaubst du mir jetzt?«

»Wenn ich das Wesen sehen könnte, würde ich dir glauben. Seit Jahren suche ich nach dem geheimen Sitz der Seele. Ich habe Tote jeder Rasse seziert und geschaut, wo die Seele sich in uns verbirgt. Ich habe sie weder im Gehirn noch in den Eingeweiden gefunden. Das Herz ist ebenfalls nicht ihr Aufenthaltsort, also könnte man sagen, dass es die Seele gar nicht gibt. Wenn man jedoch einen Engel finden würde, einen echten, lebendigen Engel, würde das alles verändern. Kennst du eine solche Kreatur?« Sarapuk war jetzt voller Ungeduld. Er folgte mit den Augen jeder Bewegung Lamians, suchte nach einem versteckten Hinweis.

»Ich kann dir eine zeigen . . .« In diesem Moment fiel die Haustür zu. Ein kalter Wind ließ die Fenster im Speisesaal beben und die Glut im Kamin hell aufleuchten. Lamian bedeutete Sarapuk mit einem Blick still zu sein. »Wer ist da?«, rief er auf den Flur hinaus. »Wer kommt noch so spät und weckt uns um diese Zeit auf? Es gibt erst morgen früh wieder etwas zu essen.«

»Ich bin es, Vater«, erwiderte Agetta. »Blake hat mich aufgehalten und auf dem Heimweg waren alle Straßen zwischen Bloomsbury und hier verstopft, weil die Leute auf ein zweites Beben gewartet haben. Hast du den Neumond gesehen?« Agetta redete schnell und hoffte ihren Vater so auf andere Gedanken zu bringen. Ihre Hand hatte sie unter der Schürze versteckt. »Ich gehe gleich ins Bett«, rief sie vom Flur aus.

»Schon zu groß, um deinem Vater Gute Nacht zu sagen, Agetta? Komm rein und sag uns Gute Nacht«, rief Cadmus.

Agetta trat unter die Tür, lächelte ihren Vater an und nickte Sarapuk zu.

»Du solltest vorsichtig sein, wenn du an der Themse entlanggehst, Agetta. Da sind Nachteulen unterwegs, die sind nichts für hübsche junge Mädchen«, meinte Sarapuk und stierte sie dabei an.

»Das müsste schon ein sehr mutiger Mann sein, der sich an meiner Agetta vergreift«, erwiderte ihr Vater. »Entweder das oder ein Dummkopf. Sie hat einen härteren Schlag als jeder Faustkämpfer.« Lamian hob die Fäuste, als wolle er kämpfen. »Komm her, Agetta, zeig ihm deinen rechten Haken. Hau mir diesen Klumpen da von der Schläfe.« Lamian boxte kräftig in die Luft.

Agetta blieb in der Tür stehen. Sie verbarg die rechte Hand jetzt hinter dem Rücken. »Ich glaube, ich gehe ins Bett. Ich habe genug getan für heute«, erwiderte sie freundlich.

»Komm her, Mädchen.« Lamians Ton hatte sich geändert; es war kein Spaß mehr. »Komm und trete gegen deinen alten Herrn an!«

Agetta wusste, dass sie nicht Nein sagen konnte, und trat ins Zimmer, die rechte Hand immer noch auf dem Rücken. Sie wollte nicht erklären müssen, wie sie zu dem Mal gekommen war. Der dumpfe Schmerz erinnerte sie an Yerzinia, die Kutsche und den Absinth. Gehorsam holte sie mit der linken Hand zu einem Schwinger aus, zielte aber bewusst daneben.

»Mit Gefühl, Mädchen, schlag zu, als ob du's ernst meinst«, sagte Cadmus und ballte die Faust. »Los, Mädchen, du kannst es besser.« Er boxte in die Luft, dass Agetta erschrocken zurückwich.

Aus dem Instinkt heraus und auf Grund jahrelanger Kampfübungen holte sie aus. Ohne nachzudenken, ließ sie ihre Rechte durch die Luft sausen. Sie traf ihren Vater an der Schläfe.

Er taumelte rückwärts und lachte. »Ich hab dir doch gesagt, dass sie kämpfen kann«, sagte er, als er seine Deckung aufgab und Luft holte. »Sie ist eine richtige Kämpferin, meine Agetta. Ich hab's ihr auf die harte Tour beigebracht – wer die Rute spart, verzieht das Kind.«

Agetta zuckte bei seinen Worten zusammen; sie taten so weh wie die Wunde in ihrer Hand.

»Was ist los mit dir, Mädchen? Hast du bei deinem alten Herrn zu fest hingelangt?« Cadmus schaute Sarapuk an und lachte.

Agetta hielt ihre rechte Hand und kämpfte gegen die Tränen. »Ich hab mir die Hand verbrannt«, sagte sie, »an einer Kerze. Ich bin mit der Handfläche auf die Flamme gekommen.«

»Lass mich mal sehen«, unterbrach sie Sarapuk. »Ich bin Arzt, ich kann dir helfen.«

Bevor sie ablehnen konnte, war Sarapuk mit zwei Schritten bei ihr, nahm ihre Hand, bog die Finger auf und drehte die Handfläche zum Licht der Kerzen. Die Wunde, die einem Auge glich, starrte ihn an. Aus der schwarzen Linie um die blutrote Mitte trat Wundflüssigkeit.

Sarapuk drehte ihre Hand rasch so, dass ihr Vater sie nicht sehen konnte. »Sieh zu, dass die Wunde immer gut zugebunden ist, vor allem bei Nacht, und zeig sie niemand.« Er legte einen Arm um Agetta und zog sie näher zu sich heran. »Und geh nicht mehr da hin, wo dir die Wunde zugefügt wurde«, flüsterte er. »Man wird mehr von dir wollen, als du dir vorstellen kannst.«

»Was ist los, Mann? Lass mich auch mal sehen«, verlangte Lamian ungeduldig. »Sie ist meine Tochter, ich sollte wissen, was sie hat.«

»Da gibt's nichts zu wissen, Cadmus. Sie muss die Wunde bedeckt halten und darf sie niemand zeigen, nicht einmal dir. Agetta hat sich die Hand verbrannt, sie muss sie zubinden und schauen, dass es nicht schlimmer wird.« Sarapuk sah Agetta an. »Als dein Arzt gebe ich dir die Anweisung, sie mit einem Leinentuch zu umwickeln und ins Bett zu gehen. Morgen früh geht es dir bestimmt wieder besser. Ich bringe dir etwas gegen die Schmerzen.«

Agetta sah ihrem Vater an, dass er Sarapuk verdächtigte ihm nicht die Wahrheit gesagt zu haben.

»Mach, was *Doktor* Sarapuk gesagt hat. Ich weck dich morgen früh. Und jetzt fort mit dir.«

Agetta ging hinaus und Lamian warf die Tür hinter ihr zu, dass man es im ganzen Haus hörte.

»Ziemlich viel Aufhebens wegen einer Brandwunde, Dagda. War es wirklich nur das?«, fragte er.

»Nichts anderes. Ich habe viele Brandwunden gesehen und ihre ist typisch. Aber jetzt erzähl mir mehr von diesem Engel. Darum könnte ich ganz gewiss eine Menge Aufhebens machen.«

»Jetzt trinken wir erst noch einen und geben dem Mädchen Zeit, sich ins Bett zu legen. Dann bring ich dich an einen Ort, der dem Himmel so nah ist, wie wir Menschen näher nicht kommen können«, erwiderte Lamian.

Agetta schloss hinter sich die Tür zu dem Zimmer, das sie mit ihrer Mutter teilte. Es war klein und eng mit den zwei schmalen Betten, auf denen schäbige Rosshaarmatratzen lagen. Neben dem Bett ihrer Mutter brannte eine Kerze. Sie gab jedoch nur ein schwaches Licht, sodass der Raum kalt wirkte. Agetta passte auf, dass sie den Nachttopf nicht umwarf und nicht über den Sack Mehl stolperte, der voller Milben war. Sie kniete sich auf ihr Bett und drückte gegen das Fenster. Er gab mit einem leisen Knarren nach und frische Nachtluft strömte ins Zimmer. Die Wände wurden vom Mondlicht beschienen.

Ihre Mutter stöhnte im Schlaf und tastete nach der Ginflasche, die auf dem Tisch neben ihrem Bett stand. Sie lag da wie ein Seehund auf dem Strand. Ihr Kopf rollte hin und her; der lange, dürre Hals ragte aus den Rüschen ihres Nachthemds. Ihr rasselndes Schnarchen erfüllte das Zimmer. Gelegentlich wurde es unterbrochen von leisem Stöhnen, wenn sie mit den Händen wedelte, um ihre Visionen zu verscheuchen.

Agetta schaute hinaus in die sternklare Nacht. Unten hing noch immer der Nebel über dem Pflaster und kroch aus Gassen und über Straßen wie ein großer, weißer Drache, der sich zum Fluss hin schlängelt. Sie schaute zu ihrer Mutter hinüber. Die Bettdecke hob und senkte sich so gleichmäßig wie ein Uhrwerk. Aus ihrer Nase stiegen warme Atemwolken in die kalte Luft im Zimmer. Das Rasseln ihrer Lunge und die allnächtlichen Krämpfe raubten Agetta den Schlaf. Sie wartete, wachte über jeden Atemzug, den ihre Mutter machte, hoffte sogar manchmal voller Verzweiflung, es möge ihr letzter sein.

Ratten kratzten in der Wand und stimmten mit ihrem Nagen in das unruhige Schlaflied ein. Agetta wickelte sich in eine dicke Decke und schloss die Augen. Sie hoffte, dass der Schmerz bald nachließ, und wartete darauf, dass sie dieses überwältigende Verlangen überkommen würde, von dem Yerzinia gesprochen hatte. Sie sah wieder die luxuriöse Kutsche mit ihren Ledersitzen vor sich und roch den schweren Duft, den Yerzinia und ihre eleganten Kleider verströmt hatten. Diese Welt war von ihrem eigenen, verkommenen Zuhause so weit entfernt doch jetzt schien es eine Möglichkeit zu geben, dass es auch ihre Welt werden konnte. Und sie wollte alles tun, um dazuzugehören.

Ihre Mutter schnarchte laut; es war unmöglich, bei dem Lärm in den Schlaf zu finden. Agetta folgte den schwarzen Schatten, die über die schmutzige Wand glitten. Sie schloss die Augen und wartete auf den Sonnenaufgang. Da kam ihr der Fremde aus Holborn wieder in den Sinn . . .

»Kleine Leute sollten schauen, wohin sie gehen«, sagte der Mann mit seiner tiefen Stimme.

Agetta schaute auf. In der tiefen Dunkelheit, die ihn umgab, sah der Fremde noch größer und Furcht erregender aus, wie er so über ihr stand und die Krempe seines weichen schwarzen Hutes in dem Wind, der von der Themse heraufwehte, auf und ab wippte. Agetta dachte kurz ans Kämpfen, doch ihre Glieder waren traumschwer, sie konnte sich nicht rühren.

»Das ist kein guter Gedanke«, sagte der Fremde leise. »Dein Gesicht ist mit deinem Herzen verbunden und deine Augen sagen das, was die Seele nicht verbergen kann.« Er streckte eine Hand aus. »Weshalb hast du Angst vor mir? Du kennst mich doch gar nicht.«

Agetta konnte auch nicht sprechen, die Worte blieben ihr im Hals stecken. Sie ergriff seine Hand. Das Pflaster verschluckte sie, sie fiel. Gesichter tauchten auf, Hände griffen nach ihr und zogen an ihren Haaren; halb Verweste flogen ihr entgegen.

Plötzlich ein lang gezogenes, gurgelndes Stöhnen. Agetta klammerte sich an ihr Bettzeug, als sie auf den harten Fußboden plumpste. Ihre Mutter schnarchte laut. Auf der Treppe vor ihrem Zimmer hörte sie Schritte. Rasch schlüpfte sie wieder ins Bett und zog die Decke über den Kopf.

Die Zimmertür knarrte leise, als sie aufgedrückt wurde und lange Finger sich um den Türrahmen legten. Agetta lag unter ihrer klammen Decke und spürte, dass sie angestarrt wurde, wagte aber nicht sich zu rühren.

»Schlafen wie die Babys«, murmelte ihr Vater und verließ das Zimmer wieder.

»Gut, dass sie nicht wissen, was du vorhast, Cadmus. Ein Mann kann nie zu viele Geheimnisse haben«, wisperte Sarapuk.

Agetta lauschte den Schritten nach, die die Treppe zu dem verschlossenen Dachbodenzimmer hinaufstiegen, und hörte ihren Vater mit Sarapuk reden. Sie hörte, wie die Schlüsselkette an die Tür schlug und das schwere Schloss mit einem Klicken aufsprang. Was gesprochen wurde, verstand sie nicht, dazu waren sie zu weit weg. Müdigkeit überkam sie und bald war sie eingeschlafen.

»Man kann nie vorsichtig genug sein, Dagda!«, sagte Lamian, als er die Tür zum Dachboden hinter sich schloss und den Schlüssel umdrehte. »Ich muss ihn mit Eisenketten an den Boden fesseln. Man hat mir gesagt, dass er schneller ist als der Blitz und doppelt so schnell fliehen würde.« Er schob Sarapuk weiter in einen noch kleineren Raum, der nur schwach beleuchtet war.

»Das ist also dein Kuriositätenkabinett?«, fragte Sarapuk, als seine Augen sich an die Dunkelheit gewöhnt hatten.

»Mein bestes Stück, für das ich einen königlichen Preis bezahlt habe«, erwiderte Lamian.

»Dann wollen wir mal hoffen, dass er echt ist und nicht nur Schwanenfedern trägt!«

Lamian zog einen schmutzigen Vorhang zur Seite. »Mein kleiner Engel!«, rief er stolz.

Sarapuk schnappte ungläubig nach Luft. Vor ihm stand ein Mann in einem silbrig weißen Kleid, das ohne Naht oder Saum genäht und mit glänzenden, geflochtenen Bordüren verziert war. Er hatte dunkle Haut, ein breites Kinn und grüne Augen, die wie Smaragde leuchteten.

»Er ist ein sehr schönes Exemplar, aber ich sehe keine Flügel«, sagte Sarapuk und bewegte die Arme, als wolle er fliegen.

»Darin besteht die Schönheit eines echten Engels. Ich hab mal einen in Piccadilly gesehen. Er hatte riesige, wunderschöne Flügel, die aus seinem Leinenhemd herausragten. Er konnte sie sogar bewegen, aber was man nicht gesehen hat, waren die Lederriemen, mit denen sie an seinem Menschenkörper befestigt waren. Sechs Monate später war er wieder da, dieses Mal als Kentaur. Er hatte sich die Hinterbeine eines toten Pferdes untergeschnallt. Und die Leute haben es nicht gemerkt . . . Aber mein Engel ist echt und seine Flügel sind so schön wie er.« Lamian strich dem Wesen sacht übers Gesicht.

Der Engel nahm keine Notiz von ihnen. Er schaute stur auf den Boden. Seine Miene zeigte abgrundtiefe Traurigkeit.

»Spricht er?«, erkundigte sich Sarapuk aufgeregt.

»Manchmal. Aber er isst nicht und schläft nicht. Er starrt nur auf den Boden. Als ich ihn herbrachte, hat er noch gestrahlt, seine Haut glänzte fast wie poliertes Kupfer und seine Flügel waren leuchtend weiß. Aber jetzt . . . Irgendwie hat er seinen Lebenswillen verloren; etwas in ihm hat sich verändert.«

»In mir würde sich auch etwas verändern, wenn ich in einer solchen Kammer leben müsste«, meinte Sarapuk. Ihn schauderte. »Für mich sieht er aus wie ein Mensch. Ich hatte etwas anderes erwartet.«

»Er ist wirklich und wahrhaftig ein Engel, ganz ohne Trick. Unter diesem Leinenhemd sind ein paar der schönsten Flügel, die London je gesehen hat.« Lamian redete schnell und aufgeregt. Sein Augenwinkel zuckte, als er über den Knoten an seiner Schläfe rieb.

Sarapuk sah, dass das Wesen mit goldfarbenen Ketten an den Boden gefesselt war. Um seine bronzenen Handgelenke schlossen sich breite Metallbänder.

Lamian griff nach dem Leinenhemd und hob es hinten hoch. »Da siehst du es – Flügel! Zum Fliegen! Engelsflügel! Echte Flügel!« Er lachte, als er das sagte. Seine Augen glitten über den Rücken des Wesens. Er konnte noch immer nicht glauben, was er sah. »Das Erstaunliche ist, dass er sie durch das Leinenhemd hindurchstecken kann, und wenn er es tut, werden sie dreimal so groß.«

Die Flügel schienen sich an den Rücken des Wesens anzuschmiegen. Sie hatten die Größe von Adlerflügeln mit dichten weißgoldenen Federn, die im Kerzenlicht schimmerten. Sarapuk suchte nach den Bändern, mit denen sie am Rücken festgemacht waren. Er griff mit der Hand unter die Flügel und tastete den Rücken des Wesens ab. Plötzlich klappten die Flügel auf und wurden binnen Sekunden um ein Vielfaches größer. Ein Schauer winziger silbriger Funken ging auf Sarapuk und Lamian nieder. Lamian ließ das Hemd des Engels los. Es fiel durch die Flügel hindurch, als gäbe es sie nicht. Beide Männer machten einen Satz nach rückwärts. Der Anblick verschlug ihnen die Sprache.

Die Engelsflügel füllten den kleinen Raum und ragten wie glänzende Pfauenfedern über dem Wesen auf. Auf jeder Feder prangte ein leuchtend blaues Auge. Sarapuk legte schützend die Hände über die Augen. Das gleißende weiße Licht, das von den Flügeln ausging, blendete ihn fast. Er schaute zwischen den Fingern durch und sah, dass es immer heller strahlte. Der ganze Raum war jetzt in goldenes Licht gebadet. Doch so schnell, wie es gekommen war, war es auch wieder verschwunden und das Zimmer war wieder düster, erhellt nur vom Schein einer einzelnen Kerze. Das Wesen setzte sich mit finsterer Miene auf seinen Stuhl, den Blick auf einen Kakerlak geheftet, der über den schmutzigen Boden huschte. Es war, als habe die Demonstration dem geschwächten, angeketteten Körper noch mehr Kraft entzogen.

Sarapuk versuchte äußerlich ruhig zu bleiben, doch in seinem Kopf überschlugen sich die Gedanken. »Du kannst ihn niemandem zeigen. Die Welt würde v-v-verrückt werden bei s-s-seinem Anblick«, stammelte er. Das Blut pulsierte mit jeden Herzschlag sichtbar durch die dünnen Adern an seinen Schläfen. »Ich an deiner Stelle würde ihn jemandem verkaufen, der wirklich etwas damit anfangen kann, Cadmus. Jemand, der seinen Kräften auf den Grund gehen könnte, jemand . . .«

». . . wie dich, Dagda? Jemand wie dich?«, unterbrach Lamian ihn. »Er steht nicht zum Verkauf, weder an dich noch an sonst jemand. Er wird ausgestellt; die ganzen Ladys und Gentlemen können ihn sich für eine Guinea anschauen . . . und ich werde reich!«

»Er ist ein Engel, Cadmus, ein echter Engel. Er muss richtig untersucht werden. Ich habe einen elektronischen Akkumulator, wir könnten sehen, was passiert, wenn er unter Strom steht. Das ist die beste Heilmethode, die es zur Zeit gibt, sie könnte ihn von seiner Schwermut heilen!«, rief Sarapuk aufgeregt.

»Still, Mann, ich hab Gäste im Haus, die ihm für einen Viertelpenny die Kehle durchschneiden würden und dumm genug wären ihm die Flügel abzuschneiden und sie als Schwanenfedern zu verkaufen.« Lamian drängte Sarapuk aus dem Zimmer. »Er braucht keine Quacksalber-Mittel, er ist meine Zukunft – und deine, wenn du willst, aber zu meinen Bedingungen.«

6

Malus Maleficia

Mrs Malakin watschelte den langen Flur im Haus Nr. 6 am Bloomsbury-Platz hinunter. Das Klappern des Türklopfers auf der Messingplatte schallte durchs Haus. Sie schnaufte ärgerlich und wischte sich mit dem Schürzensaum die Rußflecken von den dicken, rosigen Wangen. Durch den Flur zogen Rauchschwaden von einem erst vor kurzem entfachten Feuer im Wohnzimmer, wo der Rauch durch den engen, von Krähen verstopften Schornstein kaum entweichen konnte.

»Gestern! Alle wollen alles schon gestern«, keuchte sie kurzatmig.

»Die Tür, Mrs Malakin. Es ist jemand an der Tür!«, kam Blakes Stimme aus dem Observatorium. »Es ist Bonham mit den anderen. Sag ihnen, sie sollen im Wohnzimmer warten.«

Mrs Malakin nickte und murmelte etwas vor sich hin. Sie entriegelte die Tür und ließ die Nacht herein. Bevor sie ein »Guten Abend« loswerden konnte, hatte Bonham sie schon zur Seite gedrängt und war in den Flur getreten.

Hinter ihm her kamen zwei Männer in eleganten Perücken und Gehröcken.

»Doktor Blake möchte, dass Ihr im Wohnzimmer . . .«

Bonham sagte kein Wort. Er schien furchtbar aufgeregt, als er die Gäste ins Wohnzimmer führte. Er rümpfte missbilligend die Nase und schaut den kleinen Mann, der ihm dicht auf den Fersen folgte, stirnrunzelnd an. Unter der Wohnzimmerdecke hing eine dicke weiße Rauchwolke und die Augen der Männer fingen zu brennen an.

»Er bittet Euch hier zu warten«, sagte Mrs Malakin und schloss die Tür hinter ihnen. Am liebsten hätte sie die Herren für immer dort eingeschlossen. Sie versuchte zu lachen, doch die Dämpfe, die sie jahrelang beim Wäschebleichen eingeatmet hatte, hatten ihre Lunge kaputtgemacht. Es kam nur ein hohles Husten heraus.

Sabian Blake lief die Treppe hinunter. Er hielt seine kleine, orientalische Mütze fest und sein blauseidener Hausmantel wehte hinter ihm her wie die Segel eines Schiffes unter starkem Wind. Mrs Malakin trat zur Seite, damit sie nicht noch einmal über den Haufen gerannt wurde.

»Gentlemen!«, rief Blake, noch bevor er die Tür geöffnet hatte. »Welch eine Nacht erwartet uns! Alles ist bereit und –« Er riss die Tür auf und eine Rauchwolke schlug ihm entgegen. »Meine Freunde, lasst uns nicht hier unten warten. Die ersten Sterne ziehen am Himmel auf und heute Nacht werde ich Euch etwas zeigen, das selbst den größten Zweifler in Erstaunen versetzen wird.«

Bonham trat aus dem Rauch in das weiche Licht des Flurs,

der von Kerzen erleuchtet war. Die übrigen Gäste tauchten hinter ihm auf wie Geister aus dem Nebeldunst.

Blake begrüßte sie mit Namen: »Mister Yeats . . . Lord Flamberg . . . Willkommen!« Er klatschte in die Hände und lächelte. »Wir wollen gleich nach oben gehen. Was ich Euch zu zeigen habe, wird bald am fernen Himmel aufsteigen.« Er drehte sich um und bedeutete ihnen ihm zu folgen.

»Ich hoffe nur, es dauert nicht lang«, sagte Yeats. Er betonte jedes Wort und kämmte seinen langen, dichten Bart mit den Fingern. »Man wartet mit dem Kartenspielen auf mich. Ich weiß ohnehin nicht, was all die Aufregung soll. Bonham bestand darauf, dass es heute Nacht sein müsse. Führte sich auf wie ein Wahnsinniger.«

»Gott behüte uns vor Wahnsinn und Bedlam«, erwiderte Blake rasch. »Wenn es stimmt, was ich annehme, kann das, was Ihr heute Nacht zu Gesicht bekommt, der Vorbote von mehr Wahnsinn sein, als Ihr in des Königs Irrenhaus in Bedlam je gesehen habt.« Blake blieb auf dem Treppenabsatz stehen und drehte sich zu den Männern um. »Bevor wir weitergehen, muss ich Euch um eines bitten. Was Ihr heute Nacht seht, muss ein Geheimnis bleiben, bis die Zeit reif ist. Ihr, Yeats, seid nicht aus wissenschaftlichem Interesse hier – von Wissenschaft versteht Ihr nichts –, sondern wegen Eures Skandalblatts, das Ihr eine Zeitung nennt. In drei Tagen könnt Ihr der Welt verkünden, was Ihr heute seht, vorher nicht. Ist das versprochen?«

Yeats schaute auf den Boden und strich mit seinen langen, dicken Fingern nachdenklich über das Treppengeländer. Dann hielt er Blake seinen staubigen Finger unter die

Nase. »Schmutz! Er ist überall und es ist mein Job, die Welt darauf hinzuweisen. Könige und Sklaven, Reich und Arm. Niemand entkommt ihm. Unsere Straßen sind voll davon und unsere Köpfe genauso und ich bin hier, um die Welt darauf aufmerksam zu machen.«

»Ja, und vor allem jeden, der den *Londoner Anzeiger* kauft«, mischte sich Bonham ein. »Versprecht Ihr es ihm oder nicht? Wenn ja, gehen wir weiter, wenn nicht, werfe ich Euch die Treppe hinunter. Dann könnt ihr mit Euren Freundchen weiter Karten spielen.«

Yeats baute sich vor Bonham auf. Er war ein Riese von einem Mann mit breiter, zerfurchter Stirn, stahlblauen Augen und der Figur eines Ringkämpfers und er fürchtete sich vor niemand. »Ihr wollt *was*, Bonham? Mich *wohin* werfen, Bonham?« Er packte Bonham am Kragen, hob ihn mit einer Hand hoch und ließ ihn in der Luft baumeln. »Würdet Ihr gern mal fliegen? Ihr könntet der erste Wissenschaftler sein, der die wunderbare Erfahrung des Fliegens macht.« Er hob Bonham noch ein Stück höher. »Ich bin dabei, Blake, weil ich eine gute Geschichte wittere, und ich spiele so lange nach Euren Regeln, wie ich muss.« Yeats lachte und ließ Bonham los.

»Gehen wir weiter, Gentlemen. Die Sterne warten nicht und es gibt so viel zu bereden und so viel zu sehen.« Blake stieg rasch die letzte Treppenflucht zum Observatorium hinauf.

Das große Metall-Teleskop zeigte in den Nachthimmel. Es war genau auf den Zenit gerichtet, wo der Himmel am schwärzesten war und das schwache Licht aus den Straßen

Londons nicht hinkam. Dort unten ging das Leben seinen gewohnten Gang; keiner achtete darauf, was oben geschah.

»Kommt herein, kommt herein«, bat Blake aufgeregt. »Stellt Euch hierhin und ich erkläre Euch, was Ihr sehen werdet.«

Blake redete so, als sei Yeats der Einzige, den er überzeugen müsste. Er wusste, dass Lord Flamberg und Bonham ihm alles glauben würden. Sie gehörten der Royal Society an und kannten Blake gut. Yeats zu überzeugen war lebenswichtig. Er konnte der Welt vom *Blake'schen* Kometen berichten. Etliche Minuten lang erzählte Blake, was er herausgefunden hatte, dabei ging er aufgeregt auf und ab, gestikulierte wild und zeigte zum Himmel. Die drei Männer lauschten stumm. Sogar Yeats folgte mit Blicken jeder seiner Bewegungen, neugierig auf das, was als Nächstes kommen würde.

»Ihr seht, meine Herren, es könnte das Ende bedeuten . . . das Ende allen Lebens zwischen hier und Paris. Oder der Komet fliegt an der Erde vorbei und lässt Steine aus dem All auf uns regnen. Wie wollt Ihr das der Welt sagen, ohne dass alle verrückt werden oder mich als Lügner hängen, wenn ich mich geirrt habe?« Blake schaute die Männer an.

»Und woher wisst Ihr, dass er hier einschlägt?«, fragte Yeats vorsichtig und zupfte dabei an seinem Bart.

»Nach der Höhe des Kometen am östlichen Himmel und nach der Rotation der Erde, geteilt durch die Entfernung, die er bis jetzt zurückgelegt hat, stürzt er entweder auf die Erde oder er fliegt fünf Meilen über unseren Köpfen vorbei.

Doch was immer passiert, eine nie gekannte Verwüstung kann die Folge sein.«

»Und wenn der Planet in die Erde einschlägt – wann wird das sein?«, fragte Lord Flamberg besorgt.

»Ganz sicher bin ich nicht, aber ich weiß, dass wir in zwanzig Tagen entweder noch hier sein werden oder der Staub von Cheapside mischt sich mit dem unserer Knochen.« Blake trat ans Teleskop. »Es ist Zeit, dass Ihr es mit eigenen Augen seht. Der Himmel ist etwas bewölkt, aber der Komet ist trotzdem zu erkennen. Er kommt mit jedem Tag näher, sehr viel näher.«

Lord Flamberg trat vor und schaute durch die Linse des Teleskops auf das Ungeheuer, das durch das All auf sie zugeschossen kam. Im Zimmer war es totenstill. Die Kerzenflammen flackerten in der Brise, die durch das offene Fenster wehte, und das Geräusch von Pferdehufen auf dem Pflaster klang wie ein langsamer Trauermarsch.

Ungeduldig wartete Yeats, dass er an die Reihe kam. Er wühlte in seinen Rocktaschen, ließ Papierschnipsel auf den Boden flattern und klopfte mit dem Absatz auf ein loses Bodenbrett. Endlich trat Lord Flamberg zurück. Yeats sah, wie ein seltsamer Ausdruck über sein Gesicht huschte.

Nun trat Yeats ans Teleskop und bückte sich, um ins All zu schauen. Er sah eine Kugel aus rötlich weißem Licht, eine heranbrausende Masse von der Größe einer Faust, die einen langen Schweif hinter sich herzog. Für Yeats sah es aus wie ein explodierender Stern, der vor der schwarzen Kulisse des Alls hing, so wie die Lichter der London Bridge im Oktobernebel über der Themse schwebten.

»Ist es das? Und darum macht Ihr so viel Aufhebens? Es ist weit hinter dem Himmel, Mann. Wie kann man sich deshalb Sorgen machen?«, meinte Yeats in seinem schottischen Akzent.

»Wenn Ihr auch nur die geringste Ahnung hättet, wärt Ihr zutiefst besorgt«, erwiderte Flamberg, bevor jemand anderer etwas sagen konnte. »Aus der Form des Kometenschweifs lässt sich eindeutig schließen, dass er auf uns zukommt. Eure Aufgabe ist es, die Welt davon in Kenntnis zu setzen – ohne die volle Wahrheit preiszugeben. Das würden die Leute nicht verstehen. Außerdem können wir nicht riskieren, dass London aufgeschreckt wird. Es könnte eine Revolution geben.«

»Und was soll ich dann sagen? *Komet entdeckt – nächtliches Lichtspektakel über London?* Nein, ich weiß noch etwas Besseres: *Die heißeste Sache seit dem großen Brand, und das direkt vor eurer Haustür!* Sind das die Schlagzeilen, die Ihr von mir erwartet? Und wer sagt uns, dass nicht in diesem Augenblick irgendwo ein anderer irrer Wissenschaftler sitzt und das Ding beobachtet und der Welt verkündet, was sie, wenn es nach Euch geht, nicht erfahren darf?« Yeats zupfte aufgebracht an seinem langen Bart.

»Deshalb müsst Ihr nächsten Montag öffentlich machen, dass Blake einen Kometen entdeckt hat«, sagte Flamberg. Er schloss das Fenster und zog den Vorhang vor. »Sagt, dass er an der Erde vorbeifliegen wird und dass ich Blakes Berechnungen bestätigt habe. Die Königliche Gesellschaft sagt . . .«

»Die Königliche Gesellschaft! Diese hoch gelobte Versammlung von Außenseitern und Scharlatanen! Sie mit neuem Wissen beeindrucken – ist es das, wozu Ihr mich braucht?«, fragte Yeats. »Wisst Ihr nicht mehr, was letzte Nacht los war? Ein einziger Erdstoß und die ganze Stadt war in Aufruhr. Über hundert Menschen wurden getötet. Erklärt mir das einmal! Was war die Ursache? Warum sind sämtliche Hunde Londons verrückt geworden? Keiner von Euch kann mir darauf eine Antwort geben. Die Wissenschaft, meine lieben Freunde, wurde auf die Waagschale gelegt und für zu leicht befunden. Ihr solltet Euch alle miteinander auch in Zukunft mit dem Versuch begnügen, aus Blei Gold zu machen. So hat es doch angefangen, oder? Glorifizierte Hexenmeister, etwas anderes seid Ihr doch nicht!«

Yeats ging zur Tür und schob Bonham aus dem Weg. »Ihr bekommt Eure Geschichte, Flamberg, aber ich will wissen, was wirklich passiert, und wenn er einschlägt, ist meine Kutsche die erste, die Richtung Norden fährt, raus aus diesem stinkenden Loch. Und jetzt entschuldigt mich bitte, ich bin *im Druck!*"

Yeats warf die Tür hinter sich zu und stürmte die Treppe hinunter. Seine schweren Schritte waren bis zur Haustür zu hören, die mit einem lauten Knall zuflog.

Die Wissenschaftler standen in dem nur von ein paar Kerzen erleuchteten Zimmer und schauten sich an. »Was wird er tun?« Nur zögernd unterbrach Bonham die seltsame Stille, die sich über den Raum gelegt hatte.

»Ich habe ihn in der Hand«, erwiderte Lord Flamberg ruhig. »Er wird tun, was ich möchte. Ohne mein Geld gäbe es seine Zeitung nicht, aber das weiß hier niemand.«

»Warum gerade jetzt, Blake? Zuerst das Beben und jetzt der Komet. Steckt mehr dahinter, als wir verstehen?«, fragte Bonham leise. Er ließ den Blick durchs Zimmer gleiten. »Wenn ich ein religiöser Mensch wäre, würde ich sagen, es ist das Jüngste Gericht und der Schöpfer bedient sich dieser Kreatur im All, um uns auszulöschen. Er hat versprochen keine Überschwemmung mehr zu schicken, aber von einem Stern, der auf die Erde fällt, war nie die Rede.«

»Du hast Recht«, sagte Blake. »Wie du ganz richtig sagst, ist nirgendwo die Rede von Sternen, die aus dem All fallen. Was wir hier vor uns haben, ist ein wissenschaftliches Problem und kein spirituelles. Als Wissenschaftler sind wir es unserem Stand schuldig, klar und verständlich darüber zu informieren, was geschieht, und die Welt zu gegebener Zeit zu warnen.«

»Oder auch nicht«, meinte Lord Flamberg kühl. »Ich bin dafür, dass wir den Leuten gar nichts sagen. Der König als unser Schirmherr muss es wissen, damit er sich in Sicherheit bringen kann, und genauso unsere Familien, Dienstboten und die Mitbrüder der Gesellschaft. Das muss auf eine Weise geschehen, dass keine Panik ausbricht. Aber ich werde Yeats sagen, dass er nichts darüber schreiben soll, wo der Komet möglicherweise einschlägt. Der *Londoner Anzeiger* wird jeden Wissenschaftler oder Quacksalber zum Gespött machen, der es wagt, zu sagen, dass der Komet in die Erde einschlägt.« Flamberg hielt inne. Er hatte eine düstere Eingebung. »Wir könnten alle Leute zu einem Fest einladen, damit sie gemeinsam sehen können, wie der Komet an der Erde vorbeifliegt. Unsereiner wäre im Norden in Sicherheit und sie feiern im Hyde Park . . .«

»Das gäbe eine Katastrophe«, sagte Bonham ungläubig. »Es wäre ihr Todesurteil!«

»Und – wäre das so schlimm?«, fragte Flamberg. »Es würde nur zu Ende gebracht, was wir mit dem Großen Brand angefangen haben. Die Welt muss von Dummheit, Aberglaube und Angst gereinigt werden, und das wäre eine Möglichkeit, dies zu erreichen. Was Ihr eine Katastrophe nennt, würde ich eine gute Gelegenheit nennen.« Flamberg schaute die beiden Männer an. In seinem Blick lag eine Leidenschaft, wie Blake sie nie zuvor gesehen hatte. »Newgate kann keine weiteren Gefangenen mehr aufnehmen und Bedlam ist bis unters Dach voll mit Verrückten. Eine Apokalypse diesen Ausmaßes würde London von allem Abschaum befreien, der seine Straßen verschmutzt. Das könnte ein unterhaltsamer Abend werden.« Er lächelte Blake an. »Yeats und ich werden heute Abend um elf in Nandos Kaffeehaus Schokolade mit Euch trinken. Ich wünsche eine Gute Nacht und mögen wir dieses Geheimnis alle bewahren.«

Flamberg ging zur Tür und lief die Treppe hinunter. Unten im Flur drängte er Mrs Malakin zur Seite und verließ rasch das Haus.

Bonham schaute Blake an. »Du hast ihm nicht gesagt, was im Nemorensis steht. Du hättest die Gelegenheit gehabt, ihm alles zu sagen, und du hast es nicht getan«, sagte er ärgerlich. »Was ist mit der Prophezeiung? Würde Lord Flamberg nicht anders denken, wenn er von dem Buch wüsste?«

»Flamberg würde genauso denken. Ich kann ihm nicht alles sagen, was wir wissen, weil ich ihm nicht voll vertrauen kann. Er ist Wissenschaftler, er weiß wenig von Glauben. Das Nemorensis enthält die Wahrheit des Universums, es vereinigt Wissenschaft, Vernunft und alles, was ewig ist, zu einer einzigen, allumfassenden Wahrheit. Lord Flamberg steht mit beiden Beinen fest auf dem Boden menschlicher Vernunft. Mit dem Wissen der Kabbala kann er nichts anfangen.« Blake schaute hinüber zu dem Schrank, in dem er das Nemorensis versteckt hatte. »Das muss unser Geheimnis bleiben.«

Blake sah Bonham mit sorgenvoll gerunzelter Stirn an. Dann holte er tief Luft und fuhr fort: »Ich muss dir etwas sagen. Du wirst denken, ich bin verrückt geworden. Letzte Nacht habe ich das Nemorensis noch einmal von vorn bis hinten durchgeblättert, und als ich die letzte Seite umschlug, war da noch eine Seite mit neuen Eintragungen. Es wird von einer Macht berichtet, die in die Welt kommt, wenn Wormwood einschlägt. Aber das ist noch nicht alles.« Blake wischte sich den Schweiß von der Stirn. »Als ich heute Morgen meine Arbeit überprüft habe, nahm ich das Nemorensis aus dem Schrank, wickelte es aus und schlug die letzte Seite auf. Es waren wieder zwei neue Seiten dazugekommen, mit neuen Eintragungen und handschriftlichen Bemerkungen am Rand. Glaub mir, Isaac, ich bin nicht dabei, den Verstand zu verlieren.«

Blake ging schnell zum Schrank, holte den langen Messingschlüssel aus der Tasche und öffnete das dicke Schloss, das die Türen sicherte. Feierlich nahm er das Nemorensis aus dem Regal und trug es zum Tisch.

»Hier, sieh selbst.« Blake zeigte auf den neuen Text.

Ungläubig starrte Bonham auf die Seiten. »Stammt das von dir, Sabian?«, fragte er. Immer wieder blätterte er hin und her und suchte nach Hinweisen, wie die Seiten dazugefügt worden sein könnten.

»Sie sind weder geheftet noch geklebt«, sagte Blake. »Es ist, als seien sie direkt aus dem Buchrücken gewachsen wie die Blätter einer Pflanze. Und sie sitzen so fest, dass sie sich nicht heraustrennen lassen. Ich habe es heute versucht und es nicht geschafft.«

Bonham blätterte zur letzten Seite. »Und was steht da?«

»Es ist die Rede von Leid und Zerstörung, Feuer und Schwefel. Die Erde wird beben und damit beginnt eine Zeit großer Qualen. Das Nemorensis spricht von einer Kreatur. Ein Mann, der fliegen kann und aus dem Himmel geflohen ist. Er hat die Antwort auf unsere Fragen.«

»Glaubst du daran, Sabian? An Bücher, die wachsen, und Kometen, die Leben zerstören?«

»Ich glaube, was ich sehe und erlebe. Ich suche nach der Wahrheit.« Blake trat ans Fenster. Er zog den Vorhang einen Spalt weit auf und schaute hinunter auf den Platz. »Komm, ich will dir noch etwas zeigen. Jede Nacht, und zwar die ganze Nacht, steht unter den Bäumen dort ein Mann und beobachtet mein Haus.«

Bonham schaute durch den Vorhangspalt. Unten im Schatten der Ulme sah er die dunkle Gestalt eines Mannes und das Glühen einer Tonpfeife.

»Er steht die ganze Zeit da«, erzählte Blake. »Und er ist mir bis zum Piccadilly und wieder zurück gefolgt. Er ist angezogen wie ein Hugenotte, schwarzer Hut, langer schwarzer Mantel, und er lächelt nie.«

»Vielleicht ist es lediglich ein Flüchtling. Einer, der vor der Verfolgung geflohen ist und jetzt auf eine Gelegenheit wartet, wie er dich um dein Geld erleichtern kann.« Bonham lachte.

»Lach du ruhig, Isaac, aber die ganze Situation wird von Tag zu Tag unheimlicher. Ich glaube, da sind Kräfte am Werk, von denen wir nichts wissen. Wenn er tatsächlich ein Hugenotte ist, wird er am Sonntagmorgen nicht hier sein. Dem Ruf der Kirchenglocken wird er nicht widerstehen können.«

»Und warum folgst du ihm nicht? Er muss doch irgendwo essen und schlafen und selbst die Franzosen sind nicht so unverfroren, dass sich sich unter einer Ulme erleichtern.«

»Ich habe ihn beobachtet. Er isst nicht und er schläft nicht. Er steht da, wenn ich zu Bett gehe, und wenn ich aufstehe, ist er immer noch da. Er rührt sich nicht vom Fleck, es sei denn, ich verlasse das Haus. Wenn es stürmt, schlägt er lediglich den Mantelkragen hoch und stellt sich in den Schutz des Stammes. Wenn ich ihn nicht schon aus der Nähe gesehen hätte, würde ich sagen, der Mann ist ein Geist.«

»Selbst die Lebenden können uns heimsuchen«, meinte Bonham. »Soll ich hinuntergehen und ihn zum Abendessen einladen? Vielleicht ist es ihm lieber, wenn er heraufkommen und sich mit dir unterhalten kann. Dann würdet ihr beide wissen, woran ihr bei dem anderen –«

»Ich soll ihn einladen, damit er mir die Kehle durchschneiden kann?«

»Dann wollen wir uns wenigstens von hier oben sein Gesicht ansehen.« Bonham zog das Teleskop ans Fenster und steckte die Linse durch den Vorhangschlitz.

»Sieh dir das an!«, rief er. »Was passiert denn jetzt?«

Vor den Augen der beiden Männer begann der Fremde sich aufzulösen. Zuerst verwandelten sich seine Beine in silberne Lichtpunkte, die wie Funken im Kamin tanzten. Dann hüllte das Licht seinen Körper und die Arme ein, bis seine Hände weiß glühten. Und plötzlich war er verschwunden. Der Wind wehte Ulmenblätter übers Gras. Keine Spur mehr von einem Mann. Es gab ihn nicht mehr.

Blake starrte hinaus in die Dunkelheit. Das Licht aus der Schänke warf gespenstische Schatten durch die Bäume. Nebelkobolde vom Fluss tanzten über den Platz und wirbelten im Licht der Laternen umher. Immer wieder schaute Blake zu der Ulme und redete sich ein, dass seine Augen ihn getäuscht hätten.

Weder er noch Bonham sahen das kleine, gedrungene Wesen, das unter ihrem Fenster durch den Straßenschmutz hoppelte, wie eine hungrige Ratte die Kellertreppe hinunterhuschte und durch die Tür zur Spülküche ins Haus schlüpfte.

7

Der Buchhändler auf der Brücke

Eine winzige Messingglocke läutete über Agettas Kopf, als sie durch die halb offen stehende Tür unbemerkt in den Laden schlüpfen wollte. Auf dem Schild über der Tür stand in fetten Buchstaben THADDEUS BRACEGIRDLE, BUCHBINDER UND BUCHHÄNDLER. Den Rahmen bildeten die goldumrandeten Seiten eines aufgeschlagenen Buches. In der frischen Brise, die von der Themse her wehte, schwang das Schild an seiner Aufhängung hin und her und lud die Vorübergehenden in eine fremde Welt ein.

Agetta trat aus der hellen Morgensonne in die Dunkelheit des Ladens, in dem es nach feuchtem Papier roch. Flüchtig erinnerte sie das an den Strand bei Rotherhithe mit seinem Gestank nach verfaulten Fischinnereien, die dort am Ende des Marktes haufenweise auf dem Sand herumlagen. Der riesige Laden glich mit seiner hohen, gewölbten Decke fast einer Kathedrale. Lange, staubige Spinnweben hingen Fasern gleich von oben herunter und schimmerten im Licht der Kerzen, die jeden Gang beleuchteten.

Agetta rief sich Yerzinias Worte ins Gedächtnis zurück: ». . . *der Buchhändler . . . London Bridge.«* Sie war noch nie in einer Buchhandlung gewesen. Der Raum schien endlos und die Wände waren mit dunkler Eiche aus alten Schiffswracks verkleidet. An einer Wand hing oben eine Gallionsfigur, die bemalte Büste einer elegant in Rot und Blau gekleideten Frau. Sie schaute auf die vielen staubigen Reihen der Bücherregale herunter, die zum Bersten voll waren mit ledergebundenen Bänden.

Agetta schloss leise die Tür hinter sich. Die holzverkleideten Wände ließen kaum ein Geräusch von draußen herein. Selbst die Glocken der Kirche an der Ecke zur Grub Street waren nur noch ganz leise zu hören. Sie bezeugten mit ihrem Geläut, dass Gott nicht tot ist, und forderten die Schlafenden auf aufzuwachen und ins Licht der Sonne zu treten.

Agetta hatte mit jeder Sekunde mehr das Gefühl, in diesem Irrgarten aus hohen Regalen beobachtet zu werden. Sie schaute zu der Gallionsfigur hinauf, die mit toten Augen zurückstarrte. Mäuse huschten über den Boden und verschwanden in der Wand. Langsam und vorsichtig ging sie zwischen zwei Regalen hindurch, die dreimal so hoch waren wie sie. Sie spürte, wie sich ein Kloß in ihrer Kehle bildete, und versuchte lautlos zu atmen. Dabei hatte sie ständig das Gefühl, dass jemand da war, jemand, den sie nicht sehen konnte. Von dem Buchhändler war keine Spur zu erspähen, nur Regalreihen voller Bücher umgaben sie. Ein Luftzug, der durch die Ritzen in den Bodenbrettern kam, wirbelte feinen weißen Staub auf, der überall in den Gängen hing.

Agetta blieb stehen und lauschte. Aus den Augenwinkeln sah sie eine kleine Gestalt von einer dunklen Ecke in die nächste huschen. Der ganze Laden ächzte und stöhnte. Weit unter sich hörte sie leise Wasser rauschen. Dann spürte sie warmen Atem im Nacken und hörte Kinder flüstern. Sie drehte sich um – der Laden war so leer wie vorher.

Plötzlich kam vom obersten Regalbrett ein Geräusch, als reibe feuchtes Leder an Holz. Eine Wolke aus Staub und Mäuseköttteln stieg wie ein Wirbelwind vom Boden auf, dann fiel ein großes, in Leder gebundenes Buch von oben herunter. Der Buchrücken krachte auf die Dielen und das Buch blieb aufgeschlagen liegen wie ein schwarzer Schwan, den man mit einem Schuss vom Himmel heruntergeholt hat.

Agetta drückte sich dicht an das Regal; wieder hörte sie Kinderstimmen wispern. Sie machten sich über sie lustig, weil sie Angst hatte. »Wer ist da?«, rief sie laut. »Warum tut ihr das?«

Hinter dem Regal wurde gekichert. Agetta hörte, wie unsichtbare Hände über ihrem Kopf ein weiteres Buch vom Regal stießen. Es ratschte über das Holz, dann kam es geflogen, mit dem Buchrücken voraus, und blieb aufgeschlagen auf dem Boden liegen. Erneut hörte sie leises Lachen, als sei sie von einer ganzen Horde von Kindern umgeben.

Agetta spürte den Wind durch jede Ritze im Boden wehen. Er brachte den Geruch der Themse mit und blätterte die Buchseiten um bis zu einer Stelle, die mit einem dicken schwarzen Stift geschrieben schien.

Vorsichtig ging sie einen Schritt weiter. Dabei drückte sie sich an das Regal und schaute nach oben, ob vielleicht wieder ein Buch herunterfiel. Eine dicke Staubwolke waberte plötzlich um ihre Füße, war aber, als sie vor dem Buch stand, das auf dem Boden lag, so schnell verschwunden, wie sie gekommen war. Gebannt starrte Agetta auf die vergilbten Seiten mit den schwarzen Buchstaben, die wie handgeschrieben aussahen.

Tod, sei nicht stolz, auch wenn man dich mächtig und schrecklich nannte,
Stirb nicht, armer Tod, noch kannst du mich nicht töten . . .
Du Sklave von Schicksal, Zufall, Königen und Habenichtsen!

Agetta las die Zeilen rasch hintereinander und wusste sofort, dass es ganz besondere, prophetische Worte waren, ganz allein für sie bestimmt. Es waren Worte von Wesen, die keine menschliche Stimme hatten, sondern sich mit Kinderlachen äußerten und mit ihrer Phantasie spielten. Sie war ein Sklave des Schicksals, gefangen in einem Irrgarten geheimen Wissens.

Wieder kam das neckende Lachen. Dann hörte Agetta, wie unter ihr etwas oder jemand Schweres über einen Steinboden geschleift wurde. Kerzenlicht schien durch die Ritzen in den Dielen. Agetta legte sich in den Staub und schaute durch einen breiten Spalt in einen großen Kellerraum. Ein kleiner, untersetzter Mann mit feinem weißem Haar und beginnender Glatze zog einen prall gefüllten, großen Sack über den Kellerboden. Er ließ ihn in der Ecke liegen und wandte sich zur Tür. Agetta sah ihn nicht mehr, hörte aber schwere Schritte auf einer Holztreppe. Sie drangen von tief unten herauf, als nähere sich ein Seeungeheuer.

Sie lief in den nächsten Gang. Er war leer, kein Geräusch war zu hören. Ringsherum nur endlos lange Regale mit Büchern. Sie lief den Gang hinunter, bog auf der Suche nach dem Ausgang in den nächsten ein und lief weiter. Sie wusste, dass sie mit jedem Abbiegen näher zum Mittelpunkt des Bücherlabyrinths vordrang.

Das Geräusch von Kinderfüßen, die hinter ihr herjagten, erfüllte die Luft. Dann fielen Bücher wie dicke Regentropfen hinter ihr auf den Boden und sie lief noch schneller. Sie bog nach rechts ab, nach links und mit jedem Meter kamen die Schritte und das Flüstern heller Stimmen näher. Und plötzlich stand Agetta vor einem hohen, dreibeinigen Ladentisch, voll beladen mit Papier. Seitlich führten drei Stufen zu einer kleinen Plattform hinauf. Rechts davon war eine große Tür, die einen Spaltbreit offen stand und durch die der Geruch des Flusses hereinstieg.

Das Geräusch der rennenden Kinderfüße verstummte und es wurde totenstill. Die Papiere auf dem Tisch bewegten sich in dem starken Luftzug, der vom Keller heraufwehte. Schwere Schritte kamen die Stufen herauf. Agetta bekam Panik, sie wusste nicht, was sie tun sollte. Rannte sie davon, waren wieder die Geisterkinder hinter ihr her; blieb sie, war sie ihrem Schicksal allein ausgeliefert. Das Augenmal in ihrer Hand leuchtete unter dem provisorischen Verband und pochte stärker, als das Blut schneller durch ihren

Körper gepumpt wurde. Wieder kamen ihr Yerzinias Worte in den Sinn: *»Der Buchhändler . . . London Bridge . . .«*

Plötzlich flog die Kellertür auf und vor ihr stand der untersetzte Mann mit dem feinen Haar und der beginnenden Glatze. Er lächelte Agetta an, als habe er sie erwartet. Auf den Armen balancierte er einen hohen Stapel Bücher.

»Die Flut kommt, ich konnte sie nicht unten lassen, sie sind wertvoll, sehr wertvoll. Ich will nicht, dass sie nass werden.« Wieder lächelte er Agetta an. »Mach dich nützlich, komm her und hilf mir.«

Der Mann kämpfte mit dem Gewicht der Bücher. Zuerst zögerte Agetta, doch dann ging sie zu ihm und nahm ihm drei in Leinen gebundene Bände ab. Sie las die Titel auf den Buchrücken: *Dialoge unter Toten*, *Wesen und Ziel der Hölle* und *Die Kunst des angenehmen Sterbens*.

Der Buchhändler sah ihren Blick. »Sie sind für einen Gefangenen in Newgate«, sagte er. »Er ist zum Galgen verurteilt. Ein echter Gentleman, der sich auf das, was ihn erwartet, vorbereiten will.« Er ließ die restlichen Bücher auf den Boden gleiten. »Du kannst sie auf den Stuhl dort legen. Sie werden abgeholt.« Dann zog er ein großes weißes Tuch aus seiner Westentasche und wischte sich den Schweiß von der Stirn. »Ich bin Thaddeus Bracegirdle, aber du kannst mich Mister Thaddeus nennen. Was kann ich für dich tun?«

Agetta wusste nicht, was sie sagen sollte. »Ich . . . ich . . .«, stammelte sie wie ein Fisch auf dem Trockenen, der nach Luft schnappt. »Ich suche etwas.«

»Tun wir das nicht alle?«, meinte er und maß sie mit den Augen von oben bis unten.

Thaddeus war klein und hatte einen Schmerbauch. Er hatte feines, fast weißes Haar, das ihm bis auf die Schultern fiel und das er über die kahle Stelle am Oberkopf gekämmt hatte. Was Agetta jedoch faszinierte, waren seine blitzenden Augen. Sie wusste sofort, dass sie schon einmal in diese Augen geschaut hatte, konnte sich aber nicht mehr erinnern, wo es gewesen war. Wenn er lächelte, sah man seine falschen Zähne, die zu groß für den Mund erschienen. Agetta sah fasziniert, dass sie aus emailliertem Kupfer gemacht waren und offensichtlich mit starken Federn am Gaumen befestigt waren, sodass sein Mund bei jedem Wort, das er sagte, aufsprang.

»Weißt du, wonach du suchst? Das ist immer hilfreich.« Er versuchte sein Haar über die kahle Stelle zu schieben. »Ich war in Oxford, da habe ich Bücher lieben gelernt. Sie können Glück in ein ereignisloses Leben bringen und uns froh machen, indem sie uns zu Orten mitnehmen, an die wir sonst nie kämen, und uns auf Gedanken bringen, die wir ohne sie nie hätten.« Er hielt inne und schaute auf ihre verbundene Hand. »Was hast du da gemacht?«

»Ich habe mich verbrannt«, antwortete sie. »An einer Kerze. Doktor Sarapuk sagt, die Wunde muss immer bedeckt sein . . .«

Thaddeus sah aus, als könne er mit dem Namen Sarapuk etwas anfangen. Er grunzte und betrachtete die Bücher, die von den Regalen gefallen waren. »Die haben ja heute wieder ganz schön gewütet. Sieht so aus, als hätten sie . . .« Er unterbrach sich, so als wäre ihm gerade klar geworden, dass er schon zu viel preisgegeben hatte. »Ach, ja. Bücher!

Wusstest du, dass sie einem Träume schenken können?« Er nahm Agetta an der Hand und führte sie zu dem kleinen Fenster im hinteren Teil der Buchhandlung, das zur Themse hinausging. »Lies ein Buch und du träumst eine Woche lang, sage ich immer. Vergiss Käse und geronnene Milch. Wenn du träumen willst, lies ein Buch. Noch besser: Lies eines von meinen!«

Thaddeus fuhr mit dem Finger an einer Buchreihe entlang, als suche er nach einem bestimmten. Er griff ein dünnes grünes Bändchen heraus und gab es Agetta. »Das ist von mir«, sagte er stolz. »Es begann als Traum, als einer dieser Träume, die man hat, bevor man aufwacht. Ich erinnere mich gut daran.«

»Wovon handelt es?«, fragte Agetta, während sie es durchblätterte.

»Von einem Mann, der jahrelang nach etwas suchte. Dann traf er jemanden und verliebte sich und brauchte nicht mehr weiterzusuchen.« Thaddeus schaute durchs Fenster auf den Fluss. Eine seltsame Melancholie befiel sie beide und minutenlang schauten sie schweigend auf die sich ständig ändernde Szenerie. Weit unter ihnen brachten kleine rote und grüne Boote Leute von einer Seite der Themse auf die andere. Eine Rauchsäule stieg aus einem hohen Schornstein bei den Lederfabriken in Southwark, brachte Erde und Himmel miteinander in Verbindung und verteilte sich dann über den grünen Feldern entlang der Themse.

Es war, als suchten sie den Horizont nach etwas ab, das sie verloren hatten, nach etwas Wertvollem, das ihnen abhanden gekommen war. Die Gezeiten wechselten. Unter ihnen seufzte die Themse, als weiße Wasserstrudel an die dicken Säulen der Brücke krachten. Thaddeus schaute hinunter zu einem Bootsführer, der verzweifelt versuchte dem Sog zu entkommen.

»Ein weiser Mann geht über die Brücke. Nur ein Dummkopf geht unten durch. Es heißt, dass sich am Fest des heiligen Clemens bei Sonnenaufgang ein Strudel unter der Brücke bildet. Wer in dem Augenblick, wo die Sonne das Wasser berührt, von der Brücke in die Mitte des Stroms springt, gelangt in eine andere Welt. An einen Ort voller Schönheit, wo wir nicht länger die Sklaven von Schicksal, Zufall, Königen und Habenichtsen sind.«

Die Worte rissen Agetta abrupt aus ihren Tagträumereien. Ein kalter Schauer überlief sie, sie zitterte am ganzen Körper.

Thaddeus sah es. »Ist mir auch einmal passiert. Als sei jemand direkt durch dich hindurchmarschiert. Du kannst nur hoffen, dass sie auf der anderen Seite wieder herauskommen und nicht anfangen Schabernack mit dir zu treiben.« Er schaute sich um. Es war, als rede er nicht mit ihr, sondern mit jemand anderem, jemand, der ganz in der Nähe war und jedes Wort mithörte. Dann fiel sein Blick wieder auf das Buch in ihrer Hand. »Die Sehnsucht vieler Menschen hat seinen Ursprung in einem Buch. Für die Phantasie sind Bücher wie Feuer. Ein einziges Wort kann eine Revolution auslösen, ein einziger Satz kann dem Menschen Mut geben, jeden Kampf zu kämpfen.« Er hielt plötzlich inne, als sei ihm etwas sehr Wichtiges eingefallen. »Bei allem Reden habe ich ganz vergessen dich nach deinem Namen zu fragen. Es ist meine Schuld, ich rede immer zu viel.«

»Agetta Lamian«, sagte sie. »Von der Herberge in der Fleet Street.«

Er schaute wieder aus dem Fenster, als hätte er ihre Antwort gar nicht gehört. »Es gibt nur noch ein Buch, das ich in meiner Sammlung brauche, dann kann ich als glücklicher Mann sterben. Das Buch ist so selten, dass ich, wenn ich es besäße, jemanden damit zurückgewinnen könnte, den ich vor langer Zeit verloren habe.« Als er sich wieder zu Agetta umdrehte, hatte er die Lippen ärgerlich zusammengekniffen und eine Träne schimmerte in seinem Auge. »Einmal hätte ich das Buch fast gehabt. Hatte schon einen Platz freigemacht auf meinem Regal, doch bevor ich es an mich nehmen konnte, schnappte ein anderer es mir weg und ich sah es nie wieder. Mit dem Buch verlor ich den einzigen Menschen, der mir je etwas bedeutet hat. Sie war ein junges Mädchen wie du, hatte ein Lächeln genau wie du und ein Herz voller Leidenschaft. Doch ein junger Student aus Oxford war ihr nicht genug. Sie wollte etwas darstellen im Leben, ich war ihr zu unbedeutend. Sie ließ etwas zurück, das ich nie vergessen werde und das ich bei mir trage bis zu dem Tag, an dem ich sterbe.« Er rieb die Handfläche seiner rechten Hand.

»Hat das Buch einen Titel?«, erkundigte sich Agetta, die ihm gern geholfen hätte. »Ich könnte in allen Buchhandlungen Londons danach suchen. Ich kann lesen, müsst Ihr wissen. Dann könntet Ihr mit dem Buch die Frau zurückholen, die Ihr verloren habt.«

»Warum willst du mir helfen?«, fragte Thaddeus. Er setzte sich auf den Fenstersims und starrte hinaus. »Du kennst mich nicht, wir sind uns noch nie begegnet.«

Sie ließ nicht locker. »Hat es einen Titel?«

»Das Nemorensis ... es heißt Nemorensis«, erwiderte er nachdenklich. »Es ist ein altes Buch, das vor tausenden von Jahren geschrieben wurde. Ein wunderbares Werk.« Plötzlich wurde er wieder lebhaft, seine Melancholie war verschwunden. »Ein solches Buch wäre alles wert, was ich besitze, ein solches Buch wäre es wert, dass man dafür stirbt ...«

Der Name Nemorensis grub sich in Agettas Gedächtnis ein. Er glich einem Schlüssel, der genau in ein Schloss passte und sich langsam drehen ließ. In Gedanken wiederholte sie das Wort wieder und wieder und Bilder tauchten vor ihrem geistigen Auge auf. Ihre Hand begann zu schmerzen und frisches Blut sickerte durch den Verband. Sie hielt sie mit der anderen Hand fest, als der Schmerz stärker wurde.

Thaddeus konnte sie gerade noch auffangen, sonst wäre sie umgekippt. Dann saß sie auf dem Fenstersims und wartete darauf, dass der Schmerz nachließ. Das Wort Nemorensis wirbelte durch ihre Gedanken und drängte sich ihr auf die Zunge.

Schließlich schrie sie es laut heraus. »NEMORENSIS! NEMORENSIS! NEMORENSIS!«

Die Erleichterung stand ihr ins Gesicht geschrieben, als die Erkenntnis sie ergriff und der Schmerz nachließ. Sie wusste plötzlich, dass es sich um Blakes Buch handelte –

um das, von dem er in der Nacht des Himmelsbebens gesprochen hatte.

Verwirrt schaute sie auf ihren blutgetränkten Verband hinunter, den Thaddeus rasch aufwickelte. Er hob den Leinenlappen, der über der Wunde gelegen hatte, und frische, neue Haut kam zum Vorschein. Das Brandmal war verschwunden, nicht einmal eine Narbe war zurückgeblieben. Sie schauten beide auf ein leuchtend rotes, von einer schwarzen Linie umrandetes Mal in der Form eines Auges. Agetta machte eine Faust – sie spürte keinerlei Schmerz.

Thaddeus schaute sie an. »Ich wusste, dass an dir etwas Besonderes ist«, sagte er, als er die Binde wegräumte. »Ich sollte dir heute begegnen, du bist mir geschickt worden. Ich kenne das Mal gut. Es gräbt sich in die Haut wie ein Same, und wenn die Zeit reif ist, bricht es auf und wächst im Kopf. Die letzten Tage waren . . .«

»Sie waren furchtbar«, unterbrach ihn Agetta. »Hinter jeder Ecke warteten Dinge, die ich nie zuvor erlebt hatte. Ich konnte mit niemandem darüber reden. Mein Vater würde . . .« Sie unterbrach sich und schaute Thaddeus an.

»Er würde denken, du seist reif für die Irrenanstalt. Ich kenne Cadmus Lamian. Er ist weder ein Träumer noch ein Seher. Beide Füße fest auf dem Boden und den Bauch voller Gin.«

Sie mussten beide lachen. Zum ersten Mal fühlte Agetta tiefe Erleichterung. In diesem Mann schien sie jemanden gefunden zu haben, der sie verstand.

»Ich weiß, was du durchgemacht hast. In Mister Thaddeus wirst du immer einen Freund haben.«

Plötzlich schepperte die Glocke über der Eingangstür.

Thaddeus sah Agetta an und machte ihr ein Zeichen, still zu sein. »Schau dir irgendein Buch an. *Sie* belästigen dich nicht, solange wir einen Kunden im Laden haben. Man braucht übrigens auch besondere Ohren, um *sie* zu hören, und die hat nicht jeder.«

Genagelte Absätze klapperten durch den Laden und kamen direkt auf sie zu. Agetta tat so, als betrachte sie interessiert die Buchreihen vor sich, und Thaddeus ging zum Ladentisch und stieg die Stufen zu der Plattform hinauf, von der aus er in jeden Gang schauen konnte. Er holte eine Brille mit Metallrand und dicken Gläsern aus seiner Westentasche und setzte sie sich auf die Nasenspitze. Dann schaute er suchend ins Dämmerlicht.

Durch den langen Gang mit den Geschichtsbüchern kam ein ganz in Schwarz gekleideter Mann auf Thaddeus zu. Er trug einen Hut mit breiter, weicher Krempe, den er tief ins Gesicht gezogen hatte. Sein Mantel war mit goldenen Rändern verbrämt und seine Stiefel glänzten schwarz wie die Bibel. Der Mann kam um die Ecke und stand vor Thaddeus, der durch seine Brille auf ihn herunterschaute wie eine große, wütende Eule. Der Mann sah Thaddeus an, hob eine Augenbraue und lächelte kühl.

»Ich suche ein Buch«, sagte er laut und mit einem Akzent, bei dem Agetta sich unwillkürlich umdrehte. Der Schock, den Mann hier zu sehen, ließ sie gegen das Regal taumeln. Es war der Mann aus Holborn, der Fremde aus ihrem Traum. Lächelnd sah er sie an.

»Dreimal an genauso vielen Tagen«, sagte er mit dieser weichen Stimme. »Man könnte meinen, du verfolgst mich.«

Thaddeus unterbrach rasch. »Sucht Ihr ein bestimmtes Buch, Sir? An Eurer Kleidung sehe ich, dass Ihr nicht von hier stammt.«

»Ihr seid ein kluger Mann und habt in beiden Fällen Recht. Das Buch, das ich suche, ist ein ganz spezielles. Ich habe es einmal besessen, doch dann muss ich es vor vielen Jahren verlegt haben.« Er machte eine Pause und schaute Agetta an. »Dumm von mir, wirklich«, fuhr er schließlich fort. »Es ist ein Buch, das nicht in falsche Hände geraten sollte. Dafür enthält es zu viele Familiengeheimnisse.«

»Ihr müsst aus einer angesehenen Familie stammen, wenn Bücher über Euch geschrieben wurden!«, meinte Agetta forsch. »Kein Mensch würde auf die Idee kommen, etwas über mich zu schreiben.«

»Viel wichtiger als die Gunst der ganzen Welt ist es, dass eine einzige Person einen gut kennt«, erwiderte der Fremde.

»Wer hat das Buch über Eure Familie denn geschrieben?«, fragte Thaddeus. »Vielleicht kenne ich es.«

»Eine Schwester . . . Eine, die der Familie den Rücken gekehrt hat. Sie war zu feige, ihren Namen unter irgendetwas zu setzen. Versteckt sich immer hinter jemand anderem.« Der Fremde sah sich im Laden um, als habe er etwas gehört. »Wie viele Kinder habt Ihr?«, fragte er Thaddeus. »Eines ruft nach Euch.«

»Das sind die Wellen, die gegen die Brücke schlagen, Seeadler oder sonst irgendetwas. Ich habe keine Kinder«, erwiderte Thaddeus gereizt. »Wollt Ihr ein Buch oder etwas anderes?«

»Ein Buch, aber ich spüre, dass es nicht hier ist. Ich muss weitersuchen.« Er drehte sich zu Agetta um. »Nun, mein Kind, dann bis zum nächsten Mal. Unsere Wege werden sich sicher noch einmal kreuzen – vielleicht sogar im Traum.«

Der Fremde verbeugte sich leicht, drehte sich um und fand mit Leichtigkeit den richtigen Weg durch die Regale zur Tür. Die Türglocke schepperte, als er die Tür hinter sich zuwarf.

Agetta schaute Thaddeus an und biss sich nervös auf die Lippe. »Er folgt mir«, platzte sie schließlich heraus. »Ich hab ihn einmal in Holborn gesehen und einmal in einem Traum. Er will etwas von mir.«

»Der Mann ist nicht von hier. Fremde tun seltsame Dinge. Zweimal seid ihr euch begegnet – nun, London ist klein.« Agetta kam es vor, als sage er nicht alles, was er wusste. »Die Hugenotten sind überall. Wahrscheinlich ist er einer dieser armen Franzosen, die vor ihrem König davongelaufen sind.« Thaddeus lachte und kramte dann in seiner Tasche, als wolle er sie auf andere Gedanken bringen. »Ich habe da etwas. Es ist etwas ganz Besonderes und sehr alt, aber es hilft dir, Worte zu lesen, die du sonst entweder nicht sehen oder nicht verstehen kannst. Ich wusste, dass du aus einem bestimmten Grund gekommen bist, und das ist der Grund.«

Thaddeus brachte einen geschliffenen Kristall zum Vorschein, halb so groß wie ein Gänseei. Er war mit silbernen Stechpalmenblättern verziert, die sich wie eine Girlande um das Glas wanden. Im Licht, das durch das Fenster schien, warf er bunte Lichter auf Thaddeus' Gesicht.

»Ich möchte es dir schenken. Es ist ein Ormuz-Glas, ein Segen für alle alten Menschen. Al-Hazzan hat es gemacht und ich möchte, dass du es als Zeichen unserer Freundschaft nimmst. Es wird dir helfen, das zu verstehen, was du nicht lesen kannst.« Mit drei großen Schritten war er von seinem Podest herunter, stand vor Agetta und hielt ihr das Ormuz-Glas hin. »Nimm es und komm nächste Woche wieder, dann erzähle ich dir mehr. Wer weiß, vielleicht stolperst du über das Nemorensis und machst Thaddeus zu einem glücklichen Mann!«

Agetta drängte es, zu reden, ihr Geheimnis preiszugeben und zu erzählen, dass sie bereits wusste, wer das Buch hatte, doch jetzt war nicht die Zeit dafür. Thaddeus drückte ihr das Ormuz-Glas in die rechte Hand. Es passte wie angegossen in das Augen-Mal. Als sie auf den Kristall schaute, sah sie, dass er jede Linie ihrer Hand vergrößerte. Überrascht stellte sie fest, dass die Umrisslinie des Auges sich offenbar aus lauter winzigen Buchstaben zusammensetzte, die so eng geschrieben waren, dass es wie eine geschlossene Linie wirkte.

»Es wird dir viele Dinge zeigen. Es hat nichts mit Zauberei oder irgendwelchen Tricks zu tun, es ist lediglich ein Wunder der Wissenschaft.« Thaddeus nahm ihren Arm und führte sie zur Tür. »Wir sehen uns bestimmt wieder. Ich habe nur wenige Freunde, aber jetzt habe ich eine Freundin mehr.« Er sagte dies vollkommen ernst; in seinen Augen stand echte Zuneigung.

Agetta sagte nichts, sondern trat hinaus auf die Straße, den Kristall fest in der Hand. Die Frage, weshalb Blakes Buch nur so begehrt war, jagte ihr durch den Kopf.

Auf der London Bridge drängten sich die Leute aneinander vorbei. Aus Angst vor Dieben hielten sie ihre Taschen fest an sich gedrückt. Agetta schaute sich um, suchte in jedem Hauseingang nach dem Fremden. Sie steckte die rechte Hand mit dem Kristall in die Tasche und machte sich auf den Weg nach Bishopsgate. Sie war so in Gedanken versunken, dass sie den Mann nicht sah, der sie durch die dicke, schmutzige Scheibe eines Kaffeehauses beobachtete.

Agetta dachte an Thaddeus, an sein warmes Lächeln, die faszinierenden Augen und an das Ormuz-Glas. Niemand hatte ihr jemals ein solches Geschenk gemacht – und noch dazu ohne jeden Grund! Sie lächelte. Ihr Leben veränderte sich und sie veränderte sich mit. Plötzlich hatte sie wieder den Geschmack des Absinth auf der Zunge. Sie zog ihren Mantel enger um sich und schmeckte ihm nach.

Die Sonne stand tief und warf dunkle Schatten über die London Bridge. Der Fremde nahm seinen schwarzen Hut vom Tisch des Kaffeehauses und trat rasch hinaus ins Licht. Er holte eine Brille mit Goldrand aus der Tasche. Die Gläser waren blau, aus feinstem Saphir geschnitten und so geschliffen, dass sie die Sonne reflektierten. Er zog den Hut tief ins Gesicht, stellte den Kragen seines Mantels hoch und zog dünne, schwarze Handschuhe über seine langen weißen Finger.

8

Liberato per Mortem

Blake stolperte durch den sintflutartigen Regen. Hagelkörner, zuweilen so groß wie Enteneier, prasselten vom nachtschwarzen Himmel. Sie ließen das Wasser in den Pfützen aufspritzen, klatschten auf Kutschendächer und die Rücken der wartenden Pferde, die bei jedem eisigen Schlag zusammenzuckten und nervös herumtänzelten.

Ein silbrig weißer Blitz zuckte vom Himmel, schlug in die Straße ein und ließ zerschmetterte Pflastersteine aufspritzen. Ihm folgte ein gewaltiger Donnerschlag, der die Fensterscheiben zum Klirren brachte und Blake den Atem nahm. Eine dicke pechschwarze Wolke schob sich über den Himmel. Wie eine Faust, die bereit ist zuzuschlagen, hing sie tief über den Feldern von Conduit. Die Ränder waren für einen Moment silbrig eingefasst, als der Mond kurz durch die Wolken brach, nur kurz, dann wurde er wieder von der Finsternis verschluckt.

Blake ging im Schutz der Häuser. In der Ferne sah er zwei helle Lampen, die den Eingang des Flambergschen Hauses am Queens-Platz beleuchteten. Zwei Lakaien in purpurroten Jacken mit goldenen Litzen bewachten die Tür. Ihre weißen Strümpfe waren voller Dreckspritzer. Sie hielten lange Holzstöcke in den Händen, die oben mit talggetränkten, leuchtend gelb brennenden Lappen umwickelt waren. Blake ging schneller, aus Angst, der Himmel könne in seinem Zorn einen weiteren Blitz herabschicken.

Und das tat er auch prompt. Von allen Richtungen gleichzeitig kam Wind auf, der das Wasser aus den Pfützen drückte und es pfeilschnell durch die Luft schießen ließ. Dann verwandelte ein Funkenregen den Himmel in eine gleißende weiße Fläche. Die Funken prallten von den Hausdächern ab und bedeckten bald die ganze Straße. Blake presste sich an eine feuchte Hauswand und schloss die Augen, doch die Helligkeit drang auch durch die Lider. Die Hitze ließ seinen Mantel dampfen und brachte sein Gesicht zum Glühen. Die Straße vor Flambergs Haus brach auf. Die beiden Lakaien ließen ihre Fackeln fallen und rannten die Kellertreppe hinunter. Die Fackeln zischten noch kurz im feuchten Schmutz und erloschen dann rasch.

Nass, schmutzig und sehr zornig stieg Blake die Marmortreppe zu Flambergs Haus hinauf. Lampen in Form von Fabelwesen standen neben der Tür Wache. Sie sahen aus, als seien sie aus massivem Metall, in das weiße, rote und blaue Glasstücke eingelegt waren. Der obere Teil war jeweils zu einem Schlangenkopf mit Helm ausgebildet und das Licht der dicken Bienenwachskerzen schien gespenstisch durch die roten Glasaugen. In der Mitte der Flamberg'schen Eichentür war ein großer goldfarbener Türklopfer in der

Form eines Drachen eingelegt. Breit gerippte Flügel und grüne Edelsteinaugen glänzten im Licht der Lampen.

Im Norden grollte der Himmel noch zornig, doch über London hatte der Sturm das Unwetter bald vertrieben und die Wolken verzogen sich. Blake schaute auf. Und zum ersten Mal konnte er seinen Stern mit bloßem Auge sehen. Deutlich erkannte er den leuchtenden Punkt mit dem glitzernden Schweif in den Tiefen des Alls. Er lächelte vor sich hin, als er seinen durchweichten Hut abnahm und das Regenwasser von der Krempe schüttelte. Die beiden Lakaien polterten die Kellertreppe herauf, rannten schnurstracks auf die Straße, um ihre Fackeln aufzuheben, und verschwanden dann wieder im sicheren Keller, ohne Blake eines Blickes zu würdigen.

Der ließ den Türklopfer dreimal auf die Messingplatte fallen. Der Drache fühlte sich unnatürlich warm an und seine beiden Augen hinterließen deutliche Abdrücke in Blakes Handfläche.

Ein großer, hagerer Diener, in feinste blaue Seide gekleidet, öffnete die Tür. Er hatte ein verkniffenes, faltiges Gesicht und die Haut um die tief liegenden Augen herum war voll dunkler Flecken.

»Doktor Blake«, sagte er mit einer Stimme, die zu seinem Gesicht passte, »Lord Flamberg erwartet Euch im Esszimmer. Sie warten schon einige Zeit . . .« Mit einer Handbewegung bat er Blake ins Haus.

Ein mit Kerzen bestückter Kronleuchter erhellte den Flur. Er schwang sacht hin und her und warf lange Schatten, die ständig in Bewegung waren. Als Blake einen kurzen

Blick in den großen Flurspiegel mit dem vergoldeten Rahmen warf, kam er sich viel älter vor als sonst. Sein Gesicht war voller Falten und die Haare waren zerzaust.

Unerwartet trat Lord Flamberg vom Esszimmer auf den Flur. »Mein lieber Blake«, sagte er und strich sich das lange graue Haar aus dem Gesicht, »ich dachte schon, das Unwetter hätte Euch von der Straße gefegt. Ein großartiges Schauspiel! Kommt herein, Lady Flamberg erwartet Euch bereits.«

Das Esszimmer war hell erleuchtet und von hölzernen Fensterläden abgeschirmt. Lady Flamberg saß in einem Ohrensessel am Kopfende eines langen, polierten Tisches, nahe bei der Tür. Sie rührte sich nicht, als Blake eintrat. Der aber zog bei ihrem Anblick scharf die Luft ein: Sie war überwältigend schön. Sie trug ein schwarzes Seidenkleid im spanischen Stil und die zartgliedrigen Hände, das Gesicht und der lange, makellose Hals schimmerten pudrig weiß im Kerzenlicht.

Lord Flamberg setzte sich ans andere Tischende und wies Blake den dritten Stuhl zu, der neben dem seiner Frau stand.

»Sie hat gern Gesellschaft, Blake. Sie wird Euch ganz für sich allein haben wollen. Sobald Ihr es Euch bequem gemacht habt, wollen wir essen.«

Blake streckte Lady Flamberg die Hand hin. »Ich bin Doktor Sabian Blake und freue mich sehr . . .«

»Ihr könnt mich Hezrin nennen, Doktor Blake. Lady Flamberg finde ich so förmlich.« Sie lächelte ihn an. Ihre Augen waren von einem kalten Stahlblau, die Lippen schmal und rot.

Blake setzte sich und schaute über die ganze Länge des Tisches hinunter zu Lord Flamberg, der ihn beobachtete. »Ein sehr schöner Raum und sehr hübsch eingerichtet«, sagte er.

»Und das Hübscheste darin ist meine Frau«, erwiderte Lord Flamberg und schnippte mit den Fingern.

Zwei Diener kamen herein. Sie trugen große silberne Servierplatten, unter deren Deckel Dampf austrat. Ungeschickt stellten sie die Platten auf den Tisch und hoben die Deckel ab. Als der Dampf sich etwas verzogen hatte, sah Blake den gekochten Kopf eines großen Tieres, dessen fettglänzende Augen ihn anstarrten. Auf der anderen Platte lag ein großer schwarzer Fisch, umgeben von dutzenden winziger, zuckender Aale. Er würgte seinen Ekel hinunter. Wie sollte er diese Viecher je schlucken und verhindern, dass sie anschließend wieder aus seinem Magen heraushüpften?

Der kleinere der beiden Diener beugte sich über den Tisch und zeigte mit der Spitze eines langen, scharfen Messers auf die Gerichte.

»Welches?«, fragte er mit tiefer Stimme. »Ich schneiden, Ihr essen. Von welchem?«

Blake hielt die Luft an, um den Geruch des nur kurz gekochten Fisches und der zuckenden Aale nicht einatmen zu müssen. Er schaute zu dem dampfenden Tierkopf hinüber, war sich aber nicht sicher, von welchem seltsamen, mit Stoßzähnen bewaffneten Tier er stammte. »Was ist das?«, fragte er erwartungsvoll.

»Das ist Walross – frische, gekochte Walross«, antwortete der Mann in seiner gebrochenen Sprache. »Ich schneiden für Euch. Das Beste sein die Augen oder die Zunge.«

»Ich nehme von dem Fisch«, entschied Blake rasch.

Der Diener schien enttäuscht. »Fisch?«, hakte er nach.

»Fisch!«, bestätigte Blake und zeigte auf die zahlreichen Aale, die sich über den schuppigen Fischkörper schlängelten.

»Mein Mann hat mir erzählt, Ihr seid Kabbalist. Hilft die Magie Euch denn?«, fragte Hezrin, als der Diener das Messer in den Fisch stieß, rasch ein langes Stück abschnitt und es ihm zusammen mit einer großen Portion glitschiger Aale auf den Teller klatschte.

»Die Kabbala hat nichts mit Magie zu tun, sie ist reine Wissenschaft. Das finstere Mittelalter ist längst vorbei. Hier geht es um den Umgang mit Kräften, die wir noch nicht verstehen. Ich bin davon überzeugt, dass der Tag kommen wird, an dem sich sämtliche Fragen der Menschheit mithilfe der Wissenschaft erklären lassen.«

»Dann ist in Eurer Welt kein Platz für Glaube oder Geheimnisse? Das ist wie Kunst ohne Künstler oder wie Musik ohne ein Instrument. Was könnt Ihr mit Eurer Wissenschaft denn ausrichten? Könnt Ihr das Tier hier wieder lebendig machen?« Hezrin stach mit der Gabel in das Auge des Walrosses und hebelte es aus seiner Höhle.

»Das Universum ist nicht ohne Plan. Selbst das, was Ihr esst, war zu einem bestimmten Zweck da, nur dass dieser Zweck sich jetzt etwas geändert hat. Bei der Magie der Wissenschaft geht es darum, Pläne aufzudecken und Wahrheiten zu finden. Die Kabbala bringt das Unendliche mit dem Endlichen zusammen, das Höchste zum Geringsten. Alles steht in einem großen Zusammenhang.« Blake schaute wieder auf die Aale, die jetzt von seinem Teller auf das weiße Tischtuch glitten und dort eine schwärzliche Spur hinterließen.

»Ich glaube an Magie, Sabian. Nicht wie Ihr sie seht, sondern als etwas Wunderbares, das uns aus der Mühsal dieser Welt herausheben kann.« Wieder stach Hezrin in den Walrosskopf. Sie löste ein Stück Haut ab und wickelte sie um ihre Gabel. »Wir leben in einer Welt, in der die Menschen an die seltsamsten Dinge glauben. Und Ihr wollt das alles erklären und jeder Handlung einen Sinn zu Grunde legen.«

»Er ist ein Wissenschaftler, ein Entdecker«, mischte sich ihr Gatte vom anderen Ende des Tisches ein. »Blake hat etwas Herrliches entdeckt, das morgen zum Stadtgespräch werden wird. Yeats wird dafür sorgen. Der *Londoner Anzeiger* wird jedem Kaffeehausgänger in der Stadt sagen, was er entdeckt hat.« Lord Flamberg sah, dass Blake ratlos auf sein entfliehendes Essen schaute. »Meine Frau hat einen eigenartigen Geschmack, was Essen anbelangt. Manchmal denke ich, sie könnte jedes Wesen verspeisen, das ihr in den Sinn kommt. Aber warum das essen, was die Bettler essen? Wer kann schon von sich sagen, dass er ein frisches Walross verspeist hat?« Flamberg war ganz aufgeregt. »Dazu ein guter Wein und die Früchte des Meeres. Ich persönlich bevorzuge die Zunge.«

»Jetzt kommt, Sabian. Es ist ganz einfach. Spießt sie auf und schluckt sie runter. Sie sind gesund und machen einen frischen Teint.« Hezrin lachte, als sie das sagte. »Die Aale sind ganz frisch, werden im Uferschlamm gefangen und am

Leben erhalten, bis sie auf den Tisch kommen. Sie schaden Euch bestimmt nicht.«

Blake stach mit der Gabel in die winzigen Aale, spießte gleich mehrere auf und schluckte sie rasch, ohne zu kauen, hinunter. Der salzige Fischgeschmack reizte ihn zum Würgen. Hezrin und ihr Mann beobachteten, wie er sich langsam durch die Hälfte dessen, was auf seinem Teller lag, vorarbeitete und wie er dann sorgfältig seine Serviette zusammenfaltete und über die Reste legte.

»Köstlich«, log er und atmete ein paar Mal tief durch, damit sich ihm der Magen nicht umdrehte. Er war überzeugt, dass die Aale sich noch immer in ihm bewegten, dass sie nie sterben würden. »Wie war das jetzt mit dem *Anzeiger?* Was wird er über meinen Kometen berichten?«

»Ihr seid auf der ersten Seite, der Mann der Stunde. Yeats hat einen großen Wissenschaftler aus Euch gemacht, den Entdecker des Jahrhunderts«, erwiderte Flamberg, wobei er an einem langen weißen Stoßzahn lutschte und sich das Walrossfett vom Gesicht wischte. »Wir sagen den Leuten, dass der Komet an der Erde vorbeifliegt und wir nach Euren Berechnungen Zeuge des schönsten Lichterspektakels seit Anbeginn der Zeit werden.«

»Dann werden sie mich hängen, wenn er in London einschlägt und die Hälfte der Bevölkerung umkommt.« Blakes Blick ging von Hezrin zu Lord Flamberg. Er forschte nach irgendeiner Reaktion, doch sie aßen in aller Seelenruhe die Reste des Walrosskopfes auf.

»Die Toten können Euch nicht hängen«, erwiderte Flamberg. »Wir laden den König und den Hofstaat in unser Haus im Norden ein und der Rest kann verbrennen«, meinte er gelassen. »Meine Freunde und ich sind der Ansicht, dass dies gut wäre für London. Es leben viel zu viele Menschen in der Stadt und einige sind die Luft nicht wert, die sie atmen.« Flamberg fuhr sich mit der flachen Hand über die Kehle. »Ich denke, Ihr wisst, was ich meine, Blake. London wird zu einem neuen Rom oder gar zu einem neuen Jerusalem, wenn Euer Komet den Abschaum des Lebens niederbrennt. Göttliche Vorsehung!« Flamberg lachte.

»Das geht doch nicht!«, rief Blake. »Wir müssen es ihnen sagen, wir könnten viele Menschen retten!«

»Es würde nur Panik ausbrechen, Sabian«, sagte Hezrin. »So aber können wir alle diejenigen, auf die es wirklich ankommt, aus London herausbringen. Der Rest wird sehen müssen, wo er bleibt. Wenn wir es ihnen jetzt sagen würden, könnte das eine Revolution auslösen.« Sie ergriff Blakes rechte Hand und zog sie zu sich. »Lasst mich sehen, was Eure Hand mir über Eure Zukunft sagt. Ich habe hellseherische Fähigkeiten. Schaut mich an und ich werde Euch sagen, was geschieht.« Ihre Hand war warm und weich. Blake spürte, wie sein Gesicht im Kerzenlicht rosig glühte. Er konnte sich nicht wehren, als sie seine Hand umdrehte, sodass die Handfläche nach oben zeigte.

Mit dem Zeigefinger malte Hezrin die Umrisse eines Sterns hinein. Dann nahm sie ihr Glas, goss einen Tropfen Rotwein in seine Hand und rieb ihn in die Haut. Die Kerzen flackerten leicht.

Flamberg ließ sich in seinem Sessel nach hinten sinken und stocherte mit dem Tischmesser in seinen Zähnen herum. Er lächelte Blake zu. »Sie wird Euch in etwas einführen, das Ihr möglicherweise nie verstehen werdet«, sagte er und kaute auf den letzten Stückchen herum. Dann verschränkte er die Arme vor der Brust und machte es sich in seinem Ohrensessel bequem. Er schloss die Augen, ließ das Kinn auf die Brust sinken und war sekundenschnell tief und fest eingeschlafen.

Blake schaute ungläubig zu ihm hinüber, als er mit jedem schweren Atemzug auch noch leise anfing zu schnarchen. Hezrin zog an seiner Hand und grub ihm die Fingernägel schmerzhaft in die Handfläche.

»Ich mag es nicht, wenn man mich nicht beachtet«, zischte sie. »Ihr und ich, wir haben eine Zukunft. Interessiert sie Euch denn gar nicht?«

»Um meine eigene Zukunft mache ich mir wenig Gedanken. Aber ich will der Welt sagen, was ihr bevorsteht.«

Blake konnte den Blick nicht von Hezrins Augen abwenden.

»Diejenigen, auf die es ankommt, wissen, was zu tun ist. Mein Mann und seine Freunde haben lange zusammengesessen. Überlasst alles ihnen, dann wird es schon gut werden.«

»Für wen? Für Eure Freunde und den König? Und das restliche London kann verbrennen?«, fragte er aufgebracht.

»Was würdet Ihr machen? Es alle wissen lassen und zuschauen, wie tausende in dem Chaos, das unweigerlich folgen würde, umkommen? Wie würden sie mit dem Wissen umgehen? Sie würden denken, das Jüngste Gericht sei angebrochen. Wollt Ihr, dass es so kommt? So haben wenigstens einige die Chance, zu überleben.« Sie hielt inne und schaute ihm in die Augen. »Sagt, Sabian, woher wisst Ihr von dem Kometen? Habt Ihr ihn zufällig entdeckt?«

Blake musste sie immerzu anschauen; er war wie gebannt. Sie war in leuchtendes Purpurrot und Schwarz gekleidet und hatte einen dunklen Schönheitsfleck in ihrem zarten Gesicht.

»Ich las . . .« Die Worte gefroren ihm im Mund, als hätte eine eisige Hand nach seiner Stimme gegriffen. Er keuchte, als ein brennender Schmerz durch seine Hand fuhr, sich über den Arm bis in die Brust und hinauf zu seinem Hals ausbreitete. Er hatte keine Kontrolle mehr über seine Nerven und Muskeln. Er versuchte aufzustehen, doch die unsichtbare Kraft drückte ihn hinunter auf den Tisch und mitten in die Reste des halb gegessenen Fischs.

»Wehrt Euch nicht, Sabian. Ich möchte die Zukunft sehen und alles Wissen hat seinen Preis.« Hezrin kicherte, ließ jedoch seine Hand nicht los und schaute ungerührt zu, wie er sich wand wie die Aale, die er gerade gegessen hatte.

»Setzt Euch«, befahl sie und drückte ihre Fingernägel fester in seine Handfläche.

Blake hatte keine Kontrolle mehr über sich. Er fiel rücklings in seinen Sessel. Dunkler Qualm erfüllte das ganze Zimmer.

»Hört mir zu, Sabian. Ich sehe Magie in Eurer Zukunft und eine Kraft, die durch Euch in die Welt kommen wird. Es ist ganz deutlich. Alles liegt vor Euch ausgebreitet, doch Ihr könnt es nicht sehen. Glaubt alles, was Euch vor Augen kommt – aber ein Fremder trachtet Euch nach dem Leben.«

Die Worte fuhren durch seinen Kopf wie eine Pferdepeitsche und sein Arm zuckte noch einige Male, bis sie ihn losließ. Hilflos starrte er Hezrin an. »Was habt Ihr getan?«, murmelte er.

»Ein Trick zur Unterhaltung der Leute, mehr nicht. Kann Eure Wissenschaft sich das nicht erklären, Sabian? Müsst Ihr jetzt etwa an echte Magie glauben?«

Blake erwiderte nichts darauf. Sein Arm brannte wie Feuer. Er versuchte eine Faust zu machen, doch der Schmerz war zu stark und winzige blaue Funken knisterten über seiner Hand.

»Es geht bald vorbei.« Hezrin seufzte. »Wenn Flamberg doch nur Euren Verstand hätte, dann wäre alles ganz anders gekommen. Schaut ihn Euch an: Schnarcht wie ein voll gefressenes Walross auf dem Strand und ist glücklich in seiner Unwissenheit. Ihr, Sabian, seid voller Wissensdurst, Ihr werdet tagelang darüber nachdenken, was gerade geschehen ist, werdet Euch quälen, bis Ihr die Antwort kennt und wisst, welche Macht Euch in ihrem Bann hatte.« Hezrin lachte. »Die Zeit könnt Ihr Euch sparen. Es *war* Magie.«

»Dann werde ich mich jetzt verabschieden, Madame. Eure Magie ist viel zu wirkungsvoll, als dass ein Mann wie ich sie verstehen könnte, und ich fürchte, dass der Schlaf Eures Gatten ebenfalls Teil Eures Zaubers ist.« Blake erhob sich unsicher, stolperte und landete mit der Hand in dem Teller mit den restlichen Aalen.

»Ich würde Euch gerne noch etwas zeigen, Doktor Blake. Etwas, das ich selbst vor meinem alten Walross geheim gehalten habe. Im Übrigen warte ich auf den Tag, an dem ihm jemand den Kopf abschlägt und ihn mir auf einer Platte serviert, gerade wie dieses Essen«, sagte Hezrin leise, stand auf und kam auf Blake zu.

»Ich glaube, ich muss . . .« Blake versuchte zu sprechen, ohne den Mund aufzumachen.

»Seid nicht so dumm. Ihr geht nicht, bevor ich Euch nicht etwas gezeigt habe, das Euren Geist weiten und die Phantasie anregen wird.« Hezrin nahm Blakes Arm und zog ihn gegen seinen Willen zur Tür. Flamberg rührte sich nicht. Er hing in seinem Sessel und ein Tropfen Fett lief ihm übers Kinn und auf seinen schwarzen Rock. »Pssst«, machte sie, als sie Blake durch die Tür schob. »Ich will nicht, dass er aufwacht. Das ist unser Geheimnis.«

Blake hatte Angst vor diesem Geheimnis, doch gleichzeitig erfüllte ihn große Neugier zu erfahren, was es war. Er konnte sich Hezrins Faszination nicht entziehen. Sie war stark, leidenschaftlich und umgeben von einer dunklen Kraft. Sie waren sich gerade erst begegnet und schon hatte sie ihn in jeder Hinsicht in der Hand. Er kam sich genauso wehrlos vor wie eine Fliege in den Fängen einer riesigen schwarzseidenen Spinne, die ihr Opfer einwickelte und wegschaffte.

»Ich habe eine Überraschung für Euch, Sabian. Nicht nur Ihr hegt eine besondere Liebe für den Himmel und alles, was er uns bringt. Auch ich habe auf diesen Augenblick gewartet, wenn auch aus anderen Gründen.« Sie drückte seine schmerzende Hand, dass er zusammenzuckte.

»Ich glaube nicht, dass das hier richtig ist«, protestierte Blake und versuchte sich ihrem Griff zu entwinden. »Mir würde es nicht gefallen, wenn ich Ihr Gatte wäre . . .«

»Mir auch nicht, aber gerade deshalb macht es ja so viel Spaß. Wer will schon sein wie er? Flamberg war schon immer so vorhersehbar, so langweilig. Doch Ihr, Doktor Sabian Blake, Mitglied der Königlichen Gesellschaft, Kabbalist und nun auch noch Entdecker von Sternen – Ihr bringt meinen Geist zum Klingen. Kommt und seht, was ich für uns vorbereitet habe.«

Der große Spiegel im Flur reichte vom Boden bis zur Decke und gab im Kerzenlicht ein gestochen scharfes Bild wider. Blake starrte auf Hezrins Spiegelbild. Sie schien alterslos, ohne Falten oder sonstigen Makel.

»Hinter dem Spiegel ist eine andere Welt. Glaubt Ihr mir das, Sabian?«

»Nur ein Dummkopf würde Euch nicht glauben«, sagte er und rieb das größer werdende rote Mal, das in seiner Handfläche brannte. »Doch ich bin ein Mann von nur einer Welt und würde es gerne dabei belassen.«

Hezrin lachte. »Schaut da hinein und sagt mir, was Ihr seht.«

Blake starrte in das Glas, über das die Kerzenflammen des Kronleuchters tanzten.

»Wollt Ihr nicht doch mit mir in diesen Spiegel treten, Doktor Blake, und eine weitere Welt entdecken?«, fragte Hezrin und zog ihn näher heran.

Blake nickte nur stumm und trat vor den Spiegel. Mit dem nächsten Schritt, dachte er, stehe ich auf der anderen Seite.

»Nein, Sabian, es ist ein echter Spiegel«, sagte sie und öffnete die Verriegelung seitlich an dem goldenen Rahmen, der mit Affenköpfen und Fröschen verziert war.

Blake fiel der goldene Ring an ihrer rechten Hand auf, der sich wie ein Kometenschweif um ihren Finger legte.

»Bevor wir die Kammer betreten, müssen wir einen Toast auf die Zukunft ausbringen.« Hezrin nahm zwei große Kelche aus blauem Glas von dem hohen Tisch neben dem Spiegel. Einen davon gab sie Blake, indem sie seine Hand gleich Richtung Mund schob. »In einem Zug!«, sagte sie leise, fast im Flüsterton. »In einem Zug, dann können wir gemeinsam erfahren, was kommt.«

Hezrin hob ihren Kelch an die Lippen und legte den Kopf zurück. Blake schaute ihr zu, wie sie ihn in einem Zug leerte und sich dann ganz unzeremoniell mit dem Handrücken den Mund abwischte. »Ihr seid dran, Sabian. Schnell.«

Blake trank den Kelch in zwei Zügen leer. Die zähe grüne Flüssigkeit brannte in der Speiseröhre, ließ seine Kiefer taub werden, trieb ihm Tränen in die Augen und nahm ihm fast den Atem.

Hezrin lachte vor sich hin, als sie den Spiegel von der Wand zog wie ein riesige Tür in eine andere Welt.

Im selben Augenblick kam ein eisiger Wind auf. Blake spürte die Kälte ringsum. Weiter oben im Haus fiel eine Tür zu und über ihnen auf dem Flur waren die Schritte mehrerer Personen zu hören. Blake versuchte in dem dunklen Raum hinter dem Spiegel etwas zu erkennen.

Hezrin gab ihm einen leichten Schubs, damit er einen Schritt in die Dunkelheit hineinmachte. In dem Augenblick sah Blake das winzige, blau schimmernde Etwas, das mitten in der Schwärze schwebte. Es glitzerte und wirbelte lautlos herum; wie tausende blauer und weißer Diamanten drehte es sich einen knappen Meter vor seinem Gesicht. Ohne zu überlegen, streckte Blake die Hand nach dem Ball aus knisternder Elektrizität aus.

»Liberato per mortem«, sagte Hezrin und wandte das Gesicht ab.

9

Hebdomada Mortium

Agetta pickte eine große schwarze Bettlaus von ihrem Handrücken und zerquetschte sie zwischen den Fingern. Die halbe Nacht war sie unter der kratzigen Bettdecke hinter der Laus her gewesen, die auf ihr herumgekrabbelt war und sie immer wieder gebissen hatte.

Ihre Mutter schlief noch. Das ständige Nagen der Ratten, die sich durch die mit Flechtwerk und Rosshaar gefestigte Lehmmauer arbeiteten, störte sie nicht. All das war für Mrs Lamian das Leben: Nie verließ sie den Raum, den sie mit ihrer Tochter teilte. In der Zeit, in der sie nicht schlief, aß sie das mal gute und mal weniger gute Essen, das ihr Mann Cadmus ihr brachte, und spülte ihre Angst vor der Welt mit einem Liter Gin und leichtem Bier weg. Die massive schwarze Tür war die Grenze ihrer Welt. Sie war so unüberwindlich für sie wie die Mauern einer Burg oder eines Verlieses und hielt sie zuverlässiger als das stärkste Schloss davon ab, den Raum zu verlassen.

Agetta wischte sich die Laus von den Fingern. Sie versuchte wieder einzuschlafen, doch der Radau der Ratten und die beißende Kälte nahmen ihr jede Hoffnung auf Nachtruhe. Brigand war seit dem vergangenen Abend verschwunden. Er fehlte ihr, hatte er sie doch mit seinem tiefen Knurren vor der Dunkelheit beschützt, und wenn er sich auf ihren Füßen zusammengerollt hatte, auch vor der Kälte. Sie stellte sich vor, wie er über die Felder von Conduit Richtung Moor lief und Rehe jagte. Sein Abendessen lag unberührt neben dem Kamin im Flur.

Die ganze Herberge stöhnte mit, wenn die Querbalken an den Dielen zerrten, sich dehnten und ächzten. Für Agetta klang es immer so, als holte das Haus tief Luft und streckte sich, bevor es sich zur Ruhe legte. Die Kerze auf dem Gintisch schickte Schatten durchs Zimmer, kleine schwarze Wesen, die sich in den Ecken versteckten und über das Bettgestell lugten. Agetta hatte das Zimmer mit seinen braunen Wänden und dem schmutzigen Holzfußboden immer gehasst; es vermittelte weder Trost noch Glück, sondern war lediglich ein Ort, wo man sich nach einem langen, arbeitsreichen Tag ausruhen konnte, wenn man geputzt und Besorgungen gemacht hatte und durch den Gestank von London getrabt war.

Hinter der halb offenen schwarzen Tür hörte sie die Gäste schnarchen und im Schlaf vor sich hin brabbeln. Die Herberge war voll belegt, selbst der Flur war noch als Schlafplatz vermietet worden. Der einzige Ort, an dem man seine Ruhe hatte, war die Küche mit dem großen Ledersessel, in dem ihr Vater schlief, dicht am Kamin, sauber und glänzend. Agetta rieb mit dem Ärmel die Feuchtigkeit vom

Fenster und schaute hinaus in den Nachthimmel – und sah weit oben am Himmel, umgeben von tausenden von glitzernden Lichtern einen Stern mit einem gold-roten Schweif, den sie noch nie zuvor gesehen hatte.

Plötzlich polterte es über ihrem Kopf. Staub rieselte von der Decke und füllte den Raum mit einem weißen Puder, das im Kerzenlicht glitzerte wie Schnee. Wieder hörte sie ein Poltern, gefolgt vom Geräusch einer Metallkette, die über den Holzfußboden der Dachkammer geschleift wurde. Ein Ziegel rutschte vom Dach und zerschellte auf der Straße.

Keiner im Haus rührte sich. Alles schlief tief und fest weiter. Jetzt hörte Agetta über sich jemanden weinen, dann wieder das Klirren der Kette. Langsam ging sie zur Tür, tastete nach der Klinke und lauschte auf das Knistern des Feuers im Küchenkamin. Agetta wusste, dass ihr Vater schlief, die Füße zum Wärmen an den Kamin gestreckt und den Pinkelpott unter dem Sessel.

Sie schaute in den dämmrigen Flur. Eine einzelne Kerze brannte in ihrem Halter an der Wand. Die Flamme flackerte in dem Luftzug, der ständig durchs Haus wehte. Auf dem Boden stöhnten und schnauften zwei zusammengekrümmte menschliche Haufen unter dicken, schmutzigen Decken.

Agetta starrte auf den fetten Obdachlosen, der ihr im Weg lag. Graue Bartstoppeln bedeckten das pockennarbige Gesicht. Er lag auf dem Rücken, nur halb zugedeckt, und schnarchte mit weit offenem Mund. Plötzlich bewegte er sich und streckte einen Arm aus, sodass ihr der Weg vollends versperrt war. Eine Ratte huschte aus seinem Mantel, lief an der Wand entlang zur Treppe und hinunter in die Küche. Agetta stieg über den massigen Körper hinweg, wobei sie sich bemühte ihn nicht zu berühren.

Rasch war sie bei der unbeleuchteten, schmalen Treppe, die nach oben zur Dachkammer führte. Agetta blieb auf jeder Stufe kurz stehen. Kalte Angst ballte sich in ihrem Magen zusammen wie ein Knoten, der sich immer fester zuzieht. Hinter der Tür zur Dachkammer weinte tatsächlich jemand. Das Geräusch schien weit weg zu sein und klang wie der Ruf eines verirrten Seevogels und doch machte es sie unendlich traurig.

Spinnweben hingen von der Decke und legten sich über ihr Gesicht. Sie schob sie weg und löste die feinen grauen Fäden aus ihrem Haar. Die Treppe war nicht beleuchtet und sie traute sich nicht eine Kerze zu nehmen, aus Angst, von ihrem Vater entdeckt zu werden. Die Schwärze bedrängte sie, flüsterte ihr zu, sie solle stehen bleiben, nicht weitergehen, keinen Schritt, sondern umkehren, bevor es zu spät war.

Auf dieser Treppe hatte sie Blueskin Danby gesehen, in der Nacht, als er aus dem Gefängnis in Newgate geflohen war. Im Dämmerlicht hatte sein Gesicht mit der blauen Tätowierung einer Schlange, die sich um beide Augen ringelte und in seinen Mund zu kriechen schien, geleuchtet. Danby hatte sich in der Dachkammer versteckt, gedeckt von ihrem Vater. Zwei Tage später war er dennoch tot gewesen, hing ohne seine feinen Kleider wie eine Weihnachtsgans am Galgen.

Das Unwetter, das seinem Tod folgte, dauerte drei Tage, so lange wehrte sich seine Seele dagegen, in die Hölle gezerrt zu werden. Mitten am Tag waren Tische in der Küche umgekippt, Kohlen flogen aus der offenen Ofentür und Teller wurden von Blueskins unsichtbarer Hand aus dem Regal gerissen und segelten durch die Luft. Drei Nächte lang hatte er auf dieser Treppe gejammert und geschrien und von da an hatte Agetta sich nicht mehr auf den Dachboden getraut. Wenn sie unten an der Treppe vorbeiging, hatte sie die Finger gekreuzt und die Augen geschlossen, um nicht hinaufschauen und nicht die blicklosen Augen von Blueskin Danby sehen zu müssen. Mit jedem Schritt fielen ihr jetzt weitere Einzelheiten des damaligen Grauens ein.

Vor der schmalen Tür am Ende der Treppe lag eine Kette. Außerdem war sie von außen verriegelt. Agetta suchte in ihrer Tasche und beförderte ein Stück gebogenen Draht zum Vorschein. Rasch steckte sie ihn in das Schloss und drückte damit den Stab gegen die Metallfeder. Sie spürte, wie sich das Schloss drehte. Jetzt konnte sie nacheinander die drei Metallzähne umlegen, die den Ring geschlossen hielten. Das Schloss sprang auf. Schnell schob Agetta noch die beiden Riegel zurück.

Schwere Schritte tappten unten den Flur entlang. Sie drückte sich in der Dunkelheit an die Wand aus Angst, Blueskin könnte zurückgekommen sein. Sie hörte einen langen, leisen Seufzer, dann sah sie den Schatten einer großen Gestalt über den Flur wanken. Der Mann fiel von einer Wand zur anderen, stolperte über seine eigenen Füße und murmelte ununterbrochen vor sich hin.

Agetta schlich wieder drei Stufen hinunter. Im silbernen Licht des Mondes, der durchs Fenster schien, sah sie die dunkle Gestalt deutlich. Der Mann war groß und trug einen zerlumpten Mantel, der so lang war, dass er auf dem Boden schleifte, und einen Hut, den er bis auf die Ohren heruntergezogen hatte. Er trat und kickte nach unsichtbaren Wesen, die nur in seiner Einbildung über den Flur huschten. Ganz plötzlich kippte er nach hinten und rutschte an der Wand hinunter, bis er auf dem Boden saß. Ungläubig schaute er sich um. Wahrscheinlich dachte er, ein Faustschlag hätte ihn umgeworfen. Er schloss die Augen und sackte in sich zusammen. Schließlich rollte er sich wie eine Katze an der kalten Wand zusammen und schnarchte laut.

Agetta schlich die Treppe wieder hinauf. An der Tür blieb sie stehen und lauschte, hörte jedoch nur ihren eigenen Herzschlag. Sie drückte gegen die Tür, die sich nur langsam öffnen ließ, da sie unten über die Dielen schrammte. Rasch trat sie ein. Die Lichter der Stadt erhellten die Dachkammer. Unter dem Fenster sah sie einen Mann auf einem Stuhl sitzen. Er war in Mondlicht gebadet und hatte das Gesicht in den Händen vergraben.

Agetta zog unwillkürlich scharf die Luft ein und der Mann schaute auf. Als er sie sah, stand er rasch auf. Er strahlte von innen heraus und das goldene Licht wurde heller, als er ihr seine gefesselten Hände entgegenstreckte. Plötzlich war die Kammer in blendendes weißes Licht getaucht. Zwei glänzende Flügel entfalteten sich, die herzschlagartig pulsierten.

Das gleißende Licht war kaum zu ertragen und Agetta legte schützend die Hände vor die Augen. Es war, als würde alles Licht dieser Welt von der Gestalt aufgesogen, ja, als würde die Zeit selbst in sie hineingezogen. Agetta spürte, wie sie sanft hochgehoben und ebenfalls zu der Gestalt hingezogen wurde. Sie hielt sich an der Tür fest, wurde jedoch mit einem Ruck von ihr weggerissen und schwebte in die ausgestreckten Arme der Gestalt.

Verzweifelt ruderte Agetta mit den Armen und versuchte sich irgendwo festzuhalten. Ein Lachen erfüllte den Raum, ein leises, fröhliches Lachen, das als Glitzern in dem hellen Licht sichtbar wurde. Mit einem unerwarteten Plumps landete sie auf dem harten Holzboden und die Dachkammer war wieder lediglich vom Mondlicht erhellt. Als Agetta aufschaute, fiel ihr zuerst das Loch im Dach auf. Dann schaute sie in das tränennasse Gesicht eines jungen Mannes, der sie anlächelte.

»Sag nichts, Agetta«, sprach er und wischte sich die salzigen Tränen ab. »Dein Vater schläft noch unten in der Küche, doch sein Freund Sarapuk ist auf dem Weg hierher . . .« Die leise Stimme vibrierte in ihrer Brust und drang bis in ihr Herz.

»Wie . . .?« Verwirrt sah sie ihn an. Sie fragte sich, was gerade geschehen war, und suchte in seinem Gesicht nach einem Hinweis darauf, wer oder was er war.

»Fürchte dich nicht!«, sagte er und streckte ihr die Hand hin, um ihr vom Boden aufzuhelfen. »Deinesgleichen sind entweder voller Angst oder sie werden ohnmächtig bei meinem Anblick, aber du scheinst anders zu sein. Du hast etwas an dir . . .«

»Bist du Blueskin Danby und zurückgekommen, um meinen Vater zu holen?« Sie rappelte sich auf und trat einen Schritt zurück.

»Hab keine Angst. Ich bin Tegatus, ein *Gast* deines Vaters, ein Opfer meines eigenen Missgeschicks und jemand mit einer bedauerlichen Vergangenheit.« Er sank wieder auf den Stuhl und barg das Gesicht in den Händen.

»Deine Flügel – sie sind . . .« Agetta bürstete sich den Staub von den Kleidern.

»Sie kommen und gehen. Sie sind die Ursache für meinen tiefen Fall und dafür, dass ich hier bin«, antwortete Tegatus müde.

»War es ein Trick oder sind sie echt? Ich hab noch nie jemand mit Flügeln getroffen.« Agetta versuchte ihm über die Schulter zu schauen. Sie suchte nach einem Hinweis auf die langen goldenen Federn, die den Raum mit ihrem Glanz erfüllt hatten.

»Echt oder unecht, was macht es für einen Unterschied? Die Welt ist fasziniert davon und ich werde als Missgestalt ausgestellt und angestarrt, eine hilflose Nummer in einem Zoo, aus dem ich nicht entfliehen kann.« Tegatus schüttelte sich gequält. »Ich habe dich die Treppe heraufkommen sehen. Viele Male habe ich schon versucht dich zu wecken, doch du hast immer tief geschlafen.«

Agetta schaute wieder zu dem Loch im Dach. »Warst du das?«, fragte sie.

»Ich muss hier weg, doch die Ketten fesseln mich an diese Welt.« Tegatus streckte ihr die Hände hin. Seine Handgelenke steckten in zwei breiten goldenen Reifen, in die Worte in einer Sprache eingeritzt waren, die Agetta nicht verstand. »Sie erlauben mir die Flügel auszubreiten, doch ansonsten bin ich, solange ich das hier trage, schwach und hilflos.«

»*Hebdomada Mortium*.« Sie flüsterte die Worte vor sich hin. »Was bedeutet das?«

»Es bedeutet, dass ich möglicherweise für immer hier sein muss.«

»Ich kenne einen Schmied, der sie aufbrechen und das Gold verkaufen könnte«, meinte Agetta, nachdem sie die Handfesseln aus sicherer Entfernung betrachtet hatte.

Tegatus schaute sie an und lächelte. »Um mir diese Fesseln abzunehmen, braucht es mehr als einen Schmied. Es gibt kein noch so starkes Eisen, das sie aufbrechen könnte. Sie sind aus mehr als nur aus Edelmetall gefertigt und verschlossen mit Neid auf etwas, das mir nie gehören wird.«

Agetta machte einen Schritt auf ihn zu. Sie war sich nicht sicher, was er war, traute sich aber nicht recht die Frage zu stellen, die ihr auf der Zunge lag. »Bist du ein . . .?«

»Ich bin das, was du dir wünschst, dass ich bin«, erwiderte er, als wüsste er genau, was sie fragen wollte. »Was ich einmal war, spielt keine Rolle mehr. Mein Leben hat sich vollkommen verändert. Man hat mich durch ganz Europa geschleift und an Alchimisten und Diebe verhökert. Und jetzt bin ich hier, ein *Gast* von Cadmus Lamian.«

»Was hat mein Vater mit dir vor?«, fragte sie, während sie das Labyrinth silberner Falten auf seiner Stirn studierte.

»Er will mich für eine Guinea am Strand ausstellen, zusammen mit anderen Missgeburten. Ich habe gehört, wie er mit Sarapuk darüber gesprochen hat. Sie wollen die sonderlichsten und eigenartigsten Gestalten der ganzen Welt zusammenholen. Wahrscheinlich bin ich die eigenartigste von allen.« Er sah ihre Verwirrung. »Die Hälfte der Gäste in diesem Haus hat das gleiche Schicksal, doch sie tun es aus freien Stücken, weil sie Geld verdienen wollen. Ich . . .« Er hielt inne und schaute zu Boden. Dann fuhr er leise fort: »Ich habe keine Wahl. Ich muss tun, was er sagt. Er hat den Schlüssel, der mich an ihn bindet.«

Agetta suchte in ihrer Tasche nach dem Ormuz-Glas. »*Hebdomada Mortium*«, murmelte sie, als sie noch einmal die goldenen Handfesseln betrachtete. »Ich habe etwas bekommen, mit dem ich lesen kann, was ich nicht verstehe.« Sie zog das Ormuz-Glas aus der Tasche und rieb die durchsichtige Linse an ihrem Kleid. »Schau her! Das ist es. Thaddeus hat gesagt, dass es mir hilft, und das wird es auch.« Sie hielt die Linse über die Goldreifen und las die Worte.

»*Hebdomada Mortium!* Es ist immer noch dasselbe«, rief sie enttäuscht. Sie drehte das Glas in der Hand – und starrte gebannt darauf, als sich die einzelnen Buchstaben unvermittelt bewegten. Gefangen in dem Glas, veränderten sie Form und Reihenfolge und bildeten vor ihren Augen eine lange Wortschlange.

Zu leben und zu sterben, wir sieben Mal geboren werden,
und sieben Mal als Mensch werd leben ich auf dieser Erden.
Sieben Tode werd ich erleiden, sterblich trotz Unsterblichkeit,
sieben Tode durch Wespe und Schlange, in Hoffnung auf Vergänglichkeit.

Agetta las die Worte laut, wie sie in dem Ormuz-Glas erschienen. »Was bedeutet das?«, fragte sie. »Von wem ist die Rede?«

»Es ist mein Fluch. Verurteilt von meinem eigenen Herzen, gefangen gesetzt von meiner Gier. Ich werde diese Fesseln sieben Lebenszeiten lang tragen und dann sterben.« Tegatus ließ die Ketten klirren, die an den Fesseln befestigt waren. »Ich wollte nur wissen, wie es ist, ein Kuss von ihr, mehr nicht. Einen Augenblick innerhalb der Ewigkeit wissen, wie es ist, wenn . . .« Er hielt inne und lauschte. »Wir haben nicht mehr lange Zeit. Sarapuk wird bald hier sein. Du musst wieder in dein Bett. Schließ mich hier ein und erzähle niemandem von deinem Besuch.«

»Ich kann dich doch nicht hier zurücklassen. Du bist ein Gefangener.« Agetta zog mit aller Kraft an der Kette und versuchte ihn zu befreien. »Was hast du getan, dass man dich hier eingesperrt hat?«

»Ich frage dies jeden Tag unzählige Male und bekomme keine Antwort. Man hört nicht mehr auf mich. Ich bin ein Ausgestoßener.« Der junge Mann seufzte; er war den Tränen nah. »Ich wünschte, ich wäre nie geboren oder könnte jetzt sterben und niemand würde mich mehr anstarren. Ich habe mir etwas vorgemacht und nun sitze ich in der Falle. Wenn ich nicht geboren wäre, wäre ich jetzt glücklicher.« Tegatus drehte den Kopf, als hätte er etwas gehört. »Dein Vater ist wach. Er stochert im Feuer und wartet auf seinen Freund.«

»Und was ist mit dir? Du kannst nicht hier bleiben, du musst weg!« Wieder zerrte Agetta an den Ketten.

»Wenn die Zeit gekommen ist, kannst du mir helfen. Jetzt geh. Wenn dein Vater dich hier findet, weiß ich nicht, was er mit dir macht.«

Agetta schaute auf ihn herunter, wie er da saß, das Gesicht in den Händen vergraben. Er sah schmal und zerbrechlich aus wie ein alter Mann, der am Straßenrand auf den Tod wartet, ein Bettler, um den sich niemand kümmert.

Tegatus schaute auf und machte ihr mit der Hand ein Zeichen, zu gehen. Stumm schlich Agetta hinaus, schloss die Tür hinter sich ab und blieb dann auf der obersten Treppenstufe stehen. Plötzlich hatte sie das Gefühl, beobachtet zu werden, Irgendwo in der Dunkelheit lauerte jemand.

Ein kalter Luftzug wehte um ihre Füße, eiskalt lief es ihr den Rücken hinab, sämtliche Haare stellten sich ihr auf. Unten auf dem dunklen Flur sah sie einen Mann aus dem Fenster schauen. Im schwachen Licht des Mondes erkannte sie auf seinem Gesicht die verblassten Linien einer Tätowierung.

Blueskin Danby. Der Gedanke durchzuckte sie wie ein Blitz. Der dunkle Schatten schaute auf, als hätte sie seinen Namen laut gerufen. Sein Gesicht glich einer Maske, die Haut straff gespanntem Pergament. Eine schwarze Schlange glitt über sein Gesicht, verschwand in einer Augenhöhle und kam aus dem Mund wieder heraus.

»Ich komme wieder, Agetta«, sagte er, machte einen Schritt auf sie zu und streckte eine knochige weiße Hand nach ihr aus. »Irgendwann, bald, in der Nacht, wenn du es am wenigsten erwartest. Nichts auf der Erde kann dich vor mir schützen. Ich habe deinen Hund – er bezahlt für den Verrat deines Vaters. Bald habe ich auch dich und mein

Schicksal wird auch deines sein. Dein hübscher Hals wird brechen und du wirst nachts den Dämonen begegnen.« Er lächelte mit leeren Augen, drehte sich um und verschwand.

10

Gruß von einem goldenen Zweig

Das Geräusch eines Spatens, der in kalte, feuchte Erde sticht, hallte als dumpfes Echo in Blakes schmerzendem Schädel nach. Er lag in einem frisch ausgehobenen und mit Stroh ausgelegten Grab und starrte in den Himmel, als die ersten Strahlen der Oktobersonne über den schwarzen Horizont krochen. Ein hoher Kirchturm reckte sich in den klaren Himmel und zeigte mit seinem dünnen, steinernen Finger auf den Kometen im Zenit.

Blake glaubte, er sei tot und schaue mit den Augen eines Geistes aus der Grube. Doch der pochende Schmerz und die Scheuermale an seinen Handgelenken sagten ihm, dass er noch am Leben war. Er versuchte sich zu bewegen, aber seine Beine fühlten sich schwer und taub an. Er hob einen Fuß – der gleich wieder zurückfiel auf den Sargdeckel, auf dem er lag. Er hob den Kopf und sah, dass er mit Rosen- und Stechpalmenblättern bedeckt war. Was ihn auf den Sarg drückte, war ein großer, toter Hund mit halb abgebrochenen Zähnen.

Von der oberirdischen Welt hörte Blake das Geräusch einer Schaufel, die in die Erde gestoßen wird. Erdschollen, die nur wenige Meter von ihm entfernt von der Schaufel fielen, ließen den Boden zittern. Er setzte sich auf, rollte den Hund zur Seite, zupfte sich das Stroh aus den Kleidern und versuchte sich zu erinnern, wie er hierher gekommen war.

Das Einzige, woran er sich von der letzten Nacht erinnern konnte, war die Lichtkugel, die explodiert war, als Hezrin die Spiegeltür hinter ihm geschlossen hatte. Im Bruchteil einer Sekunde hatte sie ihn eingehüllt, war so schnell gewachsen, dass er das Gefühl gehabt hatte, er würde durchs Dach des Hauses in den Himmel katapultiert. Ihr Glanz hatte ihn in seinen Bann gezogen. Die einzelnen Moleküle der Kugel waren durch seine Kleider gedrungen und hatten seinen Körper in ein schillerndes Licht getaucht. Dann war Blake in einen tiefen Schlaf gesunken.

Er strich mit den kalten Fingern der linken Hand über die roten Fesselmale am rechten Handgelenk und befühlte die Handfläche, die wie Feuer brannte. Die Nägel seiner rechten Hand waren bis auf das Nagelbett geschnitten worden. Wie ein Blitz durchzuckte ihn ein weiterer Erinnerungsfetzen; er sah Hezrins stahlblaue Augen und die roten Lippen und hörte sie lachen, als er sich vor Schmerzen gewunden hatte. Blake hustete und spuckte Erde und Stroh. Die Grabgeräusche hörten auf.

»Warst du das?«, fragte eine Männerstimme über ihm. Sie klang rau und nach einem Leben voller Schlägereien.

»Du spinnst doch, Mann«, kam leise die barsche Antwort. »Als Nächstes erzählst du mir noch, du hättest den Teufel gesehen. Grab weiter. Noch einen Fuß tief, dann haben wir die Leiche, der gute Doktor kriegt sein Spielzeug und wir zehn Schillinge.« Mit einem Schweinegrunzen trieb der Mann seinen Kumpel zum Weiterarbeiten an.

Blake kniete sich auf den Sarg und schaute über den Rand des Grabes. Dabei rutschte der Hundekörper vollends von ihm herunter und fiel mit einem lauten Rums auf den Sargdeckel.

»Ich hab's dir gesagt!« Die Stimme war schriller als vorher und voller Angst. »Es ist nicht recht, was wir hier machen. Sie gehören der Unterwelt, wir haben kein Recht, sie zurückzuholen.«

Blake hörte, wie die Schaufel energisch in die Erde gestoßen wurde. »Ich grab nicht mehr weiter. Der Teufel kann behalten, was ihm gehört. Ich will ihn nicht auf den Fersen haben.«

»Ich bezahl dich fürs Graben, also grab weiter. Das sind nur die üblichen Geräusche der Nacht. Es gibt keine Gespenster, keinen Gott und keinen Teufel. Da müsste schon einer von den Toten auferstehen, damit ich an so was glauben würd. Und jetzt grab weiter!«

Blake rappelte sich auf, bis er schließlich auf dem Sargdeckel stand und über den Friedhof mit seinen halb verfallenen Grabsteinen und schlammigen Wegen schaute. Im ersten Morgengrauen sah er zwei Männer neben einem Berg frischer Erde und dem Blumenschmuck von einem frischen Grab stehen. Beide Männer trugen Stiefel, wie Seeleute sie tragen, und Gehröcke. Ihre Köpfe waren geschoren und schimmerten blau von einem Entlausungsmittel.

»In Ordnung, ich grab weiter«, sagte der Große mit dem dicken Bauch und der Schaufel in der Hand, »aber es ist das letzte Mal. Der Teufel ist hinter mir her, weil ich ihm seine Toten klaue und du ihm nix dafür geben willst.« Er packte die Schaufel fester. Sein Rock war eine Nummer zu groß. Er hatte ihn einem ausgebuddelten Gentleman ausgezogen, bevor er die Leiche dem guten Doktor übergeben hatte.

Blake sah sich weiter um. Der stechende Geruch aus dem Sarg deprimierte ihn und erinnerte ihn daran, dass auch er bald würde sterben müssen. »Guten Morgen, meine Herren«, sagte er laut. »Könntet Ihr mir bitte aus dem Grab helfen?«

Der Dicke schaute auf den Boden zu seinen Füßen, da er glaubte, die Stimme sei aus dem Sarg gekommen, den er gerade ausgrub. Der andere Mann sprang einen Schritt zurück. Er war sich nicht sicher, ob er richtig gehört hatte.

»Helft mir aus dieser Grube! Ich werde Euch reichlich entlohnen und dafür sorgen, dass Euch der Teufel oder der König nicht kriegt«, rief Blake wütend und trat mit dem Fuß gegen die Erdwand. Dreckklumpen polterten auf den Sargdeckel, als er vergeblich versuchte Halt zu finden.

»Hast du gehört? Ein Teufel!«, brüllte der Dickbauch und warf die Schaufel seinem Freund zu. Er wollte davonlaufen, rutschte jedoch aus und fiel hin. »Er will deine Seele holen«, kreischte er, »meine gehört mir ja schon nicht mehr!« Tränen liefen ihm übers Gesicht. Der Dürre packte seinen Freund am Ärmel und schaute sich auf dem Friedhof um. Er sah niemanden, nur bläuliche Schatten, die die Morgendämmerung ausschickte.

»Lauf nicht davon, du Dummkopf!«, rief Blake. »Hilf mir aus dem Grab! Ich lebe doch, siehst du das nicht?«

Da sah der Dickbauch ihn. Er sah das dreckverschmierte Gesicht eines Toten, der ein paar Meter weiter aus dem Grab schaute. In seinem Haar hingen noch Rosen- und Stechpalmenblätter und aus dem Kragen seines Gehrocks schaute Stroh heraus. Seine Hände krallten sich in dem verzweifelten Versuch, dem Höllenschlund zu entkommen, an Sauerampferbüscheln fest. Der Dicke hatte nur noch einen Gedanken: weglaufen!

Der Dünne dagegen hob die Schaufel auf und wollte zum Angriff übergehen.

»Ich dreh dir den Hals um, wenn du mir nicht hilfst«, brüllte Blake, fiel aber dann mit lautem Poltern zurück ins Grab.

Bei dieser Drohung lief es nun auch dem Dürren eiskalt über den Rücken. Die beiden Grabräuber drehten sich um und rannten zum Friedhofstor, als sei der Sensenmann leibhaftig hinter ihnen her.

Blake lag wie ein Häufchen Elend auf dem Sarg. Er streichelte das Fell des toten Hundes, der ihm irgendwie vertraut vorkam. Er wusste, dass er das Tier schon einmal gesehen hatte und nun war es hier in der Grube sein einziger Gefährte. »Ach, Hund«, jammerte er, »so tot wie du werde ich auch bald sein. Das Leben ist kurz und ein einziges Jammertal und jetzt muss ich es hier beenden und habe niemanden außer einem Hund, mit dem ich reden kann . . .« Blake stieß einen langen, verzweifelten Seufzer aus.

»Rede doch mit mir!«, sagte eine Stimme über ihm.

Erschrocken stieß Blake den Hund weg, als schäme er sich seines Gefährten. Dann schaute er auf.

»Gräber sind nicht unbedingt der ideale Ort, um die Nacht zu verbringen. Mitten im Leben sind wir vom Tod umgeben, aber ich bin gekommen, um dich aus dem Höllenschlund zu befreien.«

Am Rand des Grabes stand ein fremder Mann ganz in Schwarz. Seine Umrisse zeichneten sich scharf vor dem Morgenhimmel ab, als er durch eine Brille mit Goldrand und blauen Gläsern auf Blake herunterschaute.

»Ich hörte dich von der Straße aus, sah die beiden Landstreicher davonlaufen und dachte, sie hätten dir was angetan.« Er lächelte. »Aber jetzt finde ich dich hier unversehrt und . . .« Der Mann betrachtete den Hund, der neben dem Sarg lag. ». . . in besserer Verfassung als deinen Freund.«

»I-i-ich habe ihn hier gefunden«, stammelte Blake und stand auf. »Ich bin hier drin aufgewacht und er lag auf mir – tot. Ich fürchte, er gehört meinem Dienstmädchen.«

»Dann bin ich ja gerade noch rechtzeitig gekommen, um dich vor demselben Schicksal zu bewahren. Es geht schließlich nicht, dass sich zwei Hunde ein Grab teilen, oder?« Der Fremde ergriff Blakes Hand und zog ihn mit einem Ruck aus seinem Gefängnis. Er ließ seine Hand nicht gleich wieder los, sondern bog die Finger auf und schaute auf den roten Daumenabdruck in seiner Handfläche.

»Das ist eine ziemlich böse Brandwunde, eine, die sich tiefer frisst als nur ins Fleisch. Wo hast du sie her?«

»Ein Experiment. Ich bin eine Art Wissenschaftler . . . Ich will es mal so sagen: Ein Missgeschick hat mich hierher geführt und unterwegs habe ich mir die Hand verbrannt.«

Blake wollte die Unterhaltung möglichst schnell beenden, da ihm der Mann nicht geheuer war.

»Du kannst sagen, was dir beliebt, aber ist es die Wahrheit?« Der Mann hielt immer noch Blakes Hand und führte ihn zum Tor. »An Orten wie diesen ist es besser, wenn man nicht zu viel redet. Ich weiß, dass die Toten noch aufmerksamer zuhören als die Lebenden.«

Der Fremde hängte sich mit sanfter Gewalt bei Blake ein und ging mit ihm die Straße hinunter, die zum St.-Bridges-Friedhof führte. Zu beiden Seiten standen dicht an dicht Häuser mit über die Straße ragenden Erkern. Blake hatte plötzlich das Gefühl, als würde er an einen Ort geführt, den er lange gesucht hatte, und als würde er hier bei den heruntergekommenen Häusern von Blackfriars eine Antwort finden. Etliche Minuten lang stapften sie durch den Schmutz der Straßen. Blake schaute zum Himmel hinauf. Sein Komet war immer noch zu sehen.

Der Fremde verstärkte den Griff um Blakes Arm. »Jetzt ist es nicht mehr weit bis dahin, wo du wohnst«, sagte er, als sie nach Conduit Fields einbogen. »Ich habe dich mehrfach auf dem Bloomsbury-Platz gesehen.«

»Ich habe Euch ebenfalls schon gesehen.« Blake hielt die Gelegenheit für gekommen, herauszufinden, wer der Mann war. In der vertrauten Umgebung wuchs auch sein Selbstvertrauen wieder. »Tatsache ist, dass ich Euch auf höchst ungewöhnliche Art und Weise habe kommen und gehen sehen. Ich habe den Eindruck, dass Ihr mich beobachtet habt und unser Zusammentreffen heute kein Zufall ist.« Er versuchte dem Mann seinen Arm zu entziehen, was ihm jedoch nicht gelang.

»Ich beobachte viele Leute und bei meinem Kommen und Gehen spielt ihnen oft das Licht einen Streich. Ich an deiner Stelle würde mich mehr um das sorgen, was in meinem Haus lauert, als um den, der über dich wacht.« Er hatte immer leiser gesprochen und Blake spürte die Warnung in jedem Wort.

»Ich habe nichts in meinem Haus, um das ich mir Gedanken machen müsste. Nur ein Dieb würde mich mit solchem Gerede belästigen.« Wieder versuchte Blake sich von dem Mann zu lösen, doch sie schienen mit unsichtbaren Fesseln aneinander gekettet.

»Wenn wir wieder getrennte Wege gehen müssen, soll es denn so sein«, meinte der Fremde. »Doch noch haben wir denselben Weg vor uns, Doktor Blake, einen, der vorherbestimmt ist von dem Stern, den du jede Nacht beobachtet hast.«

»Stern? Ich weiß von keinem Stern. Ich bin ein Astronom, ein Kabbalist. Ich suche nach der Wahrheit.«

»Du bist ein Dilettant und ein Dummkopf und wirst dir noch mehr als nur die Hand verbrennen, wenn du mit deiner Magie so weitermachst. Du hast deinen Kopf ins Maul eines Drachen gelegt, und das wird bald zuschnappen.« Der Mann packte Blake vorne an seinem Gehrock und hob ihn mit einer Hand vom Boden hoch, sodass seine Füße in der Luft baumelten. »Ich habe lange Zeit über dich gewacht, Sabian. Du hast mir viel Freude gemacht, doch jetzt verzweifle ich an deiner Dummheit. Aber du hast dein Schicksal selbst in der Hand. Die Schlinge zieht sich zu und bald . . .« Er hielt inne und lauschte auf etwas, das nur er hörte. ». . . bald könntest du wieder hängen, allerdings an einem anderen Arm.«

»Woher kennst du mich?«, keuchte Blake, der bald keine Luft mehr bekam.

»Ich kannte schon deinen Vater. Man könnte sagen, ich wache über das Fleisch und Blut deiner Familie«, erwiderte der Fremde und stellte Blake wieder auf den Boden.

»Hat mein Wächter einen Namen?«, wollte Blake wissen.

»Du kannst mich Abram Rickards nennen. Es ist ein Name, der mir schon gute Dienste geleistet hat, und einer, den du irgendwann verstehen wirst.« Abram nahm seine dunkle Brille ab und schaute Blake an. »Normalerweise verschwende ich meine Zeit nicht mit Menschen, enttäusche mich also nicht, Sabian. Ich bin einer, den du nicht einmal in Gedanken enttäuschen solltest! Ich habe meine eigene Art, mit Leuten umzugehen, die das wagen.«

Blake trat einen Schritt zurück und schaute über die weiche Erde der Felder von Conduit. Da stand er in seinen schmutzigen Stiefeln, an seinen Kleidern hing Erde aus dem Grab, der Kragen seines Gehrocks war eingerissen und die wunden Stellen an seinen Handgelenken pochten schmerzhaft. Abram war groß, elegant und sauber. Die goldenen Zierränder an seinem schwarzen Gehrock glänzten im ersten Licht der Morgensonne. Über die Felder drangen Gesprächsfetzen. Abram gab ihm noch ein paar Augenblicke Zeit zum Nachdenken, ein paar Augenblicke, um die letzten Reste der

Nacht aufzusaugen, bevor er sich dem Licht der Sonne stellen musste. Dann ging er rasch über die Felder in die Richtung, aus der die erhobenen Stimmen kamen.

Blake folgte ihm, ohne zu wissen, warum oder was ihn erwartete. In der Ferne sah er zwei kleine Menschengrüppchen und rasch erkannte er, dass ein Duell bevorstand. Die Sekundanten nannten lautstark den Grund der Auseinandersetzung und verlangten eine Entschuldigung.

Die Duellanten standen Rücken an Rücken, unversöhnlich in ihrem Zorn und nicht gewillt ihre Schuld zuzugeben. Die Pistolen waren geladen, entsichert und zum Himmel gerichtet. Gleich würden sie in entgegengesetzte Richtungen schreiten auf einem Weg, der für einen von beiden in den Tod führte – entweder für den Landedelmann mit dem langen weißen, struppigen Haar oder für den Dandy mit der gepuderten Perücke und den rot angemalten Lippen. Ein Trommelknabe begann den langsamen Rhythmus des Trauermarsches zu schlagen. Er hallte als leises Flüstern von den Wänden der hohen weißen Häuser wider, die die Felder im Süden begrenzten.

Einer der Sekundanten in weißen Strümpfen und einer unförmigen Perücke zählte laut die Schritte: »Eins . . . zwei . . . drei . . .«

Abram folgte dem Rhythmus und legte bei jedem Schritt fast einen Meter zurück. Blake versuchte auf wackligen Beinen mitzuhalten.

»Acht . . . neun . . . zehn.« Der Sekundant hielt inne und schlug die Hände vors Gesicht. Er wollte nicht mit ansehen, wie die Sache für seinen Herrn ausging.

Die beiden Männer drehten sich zueinander um. Der

Dandy mit der Perücke zielte mit zitternden Händen. Er schloss die Augen und schoss. Der Hahn fiel auf trockenes Pulver, das sich entzündete und die Bleikugel aus dem Lauf katapultierte. Der Landedelmann wartete, ohne mit der Wimper zu zucken, beide Füße fest in die dunkle Erde gestemmt. Die Kugel pfiff an seinem Kopf vorbei.

Bis der Schuss ganz verklungen war, wurde kein Wort gesprochen. Der Dandy öffnete die Augen und schaute auf seinen Gegner. Der Landedelmann hob seine Pistole und zielte in aller Ruhe. Keiner rührte sich, als dem jungen Mann in seinem nach französischer Mode gefertigten Seidenrock und dem Rüschenhemd Tränen über die rot angemalten Wangen liefen.

»Nein!«, rief Abram. Er ging auf den Edelmann zu, um ihn am Schießen zu hindern.

Der Finger am Abzug krümmte sich und der Hahn fiel. Der Dandy griff sich an die Brust. Der Schuss hob ihn von den Füßen und warf ihn um.

Abram lief zu ihm hin und nahm seinen Kopf in die Hände. Er schaute in die toten, schwarz umrandeten Augen. Auf der linken Wange trug der junge Mann einen Schönheitsfleck.

»Er ist tot, Mann! Lasst ihn in Ruhe!«, rief der Edelmann und strich seine schwere Jacke glatt. Dann schlug er die Pistole ein paar Mal gegen seinen Oberschenkel, damit die Pulverreste aus dem Lauf fielen. »Er kannte den Preis für seine Beleidigung und er hat mit dem Leben bezahlt. Ich komme zwar aus dem Norden, aber deshalb lasse ich mir noch lange nichts gefallen.«

»War die Genugtuung für etwas so Triviales das Leben eines Mannes wert?«, fragte Abram, der immer noch neben der Leiche kniete.

»Das ist nun mal unsere Art. Ihr Fremden werdet das nie verstehen. Die Ehre eines Mannes ist mehr wert als sein Leben. Ich habe meinen Stolz und bin bereit dafür zu sterben. Es hieß er oder ich und meine Pistole hat gesiegt.« Damit übergab der Edelmann die Pistole seinem Sekundanten und wandte sich ab.

»Ihr geht einfach davon und überlasst ihn den Ratten, damit die seine Knochen abnagen können?«, rief Abram ihm nach.

Der Edelmann drehte sich wieder zu ihm um. »Wollt Ihr auch etwas von dem, was er bekommen hat, Franzose? Mein Pulver ist trocken und ich bin sicher, dass er Euch in seinem letzten Willen seine Pistole überlassen hätte. Er war ein Schlappschwanz, ein angemalter Geck und ein Weichling, für den Lippenfarbe mehr bedeutete als das Leben. Er war eine Beleidigung für alle Männer.«

Blake beobachtete die Szene fasziniert. Das wäre seine Chance gewesen, seinem Wächter zu entkommen. Doch was tat er? Stand da und starrte Abram an, der immer noch neben dem Leichnam kniete.

»Blei vergiftet die Seele, doch der, der Leben schenkt, kann von solchen Verirrungen befreien«, fauchte Abram den Edelmann an, der mit stolzgeschwellter Brust dastand. Dann riss Abram das Hemd des Toten auf und senkte seine Hand in das Loch in dessen Brust. Blake sah, wie die Wunde weiter aufriss und Abrams Hand sich im Körper des Toten bewegte, als suche sie etwas. Dann zog er die Hand wieder aus der Wunde heraus und hob den Oberkörper des Toten vom Boden hoch.

Plötzlich hielt Abram die Bleikugel in der Hand, die die Brust des Dandys zerschmettert hatte. Er warf sie dem Edelmann zu. »Nehmt Euer Blei und macht es zu Gold. Diese Geschichte wird nicht im Tod enden.« Er wischte sich die Hand an dem feinen weißen Hemd des Mannes ab. Dann schaute er sich um.

Blake stand wie angenagelt. Die beiden Sekundanten schauten ungläubig zu, wie Abram die rechte Hand zur Faust ballte und dem Dandy einen Schlag vor die Brust versetzte. *»Leben!«,* rief er, so laut er konnte. Seine Stimme ließ den Boden unter ihren Füßen beben und dieses Beben setzte sich durch die Körper der Umstehenden fort. »Leben für diesen Mann und nicht den Tod!«

Abram hob den Toten hoch und stellte ihn auf die Beine.

Der Edelmann ergriff das Schwert, das sein Sekundant bereithielt. »Das ist Hexerei und ihr verdient beide den Tod!«

Abram hielt den Dandy mit einer Hand aufrecht. »Bleibt stehen, Edelmann, oder mein Zorn trifft Euch.«

Der Edelmann blieb stehen. Er drückte die Schwertspitze in den Boden und drehte die Klinge hin und her, dabei murmelte er leise vor sich hin.

Abram schaute dem Toten in die Augen. »Zeit, zu leben«, sagte er und ließ ihn los. Alles hielt den Atem an, keiner rührte sich. Der leblose Körper schwankte vor und zurück. »Hör nicht auf seine Worte, du kannst das Leben haben, Leben die Fülle.«

Da öffnet der Dandy die Augen und schaute Abram an. Er begann zu husten und zu würgen und stieß ein paar unverständliche Laute aus.

Mit einer raschen Bewegung zog der Edelmann das Schwert aus dem Boden und wollte es in den Körper des Mannes stoßen. Abram packte die Klinge mit der Hand und hielt sie fest. »Er lebt und nichts, was Ihr sagt und tut, wird ihm das Leben ein zweites Mal nehmen. Eure Ehre wurde wiederhergestellt, doch Eurer Herz wird vom Stolz versklavt.« Er entwand dem Edelmann das Schwert. »Und jetzt geht. Dies ist ein Ort des Lebens und Euer Körper riecht nach Tod. Geht!« Damit warf er das Schwert auf den Boden.

»Dafür sehen wir uns in der Hölle wieder«, rief der Edelmann, drehte sich um und nickte seinem Sekundanten zu, damit dieser ihm folgte. »Kein Mensch – hört Ihr? –, kein Mensch hat je so etwas getan und weitergelebt. Für wen haltet Ihr Euch eigentlich?«

»Ich bin, der ich bin, mehr braucht Ihr nicht zu wissen«, erwiderte Abram. »Und die Hölle ist mir vertraut.« Er drückte die Hand auf die Wunde in der Brust des Dandys. »Und was dich betrifft, mein bemalter Freund, für dich wird das Leben nie mehr so sein wie vorher.«

Abram schaute sich suchend nach Blake um, der die ganze Zeit kein Wort gesagt hatte, und sah, dass sich etliche Menschen auf den Feldern versammelt hatten. »Hier gibt's nichts zu sehen!«, rief er. »Ein Streifschuss und ein Mann, der nicht zielen kann.«

Der Dandy wischte sich mit einer Hand das Blut vom

Mund. Die andere legte er Abram auf die Schulter und flüsterte ihm ins Ohr: »Ich weiß, wer Ihr seid, und werde dies hier nie vergessen.«

11

Die Göttin des Bluts

Als Agetta aus einem unruhigen Schlaf erwachte, hatte sie den Anblick von Blueskin Danby immer noch deutlich vor Augen. Die Morgensonne schien fahl durch das schmutzige Fenster ihres Zimmers. Ihre Mutter war bereits wach und frühstückte. Sie saß im Bett, ihr Kissen im Rücken und eine schmuddelige, ehemals weiße Nachtmütze schief auf dem Kopf. Sie strich die Decke glatt und fegte mit der Hand Brotkrumen vom Bett.

»Du bist spät dran, Etta«, sagte sie mit der krächzenden Stimme einer doppelt so alten Frau. Mutter Lamian war vierzig Jahre alt und hatte bereits das Vielfache ihres Gewichts an billigem Gin getrunken. »Blake wird bald nach dir verlangen und dein Vater auch«, sagte sie, nachdem sie einen Schluck aus der Flasche genommen hatte, die sie jetzt wie ein Kind in den Armen wiegte.

»Sie können warten.« Agetta strich sich eine Haarsträhne aus dem Gesicht. »Ich habe noch einiges für mich zu erledigen und muss bei einem Freund vorbeischauen.« Sie sprang komplett angezogen aus dem Bett, wobei sie es vermied, ihre Mutter anzusehen. »Bist du da, wenn ich wiederkomme?«, fragte sie sarkastisch. Sie war schon auf dem Weg zur Tür. »Tu nichts, das dich zu sehr ermüden könnte. Vater hat schließlich jede Menge Zeit, um nach dir zu schauen *und* sich um die Gäste zu kümmern.«

»Er weiß, dass ich krank bin. Ein Herz aus Gold hat dieser Mann. Man nennt es Liebe. Vielleicht solltest du es auch mal damit versuchen«, raunzte Mutter Lamian ihre Tochter an.

Agetta fröstelte. »Ich weiß, dass du krank bist, aber nicht so, wie du meinst. Und was die Liebe angeht – davon hat diese Familie keine Ahnung.«

Sie warf die Zimmertür hinter sich zu. Auf dem langen Flur schaute sie zuerst Richtung Speichertreppe. Von Blueskin Danby keine Spur. Nur ein Gast war da, der noch in seinen schmutzigen schwarzen Stiefeln auf dem Boden schlief und unter seinem Gehrock schnarchte. Ein kalter Schauer lief Agetta über den Rücken, als sie an Tegatus denken musste, der angekettet und allein da oben saß. Sie lächelte, in der Hoffnung, dass er sie irgendwie sehen könnte. Letztlich hatte auch Agetta denselben Peiniger: Schläge und böse Worte hatten Ketten um ihr Herz geschmiedet und sie hatte das Gefühl, sich nie mehr davon befreien zu können.

Ein Geräusch aus der Küche riss sie aus ihren Tagträumen. Sie polterte möglichst laut die Treppe hinunter und hoffte, so die Geister in ihrem Kopf vertreiben zu können. Als sie in die Küche stürmte, saß wie eine schwarze Krähe Sarapuk am Tischende. Er verzog den Mund zu einem schiefen Lächeln und schüttelte sich, als würde er gleich mit unsichtbaren Flügeln schlagen.

»Mein hübsches Kind«, begann er. »Was für eine Freude . . .«

»Vergesst es, Sarapuk!« Agetta wusste selbst nicht, woher die Worte gekommen waren. Es war, als hätte jemand anderer sie ihr eingeflüstert. »Ich habe keine Zeit für Euch. Blake wartet auf mich und er bezahlt mich wenigstens dafür, dass ich ihm Gesellschaft leiste.« Sie drehte sich um und schnappte sich ein Stück Brot vom Tisch. Dabei fegte sie in voller Absicht einen ganzen Berg Krumen und Eierschalen in Sarapuks Schoß. »Tut mir Leid, Mister Sarapuk, ich bin aber auch zu ungeschickt!«

Sarapuk packte sie am Arm und zog sie dicht zu sich heran. Agetta roch seinen stinkenden Atem. »Vorsichtig, Mädchen«, warnte er und zog sie noch näher zu sich. »Was der Pfarrer nicht sieht, müssen wir nicht beichten.«

Ohne zu überlegen, griff Agetta nach dem großen Brotmesser, das noch auf dem Tisch lag. Im nächsten Augenblick zeigte die Messerspitze direkt auf Sarapuks rote Nase.

»Noch einen Zentimeter weiter, Mister Sarapuk, und ich schnitze Euch die Seele aus dem Leib. Und Ihr könnt sicher sein, dass ich sie schneller finde als Ihr.« Agetta redete wie nie zuvor, wie aus neuer Kraft. Sie hatte mit einem Mal überhaupt keine Angst und scherte sich nicht um die Folgen ihres Tuns. »Ihr habt zwei Minuten, um Euch zu entscheiden, dann verteile ich Eure Eingeweide auf dem Fußboden, wo sich die Ratten darum kümmern können.« Lächelnd schaute sie Sarapuk an.

Er ließ ihren Arm los und sie konnte einen Schritt zurücktreten. Überrascht schaute er sich um, so als hätte er noch eine andere Stimme gehört. Agetta fiel auf, dass seine Hand zitterte.

»Ich bin zu weit gegangen. Ich ... es tut mir Leid, Agetta«, murmelte er mit gesenktem Blick.

Agetta ging zur Tür, drehte sich aber noch einmal um. Das Brotmesser hatte sie noch in der Hand. Ohne nachzudenken, holte sie aus und schleuderte es auf Sarapuk. Es flog durchs Zimmer, machte einen Schnitt in den Schulterstoff seines schwarzen Mantels und fuhr bis zum Schaft in die weiche Lehmwand hinter ihm.

»Das muss ich noch ein bisschen üben«, sagte Agetta, als sie das Zimmer verließ. »Es sollte Euer Herz treffen – falls Ihr eines habt.«

Fleet Street lag im hellen Sonnenlicht. Die Sonne wärmte das stinkende Abwasser im Rinnstein. Die Flut war auf ihrem Höchststand und Abfall tanzte auf dem Dreckwasser. Zwei zerlumpte Kinder spielten im Matsch mit einer Scherbe.

Agetta ging rasch Richtung London Bridge. Blake würde warten müssen. Mrs Malakin konnte die Kerzen auswechseln und erst mal alleine schrubben. Agetta musste zu Thaddeus Bracegirdle und seinen Geisterkindern. Sie bog um die Ecke, überquerte die Straße und stand nach wenigen Minuten am Anfang der Bridge Street. Eine ganze Traube von Menschen drängte sich im Eingang zum Kaffeehaus und auf dem Pflaster davor. Alle hielten eine große Zeitung in den Händen, den *Londoner Anzeiger*. Ein Zeitungsjunge brüllte, so laut er konnte: »Komet fliegt an der Erde vorbei – der König ruft einen Feiertag aus!«

Die Leute diskutierten aufgeregt über die Neuigkeiten. Agetta fiel wieder ein, was Blake in der Nacht, als sich das Himmelsbeben ereignete, gesagt hatte, und plötzlich ergab alles einen Sinn. Der Komet und das Buch hingen irgendwie zusammen. Sie ging schneller. Sie wollte mit Thaddeus darüber reden, kämpfte aber noch mit sich, da sie Blake ja ein Versprechen gegeben hatte.

»Warum ich?«, rief sie. »Warum muss ausgerechnet ich dieses Geheimnis mit mir herumtragen?«

Eine Stimme in ihrem Kopf antwortete, eine freundliche, warme Stimme, die flüsterte wie ein leises Lüftchen. Agetta blieb stehen und lauschte. Sie legte die Hände auf die Ohren, um den Straßenlärm auszuschalten. Da kam die Stimme wieder: »*Sprich mit ihm darüber . . .*«

Die Aufforderung jagte ihr einen freudigen Schauer über den Rücken; alles in ihr prickelte vor Aufregung. Die Stimme hatte Recht. Versprechen waren dazu da, dass man sie brach, Geheimnisse, dass man sie ausplauderte. Sie war fest davon überzeugt, dass sie Thaddeus trauen konnte. Er hatte freundliche Augen und ein warmes Lächeln. Wenn sie ihm alles erzählte, wäre das die Krönung seines Lebens, er könnte wiederhaben, was er verloren hatte, und alles wäre gut. Ihr Herz tat einen Sprung und sie spürte, wie ihr die Röte ins Gesicht stieg. Sie hatte ihre Zukunft selbst in der Hand – zumindest konnte sie einen Menschen glücklich machen.

Die Tür zur Buchhandlung klemmte. Agetta drückte mit aller Kraft dagegen, bis sie nachgab. In der Buchhandlung war es totenstill. Wieder stieg ihr der Geruch nach feuchtem Papier in die Nase. Die hohe, gewölbte Decke warf das Klappern ihrer Schritte als Echo zurück, als sie durch die langen Regalreihen zu dem mächtigen Ladentisch ging, von dem aus Thaddeus die Buchhandlung regierte.

»Mister Thad!«, rief sie. »Ich bin's, Agetta. Ich hab Neuigkeiten zu dem Buch!«

Von der hintersten Ecke bei einem kleinen Fenster kam das leise Tapsen kleiner Füße. Agetta erhaschte einen Blick auf einen schmalen Schatten, der aus seinem Versteck rannte und hinter dem nächsten Bücherregal verschwand. »Ich sehe euch«, sagte sie und ging um den Tresen herum zu dem Podest, von dem aus Thaddeus sämtliche Gänge überblicken konnte. »Thaddeus hat mir von euch erzählt, ich weiß, dass ihr hier seid. Zeigt euch!«

»Sie werden sich dir nicht zeigen, Agetta«, sagte eine Stimme.

Agetta zuckte zusammen und schaute sich erschrocken um.

Die Kellertür ging auf und Thaddeus kam mit einem hohen Bücherstapel herauf. Eine elegante Dame in einem Wintermantel aus dicker schwarzer Wolle folgte ihm. Sie lächelte Agetta auf dem Podest an. »Pass auf, dass du nicht herunterfällst, das ist so hoch wie der Galgen«, sagte die Frau und zog die Kapuze ihres Mantels über den Kopf, als sie zur Tür ging. »Schickt sie zu Mister Hatchard nach Piccadilly, er ist der einzige Buchhändler, dem ich außer Euch vertraue, Thaddeus. Er wird sie meiner Kusine in Frankreich schicken – sie wird entzückt sein über meine jüngsten Entdeckungen.«

Etwas an der Stimme der Frau war Agetta unheimlich. Als die Fremde hinausging, hatte sie das Gefühl, als würde ihr neu gewonnenes Selbstvertrauen wieder aus ihr herausgesogen.

»Es wird mir ein Vergnügen sein, Lady Flamberg«, erwiderte Thaddeus und legte die Bücher auf den Boden. Er schaute der Lady nach, wie sie durch den Laden schwebte. Der schwarze Mantel wehte hinter ihr her. Dann erst drehte er sich zu Agetta um. »Schön, dass du gekommen bist, Agetta.«

Bevor er weitersprechen konnte, sagte sie: »Ich hab Neuigkeiten. Eigentlich ist es ein Geheimnis und ich hab versprochen nicht darüber zu reden, aber –« Sie hielt inne und sah sich im Laden um, als warte sie auf ein Zeichen zum Weiterreden oder auf die Stimme, die ihr gesagt hatte, sie solle das Geheimnis verraten.

»Wenn du versprochen hast es nicht weiterzusagen, solltest du dir gut überlegen, was du tust. Geheimnisse haben eine große Macht und Worte können ein Eigenleben führen. Sie sind wie Pfeile, die von der Zunge abgeschossen werden.«

»Ich will aber darüber reden und ich will mit *Euch* darüber reden! Es geht um das Buch, das Nemorensis. Es ist mir nicht mehr aus dem Kopf gegangen. Tag und Nacht musste ich daran denken, und seit ich Euch getroffen habe, sind Dinge passiert, die ich mir nicht einmal im Traum hätte vorstellen können!«

»Das Buch? Du hast etwas über das Buch gehört?«, fragte Thaddeus atemlos. »Brich mir nicht das Herz, Mädchen. Ich habe solche Gespräche schon mit vielen Menschen geführt, aber noch nie ist etwas dabei herausgekommen.«

»Ich weiß, wo es ist und wer es hat!«, sprudelte sie heraus. Die Worte waren schneller als ihre Gedanken.

Es folgte ein langes Schweigen. Thaddeus ging auf und ab und fuhr sich mit den Händen durch das lange, dünner werdende Haar.

»Ich . . . ich kann es für Euch besorgen«, fügte sie leise hinzu.

Er schaute auf. »Für mich? Du könntest das Nemorensis für mich besorgen? Es zu Thaddeus nach Hause bringen?« Er lächelte wie ein Kind. »Wer hat das Buch?«

»Es gehört meinem Herrn, Sabian Blake –«

»Es gehört mir!«, rief Thaddeus wütend. »Es ist mein Buch, war immer mein Buch und wird immer mein Buch bleiben. Blake ist ein Dieb, er hat kein Recht daran.« Er schlug mit der Hand gegen das Holz des Tresens wie ein verwöhntes Kind, das sein Spielzeug wiederhaben will.

»Ich kann es Euch besorgen, und wenn es von Rechts wegen Euch gehört, wäre es nicht einmal Diebstahl.« Agetta stieg von dem Podest herunter. »Ich könnte versuchen es Euch heute Nacht zu bringen.« Plötzlich musste sie an die Inigo-Jones-Gasse denken und an die Frau, die sie in den Eingang gezerrt hatte.

»Würdest du das für mich machen? Für Thaddeus?«, fragte er leise und wandte sich ihr zu.

»Ich musste es Euch sagen, Mister Thaddeus. Ich konnte

das Geheimnis nicht länger für mich behalten. Es hat sich so viel geändert«, sagte sie.

»Ein Geheimnis, und dazu eines, das deinem guten Freund so viel Freude macht. Das Nemorensis ist ein ganz besonderes Buch. Es ist zu gut für Doktor Sabian Blake. Wenn du es mir wiederbringen könntest, würde ich dich reich dafür belohnen.«

»Ich mache es für unsere Freundschaft und für sonst gar nichts.« Agetta ging rückwärts in Richtung Tür, wobei sie sich ständig umschaute, da sie das Gefühl hatte, beobachtet zu werden. »Wenn es möglich ist, komme ich heute Nacht wieder. Schließt die Tür nicht ab, ich will versuchen mit dem Buch zu kommen.«

»Und ich bereite uns ein Abendessen zu. Ein Festmahl, wie du noch keines gegessen hast. Wir werden den Beginn eines goldenen Zeitalters feiern!«, sagte Thaddeus, der sie zur Tür begleitete. »Heute ist ein besonderer Tag. Du hast Thaddeus zu einem glücklichen Menschen gemacht.«

An der Tür blieb Agetta stehen und schaute ihn an. »Glaubt Ihr, dass Tote zurückkommen und sich an uns rächen können?«

»Ich fürchte nur die Lebenden. Die Toten sind tot. Ich habe nichts mit ihnen zu schaffen und sie nicht mit mir.«

Sie ließ nicht locker. »Habt Ihr schon mal einen Untoten gesehen?«

»Ich habe viele Dinge gesehen und einige davon waren höchst merkwürdig. Aber unser Gehirn kann uns einen Streich spielen und die Augen glauben, was ihnen vorgegaukelt wird. Bevor ich es nicht selbst erlebe, wie einer von den Toten zurückkommt, glaube ich nicht daran.«

Agetta drehte sich um und öffnete die Tür. Die Glocke klimperte und frische Morgenluft wehte sie an. Sie war verwirrt. Da hatte sie ein Versprechen gebrochen und war dabei, jemanden zu betrügen, und doch fühlte sich alles so unendlich gut an.

Agetta schaute über die Brücke und hinüber zu der Menge, die immer noch vor dem Kaffeehaus stand. Den Fremden in Schwarz sah sie nicht, der dort ebenfalls an der Ecke lehnte. Sie trat auf die Straße und winkte Thaddeus noch einmal zu, bevor dieser die Tür hinter sich schloss.

Thaddeus schaute ihr durch die dicke Scheibe nach, wie sie Richtung Innenstadt davonging. Ein blinder Wasserträger mit einem kleinen Holzfass auf dem Rücken stolperte hinter ihr über die Brücke. Ein dicker Esel wies ihm den Weg. Thaddeus vergewisserte sich, dass er allein war. Dann drehte er den Schlüssel in der Ladentür um und schloss den Fensterladen.

»Das sollte klappen«, sagte er stolz, drehte sich um und ging zur Kellertür. Er stieg die lange Holztreppe hinunter, deren Stufen unter seinem Gewicht knarrten und ächzten. Sie führte ihn tief hinein in das Brückenfundament und weiter in die Dunkelheit. Ringsum gurgelte das Wasser und klatschte gegen die dicken Steinpfosten, die die Läden und Häuser hoch oben an der Brücke stützten.

Thaddeus nahm eine Lampe aus ihrer Halterung und hielt sie über seinen Kopf. Der schwarze Schlund vor ihm schluckte ihren warmen Glanz. Immer tiefer ging es hinunter. Schließlich stand er vor einer hölzernen Tür, die mit hundert Nägeln beschlagen war. An einem davon hing der Schädel einer Katze, festgebunden mit einer rosafarbenen Schleife von einer Kinderhaube.

Er drückte gegen die Tür und sie glitt auf und verschwand in der Wand. Hinter der Dunkelheit lag ein großer Raum mit steinernen, algenbesetzten Wänden. Das braune Wasser der Themse tropfte von der Decke und lief in langen, dünnen Rinnsalen über den Boden.

Thaddeus schloss die Tür hinter sich und legte die drei Riegel vor. In dem Raum befanden sich nur ein großer, hölzerner Stuhl, ein hoher Kerzenleuchter aus Messing und ein dicker Eisenring, der an einem Stein in der Mitte befestigt und stark genug war, um hundert Pferde zu halten.

Thaddeus ließ sich auf den Stuhl fallen und schaute sich lächelnd um. »Zeig dich!«, rief er und strich sich übers Haar. »Ich habe nicht ewig Zeit und wir müssen reden.« Alles blieb still, nur das Wasser über seinem Kopf rauschte. »Muss ich denn immer diese lächerlichen Worte sagen?«, fragte er und stampfte mit dem Fuß auf. *»Hoc est corpus meum!«* Die Worte wurden als Echo von den feuchten Wänden zurückgeworfen. »Geruhst du jetzt vor mir zu erscheinen, du Ausbund an Schlechtigkeit?«

In einer Ecke des Raumes erschien eine blaue Rauchkugel über dem Boden. Thaddeus erkannte ein weißes Schulterblatt und drei blutrote Rippen, die in der Luft zu schweben schienen. *»Hoc est corpus meum!«,* rief er noch einmal. »Lass mich nicht so lang warten. Ich will mit dir reden, schnell!« Wieder stampfte er wie ein verwöhntes Kind mit dem Fuß auf.

Der Geist begann Gestalt anzunehmen. Arme fügten sich an einen muskulösen Körper mit blauer Haut. Das Wesen beugte sich vornüber, während es aus der Dunkelheit heraus zusammengefügt wurde, dann wandte es sich Thaddeus zu.

»Endlich«, sagte dieser, als das Phantom vollständig war. »Ich habe Arbeit für dich. Es gibt da ein junges Mädchen. Sie trägt das Ormuz-Glas bei sich, du kannst sie also sehen. Folge ihr und narre jeden, der sie davon abzuhalten versucht, mir das Nemorensis zu bringen. Sie muss heute Abend herkommen, pass also auf, dass sie nicht geschnappt wird. Hast du mich verstanden, Blueskin?«

Blueskin Danby schaute ihn aus seinen leeren, von der Schlange umringelten Augenhöhlen heraus an. »Es wird mir ein Vergnügen sein, Mister Thaddeus. Und danach darf ich sie umbringen?«, fragte er mit seiner rauen, traurigen Stimme.

»Noch nicht, noch ist sie von großem Nutzen für mich.« Thaddeus überlegte kurz. »Gehe ich recht in der Annahme, dass du der Geist warst, von dem sie gesprochen hat?«

»Ich musste sie sehen, musste wieder einmal in dieses Haus gehen ...« Blueskin keuchte und die Schlange auf seinem Gesicht vibrierte. »Dieses Haus war das Letzte, das ich als Mensch gesehen habe, bevor ...« Er hielt inne und die Wut färbte seine Haut dunkler. »Jetzt bin ich dazu verdammt, als Geist auf dieser Welt umzugehen, während Cadmus Lamian sein Leben in vollen Zügen genießt. Eines weiß ich sicher: Ihren Hund wird sie nie mehr wieder sehen.«

»Und du bist durch drei Zähne und ein Stück von deinem schlimmen Finger bis in alle Ewigkeit an mich gebunden«, erwiderte Thaddeus. Er zog einen Samtbeutel mit klapperndem Inhalt aus seiner Westentasche und ließ ihn vor dem Geist hin und her baumeln.

»Wann wollt ihr mich freilassen?«, fragte Danby. »Ich habe Euch ein Jahr und einen Tag lang treu gedient und Eure Befehle in der nächsten Welt ausgeführt.«

»Ein Zauberbann wird nicht gebrochen, Mister Danby, und ich habe dir einen Körper versprochen, damit du das Leben zu Ende leben kannst, das der Strang so drastisch verkürzt hat.« Thaddeus faltete den Beutel zusammen und verstaute ihn sorgfältig wieder in seiner Tasche. »Wäre es nicht drollig, wenn ich dir den Körper von Cadmus Lamian oder Blake geben würde? Du könntest wählen, welches Leben dir lieber ist. Die schweißtreibende Arbeit in einer Londoner Herberge oder der vornehme Umgang am Bloomsbury-Platz. Du könntest piekfein herumstolzieren mit angemalten Lippen und Schokolade trinken. Du könntest sogar deine zahme Schlange behalten . . .«

12

Gegen den Uhrzeigersinn

Der große Kronleuchter aus Messing glänzte im Licht von 70 Kerzen, die den Flur des Hauses Bloomsbury-Platz Nr. 6 erhellten. Mrs Malakin zündete den letzten Docht an, dann stieg sie schwerfällig von der Leiter und drückte den mit Wachs überzogenen Span in den Ascheneimer. Blake ging im Frühstückszimmer auf und ab, während Isaac Bonham vornübergebeugt in dem großen Sessel saß und den Kopf in die Hände stützte.

»Es könnte mein Ende bedeuten«, sagte Blake, als er kurz stehen blieb und durch den Schlitz im Vorhang auf die Straße schaute, um zu sehen, ob er beobachtet wurde. »Ich habe keine Möglichkeit mehr, herauszufinden, was die Wahrheit ist. Seit letzter Nacht liegt mein Leben in den Händen von jemand ziemlich Verrücktem, und wenn das, was ich heute Morgen gesehen habe, wahr ist, ist all meine Wissenschaft nichts wert. Sie kann die Fragen nicht beantworten, von denen ich dachte, dass sie bereits beantwortet wären.« Er schlug mit der Faust gegen die Wand und nahm seine

Wanderung durchs Zimmer wieder auf. »Ich sitze in der Falle, Bonham. Ich bin eine Fliege im Spinnennetz und die Spinne ist dabei, mir das Blut auszusaugen. Und das Problem ist, Bonham, dass es mich nicht kümmert. Sie ist so atemberaubend schön, dass es mir egal ist, was mit mir passiert. Ich könnte sogar ihren Plänen zustimmen, wenn ich dafür nur zu ihren Füßen sitzen und sie anschauen dürfte.«

»Sie hat dich verzaubert, Mann. Merkst du nicht, dass sie eine Art Bann über dich gelegt hat?«, fragte Bonham.

»Ich sage dir doch, es kümmert mich nicht, Isaac. Was in diesem Raum passiert ist, hat meine Einstellung zum Leben verändert. Bisher habe ich nur die falschen Sachen für wichtig gehalten«, erwiderte Blake und betrachtete die augenförmige Wunde in seiner Hand. »Jahrelang habe ich die Kabbala nach der Wahrheit durchforscht, nach einer Antwort auf die Fragen der Welt, einer Möglichkeit, Gutes zu tun. Nur eines habe ich vernachlässigt – mich! Jetzt möchte ich für mich selbst leben.« Er streckte Bonham die Hand hin. »Schau dir das an, mein Freund. Das hat Lady Flamberg mir hinterlassen. Wie Feuer ist es durch mich hindurchgeschossen, in jeden Muskel. Ich fühle mich lebendiger als je zuvor in meinem Leben und sehe nur noch ihr Gesicht vor mir.«

»Eine Brandwunde, ein Trick. Man bräuchte einen unsichtbaren Elektrometer, um dich wieder zur Vernunft zu bringen«, meinte Bonham und steckte die eigene Hand rasch in die Rocktasche. »Hezrin Flamberg ist, gelinde gesagt, eine seltsame Frau. Aber eine Hexe?« Bonham hielt inne und schaute zu der offenen Tür. »Dieses Haus hat Ohren und Mrs Malakin ist bekannt für ihre Neugier«, fuhr er leise fort. Er rieb seine Hand an dem rauen Baumwollstoff seiner Jackentasche. Die Saat der Eifersucht begann in ihm zu keimen. »Was ist denn gestern Abend genau passiert, dass es dein Leben verändert hat?« Bei dem Gedanken, Blake könnte ein Schäferstündchen mit Lady Flamberg gehabt haben, verschluckte er sich fast.

»Das ist es ja gerade. Ich weiß es nicht.« Blake blieb am Kamin stehen. »Ich kann mich an überhaupt nichts mehr erinnern. Ich weiß nur noch, dass ich umgeben war von einem Ball aus reinem blauweißem Licht, das durch mich hindurchschien, sodass ich die Knochen in meiner Hand sehen konnte. Dann war alles schwarz. Ich erwachte in einem Grab, zusammen mit einem toten Hund und . . .« Er starrte auf seine Handfläche. »Dieser Mann, der mir die ganze Zeit gefolgt ist, ausgerechnet er hat mich gefunden und mir aus dem Grab geholfen. Aber das ist noch nicht alles. Ich habe gesehen, wie er einen Mann zum Leben erweckt hat, einen Dandy, der in einem Duell von einem pöbelhaften Menschen aus dem Norden erschossen worden war. Einen Toten zum Leben erweckt – Heiliges Kanonenrohr!«

»Bist du sicher, dass er tatsächlich tot war?«

»So tot wie der Hund, der mit mir im Grab lag. Und er wurde ins Leben zurückgeholt und ist jetzt so lebendig wie du – Magie in einer Größenordnung, wie ich es noch nie erlebt habe. Und das ist noch nicht alles.« Blake schloss leise die große Eichentür. »Der Mann, der mir gefolgt ist, hat sich als Abram Rickards vorgestellt und er deutete an, dass etwas in diesem Haus sei, vor dem ich Angst haben sollte.«

»Du hast hier gewohnt, seit es gebaut wurde, und kennst jeden Stein. Der Mann ist ein Dummkopf.«

»Er mag vieles sein, aber ein Dummkopf ist er gewiss nicht. Ich fange an zu glauben, dass er Recht hat. Er kommt morgen früh wieder; er sagt, er wüsste die Antwort auf eine Frage, die mich schon lange beschäftigt.«

»Jeder hat Fragen, die ihn beschäftigen. Der Mann ist ein Schwätzer, der mit deiner lebhaften Phantasie spielt. Er wird morgen kommen, ja, wird dein ganzes Silber stehlen und damit verschwinden. Solchen Leuten kann man nicht trauen.«

»Ich habe Lord Flamberg vertraut, aber er ist wild entschlossen ein neues Jerusalem aufzubauen, ein London, in dem es keine Obdachlosen mehr gibt, keinen Pöbel und keine Armen. Nach dem, wie er geredet hat, scheint mir sicher, dass seine Freunde den Großen Brand gelegt haben.« Nachdenklich schaute er Bonham an. »Sie wollten nicht nur die Ratten umbringen. Und jetzt wird der Komet die Arbeit für ihn tun – er will, dass die Leute sterben und London zerstört wird. Er und seine Freunde wollen tun und lassen, was immer ihnen beliebt.«

»Hast du das nicht alles vorher schon gewusst?«, erwiderte Bonham müde. »Die Stadt wird von Flamberg und seinen Freunden regiert. Oder glaubst du etwa, dass der König und das Parlament unser Land regieren? Unser Leben liegt in Flambergs Hand. Der König tanzt nach seiner Pfeife, er wird nicht einmal zu ihren Versammlungen eingeladen.«

»Ich hatte so etwas gehört, aber ich hielt es für Kaffeehaus-Geschwätz.«

»Tatsache ist, dass sie unser Leben in der Hand haben, angefangen vom Kornpreis bis zu dem, was wir im *Londoner Anzeiger* lesen. Sie haben mehr Macht als all deine magischen Wissenschaften zusammen. Flamberg, dieser fette Satan, ist der eigentliche König und Hezrin seine Königin.«

Bonham stand auf, ging zum Fenster und lugte durch den Schlitz im Vorhang. Er schaute über den Platz. »Heute beobachtet man dich nicht«, stellte er fest. »Noch nicht.«

Fünf Steinsäulen standen an den Spitzen des Sterns, der in den Steinboden der Kammer geritzt worden war. Die gewölbte Decke war mit winzigen Lichtpunkten besetzt und an der höchsten Stelle brannte in einer Metallschale, die an einer dicken goldenen Kette hing, ein ölgetränkter Stoffball und sandte flackernde Schatten über die Decke.

Darunter saßen an den Spitzen des Sterns vier Gestalten mit unterschiedlichen Tiermasken. Der fünfte Stuhl an der nach Süden zeigenden Sternspitze war leer. Die Spitzen waren durch einen dicken goldenen Reif miteinander verbunden und in der Mitte stand eine große Tonfigur. Sie stellte ein Wesen mit Schwimmhäuten an den Händen und einem Gesicht aus mehreren Lagen von Eichenblättern dar.

»Wir können nicht mehr länger auf ihn warten«, sagte der Mann mit der Fuchsmaske und schob die Kapuze seines Umhangs zurück. »Der Mond geht auf, und was wir zu tun haben, soll heute Nacht getan werden.«

»Wir sind nur vier Spitzen des Sterns«, erwiderte die Gestalt mit der Tigermaske leise. Unruhig rutschte sie auf ihrem Stuhl hin und her. »Reicht unsere Kraft, um heute Abend einen solchen Zauber zu wirken?«

»Es gibt nur eine Möglichkeit, das herauszufinden«, keuchte die alte Stimme unter der Hermelinmaske. »Wenn wir die magischen Handlungen vollziehen und sie funktionieren, haben wir das Wesen mit dem Zauber belegt. Wir werden es mit unseren eigenen Augen sehen, hier und jetzt.«

»Dann lasst uns beginnen.« Die Eulenmaske hatte einen barschen Ton an sich.

Der Mann mit der Fuchsmaske erhob sich langsam von seinem Stuhl und ging zu der Tonfigur. In der Hand hielt er eine kleine silberne Dose mit einem Perlmuttdeckel. Im Gehen nahm er den Deckel ab, warf den Umhang über die Schulter und steckte den Deckel in die Tasche seines Gehrocks. Er holte mehrere abgeschnittene menschliche Fingernägel aus der Dose und drückte sie vorsichtig auf die Fingerspitzen der Tonfigur. »Mit seinen Nägeln gibt er dir Leben«, sagte er, trat neben die Figur und legte ihr die Hand auf die kalte, feuchte Schulter.

Die Hermelinmaske trat nun gleichzeitig mit der Eule und dem Tiger ebenfalls zu der Figur. Sie stellten sich im Kreis um sie herum auf und gingen entgegen dem Uhrzeigersinn um sie herum, wobei sie bei jeder Umrundung ihren Kopf oder ihr Gesicht berührten.

Der Hermelin griff in einen Lederbeutel, den er um den Hals trug, und holte zwei Goldmünzen heraus. Er blieb vor der Figur stehen und legte jeweils eine Münze in die leeren Augenhöhlen. »Gestohlenes Geld aus seiner Tasche. Besprochen von Alchimisten, wird es dir jetzt das Augenlicht geben.« Die Hand des Hermelins zitterte, als er dies sagte.

Daraufhin blieb die Tigermaske stehen. Sie nahm ihren Umhang von der Schulter und warf ihn so über sich und die Figur, dass sie beide von dem schweren Samt vollständig bedeckt waren. Es war, als wolle sie nicht, dass die anderen sehen, was sie tat, damit ihr Geschenk an die Figur auch für sie ein Geheimnis blieb.

»Ich gebe dir Leben, mein Atem soll dein Atem sein, mein Blut soll dein Blut sein. Schau auf mich, liebe mich aus ganzem Herzen, tu immer, was ich sage . . .« Sie legte ihre Lippen auf die tönernen Eichenblattlippen der Figur und hauchte ihr einen Kuss ein. »Sekaris, Erdwesen, hör mir zu.« Sie legte beide Hände auf seine Wangen. Der Umhang fiel auf den Boden. Die Maske hatte grünliche Schlammflecken und die Farbe auf ihren Lippen war verschmiert. »Mein Blut soll dein Blut sein!« Und sie holte ein kleines silbernes Messer aus ihrer Tasche und schnitt sich in die Fingerspitze. Das Blut spritzte auf den Boden und auf die Figur. »Du sollst leben, Sekaris, sollst durch die Träume der Menschen gehen und in die dunklen Seiten ihres Wesens eindringen.« Und sie begann zu singen:

»Erde, Blut und Bein,
Atem der Gefallenen bringt Leben dem Stein.
Hör deinen Namen, spüre den Kuss,
Sekaris, Sekaris, tu, was getan werden muss.«

Hierauf traten die Gestalten alle gleichzeitig zurück, setzten sich wieder an die Spitzen des Sterns und warteten.

Oben an der Decke schwang der Feuerball an seiner goldenen Kette und schickte sein rußiges Licht in die Kammer. Ringsum ertönte plötzlich der Ruf von Dohlen, die von der Decke fielen und durch die Luft wirbelten. Der Sekaris in der Mitte des Kreises rührte sich nicht.

Die Fuchsmaske schaute von einem zum anderen. »Er ist tot. Bei diesem Zauber muss die Schlange mitwirken.«

»Warte«, beschwor ihn die Tigermaske. »Warte, bis er atmet. Hör doch die Krähen, wie sie seine Seele rufen, damit sie zu ihm kommt.« Dohlen umschwirrten die Tonfigur, als wollten sie ihr tatsächlich Leben bringen.

»Seht doch!«, rief die Eulenmaske. »Er bewegt sich!«

Im schwachen Licht der Kammer hob die Figur langsam den Arm, ein Finger nach dem anderen bewegte sich. Ein silberner Schimmer umgab sie; wie Nebel stieg er von ihren Füßen auf, hüllte den ganzen Körper ein und verwandelte den Ton in festes grünes Fleisch. Die aus Ton geformten Eichenblätter auf ihrem Gesicht wurden zu einer wogenden Maske aus echten Blättern. Zwei goldene Augen schauten in die Dunkelheit außerhalb des Kreises. Auf den roten Lippen glitzerte frischer Tau. Der Sekaris schnupperte, öffnete langsam den Mund und holte tief Luft.

»Sekaris«, sagte die Tigermaske mit ihrer sanften Stimme, »hör mir zu. Ich habe dir deinen Namen gegeben, dich hervorgebracht als mein eigenes Kind. Meine Hände formten deinen Körper, mein Atem gab dir Leben. Höre auf mich. Geh und gehorche meinem Befehl. Zerstöre denjenigen, dessen Nägel du trägst. Lass dich von der Nacht umhüllen, such ihn, finde ihn und warte auf einen günstigen Augenblick. Lass dich von niemandem aufhalten.«

Der Sekaris schüttelte sich, als er sich seines neuen Körpers bewusst wurde. Er hob und senkte die Schultern und bog seinen Rücken, beugte sich vornüber und strich mit den Händen an seinem Körper entlang. Er befühlte sein Gesicht und fuhr mit den dünnen Fingern durch die Blätter. Ein Lächeln legte sich auf seine taunassen Lippen, die im Licht der Feuerkugel glänzten.

»Ich will es tun, Mutter«, krächzte er. Dann räusperte er sich und flüsterte: »Dein Wunsch . . . ist mein Wunsch.«

Die Tigermaske erhob sich, zog einen kurzen Dolch aus ihrer Tasche und hielt ihn dem Wesen hin. »Finde den Mann, Sekaris! Vernichte ihn und bring mir das Nemorensis.«

Ein blauer Feuerstrahl schoss aus dem Sekaris und in die Klinge des Dolchs. Die Frau ließ ihn fallen, als der elektrische Strom durch sie hindurchfuhr. Ihre Beine zitterten. Die Dohlen umflatterten sie wie eine schwarze Wolke und pickten nach ihren Händen und ihrem Gesicht. Dann hoben sie den Sekaris vom Boden hoch. Er veränderte sich, wurde silbrig blau in einem Strudel aus farbigem Licht. Plötzlich schrie er auf. Der Schrei war so schrill, dass er in den Ohren wehtat und die Vögel auseinander trieb.

Der Sekaris schwebte über dem Boden, bis sich über ihm ein schwarzer Spalt in der Luft auftat, der sich wie ein Vorhang auf ihn herabsenkte und ihn und die Vögel verschlang. Die vier Maskenträger saßen reglos da und schauten auf die Stelle, von der der Sekaris verschwunden war.

Auf dem Boden der Kammer lag eine dicke Schicht schwarzer Federn.

»Er ist tot«, sagte die Fuchsmaske und klopfte sich Federn vom Umhang. »Der Zauber war zu viel für ihn. Wir brauchen die Schlange in unserem Kreis. Was wir taten, war nicht ausgewogen genug.«

»Er lebt«, widersprach die Tigermaske und wischte sich die immer noch blutende Hand an ihrem Umhang ab. »Ich weiß, dass er lebt. Ich spüre es.«

»Wir haben doch mit eigenen Augen gesehen, wie er vernichtet wurde – hineingezogen wurde in ein schwarzes Loch wie eine Fliege in ein Spinnennetz«, beharrte die Fuchsmaske.

»Weiß eine Mutter nicht, ob ihr Kind lebt? Der Sekaris hat meinen Atem. Ich weiß, dass er lebt, ich höre, wie er nach mir ruft.«

Agetta Lamian löschte den Docht der letzten der siebzig Kerzen, die während der vergangenen fünf Stunden gebrannt hatten. Der Messingkronleuchter war mit einer feinen Ruß- und Talgschicht bedeckt. Sie holte das Tuch aus ihrer Schürzentasche und säuberte jeden Arm des Leuchters, bevor sie die heißen Kerzenstummel herauszog und in den Eimer warf, den sie von Zimmer zu Zimmer getragen hatte. Aus dem Frühstückszimmer drangen durch die dicke Eichentür die Stimmen von Blake und Bonham zu ihr heraus. Ihr Ton ließ darauf schließen, dass sie eine Auseinandersetzung hatten.

Mrs Malakin hatte ihr gesagt, dass sie nicht gestört werden wollten. Daher wusste Agetta, dass sie jede Menge Zeit hatte. Sie stieg von der Leiter herunter, lehnte sie an die Wand und nahm den Kerzeneimer. Dann schaute sie zu der Treppe, die hinaufführte zum Observatorium. Sie dachte an ihren Freund Thaddeus und wusste, dass sie ihm einen Traum erfüllen konnte. Wenn das Nemorensis im Haus war, dann war es dort oben. Sie hatte Blake beobachtet, wie er in seinen scharlachroten Manschetten, mit der seltsamen Seidenkappe auf dem Kopf und mit nur einem Schuh Beschwörungsformeln gemurmelt und in Tonkrügen und silbernen Kelchen Elemente vermischt hatte, die dunkle Flammen spien. Irgendwo unter dem Dach des Hauses war das Nemorensis versteckt und Agetta wusste, dass sie es finden musste.

Sie lief die Treppe bis zum obersten Absatz hinauf, wobei sie immer zwei Stufen auf einmal nahm. Immer wieder schaute sie über die Schulter zurück, doch es folgte ihr niemand. Sie trat auf den Korridor im Dachgeschoss mit seinen zarten Kranzleisten und den in den Verputz eingeritzten Ornamenten, blieb aber gleich wieder stehen, weil sie außer Atem war. Sie lauschte auf die Geräusche des Hauses.

Von unten drangen laute Rufe zu ihr herauf. Auf Zehenspitzen ging sie über den weichen Teppich, dessen blaues Band zum Observatorium führte und jedes Geräusch schluckte. Vorne neben der Tür brannte eine Kerze. Ansonsten war der Korridor düster und beängstigend schmal, nicht viel breiter als die Schultern eines Mannes. Sie wusste, dass sie in der Falle saß, wenn man sie hier erwischte, da es keinen anderen Weg nach unten gab.

Rasch drehte sie sich um und schaute hinter sich, denn sie hatte jetzt das sichere Gefühl, dass sie beobachtet wurde. Wieder hörte sie die Stimme Blueskin Danbys in ihrem Kopf. Vor ihrem geistigen Auge sah sie die Gestalt mit der schwarzen Schlange im Gesicht und der Schweiß rann ihr über den Rücken. Als sie weiterging, stützte sie sich mit den Händen rechts und links an den Flurwänden ab, versuchte ihre Angst zu besiegen und nur noch an Thaddeus zu denken. Sie war zu allem entschlossen; sie würde ihn nie enttäuschen.

Agetta war bei der Tür angekommen. Der Kerzenstummel auf dem kleinen Tischchen flackerte. Ihre Hände begannen zu zittern, als die Finsternis des Hauses nach ihr griff.

13

Sui Sudarium

Die Tür zum Observatorium hatte einen großen, runden Messingknauf. Er war unterlegt mit einer polierten Messingplatte, die im Licht der Kerze wie Gold schimmerte. In der Platte waren tiefe Kratzer und auf dem Boden lagen Metallspäne. Agetta drückte gegen die Tür, die sofort aufsprang. Drinnen sah sie das große Teleskop, das auf das Fenster gerichtet war.

An der gegenüberliegenden Wand des Zimmers war der Schrank, dessen Tür halb offen stand, als habe jemand etwas gesucht, sei aber dabei gestört worden. Sie schwang noch leicht hin und her. Agetta hatte noch nie einen Blick in den Schrank geworfen – Blake hatte immer ein großes Geheimnis um seinen Inhalt gemacht. Dies war sein Zauberzimmer; erdgebundene Menschen wie sie hatten hier nichts verloren.

Agetta dachte nur an das Nemorensis und daran, wie sehr Thaddeus sich freuen würde, es zurückzubekommen. Sie zog die Schranktür weiter auf und schaute hinein. Und da lag das Buch. Sie strich mit der Hand über das alte Leder und fuhr mit dem Finger die seltsamen Zeichen nach, die in den Deckel eingeprägt waren. Langsam hob sie das Buch von dem Regalbrett und drückte es fest an ihre Brust. Am liebsten hätte sie es in sich aufgesogen. Staub rieselte heraus, als sie vorsichtig zur Tür zurückging.

Erst da hörte sie die leisen Atemzüge hinter dem Vorhang. Agetta blieb stehen; sie war sich nicht sicher, ob sie richtig gehört hatte. Der Vorhang bewegte sich und das Geräusch kam wieder. Die einzelne Kerze warf lange Schatten über den Dielenboden. Wie versteinert stand sie da. Eine lange, schmale Hand mit Schwimmhäuten erschien und begann langsam den Vorhang zurückzuziehen.

Mondlicht strömte ins Zimmer. Agetta wagte nicht sich zu rühren, als sie dem Sekaris ins Gesicht schaute. Das Wesen stierte sie aus goldenen Augen an, die wie Laternen strahlten.

»Mein Buch . . .«, sagte es leise und streckte die Hand mit den Schwimmhäuten danach aus.

Agettas Gedanken überschlugen sich. Sie wusste, dass sie Thaddeus nicht enttäuschen durfte. »Das Nemorensis«, sagte sie trotzig, »es ist das Nemorensis und es gehört Thaddeus Bracegirdle.« Mit kurzen Schritten ging sie rückwärts zur Tür, wobei sie ihre ganze Kraft zusammennehmen musste, damit die Angst sie nicht lähmte.

Schwerfällig kam der Sekaris auf sie zu; die plumpen Füße schleiften über den Boden und seine Augen glänzten. Agetta drückte das Nemorensis mit einer Hand an sich, drehte sich um, lief aus der Tür und warf sie hinter sich zu. Draußen suchte sie nach etwas, womit sie dem Wesen den Weg verstellen könnte, damit es ihr nicht folgte. Als sie sah, dass der Schlüssel steckte, drehte sie ihn rasch um. Dann überkam sie Panik; sie lehnte sich an die Wand und holte tief Luft.

»Agetta«, rief eine Stimme von unten. »Bist du das?« Es war Blake. »Was ist los, Mädchen? Es ist fast Mitternacht!«

»Alles in Ordnung, Doktor Blake. Ein Windzug hat die Tür zugeschlagen«, rief sie nach unten. Sie wusste, dass diese Notlüge ihre einzige Chance war, das Haus mit dem Buch zu verlassen, und war erstaunt, wie glatt sie ihr über die Lippen kam. Reglos stand sie in der Dunkelheit und lauschte. Es kam keine Antwort und sie hörte auch keine Schritte die Treppe heraufkommen. Als sie noch einmal zur Tür schaute, sah sie, wie der Knauf sich langsam drehte.

Gerade als sie sich davonschleichen wollte, ertönte ein ohrenbetäubender Knall, Holz splitterte und schneller als eine Pistolenkugel schoss der lange, starke Arm des Sekaris durch die Tür und packte sie am Hals. Er versuchte sie durch das faustgroße Loch zu zerren, und als ihm das nicht gelang, schob er sie wieder weg und zog sie mit Schwung zu sich heran, schob sie weg und zog sie zu sich heran. Wieder und wieder prallte sie wie eine Lumpenpuppe gegen die Tür.

Scharfe Holzsplitter bohrten sich in ihre Haut. Agetta presste das Nemorensis nur noch fester an sich. Sie trat gegen die Tür und schlug nach dem Arm der Bestie, in der Hoffnung, dass die ihren Griff lockern würde.

»Um Himmels willen, was ist los, Mädchen?« Blake und Bonham kamen die Treppe herauf.

Agetta spürte, wie ihre Beine nachgaben; die Bestie drückte ihr die Luft ab. Vor ihren Augen waberte ein roter Nebel. Mit letzter Kraft schlug sie noch einmal nach dem Arm, der sie so unbarmherzig festhielt.

Für einen Augenblick lockerte sich der Griff um ihren Hals. Agetta konnte sich befreien und fiel auf die Knie. Der Sekaris fuchtelte wild mit dem Arm und versuchte sie wieder zu packen. Schnell kroch sie den Korridor hinunter, das Buch mit einer Hand an sich gepresst. Hinter ihr versuchte die Bestie die Tür aus den Angeln zu heben.

»Was tust du, Mädchen?« Blakes Stimme kam näher.

Agetta rappelte sich auf, als der Sekaris die Tür eintrat und Holzsplitter auf den Korridor regneten. Sie rannte keuchend in Richtung Licht und Blakes barscher Stimme. Am Ende des Korridors war auch die Tür zur kleinen Nebentreppe, die sich vier Stockwerke tief in die Spülküche und zum Dienstboteneingang hinunterschraubte. Blake und Bonham waren nur noch ein halbes Stockwerk unter ihr; sie hörte ihre Schritte auf Teppich und Holz. Sie schaute hinter sich: Der Sekaris hatte es fast geschafft; die Reste des Türblatts bebten in den Angeln. Mit einem Satz war sie bei der Tür zur Hintertreppe. Ein Griff und sie war offen. Der Geruch von gekochtem Kohl schlug ihr entgegen. Rasch trat sie auf die oberste Treppenstufe und zog die Tür heran; einen Spalt zum Durchschauen ließ sie offen.

Von ihrem Versteck aus konnte sie die Tür zum Observatorium sehen. Der Sekaris plumpste jetzt auf den Teppich und rollte gegen das Tischchen, dabei fiel die Kerze auf den Boden.

Blake sah die Bestie als Erster. »Isaac!«, brüllte er. »Deine Pistole!«

Keuchend suchte Bonham in seiner Tasche nach der kleinen Waffe. Der Sekaris rappelte sich auf und schaute die beiden Männer an. Als sein Blick auf Blake fiel, überlief ihn ein Zittern. Dann betrachtete er seine Finger. Er hielt sie an seine schmalen Lippen, die unter dem Blattwerk, das sein Gesicht bedeckte, kaum zu sehen waren.

»Du bist es«, sagte er und machte einen Schritt auf die Männer zu. »Du kannst es dir leicht machen und ich verspreche dir, dass ich dich schnell töten werde. Wenn du dich wehrst, dauert es etwas länger.«

Bonham hatte endlich die Pistole aus der Tasche gezogen und zielte auf die Bestie, nachdem Blake zur Seite getreten war. »Noch ein Schritt, Dämon, und ich drücke ab!«, rief er.

»Du sollst nicht mit ihm reden«, brüllte Blake verzweifelt, »du sollst ihn erschießen!«

»Von dir will ich doch gar nichts«, sagte die Bestie und kam zwei Schritte näher. Sie deutete auf Blake. »*Ihn* will ich.«

Bonham zögerte. Er sah Blake an.

»Schieß das Ding nieder!«, rief der noch einmal. »Es will mich umbringen!«

Bonham entsicherte die Pistole, zielte und schoss. Die Explosion hallte in dem schmalen Korridor wider. Die Kugel traf die Bestie mitten in die Brust und warf sie um. Regungslos blieb sie auf dem Rücken liegen. Ein immer größer werdendes Stück Haut verwandelte sich in getrockneten Ton zurück.

»Ist er tot?«, fragte Bonham und holte die nächste Kugel aus seiner Munitionstasche, die er am Gürtel hängen hatte.

Blake schaute ihm über die Schulter. »Er bewegt sich nicht und macht kein Geräusch. Warte hier, ich hole mein Schwert.« Rasch lief er ein Stockwerk tiefer, wo er die Waffe aufbewahrte.

Agetta schlich unterdessen lautlos und in vollkommener Dunkelheit die Wendeltreppe hinunter. Sie war sie schon tausendmal hinauf- und hinuntergestiegen und kannte jede Stufe.

Bonham hielt Wache, die Pistole auf die Bestie gerichtet, die lang ausgestreckt auf dem Boden lag und den schmalen Korridor ausfüllte. Es dauerte nur wenige Minuten, bis Blake mit einem Entermesser wiederkam, das er von seinem Vater geerbt hatte. »Ich hätte nie gedacht, dass ich einmal froh wäre, es benutzen zu können«, sagte er, als er sich der Bestie näherte. »Die Kreatur hier ist ohne Zweifel merkwürdiger als alles, was wir je gesehen haben.«

Bonham blieb am Ende des Korridors stehen, als Blake sich mit dem Schwert in der Hand an die Kreatur heranschlich und sie mit der scharfen Spitze anstupste. Die Bestie rührte sich nicht. Die Waffe machte Blake mutig und er stach dem Wesen ins Bein. Die rasiermesserscharfe Klinge drang tief in das tonähnliche Fleisch ein. Blake sah, dass die Wunde auch wie Ton trocknete.

»Du hast sie umgebracht, Bonham, komm her und schau es dir an.« Er betrachtete das mit Blättern bedeckte Gesicht und die kalten goldenen Augen. »Wenn es Höllenwesen gibt, ist das hier eines. Glaubst du jetzt, dass wir mehr sind als Fleisch und Blut? Ich werde es mit wissenschaftlichen Methoden beweisen, jetzt, wo ich der Gesellschaft ein solches Wesen präsentieren kann.« Er sah Bonham an. »Ich bin überzeugt, dass dies alles etwas mit dem Kometen zu tun hat. Es ist, als sei die gesamte Unterwelt durch sein Erscheinen aufgeschreckt worden. Wir werden vorsichtig sein müssen, Bonham. Je näher der Himmelsdrache der Welt kommt, desto seltsamere Dinge werden geschehen.«

»Glaubst du, dass die Bestie dein Dienstmädchen gefressen hat?« Bonham schaute sich nach Agetta um.

»Was immer passiert ist, wir werden es bald wissen. Um Agetta mache ich mir keine Gedanken. Dienstmädchen kann man ersetzen und ihrem Vater sagen wir eben, dass sie im Bauch eines Engels aus der Hölle liegt. Ich freue mich jetzt schon auf sein Gesicht, wenn er das hört!« Blake lachte. »So wie ich sie kenne, wundert es mich allerdings, dass die Bestie noch am Leben war, als wir kamen. Aber wir werden bald herausfinden, was mit ihr geschehen ist. Ich habe nämlich vor die Kreatur aufzuschneiden und jeden Zentimeter von ihr zu untersuchen. Eine solche Gelegenheit bekomme ich vielleicht nie wieder.«

Blake war klar, dass der Sekaris aus einem bestimmten Grund zu ihm gekommen war. Er suchte an seinem Körper nach einem Zeichen, das ihm Aufschluss über seine Herkunft gegeben hätte. Er überlegte angestrengt. Das war ein Geschenk des Himmels, ein Abkömmling aus einer anderen Welt, den der Komet geschickt hatte, damit die Menschheit ihren Wissenshorizont erweiterte.

»Hilf mir ihn auf den Tisch zu legen. Dann untersuchen wir ihn.« Blake war nicht mehr zu bremsen. Er glühte förmlich, als er den Sekaris bei den Füßen packte und ins Observatorium schleifte. Der Körper fühlte sich kalt und feucht an, wie Erde, auf der noch der Morgentau liegt. Die Hände schimmerten leuchtend grün, als seien sie dünn mit Farbe bestrichen. »Los, Isaac, das Ding ist schwer.«

Bonham stand stocksteif da, die Pistole schussbereit auf den Sekaris gerichtet. Er wirkte geistesabwesend und schien nicht gehört zu haben, was Blake sagte. Eingehend betrachtete er die Erscheinung, als erinnere sie ihn an jemand, den er gut kannte.

»Isaac, er ist tot!«, sagte Blake ungeduldig. »Du brauchst ihn nicht noch einmal zu erschießen.« In seiner Stimme schwang Ärger mit. »Ich will nicht die ganze Nacht warten, Isaac.«

Bonham schreckte aus seinen Gedanken hoch. Er schaute Blake an und steckte die Pistole in die Tasche zurück. »Um was für ein Wesen handelt es sich denn?«, fragte er und packte es unter den Armen. Dabei besah er sich das Gesicht. »Er sieht aus wie handgemacht, wie eine Statue, die zum Leben erwacht ist.«

Blake brauchte sich seine Antwort nicht lang zu überlegen. »Wenn ich Recht habe, handelt es sich um etwas, das ich schon lange sehen wollte. Ich hörte von einem solchen Wesen, das in Prag erschaffen worden sein soll, doch die Gerüchte bezüglich seiner Geburt wurden während des Pogroms zum Verstummen gebracht. Auf der Suche nach ihm hat man die halbe Stadt zerstört und jeden umgebracht, von dem man glaubte, er habe etwas mit seiner Erschaffung zu tun. Es gibt Leute, die behaupten, er sei noch am Leben und würde irgendwo im Gewölbe eines verborgenen Tempels, geschützt vor neugierigen Blicken, gefangen gehalten.« Blake lachte in sich hinein, als sie das Wesen in die Mitte des Raums schleiften. »Ich hätte nie gedacht, dass ich den Tag erlebe, an dem ein Sekaris zu mir zum Essen kommen würde.«

»Er hat gesagt, dass er dich umbringen will«, erinnerte ihn Bonham.

»Das hätte er auch, wenn du kein so guter Schütze wärst. Das Wesen wurde von jemandem ausgeschickt, um mich zu töten, entweder weil dieser Jemand will, dass ich sterbe, oder weil er etwas will, das ich habe.« Blake sah auf seine Hand, an der die Fingernägel fehlten. »Letzte Nacht hat mir jemand die Fingernägel bis aufs Nagelbett geschnitten, während ich bewusstlos war.« Sein Blick wanderte zu der Hand der Bestie. »Wenn ich die Anweisungen richtig im Kopf habe, stecken sie jetzt in der Hand dieser Bestie hier.«

Blake untersucht die Hand des Sekaris und zupfte von jeder Fingerspitze ein Stück vom Fingernagel eines Menschen. »Was habe ich gesagt, Bonham? Das ist der Beweis, ich kann den Fall abschließen.« Selbstgefällig lächelte er vor sich hin.

»Wer tut dir denn so etwas an? Du bist ein Mann der Wissenschaften!«

»Ich habe da einen Verdacht, Isaac, auch wenn ich es selbst nicht glauben mag. Du bist mein einziger Freund und Kamerad, aber ich will dich nicht in etwas hineinziehen, das zu deinem Tod führen könnte.« Blake lächelte Bonham an. Er empfand eine große Zuneigung zu diesem Mann; Bonham war ein echter Freund, bedingungslos loyal, und selbst wenn sie einmal unterschiedlicher Meinung waren, verband sie etwas, das stärker war als aller Zorn.

Als sie den Körper auf den Tisch hoben, fiel Blakes Blick auf den Schrank, in dem er das Nemorensis aufbewahrte. Die Tür stand halb offen. Blake ließ den Sekaris auf den Tisch plumpsen und starrte ungläubig auf die offene Tür. »Es ist weg«, murmelte er, »man hat mir das Nemorensis gestohlen.«

Er öffnete die Schranktür ganz. Der Schrank war leer, das Buch verschwunden. »Jemand hat das Nemorensis gestohlen!«, rief er entsetzt und lief hinaus auf den Korridor.

Bonham bekam ihn an der Schulter zu fassen und zog ihn zurück in den Raum. »In Hermes' Namen, beruhige dich, Sabian!«

»Sie hat es gestohlen! Sie war es, ich weiß es! Das Ding hat sie überrascht, als es hier auf mich wartete. Es hat sie nicht gefressen – sie hat sich mit meinem Buch aus dem Staub gemacht. So wie ich Lamian und seine Höllenbrut kenne, zerschneiden sie es und verkaufen es als Latrinenpapier.« Blake schäumte vor Wut; sein Gesicht war ganz rot. »Gib mir deine Pistole, Isaac, dann erspare ich dem Henker einen Weg. Auch wenn sie noch ein Kind ist, dafür stirbt sie entweder durch die Kugel oder den Strang, das kann sie sich aussuchen.«

»Agetta Lamian ist wirklich noch ein Kind, sie weiß es nicht besser!«

»Sie ist alt genug, um zu wissen, dass es ein Kapitalverbrechen ist, wenn man seinen Arbeitgeber bestiehlt. Sie hat all die Jahre über genug von mir bekommen und ich habe immer ein Auge zugedrückt, wenn sie ihre Hand in meiner Tasche hatte oder in der meiner Gäste. Aber für das Nemorensis bezahlt sie mit ihrem Leben oder sie wird in die Kolonien geschickt.« Blake war davon überzeugt, dass er mit dem Nemorensis die Antwort auf alle Fragen gefunden hatte, die er sich vorstellen konnte. Es hatte den Kometen vorhergesagt und war vor seinen Augen gewachsen. Es war etwas unerhört Kostbares, etwas Wunderbares und Mächtiges. Es hatte sich seiner Phantasie bemächtigt und seine Seele in Besitz genommen.

»Dann müssen wir sie finden und das Buch zurückholen, bevor die Gefangenen von Newgate erfahren können, wie weich die Seiten sind«, erwiderte Bonham und ließ Blake los. »Wenn wir uns gleich auf den Weg machen, sind wir im Gasthaus, bevor sie Zeit hat, es zu zerreißen. Dein Biest wird auf seine Sezierung warten müssen.« Er zog ein großes rotes Taschentuch aus der Tasche und legte es über das Gesicht des Sekaris. »Ich kann die Augen eines Toten nicht sehen. Es ist immer, als würden sie einen anschauen . . .«

Blake und Bonham traten auf den Korridor. Bonham drehte sich noch einmal um – und sah, wie die Bestie eine winzige Bewegung machte. Überzeugt, dass er sich getäuscht hatte, schloss er die Tür und ging hinter Blake her zur Treppe.

14

Die Chimäre

Der Nebel in der Fleet Street war so dicht, dass das Licht der Fackeln an den Häusern und Läden die grauen Schwaden nicht zu durchdringen vermochte. Agetta rannte die Straße hinunter und sprang über das Gerippe einer geschlachteten Ziege, die der Metzger, der seinen Laden an der Ecke zur Chacery Lane hatte, einfach in die Gosse geworfen hatte. Die Knochen waren sauber abgenagt von Hunden und Menschen, die in ihrem Hunger rohes Fleisch gegessen hatten. Der Schädel zeigte auf die Straße und Agetta war es, als wollte er nach ihren Knöcheln schnappen, als sie vorbeilief.

Das Nemorensis hatte sie fest an sich gedrückt und sie spürte, wie es immer heißer wurde. Sie blieb stehen und wickelte ihren Mantel darum, damit sie sich nicht die Hand verbrannte. Dann merkte sie, dass es auch schwerer wurde und sie es bald nicht mehr tragen konnte. Das Buch musste Kräfte aus einer anderen Welt haben. Eine plötzliche, tiefe Angst überkam sie; es war, als wolle das Buch sie zwingen stehen zu bleiben, als flöße es ihr bewusst Angst vor jedem Toreingang und jedem Menschen ein, der ihr entgegenkam, damit sie es fallen ließ.

Der Anblick der Ziege verfolgte sie auf dem ganzen Weg zur Herberge. Immer wieder sah sie das Tier vor sich, dann wurde aus der Ziege ein Löwe und aus dem Löwen ein Drache. »Aufhören! Aufhören!«, rief sie. Ein paar alte Männer, die an der Ecke standen und Gin tranken, lachten, als sie vorbeilief, und einer versuchte sie an den Haaren zu ziehen. Agetta war sicher, dass das Buch allen zurief, sie sollten sie aufhalten. Es wurde mit jedem Meter schwerer und heißer. Noch einen Schritt! Und noch einen!, spornte sie sich in Gedanken an, als sie auf die Tür zulief.

Agetta trat vom Schmutz der Straße auf die frisch geschrubbte Treppe, die zur Herbergstür hinaufführte. Plötzlich verdreifachte das Nemorensis sein Gewicht. Sie stürzte, fiel gegen die Tür, und als diese aufsprang, halb in den Flur hinein. »Brigand!«, rief sie und versuchte sich mit dem Buch wieder aufzurappeln. Nichts rührte sich. »Vater, hilf mir!« Keine Antwort. Im Haus blieb alles still.

Sie ließ das Buch beim Kamin liegen und lief in die Küche. Cadmus Lamian saß in seinem Sessel bei dem heruntergebrannten Feuer. Der Geruch von Rinderbraten erfüllte den Raum. Agetta rüttelte ihren Vater an den Schultern.

»Wach auf, Vater!«, rief sie.

Cadmus schnaufte, grunzte eine Antwort und schob ihre Hand von seiner Schulter, als sei es eine lästige Fliege. Da sah Agetta die Schlüssel zur Dachkammer an seinem Gürtel hängen. Sie überlegte kurz, dann bückte sie sich, löste sie und ließ sie in ihre Tasche gleiten.

»Hilft mir denn niemand?«, rief sie.

Erst als die Küchentür zuschlug, merkte sie, dass sie nicht allein war mit ihrem Vater. Sie drehte sich um und sah Dagda Sarapuk im Schaukelstuhl sitzen.

»Es wird dir niemand helfen, weil dir niemand helfen *kann*. Sie sind alle verzaubert. Das ganze Haus schläft, und das habe ich bewirkt – mit der Glorreichen Hand.« Sarapuk deutete auf eine präparierte und mit Wachs überzogene Hand. Die einzelnen Finger brannten wie Kerzen mit bläulichen Flammen. »Die ist sehr alt und stammt von einem Gehängten. Früher einmal hatte ich beide, die rechte und die linke, aber die rechte habe ich bei einem guten Freund gelassen. Ich wundere mich jedes Mal selbst über ihre Macht. Sie hat mich noch nie im Stich gelassen. Sie lässt alle Wesen ringsum so lange schlafen, bis ich das Licht ausblase. Dann wachen sie wieder auf, als sei nichts geschehen.« Sarapuk schaukelte sacht vor und zurück und kicherte in sich hinein.

»Und warum wirkt Euer Zauber nicht bei mir?«, fragte Agetta, während sie schon überlegte, wie sie am schnellsten verschwinden könnte.

»Du warst nicht da, als ich die Zauberformel sprach. In deinem Zimmer konnte ich nicht nachsehen und vorher waren dein Vater und ich unter dem Dach mit seinem Gast beschäftigt.«

»Tegatus!«, rief Agetta. »Was habt ihr mit ihm gemacht?«

»Du weißt von dem Engel? Keine Sorge, noch lebt er,

wenn auch möglicherweise nicht mehr lang.« Sarapuk versetzte einem großen schwarzen Sack, der vor ihm auf dem Boden lag, einen Tritt. Er schien weich und leicht zu sein. »Federn! Er wurde geschoren und gerupft wie eine Weihnachtsgans und ich werde jede einzelne Feder und jede seiner goldenen Locken verkaufen. Es werden Wässerchen und Pillen daraus gemacht werden, Breipackungen für die Kleinen und Beruhigungsmittel für die Blinden und ein Allheilmittel, das ich selber vertreiben werde.« Sarapuk lächelte sie an. »Dann werde ich seine Knochen zu Engelsstaub zermahlen und in seinen Eingeweiden nach dem Sitz der Seele forschen, und was glaubst du, wie viel Hoffnung wir Sterblichen schöpfen können, wenn ich sie erst einmal in einem Engel gefunden habe?«

»Ihr würdet ihn dafür umbringen?«, fragte Agetta und schaute sich nach einer Waffe um.

»Ich würde ihn auch für weniger umbringen. In all den Jahren, in denen ich Gräber geschändet und auf der Suche nach der menschlichen Seele Tote seziert habe, habe ich mir ein solches Wesen gewünscht – ach was, gesehnt habe ich mich danach!«

Sarapuk unterbrach sich und lächelte Agetta wieder an. »Vielleicht möchtest du mich ja bei meiner Suche unterstützen. Ich kann immer einen Assistenten gebrauchen und du bist Balsam für meine Augen.«

»Was hätte ich davon?«, fragte Agetta vorsichtig.

»Ich würde eine Lady aus dir machen und du bräuchtest nicht mehr zu arbeiten. Du könntest dein eigenes Dienstmädchen haben. Doktor und Mrs Sarapuk könnten zu Hause Gäste bewirten . . .« Sarapuk bekam rote Wangen bei der Vorstellung. »Wir könnten in einem neuen London leben. Ich habe Freunde von hohem Rang, die vielleicht bald noch höher aufsteigen werden.«

»Ja, bis zum Galgen von Tyburn werden sie aufsteigen mit einem Strick um den Hals, Eure Freunde. Für einen Quacksalber habt Ihr ganz schön hochtrabende Ideen.«

»Es wird nicht ewig so bleiben, wie es im Augenblick ist. Ein Stern ist auf dem Weg zu uns, der allen eine neue Zukunft weist. London wird zerstört werden, das haben meine Freunde mir erst gestern Abend gesagt. Sie wollen eine neue goldene Stadt errichten, großartig, mächtig und frei von Ratten und ungebildeten Menschen.« Sarapuk rieb sich die Hände. »Sie haben mich in ihre Pläne eingeweiht. Das musst du dir einmal vorstellen: Der alte Doktor Sarapuk an einem Tisch mit solchen Leuten!«

»Eure Freunde haben einen schlechten Geschmack. Ich würde Euch nicht aus derselben Schüssel fressen lassen wie meinen Hund«, erwiderte Agetta heftig.

Sarapuk strich sich übers Kinn. »Wo ist das Vieh überhaupt?«, wollte er wissen.

Agetta überlegte, bevor sie antwortete. »Er ist weg. Er verschwindet immer mal wieder, kommt aber jedes Mal zurück«, sagte sie dann, doch ihr Gesicht verriet ihre wahren Gefühle.

»Nun, wenn dem so ist, habe ich nichts zu befürchten. Dein Vater ist verzaubert, dein Hund ist weg und ich habe dich ganz für mich allein . . . ohne dass uns jemand stören kann.« Sarapuk erhob sich und kam auf sie zu.

Agetta sammelte alle Kräfte, hob den Tisch an und kippte ihn Richtung Sarapuk. Weiße Wolken stiegen auf, da ein offener Mehlsack darauf gelegen hatte. Sarapuk versuchte sie über den umgekippten Tisch hinweg zu packen, doch sie versteckte sich hinter ihrem Vater, und als Sarapuk um den Tisch herumkam, schob sie ihm den Sessel in den Weg. Ihr schlafender Vater fiel auf Sarapuk und begrub ihn unter sich. Doch als Agetta zur Tür laufen wollte, erwischte Sarapuk sie am Knöchel. Seine eisigen Finger bohrten sich in ihr Fleisch.

Mit einer Hand bekam sie die Türklinke zu fassen und versuchte mit aller Kraft, sich aus seinem Griff zu befreien. Sarapuk ließ nicht los. Er biss die Zähne zusammen bei dem Versuch, seinen anderen Arm freizubekommen, den das Gewicht ihres Vaters auf den Boden drückte. »Ich lass dich nicht los, Mädchen«, keuchte er. »Gib auf. Sträub dich nicht länger!« Er schob sich mitsamt ihrem Vater ein Stück näher an sie heran. Als es Sarapuk gelang, seine eingequetschte Hand unter ihrem Vater vorzuziehen und er auch ihren anderen Fuß packte, musste Agetta die Türklinke loslassen. In ihrer Verzweiflung griff sie nach einer kleinen Flasche, die auf dem Kaminsims stand, und schüttete ihm die Flüssigkeit ins Gesicht. Sarapuk schrie auf, als der Essig ihm in die Augen spritzte. Er ließ Agetta los und versuchte sich die brennende Flüssigkeit vom Gesicht zu wischen.

Agetta riss die Tür auf. »Dafür sollst du in der Hölle schmoren, Sarapuk!«, rief sie und schlug die Tür hinter sich zu. Keuchend stand sie auf dem Flur, streckte sich und holte den großen Eisenschlüssel vom Türrahmen herunter. Sie schloss die Tür ab und warf den Schlüssel fort. Er schlitterte über den Steinfußboden und blieb in der Ecke beim Kamin neben einem Rattenloch liegen.

Da lag auch das Nemorensis und zog die letzte Glut aus dem Feuer. Mit zwei Schritten war Agetta dort und wollte das Buch vom Boden hochheben. Es war jedoch glühend heiß, sodass sie es liegen lassen musste. Sie hörte, wie Sarapuk in der Küche mit ihrem schlafenden Vater kämpfte, und schaute in den Speisesaal. Auf jedem Stuhl saß ein schlafender Gast. Einige waren mit dem Gesicht in ihr Essen gefallen und ein paar lagen zusammengerollt auf dem Boden wie satte Katzen. Mister Manpurdi saß am Tisch. Seine Verbände an den Händen hatten sich gelöst und waren auf den Boden gefallen. Agetta beobachtete, wie ein dicker roter Blutstropfen aus der Wunde an seinem Handrücken quoll und am Finger hinunterlief.

In ihrer Wut versetzte sie dem Nemorensis einen Tritt und rannte dann die Treppe hinauf.

Als sie die Tür zu ihrem Schlafzimmer öffnete, hörte sie ihre Mutter laut schnarchen. Auch sie schlief, entweder weil sie betrunken oder verzaubert war. Agetta drehte sich um, sah zur Treppe, die zum Dachboden hinaufführte. Plötzlich merkte sie, wie es eisig kalt wurde. Sie schaute sich nach Blueskin Danby um. An der Wand lag ein Herbergsgast in seinen Mantel gewickelt, unter dem die schmutzigen Stiefel hervorschauten. Sie ging die paar Schritte zur Treppe und stieg langsam die Stufen hinauf. Vor der Tür zog sie rasch den Schlüssel aus der Tasche, schloss auf und trat in die Dachkammer.

Tegatus saß angekettet auf seinem Stuhl, seine Tunika hatte Blutflecken. Man hatte ihm die Hände zusammengebunden und von dort war ihm Blut in den Schoß getropft. Jetzt sah Agetta mit eigenen Augen, was ihr Vater und Sarapuk getan hatten.

Der Engel schaute auf und versuchte ein Lächeln. »Ich habe gehört, wie du um Hilfe gerufen hast, aber ich konnte mich nicht dazu bringen, aufzustehen. Ich dachte mir, dass du mich so ohnehin nicht sehen willst.«

»Ich habe Sarapuk gesehen. Er hat mir gesagt, was er mit deinen Federn und deinem Haar machen will«, sagte sie leise.

»Er hat mir die Fingernägel geschnitten, aber so tief, dass es blutet. Sie haben gelacht dabei.« Er schaute Agetta verzweifelt an. »Ich bin in Ungnade gefallen, ein gefallener Engel. Ich bin hier, weil ich es so wollte. Ich habe mich in die Frau verliebt, deren Leben ich retten sollte. Ich verlor mich in ihren Augen und vergaß, wer ich war. Dabei merkte ich nicht, dass sie einem Wesen hörig war, das uns alle vernichten will.« Tegatus ließ seine Ketten klirren. »Ich dachte, er hätte keine Macht über Engel, aber selbst wir können ihm in die Falle laufen.«

»Ich brauche dich, Tegatus«, sagte Agetta rasch. »Ich habe ein Buch gefunden, das ich einem Freund auf der London Bridge bringen will. Du musst mir dabei helfen.«

»Ich kann mir doch selbst nicht helfen«, erwiderte der Engel. Dann lauschte er. »Mister Sarapuk versucht die Küchentür aufzubrechen. Hörst du, wie er mit irgendetwas dagegenschlägt?«

Agetta ignorierte ihn. »Ich möchte, dass du mitkommst zu meinem Freund Thaddeus, er wird uns beiden helfen.« Sie zog die Schlüssel aus der Tasche und hielt sie Tegatus hin. »Es muss einer dabei sein, der in das Kettenschloss passt.« Sie fand einen kleinen Bronzeschlüssel, in den winzige Buchstaben eingraviert waren. Sie bildeten Worte in einer Sprache, die Agetta nicht verstand. Also holte sie das Ormuz-Glas aus ihrer Tasche und las laut vor: »*Engel, die auf ihre Herrlichkeit verzichten, leben fortan in Dunkelheit und mit Ketten gebunden bis zum Jüngsten Tag.*« Sie schaute Tegatus an. »Was bedeutet das?«

»Es ist eine Warnung an mich. Selbst wenn du mich von diesen Ketten befreist – ich werde nie mehr frei sein. Gefesselt bis zum Jüngsten Gericht. Ich habe alles aufgegeben und dies dafür bekommen.«

»Gibt es überhaupt keine Möglichkeit für dich, da wieder herauszukommen?«, fragte sie.

»Nur den Weg zurück. Ich könnte um die Gnade der Freisprechung bitten, doch dazu bin ich zu weit gegangen.« Tegatus schaute Agetta an und sah den Kristall in ihrer Hand glitzern. »Woher hast du das Ormuz-Glas? Ich habe bisher nur eines gesehen.«

»Von Thaddeus«, antwortete sie stolz. »Er hat gesagt, es sei ein ganz besonderes Geschenk, speziell für mich.«

»Thaddeus ist ein kluger Mann, den ich gerne kennen lernen würde.«

»Er hat mich gefragt, ob ich ihm das Buch bringen könnte, und ich hab's gefunden. ›Bring mir das Nemorensis und du machst Thaddeus zu einem glücklichen Menschen‹, hat er gesagt. Und das will ich auch, ihn glücklich machen.«

»Magst du Thaddeus, weil er nett zu dir ist?«

»Er ist nett, still und nachdenklich. Er hat gesagt, er will ein Abendessen machen, ein Festessen hat er es genannt, und dass wir uns zusammen das Morgengrauen anschauen würden.«

Agetta steckte den Schlüssel ins Schloss und drehte ihn um. Die Handfesseln fielen von Tegatus' Handgelenken – er war frei.

Der Engel stand auf und streckte sich. »Sarapuk schlägt die Tür ein«, sagte er, als wüsste er genau, was sich in der Küche abspielte. »Wenn du von hier wegwillst, gehen wir besser jetzt.«

»Ja, schnell.« Agetta nahm seine Hand. »Du wirst dir Kleider aus dem Zimmer meines Vater borgen müssen. Wenn du so auf die Straße gehst, glauben sie, du seist aus Bedlam ausgebrochen, und bringen dich ins Irrenhaus zurück, noch bevor wir an der nächsten Ecke sind.«

Diesmal fürchtete sie sich nicht vor Blueskin Danby, als sie mit Tegatus die Treppe hinunterlief. Sie hatte das Gefühl, als sei er schwerelos, als wirke die Anziehungskraft der Erde bei ihm nicht.

Agetta schob Tegatus ins Zimmer ihres Vaters und wartete vor der Tür. Sie hatte ihm gesagt, er solle die besten Stiefel anziehen, die er finden könne, einen Gehrock und ein dickes Winterhemd. Diese Sachen zog Cadmus nur zu besonderen Gelegenheiten an, wenn er zum Beispiel einem Sarg folgte und die Beerdigung eines Freundes feierte. Er liebte

Beerdigungen, die eleganten Pferde und die lange Kutsche, der eine weinende Witwe und ein trauernder Hund folgten. Beerdigungen waren es seiner Meinung nach wert, dass man dafür seine besten Sachen anzog.

Es dauerte nicht lange, bis Tegatus – jeder Zentimeter ein englischer Gentleman – in dem guten Gehrock, einem Rüschenhemd, französischen Stiefeln und wollenen Kniehosen wieder herauskam. Agetta lächelte.

Als sie in den unteren Flur kamen, sah Tegatus sofort das Nemorensis neben dem Kamin auf dem Boden liegen. Obwohl es vor Hitze dampfte, hob er es mühelos auf und klemmte es sich fest unter den Arm. »Es muss unter Kontrolle gehalten werden«, sagte er. »Das Nemorensis spürt, was in dir vorgeht, und spielt mit deiner Angst. Wenn du es zulässt, reißt das Buch die Macht über dich an sich und spielt deiner Phantasie Streiche.«

»Es ist aber doch nichts anderes als ein Buch mit Seiten aus Papier, oder?«

»Das Nemorensis ist das Herzstück der Magie. Es wurde dem Himmel gestohlen und dem Himmel muss es zurückgegeben werden.« Tegatus war wie umgewandelt. In seinen grünen Augen stand eine Leidenschaft, wie Agetta sie bisher noch nicht an ihm gesehen hatte. Er schritt zielstrebig aus und seine Stimme hatte einen kräftigeren Klang. »Ich möchte, dass du mich zu deinem Freund bringst«, sagte er und ging zur Küchentür. »Ruhe, Mister Sarapuk. Wenn Ihr nicht aufhört gegen die Tür zu treten, komme ich rein und reiße Euch die Ohren ab und die Zunge aus dem Mund. Ich schlage vor, Ihr setzt Euch still hin und wartet, bis der

Zauber, den ihr über das Haus gelegt habt, seine Wirkung verloren hat. Habt Ihr verstanden?«

Sarapuk hörte auf gegen die Tür zu treten.

»Das war's«, meinte Tegatus und wandte sich wieder Agetta zu. »Jetzt nichts wie raus! Und mögen die Sterne uns mit ihrem Glanz segnen.«

Gemeinsam verließen sie das Haus und gingen Richtung Fleet River. Der Nebel war immer noch so dicht, dass man den Nachthimmel nicht sah. Hinter ihnen hielt eine Kutsche vor der Herberge. Agetta und Tegatus schlüpften in den Türeingang eines Stoffhändlers und beobachteten, wie Blake und Bonham aus der Kutsche sprangen und ins Haus liefen.

Tegatus schaute Agetta an. »Ich fürchte, sie suchen dich und dieses Buch. Hast du es gestohlen?«

Schuldbewusst sah Agetta zu Boden. Zum ersten Mal in ihrem Leben schämte sie sich. Es war, als stünden ihr die Lügen auf die Stirn geschrieben. Alles, was sie bisher im Verborgenen gehalten hatte, kam nun ans Licht, das von dem Engel ausging.

»Wer sind sie?«, fragte Tegatus, als sie auf die London Bridge zugingen. Er hatte schützend seinen Gehrock um Agetta gelegt.

»Heute Nacht war eine Bestie im Haus meines Herrn in Bloomsbury. Sie sah aus wie ein Mann mit einem Gesicht aus lauter Eichenblättern und einer Haut wie feuchte Erde. Sie roch nach Wald und ihre Augen leuchteten wie Feuer. Sie hat versucht mir das Nemorensis wegzunehmen. Sie haben die Bestie erschossen und ich bin mit dem Buch davongelaufen. Ich musste es tun.«

»Du hättest es nicht an dich nehmen dürfen und sie genauso wenig. Das Nemorensis ist ein prophetisches Buch. Es ist nicht für Menschenaugen gemacht. Die Geheimnisse, die es enthält, übersteigen eure Vorstellungskraft.«

»Ich weiß, dass etwas von einem Kometen drinsteht, der auf die Erde zufliegt. Ich hab gehört, wie Blake nach dem Himmelsbeben davon gesprochen hat. Er ist hier, über uns.« Agetta zeigte durch den Nebel nach oben.

»Hat er den Namen des Kometen genannt?«, erkundigte sich Tegatus besorgt.

»Wormwood . . . er hat gesagt, er heißt Wormwood.« Während sie das sagte, begannen ihre Lippen zu zittern.

»Dann haben wir nur noch sehr wenig Zeit. Mit jeder Stunde kommen wir unserem Schicksal näher. Wenn der Himmelsdrache herabstößt, wird auf der Erde und in der Luft Chaos ausbrechen. Es werden Kräfte freigesetzt, wie die Welt sie seit ihrer Erschaffung nicht mehr gesehen hat. Ich bete, dass dein Freund Thaddeus der Mann ist, der uns helfen kann.«

15

Timeo Daemones et Donna Ferentes

Sarapuk stopfte die Glorreiche Hand in seine Rocktasche und warf sich auf den Küchenboden, als Cadmus schnaufend aus seinem unfreiwilligen Schlaf erwachte. Laute Geräusche im Flur brachten ihn rasch wieder zu sich. Türen knallten und weckten die Hausgäste aus ihrem Schlummer. Mister Manpurdi erwachte in einer Pfütze aus Blut. Der Bann war im ganzen Haus gebrochen.

Blake hämmerte mit seiner behandschuhten Hand gegen die Küchentür. Als er merkte, dass abgeschlossen war, trat er mit dem Fuß dagegen. Ein kleiner Kreis müder und ungepflegter Zuschauer aus dem Speisesaal beobachtete ihn.

»Halt sie zurück, Isaac!«, rief Blake, während er versuchte die Tür einzutreten. »Wenn einer aus diesem Haufen auch nur einen Finger rührt, erschießt du ihn wie einen Hund – etwas anderes sind sie ja nicht.«

»Hilfe«, rief Sarapuk, wobei er versuchte seine Stimme möglichst schwach und zittrig klingen zu lassen. »Sie ist verrückt geworden, hat ihren eigenen Vater im Schlaf angegriffen und sich dann davongemacht.« Sarapuk ächzte und stöhnte und hoffte, dass sie die Tür endlich aufbrechen würden, damit er sein Theater nicht wiederholen musste.

Ein großer, kräftiger Mann mit dichtem schwarzem Haar und riesigen, schmutzigen Händen wälzte sich aus dem Speisesaal. Er überblickte die Szene rasch, und als er Sarapuks erbärmliches Jammern hörte, setzte er in drei Schritten über den Flur, schob Bonham und Blake aus dem Weg und warf sich gegen die Tür wie ein Ochse.

Die Tür bog sich leicht nach innen, hielt aber stand. Der Mann starrte sie mit zusammengekniffenen Augen und gerunzelter Stirn an. Er überragte die Versammlung, die darauf wartete, dass er es ein zweites Mal versuchte. Er war ein Riese von einem Mann, Waise seit seiner Geburt, und er unterhielt den niederen Landadel im Park von Vauxhall. In seiner ersten Lebenswoche taufte man ihn auf den Namen der Blumen, die in dem Weidenkorb lagen, in dem man ihn gefunden hatte, und jetzt war Beinwell, der menschliche Bär, bekannt für seine Größe, sein dichtes Haar und die spitz gefeilten braunen Zähne.

»Los, noch mal!«, forderte Blake Beinwell auf.

»Ich habe doch den . . .«, wandte Manpurdi leise ein und mühte sich mit seinen Bandagen ab.

»Bei Hermes«, rief jetzt auch Bonham, »tritt das Ding ein, Mann!«

». . . Schlüssel«, vervollständigte Manpurdi seinen Satz in dem Wissen, dass ihm keiner zuhörte.

Beinwell knurrte tief aus dem Bauch heraus. Sein ganzer Körper zitterte dabei und das Echo wurde rumpelnd von den Lehmwänden ringsum zurückgeworfen. Er trat von der Tür zurück, nahm neu Anlauf und warf sich mit einem Sprung dagegen. Das Türblatt sprang aus den Angeln und krachte gegen den Küchentisch.

Sarapuk lag auf dem Boden. Er hatte sich um Cadmus gewickelt wie eine Riesenschlange, die dabei ist, ihre Beute zu verschlingen. Er stöhnte und jammerte und wand sich in gespieltem Schmerz. »Seht nur, was sie angerichtet hat!«, rief er. »Sie ist verrückt geworden, hat ihren eigenen Vater angegriffen und versucht auch mich umzubringen. Dann ist sie weggelaufen, zusammen mit dem Fremden aus der Dachkammer.«

»Was?«, murmelte Cadmus ungläubig. »Sie ist was?«

»Auf und davon! Hat dich angegriffen, uns eingeschlossen und ist mit dem Kerl aus der Dachkammer abgehauen.« Sarapuk nickte den Umstehenden zu. Manpurdi stand in der Ecke, hielt den Schlüssel in der Hand und hörte sich alles ganz genau an.

»Mit wem ist sie davongelaufen?«, wollte Blake wissen. Er schob sich durch die Menge und hob Sarapuk am Revers seines Gehrocks vom Boden auf. »Redet endlich, Mann, bevor ich Euch erwürge!«

»Agetta ist mit dem Mann aus der Dachkammer davongelaufen, Tegatus, einem Hausgast aus . . .« Hilfe suchend schaute er Cadmus an.

»Der Mann kam aus . . . Italien«, erklärte Cadmus. »Tegatus – behauptete, er hätte Flügel. Er gehörte zu meiner Menagerie. Eine Neuerwerbung.«

»Und Ihr, Sarapuk, sagt nun, dass dieser Tegatus sich zusammen mit Agetta aus dem Staub gemacht hat?« Blake hielt ihn immer noch am Revers fest.

»Jawohl, Mister Blake. Er ist ein Dieb, ein rechter Taugenichts.«

»Hatte sie ein Buch bei sich, als Ihr sie gesehen habt?«

»Ein Buch?«

»Ja, Mann, ein Buch. Groß, die Seiten aus dickem Papier, mit geprägtem Einband.« Blake lockerte seinen Griff und Sarapuk sackte in sich zusammen.

»Ah, dieses Buch. Ja, das hatte sie dabei. Sie sagte, sie wolle es verkaufen«, log Sarapuk, in der Hoffnung, Agetta vor Gericht zu bringen und sich so an ihr rächen zu können.

»Cadmus Lamian, Eure Tochter ist eine Diebin«, rief Blake über das Gemurmel der Menge hinweg, die sich inzwischen in die Küche gedrängt hatte. »Sie hat mir etwas Wertvolles gestohlen und ich will es wiederhaben. Es wurde mir anvertraut und sein Wert übersteigt alle Schätze der Welt. Ich werde dafür sorgen, dass Ihr mitsamt Eurer Tochter gehängt werdet, wenn es nicht augenblicklich zurückgegeben wird.«

»Sie hat mich genauso bestohlen!«, erwiderte Cadmus. »Und sie hat versucht mich und Sarapuk umzubringen, als wir geschlafen haben.«

»Es tut mir Leid, dass sie es nicht geschafft hat«, gab Blake schroff zurück. »Ich werde ganz London nach ihr absuchen und es kann sein, dass ich ihr den Galgen erspare, wenn ich sie finde und sie in der Themse ersäufe.« Blake war außer sich vor Zorn. Der Verlust des Nemorensis brachte ihn fast um und alles in ihm schrie nach Rache.

»Ich habe keinen Einfluss auf sie, Mister Blake. Sie ist eine Frau und kommt nach ihrer Mutter. Ihr könnt mich nicht verantwortlich machen für das, was sie getan hat. Schaut mich an – ich bin das Opfer eines undankbaren Kindes, ein unschuldiger Beteiligter im grausamen Spiel.« Cadmus zog die Schultern hoch, streckte die Hände aus und drehte die Handflächen nach oben.

»Nicht einmal Euer eigenes Kind nehmt Ihr in Schutz? Ihr seid ein nichtsnutziger Dummkopf, der nur an sich denkt«, entgegnete Blake.

»Nichtsnutzig und ein Dummkopf mag ja stimmen, Mister Blake, aber sie hat mich immer wieder bestohlen und andere auch.« Cadmus fischte in den tiefen Taschen seines Gehrocks herum und brachte eine Hand voll Silbermünzen zum Vorschein. »Schaut her! Die habe ich in ihrem Zimmer gefunden. Ich muss leider befürchten, dass sie sie Euch gestohlen hat. Sie stiehlt sogar Euer Brot, Mister Blake.« Cadmus drückte Blake die Münzen in die Hand.

»Wollt Ihr Euch loskaufen, Lamian? Hofft Ihr, dass ich Euch für dreißig Silberlinge vor dem Galgen bewahre?«

»Ich gebe nur zurück, was Euch gehört, Mister Blake. Ich bin ein ehrlicher Mann und mein eigenes Kind hat mir übel mitgespielt.« Cadmus senkte den Kopf und blickte zu Boden. »Wenn Ihr sie findet, trete ich vor Gericht als Zeuge auf.«

»Dann könnt Ihr ihr das Brot ins Gefängnis von Newgate bringen, bis der Henker ihr die Daumen zusammenbindet, und zusehen, wie die Falltür sich öffnet.« Blake wandte sich zur Tür.

»Was sein muss, muss sein, Mister Blake . . .«, erwiderte Cadmus leise. Insgeheim schüttelte es ihn vor Entsetzen, als er Agetta vor seinem geistigen Auge am Galgen hängen sah.

Blake und Bonham drängten sich durch die Menge hinaus auf die Straße. Der Nebel hing immer noch zwischen den Häusern. Die Herbergsgäste standen schweigend herum und sahen Cadmus an. Der menschliche Bär runzelte die Stirn noch mehr, als er Manpurdi den Türschlüssel aus der Hand nahm. Sarapuk lächelte vor sich hin. Auf seinem Gesicht lag der rote Schein der Glut im Kamin.

»Raus mit euch! Raus mit euch!«, rief Cadmus und scheuchte alle außer Sarapuk aus der Küche. Beinwell schob seine gewaltige Körpermasse durch die Tür und Manpurdi folgte. Sarapuk nahm das Türblatt und lehnte es gegen den Rahmen, damit nicht jeder hören konnte, was sie redeten.

»Was hast du nur getan, Sarapuk?«, fragte Cadmus wütend. »Wenn Blake Agetta erwischt, wird sie gehängt, und wenn die Wahrheit ans Licht kommt, baumeln wir mit ihr. Ich habe so viel Unrecht begangen, dass das mein Untergang sein könnte. Ich mag meinen Hals, so lang, wie er ist, und die Vorstellung, dass Erasmus Duvall mir die Kleider auszieht und sie für Gin verkauft, jagt mir kalte Schauer über den Rücken.« Cadmus hüstelte nervös. In seinem Gesicht zuckte es. Er sah es schon vor sich, wie Duvall, der Henker von Newgate, mit seinen schmierigen Fingern sein

Hemd aufknöpfte und ihm Haarsträhnen abschnitt, um sie an die zauberkundigen Witwen zu verkaufen, die Amulette gegen Syphilis daraus machten. »Und wenn man tot ist, treibt er einem noch einen Stechpalmenzweig ins Herz, damit man auch gewiss nicht mehr aufsteht.«

»Das hättest du mal mit Blueskin Danby machen sollen«, murmelte Sarapuk, »dann hättest du jetzt keine Angst, dass er dir wieder Ärger macht.«

»Mit seinem Tod hab ich nichts zu tun. Er hat sich selber erhängt.«

»Seltsam, wie einer sich selber erhängen kann, nachdem er einen schweren Schlag auf den Kopf bekommen und man ihm die Hände gefesselt hat ...«

»Gerede, nichts als Gerede«, widersprach Cadmus.

»Sieh es einfach als einen Gefallen, den du der Gesellschaft getan hast. Du hast die Welt von einem Nichtsnutz befreit, einen Karbunkel vom großen Zeh des Lebens geschnitten.« Sarapuk redete sich in Eifer. »Er war ein rücksichtsloser Kerl, ein Dieb und Schurke durch und durch. Wer vermisst so einen schon? Gezeugt vom Teufel und geboren von einer Eselin.«

»Ich will nicht, dass du schlecht von Blueskin redest. Er war ein guter Freund, auch wenn wir gelegentlich Meinungsverschiedenheiten hatten.«

»Die dazu führten, dass er einem tragischen ... Unfall erlag.« Sarapuk rieb sich die Hände, trat näher an Cadmus heran und senkte die Stimme. »Ich habe nachgedacht, Cadmus. Wir sind schon lange Freunde, aber unser gemeinsames Geschäft ist ja nun geplatzt. Der Engel ist davongeflogen und es wird schwer sein, ihn wieder zu finden. Ich habe geheime Informationen erhalten, die mich zum Nachdenken gebracht haben über das Leben und über London. Ich werde die Stadt bald verlassen und nach Norden gehen. Die Luft dort ist der Stimmung zuträglicher.« Er lauschte, als habe er etwas gehört. »Es ist an der Zeit, dass wir wieder eigene Wege gehen, mein lieber Freund, aber ich werde immer an dich denken.«

»Wir hatten Pläne geschmiedet«, erwiderte Cadmus ärgerlich. »Große Pläne. Wir wollten ein Krankenhaus bauen und aus Krankheit Gewinn schlagen. Hast du das über den Informationen deiner Freunde alles vergessen?«

Sarapuk kämpfte mit sich. Er hütete ein Geheimnis, das ihn fast umbrachte. Doch er hatte geschworen, es mit niemandem zu teilen. »Ach, wenn doch nur die Steine reden könnten!«, rief er. »Wenn ich doch nur dir und all den anderen, die in diesem gewaltigen Dunghaufen wohnen, sagen könnte, was auf sie zukommt, dann wäre mein Herz leichter.« Er schaute Cadmus ernst an. »London hat dir nicht gut getan, du brauchst Luftveränderung. Verlass die Stadt so bald als möglich, ich rate dir das als Freund. Es kommt die Zeit, wenn diese Steine von Leid und Tod sprechen werden.«

»Und aus dir spricht das Opium, Sarapuk. Bist du verrückt geworden?«

»Wenn es nur so wäre!«, rief er und barg das Gesicht in den Händen. »Die anderen kümmern mich nicht, aber du und deine kleine Tochter, mein kleines Fischlein . . .«

Plötzlich wirbelte Staub durch die Küche wie bei einem

Sturm, die Möbel gerieten ins Wanken und der Schaukelstuhl schlitterte durch den Raum. Ein paar Zinnteller fielen klappernd von den Regalen und halb abgebrannte Kerzen und Essigkrüge krachten auf den Steinboden.

Cadmus machte erschrocken einen Sprung zur Seite, als der Tisch sich ruckelnd Richtung Tür bewegte, von unsichtbaren Händen geschoben. Auch Sarapuk sprang aus dem Weg. Der Tisch machte vor der Tür Halt und versperrte ihnen den Ausgang. Einige Pfannen wurden von ihren Haken an der Decke gerissen und regneten auf sie herunter und der Pinkeltopf schoss wie eine Kanonenkugel durch den Raum.

»Was ist das?«, keuchte Sarapuk entsetzt.

»Wieder ein Himmelsbeben. Die ganze Welt stöhnt wie eine Frau im Geburtsstuhl.« Eine Schöpfkelle kam angeflogen und traf Cadmus vor die Brust. Neben ihm begann die Messerschublade zu wackeln. Plötzlich wurde die Vorderseite der Schublade weggerissen und flog ins Feuer. Glühende Asche verteilte sich auf dem Boden. Scharfe, breite Klingen schwirrten aus der mit Filz ausgelegten Lade. Eine blieb über seinem Kopf in der Wand stecken. Er ließ sich auf den Boden fallen und suchte Schutz hinter dem Waschzuber.

»Es will mich umbringen, Sarapuk!«, brüllte er. »Das ist kein Himmelsbeben, das ist der Hölle entsprungen!«

Sarapuk hatte sich unter den Tisch geduckt, den Cadmus jetzt von der Tür wegzuziehen versuchte. Als ihm das nicht gelang, quetschte er die Hand hinter das an den Rahmen gelehnte Türblatt und zog mit aller Kraft. Langsam gab es ein paar Zentimeter nach und ein Lichtstrahl vom Flur drang in die dunkle Küche.

»Beinwell, wir sind hier drin gefangen!«, rief Cadmus nach draußen. Plötzlich gab es einen lauten Knall, der Tisch machte einen Satz von der Tür weg und kam dann wieder zurückgeschossen. Cadmus stieß einen wilden Schrei aus; seine Hand war so zwischen Tisch und Rahmen eingeklemmt, dass er sie nicht mehr herausziehen konnte.

Es folgte eine gespenstische Stille. Ein kalter Luftzug kam unter der Tür durch und wirbelte den Staub vom Küchenboden auf. Die Staubkörnchen fügten sich eines zum anderen, bis sie langsam die Form eines Mannes annahmen. Zuerst die Umrisse seines Gehrocks, dann seine Füße und schließlich der Kopf mit dem verschwommenen Gesicht. Sarapuk sah die Erscheinung und presste sich an die Wand. Er zog ein kleines Stilett aus der Tasche und umklammerte mit der anderen Hand einen getrockneten Stängel Bilsenkraut. Ununterbrochen murmelte er den Totenbann vor sich hin und flehte die Heiligen um Schutz an.

Der Tisch holperte von der Tür weg und Cadmus sackte wie ein Häufchen Elend zu Boden. Er hob den Kopf und starrte die Erscheinung ungläubig an.

Sarapuk hielt sein Messer vor sich und schwang das Bilsenkraut wie einen Weihwasserkessel. »Hinweg mit dir, zurück ins Reich der Dunkelheit, verlasse diesen Ort«, rief er und hüpfte dabei aufgeregt von einem Bein aufs andere. »Im Namen des heiligen Venerius befehle ich dir zu verschwinden!«

Die Erscheinung schluckte jedes Fünkchen Licht in der

Küche, als sie deutlicher Gestalt annahm. Dann stand sie vor ihnen, das Gesicht von einem dunklen Nebel verhüllt. Sie zuckte und zitterte, bis schließlich auch die Gesichtszüge deutlich zu sehen waren.

Cadmus erkannte den Geist an der bläulichen Hautfarbe und der lebendigen Tätowierung, die ihm übers Gesicht kroch. Mit klopfendem Herzen wartete er darauf, dass der Geist zu sprechen begann. Er wusste, dass es Blueskin Danby war, und allein der Gedanke an seine Auferstehung ließ ihm das Blut in den Adern gefrieren. Er spürte, wie ihn alle Kraft verließ, als die Erscheinung ihn aus leblosen Augen anstierte. Es war jedoch, als suche Danby noch nach ihm, als sei er für ihn in dieser Welt noch nicht zu erkennen.

Sarapuk brach das Schweigen. »Ihn suchst du, nicht mich«, rief er der Erscheinung zu, die sich daraufhin aufgeregt umschaute. »Ich höre dich, Elender, nur sehen kann ich dich nicht«, erwiderte Danby und schaute angestrengt in die Dunkelheit. »Ich kenne deine Stimme, weiß jedoch nicht, aus welcher Zeit und von welchem Ort.«

»Ich bin Sarapuk, Doktor Sarapuk. Ich war dein Arzt.«

»Sarapuk . . . ja, ich erinnere mich. Sarapuk, der ständig betrunken war, nie einen Penny in der Tasche hatte und mehr Leute umgebracht hat als geheilt. Arsen und Opiumtinktur mit Kohl, ein Pfund Quecksilber auf einen halben Liter Bier und die Erkältung ist weg. Das war Sarapuk.«

»Aber die Erkältung war tatsächlich weg«, sagte Sarapuk.

»Und die arme Frau, die eure Medizin getrunken hat, ist daran gestorben. Ich erinnere mich gut an sie, Helen Fury, im *Black Lion* in der Drury-Gasse am St.-Michaels-

Tag. Ich habe miterlebt, wie sie sich am nächsten Tag zu Tode gehustet hat, und du warst zu betrunken, um ihr zu helfen.«

»Du bist nicht wegen mir hier, Blueskin. Ich hab dir nie Böses gewollt«, winselte Sarapuk.

»Ich habe zugeschaut, wie du mich seziert hast. Ich hab mich an dem alten Leben festgehalten und nicht losgelassen. Ich war verzaubert worden, von einem Hexer in der Unterwelt gefangen gesetzt. Wie im Leben, so hing ich auch im Tod zwischen Wohlergehen und Verdammnis.«

»Du suchst *mich*, Blueskin«, meldete sich nun Cadmus zu Wort, stand auf und trat vor den Geist. »Ich treibe kein Spiel mit dir. Ich habe mich im Leben nie vor dir versteckt, warum sollte ich dich im Tod fürchten?«

»Wie süß ist doch der Klang deiner Stimme. Durch den Tod wurden wir getrennt und nun höre ich dich wieder.«

»Was willst du von mir, Blueskin? Lass uns nicht um den heißen Brei herumreden.«

»Ich bringe dir ein Geschenk. Meine Arme sind zwar zu schwach, um es zu tragen, aber ich kann dir sagen, wo es ist. Du hast mich umgebracht deshalb, es aber nie gefunden. Ich habe vermutet, dass du mich in eine Falle locken willst, deshalb habe ich das Gold in einer Buchhandlung versteckt. Unter dem untersten Regal und verborgen hinter einem Band der *Micrografia* findest du es. Ich brauche kein Gold mehr, dieses Hemd hat keine Taschen.« Blueskin stieß einen tiefen Seufzer aus.

»Du kommst mit Geschenken und nicht mit Rachegedanken ... warum?«, fragte Cadmus misstrauisch.

»Der Tod verleiht dir viele Tugenden. Ich kann nicht mehr grollen, in meinem Herzen ist kein Platz für solche menschlichen Gefühle. Ich würde alles dafür geben, wenn ich noch einmal ein Jahr und einen Tag lang Mensch sein könnte, die Sonne auf der Haut spüren und den Gin auf meinen Lippen schmecken. Das wäre das Paradies für mich. Die leiblichen Freuden waren alles, was ich hatte, und sie wurden mir genommen. Du hast gute Jahre gehabt, Cadmus. Nimm mein Geschenk und mach etwas daraus, denn da, wo ich bin, wirst auch du bald sein.«

Plötzlich hörte man Kinderstimmen rufen, die immer näher kamen. »Meine Wächter kommen«, sagte Blueskin. Schon begann er sich in Staub aufzulösen. »Vergiss nicht, was ich gesagt habe, Cadmus. Du wolltest das Geld, als ich noch lebte, jetzt, wo ich tot bin, sollst du es haben.«

Drei kleine dunkle Gestalten kamen durch die Tür, als gäbe es sie gar nicht, stellten sich um Danby herum auf, fassten sich an den Händen und tanzten um ihn herum. Sie hatten keine Gesichter, es waren lediglich kleine Kindergestalten, springende Schatten aus der Totenwelt. Sie tanzten zum Klang einer unhörbaren Trommel immer schneller im Kreis herum. Danby löste sich auf. Der Wirbelwind kam wieder, fegte klappernd die Pfannen über den Boden und schob den Tisch in die Mitte des Zimmers.

Sarapuk zitterte vor Angst, als die Wesen zu einer Kugel aus reinweißem Licht verschmolzen, das in der Küche sprühte und zischte. Es blendete ihn und er schlug schützend die Hände vors Gesicht. Cadmus hielt es etwas länger aus, doch dann musste auch er die Augen bedecken. Im nächsten Augenblick war es verschwunden und die Küche lag wieder im Dunkeln. Lediglich ein schwaches Feuer im Kamin und der Schein einer Kerze, der durch den Türspalt drang, brachten etwas Licht in die Dunkelheit.

»Bist du noch da, Sarapuk?«, fragte Cadmus mit zittriger Stimme und tastete wie ein Blinder nach einem Stuhl. »Ich kann dich nicht sehen, die Geister haben mich geblendet.«

Dagda Sarapuk schlich zur Tür und schob leise das Türblatt zur Seite. Er schlüpfte auf den Flur und stand im nächsten Augenblick draußen auf der Straße.

»Dagda, ich kann nichts sehen. Wo bist du?«, rief Cadmus. Er torkelte durch die Küche, stolperte und fiel hin. »Hilf mir, Mann, so hilf mir doch!«

In der dunkelsten Ecke des Raumes wartete, eng an die Wand gedrückt, ein Schatten darauf, dass Cadmus näher kam.

16

Herba Sacra

Agetta und Tegatus gingen rasch Richtung London Bridge. Bei der Einmündung zur Bishopsgate stand eine zerlumpte, alte Frau mit einem Kräuterstrauß in der Hand. Eine dicke Kerze in einem bauchigen Krug beleuchtete ihren Stand. Die Kerze leuchtete im Nebel orangefarben wie das Auge eines Fuchses. Die Frau rief mit schriller Stimme: »Eisenkraut! Rauke! Herba Sacra! Eisenkraut – heiliges Kraut, schützt vor der Geißel des Todes, schenkt uns Vergebung der Sünden . . . Alles einen Penny!« Energisch hielt sie ihnen einen langen Stängel Eisenkraut mit zarten blauen Blüten hin. »Vereist die Blüten der Frost der Novembernacht, verliert der Mitternachtsgeist seine Macht.«

Tegatus schaute zu Boden, um dem Blick der Frau auszuweichen. Er war müde und konnte die Füße in Cadmus' Stiefeln kaum noch heben.

»Für die junge Dame, Sir? Es wird sie vor vielen Dingen schützen«, sagte die Frau und wedelte ihm mit dem Zweig vor der Nase herum. »Ich habe einen Zweig, den sie als

Kranz tragen könnte. Er schützt sie vor jedem Zauber, vor Hunden und Schlangen und sogar vor der Pest.«

Agetta zupfte Tegatus am Ärmel. »Bitte, Tegatus, ich habe mir immer einen Kranz aus Eisenkraut gewünscht.« Sie kramte in ihrer Tasche nach einem Penny.

Tegatus hielt das Buch ganz fest und schaute zur Seite. Er hatte Angst, etwas in seinem Blick könnte ihn verraten.

»Nur einen Zweig«, sagte Agetta zu der Frau und gab ihr das Geld.

»Das ist mir vielleicht ein Gentleman. Lässt dich bezahlen«, meinte die Frau, als sie Agetta den Kranz aus getrockneten blauen Blüten gab. »Er sieht einen nicht einmal an«, flüsterte sie. »Kein Mann, mit dem man um diese Zeit durch die Stadt gehen sollte.«

»Was für ein Kraut empfehlt Ihr denn dagegen?«, fauchte Tegatus sie an. »Salbei für meine Galle? Oder Ringelblume gegen Warzen? Ich schaue Euch nicht an, weil ich mir immer gut überlege, worauf ich meinen Blick ruhen lasse.«

Die Frau antwortete nicht. Sie zuckte mit den Schultern und ließ den Penny in ihre Tasche gleiten. Agetta lächelte und hängte sich bei Tegatus ein. »Er ist nicht aus London«, sagte sie zu der Frau. »Er ist fremd hier.«

»Der Hölle ist er nicht fremd. Denk an meine Worte, Mädchen. Auf der Schulter dieses Mannes liegt die Hand des Todes, und wenn es irgend geht, nimmt er dich mit.«

Eine große schwarze Kutsche kam die Straße heruntergerattert, direkt auf sie zu. Der Kutscher trieb die vier Pferde mit einer langen Peitsche an. Tegatus zog Agetta rasch zur Seite.

»Er fährt nicht ohne Grund so!«, meinte er und ging schnell weiter. Agetta musste fast laufen, um mit ihm Schritt zu halten.

Als sie schließlich durch den hohen Bogen auf die London Bridge traten, meinte Tegatus: »Ich habe dir doch gesagt, dass der Wahnsinn immer näher kommt. Die Leute haben nur noch Aberglaube und Hexerei im Sinn, um die Wahrheit schert sich keiner mehr.« Im Eingang zum Kaffeehaus blieb er minutenlang stehen und schaute sich um, ob jemand ihnen gefolgt war. »Ich spüre, dass wir beobachtet werden«, sagte er. »Es scheint kein Mensch zu sein, aber ich spüre genau, dass da im Nebel unter dem Bogen etwas lauert.«

»Es hat uns doch keiner fortgehen sehen, wie kann uns dann jemand folgen?«, fragte Agetta und drückte sich gegen das Tor.

»Dieses Buch spricht die Sprache der Dunkelheit, es ruft hinaus in die Nacht. Dein menschliches Ohr kann es nicht hören, aber sämtliche Geister Londons werden davon angezogen wie die Motten vom Licht. Sie weiden sich an deinem Unglück und rauben dir all deine Energie.«

Agetta umklammerte den Kranz aus Eisenkraut ganz fest. Als könne er ihre Gedanken lesen, sagte Tegatus: »Sie werden dir nicht helfen. Das sind nur getrocknete Blumen. Die Blätter nehmen dir die Schwermut und lindern Schmerzen, aber der Teufel wird weiter hinter deiner Seele her sein, den halten sie nicht auf.«

»Was meinte die Frau, als sie sagte, der Tod hätte schon die Hand auf dir? Glaubst du, sie hat irgendetwas gesehen?«

»Das Buch hat aus ihr gesprochen und ihr eingegeben, was sie sagen soll. Es ist boshaft und voller Schlechtigkeit. Das Nemorensis hat die Kraft, unsere Art, zu denken, zu verändern. Es beeinflusst unseren Verstand, sodass wir nicht mehr begreifen, was vorgeht. Es lügt mit jedem Wort, das es selbst schreibt«, flüsterte er. »Viele Menschen sind schon seiner Stimme verfallen und haben alles geglaubt. Doch jeder Prophezeiung folgt eine Lüge. Es verdreht die Wahrheit, fügt hier eine Kleinigkeit hinzu und dort etwas. Es warnt den Leser vor Missgeschicken in der Nacht und überrascht ihn dann wie ein Dieb im Morgengrauen. Ich denke, du wirst es selbst erleben, bevor die Nacht um ist . . .«

»Es hat Blake gesagt, dass der Komet einundzwanzig Tage nach dem Himmelsbeben auf die Erde stürzen wird«, sagte Agetta und schaute vorsichtig hinüber zu Thaddeus' Buchladen. »Ich habe gehört, wie er es zu Bonham gesagt hat, bevor sie mich in der Vorratskammer entdeckt haben.«

»Ich fürchte, dass Wormwood schon viel näher ist. Wie es aussieht, weiß Doktor Blake nicht, mit welchen Kräften er es hier zu tun hat.« Tegatus schaute die Straße hinauf und hinunter. »Ich weiß, dass es hier ist, ich spüre es, aber ich kann es nicht sehen. Sag, Agetta, wann erwartet dich dein Freund?«

»Ich habe ihm gesagt, dass ich heute Nacht wiederkomme.«

»Allein?«

»Ja. Ich habe ja nicht einmal im Traum daran gedacht, dass du mitkommst.« Sie überlegte einen Augenblick. »Du und Thaddeus, ihr seid die ersten Menschen, die ich Freunde nennen würde. Ihr wart beide so nett zu mir. Und in gewisser Weise war es Schicksal, dass ich euch kennen gelernt habe. Dich habe ich in der Dachkammer entdeckt, und wenn Yerzinia mir nicht gesagt hätte, ich solle in die Buchhandlung gehen, hätte ich Thaddeus nie getroffen.« Sie wickelte ihren Schal enger um sich.

Als der Name Yerzinia fiel, schien Tegatus wie vom Donner gerührt. »Dann ist Yerzinia deine Freundin?«, fragte er.

»Die beste Freundin, die man haben kann. So schön und elegant und sie hat eine eigene Kutsche«, erwiderte Agetta lächelnd. »Und eigentlich hat sie mich gefunden. Es war Schicksal. Sie hat gesagt, ich würde einmal werden wie sie.«

»Hat sie gesagt, dass ihr wie Schwestern werden würdet und dass dir nie mehr irgendetwas fehlen würde?«

Agetta senkte den Blick. Sie hatte das Gefühl, ein offenes Buch zu sein, in das man nur hineinzuschauen brauchte.

»Was hat eure Freundschaft besiegelt? Ein scharfes Getränk, das ihr zusammen getrunken habt, oder das Mondmal, das sich blutrot in deine Handfläche einbrennt?«

»Beides.«

»Dann bist du doppelt verflucht. Diese Yerzinia will mehr als nur deine Freundschaft.«

»Ich weiß«, erwiderte Agetta. »Sie hat mir gesagt, dass ich mein altes Leben vergessen kann und . . .«

». . . dass sie dir jedes Fünkchen Leben aussaugen und dich dann in diese offene Kloake, die ihr Themse nennt, werfen wird, damit du irgendwo wieder ans Ufer gespült wirst, wo keiner dich kennt und es auch keinen kümmert?«

Tegatus zog scharf die Luft ein, als hätte er einen heftigen Schlag abbekommen. »Ich muss mich ausruhen. Gehen wir jetzt zu deinem Freund.«

Die Aufforderung kam kurz und knapp und Agetta fühlte sich plötzlich nicht mehr wohl in seiner Gegenwart. Sie bedauerte schon ihm zur Flucht verholfen und das Geheimnis ihrer neuen Freundschaften anvertraut zu haben. Tegatus hatte sich alles angehört und seine Meinung dazu gesagt. Er hatte das schlecht gemacht, was in ihren Augen wunderschön war, gut und echt und hatte es in Zusammenhang mit Verrat und Intrigen gebracht. Sie spürte, wie ein tiefer Groll gegen den Engel in ihr aufstieg. Hätte ich ihn doch nur in der Dachkammer verfaulen lassen, dachte sie, versuchte aber sofort ihren Unmut mit tausend anderen Gedanken zu überdecken, damit Tegatus ihn nicht erraten konnte. Sie dachte an ihre Mutter, ans Tellerwaschen und daran, wie sie als kleines Mädchen in der Themse geschwommen war. Sie ließ ihre Gedanken weit schweifen, damit er ihre wachsende Abneigung gegen ihn nicht an ihrem Gesicht ablesen konnte.

Doch Tegatus wirkte abwesend. Als er übers Pflaster zu dem Buchladen hinüberstolperte, drückte er die Hand auf die Brust, als habe eine Erinnerung ihn schmerzlich eingeholt. Agetta folgte ihm mit ein paar Schritten Abstand.

Die Ladentür stand ein Stück weit offen; jemand hatte zusammengefaltetes Papier zwischen Tür und Rahmen geklemmt. Agetta bückte sich, zog das gefaltete Blatt heraus und steckte es ein. Tegatus drehte sich an der Tür noch einmal um und schaute zurück. Der Nebel wurde aufgewirbelt, als zwei Dohlen umeinander herumflogen. Außer Agetta und Tegatus war kein Mensch auf der Brücke. In der Ferne hörten sie die klagende Stimme der Kräuterfrau, die die Gläubigen aufforderte Herba Sacra, heiliges Kraut, zu kaufen.

Der Engel streckte die Hand aus und zog die Glocke von der Metallfeder.

Agetta versuchte nicht länger ihren Ärger zu verbergen. »Warum hast du . . .«, flüsterte sie.

Tegatus legte ihr rasch die Hand auf den Mund, öffnete langsam und vorsichtig die Tür und zog sie in den Laden. Drinnen drückte er sie gegen die Wand und schaute den langen, von Bücherregalen gesäumten Gang hinunter. Seine Augen suchten jeden Zentimeter des Ladens ab, wanderten von den Holzplanken am Boden bis hinauf zur Stuckdecke. Ganz langsam nahm er seine Hand von ihrem Mund und bedeutete ihr wortlos unbedingt still zu sein.

Am Ende jedes Ganges brannte eine Kerze und wies den Weg durch das Labyrinth von Büchern. Durch die Ritzen zwischen den Dielen wehte der Wind von der Themse herauf und wirbelte ständig Staub auf. Das Rauschen des Wassers erfüllte den ganzen Laden.

Agetta mochte dieses Geräusch nicht. Es erinnerte sie an einen Weihnachtsabend, an dem sie beobachtet hatte, wie die Bootsleute von der Themse versuchten einen Jungen vor dem Ertrinken zu retten. Er war ins Eis eingebrochen und die eisige Strömung unter der weißen Kruste, die den Fluss überzog, drohte ihn fortzureißen. Endlich war es ihnen gelungen, den Jungen aus dem Wasser zu ziehen und ans Ufer zu schaffen. Ein stämmiger Bootsführer hatte sich auf ihn gelegt und versucht ihn zu wärmen, während das Kind würgte und spuckte und das eisige Dreckwasser aushustete, das seine Lunge füllte. Was Agetta jedoch am meisten erschütterte, war das fehlende Mitgefühl der anderen Männer, die sich um das Feuer des Wintermarktes geschart hatten, der ganz in der Nähe abgehalten wurde. Sie sahen ungerührt zu, wie ein Bär mit zwei großen Doggen kämpfte, und rissen unablässig derbe Witze, während sich hinter ihnen ein Junge am Leben festklammerte. Nur der dicke Bootsführer hatte sich um ihn gekümmert und ihm seine Jacke geschenkt.

Die Themse schien direkt durch den Laden zu fließen; so laut hatte Agetta sie noch nie gehört. Tegatus schlich dicht an einem Buchregal entlang und Agetta folgte ihm auf den Fersen. Sie hatte das Gefühl, als habe sich die Atmosphäre im Buchladen verändert; eine laute, unmissverständliche Warnung lag in der Luft.

»Ich höre Kinder«, flüsterte Tegatus, als er am Ende des Ganges um die Ecke schaute. Agetta hörte nur das Rauschen des Wassers. »Sie reden über Thaddeus. Er ist nicht hier!«

Agetta geriet in Panik: Er hatte doch versprochen auf sie zu warten! Sie glaubte, er allein könne ihr die Flucht aus ihrem Alltag ermöglichen. Für sie bedeutete Thaddeus ein neues Leben. Ohne nachzudenken, lief sie an dem Engel vorbei zu der großen Theke in der Mitte des Ladens. Sie hatte sich den Weg gemerkt: zuerst links, dann rechts durch das Labyrinth aus Holz und Papier. Sie sprang auf das

Podest und schaute sich um. Noch einmal wurde ihr richtig bewusst, wie groß der Laden war. Mit der gewölbten Decke und den dicken Säulen zwischen den Regalen, deren Kapitelle mit Widderhörnern und Eichengirlanden geschmückt waren, glich er einer Kirche.

Der Engel wirkte ziemlich klein, als sie so auf ihn herunterschaute. Sie musste daran denken, wie sehr er sich doch verändert hatte, seit Sarapuk ihm die Flügel gestutzt und das Haar geschoren hatte. Es reizte sie, ihn zu bitten, ihr seine Engelsflügel zu zeigen, damit sie sich über die kahlen Knochen lustig machen konnte. Eine Woge des Zorns überflutete sie, und je näher er kam, desto größer wurde ihre Abneigung.

»Wir müssen das Buch verstecken«, sagte er und schaute sich um. »Aber wo wäre ein Buch besser aufgehoben als in einem Buchladen?« Er lachte. »Siehst du die Kinder? Vielleicht necken sie uns. Sie zeigen sich, wenn sie keine Angst haben.«

»Sie waren auch da, als der Fremde kam. Ich habe sie nicht gehört, aber er, genau wie du jetzt«, sagte sie gleichgültig. Sie wollte, dass er ging, damit sie Thaddeus allein suchen konnte.

»Dieser Fremde – wie sah er aus?«

»Wie du, nur älter. Dieselben Augen. Er sah aus wie ein Habicht.« Sie schaute sich um. »Thaddeus mochte ihn nicht und ich glaube, dich mag er auch nicht.«

»Hat der Mann gesagt, was er wollte?«

»Er suchte ein Buch, das eine Schwester oder sonst jemand geschrieben hat, die nichts mehr von der Familie wissen will.«

»Hat er gesagt, wie er heißt?«, fragte Tegatus, während er das Nemorensis aufs unterste Brett eines Regals neben einen verstaubten und mit grünem Schimmel überzogenen Band stellte. Er schaute auf den verblassten, in goldenen Buchstaben geprägten Titel: *Micrografica*.

»Nein, seinen Namen hat er nicht gesagt«, erwiderte Agetta. »Hätte er das tun sollen?«

Plötzlich polterte es vorne im Laden. Ein Stapel Bücher fiel vom obersten Regal. Agetta sprang vom Podest und lief den Gang hinunter, dicht gefolgt von Tegatus. Bei dem Fenster zur Brücke hin sahen sie im sanften Licht einer Kerze etliche Bücher auf dem Boden liegen.

Tegatus packte Agetta am Mantelkragen und zog sie zu sich heran. »Sie sind ganz in der Nähe«, zischte er.

Schweigend standen sie da. Hinter dem Regal hörte man deutlich ein Kind weinen. Der Engel schlich den Gang hinunter und schaute um die Ecke. Agetta folgte ihm, auf keinen Fall wollte sie allein zurückbleiben. Irgendwie hatte sie jetzt wieder das Gefühl, Tegatus vertrauen zu können. Ihr Zorn war verflogen und sie streckte die Hand aus und hielt sich an seinem Rockschoss fest.

Vor Tegatus stand ein kleiner Junge, barfuß und zerlumpt. Er konnte nicht älter als elf Jahre sein, hatte ein schmales blasses Gesicht und dunkle Ringe unter den Augen. Er wischte sich die Tränen von den Wangen, starrte auf eine Blutlache auf dem Boden und schüttelte immer wieder den Kopf. Tegatus und Agetta hatte er noch nicht bemerkt.

»Mister Thaddeus«, flüsterte er. Fast im selben Moment grollte draußen ein Donner über die Stadt.

»Hat Thaddeus dich hier allein gelassen?«, fragte Tegatus gerade so laut, dass der Junge ihn verstehen konnte. Der drehte sich um und schaute in seine Richtung.

»Wer ist da?«, fragte er. »Was willst du? Ich kann dich kaum sehen.« Er war sich offensichtlich nicht sicher, was sich hinter den schimmernden Umrissen des Engels verbarg.

»Ich kann dich sehen und hören«, sagte Tegatus und trat auf ihn zu. »Was ist mit Thaddeus geschehen?«

»Mit wem redest du?«, wollte Agetta wissen. Sie sah niemanden.

Der Junge zögerte und trat einen Schritt zurück. Als er sah, dass Tegatus die Blutlache auf dem Boden betrachtete, sagte er rasch: »Ich war's nicht! Sie haben ihn mitgenommen, einer von meiner Seite, er hat ausgesehen wie einer der Wasserspeier am Tower, und ein Mann, der die Reime kannte.« Der Junge hielt inne, als er Agetta bemerkte, die hinter Tegatus' Rücken hervorschaute. »Die hab ich schon mal gesehen, sie war schon mal hier. Kann sie mich sehen?«

»Nein, noch nicht. Noch ist sie zu sehr in ihrer Welt verhaftet«, erwiderte Tegatus. Dann fragte er noch einmal: »Was ist mit Thaddeus geschehen?«

»Sie haben ihn mitgenommen, aus dem Laden geschleift und in eine Kutsche gezerrt.« Sein Blick fiel wieder auf die Blutlache. »Ich bin ihnen bis zum Brückentor gefolgt, aber weiter kann ich nicht, da hört meine Welt auf. Da habe ich mein Erdenleben beendet . . . Unter diesem Laden hab ich von dem Wasser getrunken, das mich immer tiefer hinuntergezogen hat. Jetzt lebe ich auf der Gemara, einem Ort annähernder Vollendung. Da wohnen viele von uns.«

»Warum bist du nicht weitergegangen zum nächsten Leben?«, fragte Tegatus.

Der Junge zögerte. Seine Erscheinung zitterte, als wolle sie sich gleich auflösen. »Mister Thaddeus hat mir ein Zuhause gegeben. Er ist ein freundlicher Mann. Er ist jetzt meine Familie.« Er schaute Tegatus aus zusammengekniffenen Augen an. »Ich kann dich ganz deutlich sehen . . . du bist nicht von ihrer Seite, oder?«

»Ich bin von keiner Seite. Ich komme von einem ganz anderen Ort.«

»Du bist kein Mensch und keines von den Diakka-Wesen wie das, welches Mister Thaddeus mitgenommen hat«, erwiderte der Junge.

Agetta zupfte Tegatus am Ärmel. »Ich hab die Stimme eines Jungen gehört. Wie heißt er?«

»Hast du einen Namen?«, fragte Tegatus. »Sie möchte ihn wissen.«

»Ich hatte mal einen, aber kurz nachdem ich auf die Gemara hinübergewechselt bin, ist er mir entfallen. Er wurde mir gestohlen. Wenn er mir nur wieder einfallen würde, dann könnte ich vielleicht . . .«

Räder knirschten auf dem Pflaster vor dem Laden. Agetta schaute durch das trübe Fenster und die Regentropfen, die auf dem Glas glitzerten, und sah eine große schwarze Kutsche. Durch das offene Kutschfenster schauten aus der Dunkelheit zwei kleine rote Augen in den Buchladen.

»Sie sind zurückgekommen«, sagte der Junge erschrocken. »Es ist der Diakka, der Thaddeus mitgenommen hat. Ihr müsst euch verstecken.«

Er winkte Tegatus, damit er ihm folgte. Der Engel griff nach Agettas Hand und sie liefen dem Geisterjungen hinterher, von einem Gang zum nächsten, bis sie vor dem großen Kamin beim Fenster über dem Fluss standen. »Hier ist ein Versteck«, sagte der Geisterjunge. »Thaddeus hat einmal davon gesprochen. ›Priester-Versteck‹ hat er es genannt. Das Mädchen kann sich darin verstecken und wir können auf die Gemara gehen, dort sehen sie uns nicht. Drücke auf den Stein unten an der Säule. Hinter der Wand ist sie sicher.«

»Ich kann nicht mitkommen in deine Welt. Auch ich bin zu sehr gebunden an einen Ort, an dem ich nicht sein will.«

Die Ladentür ging auf und man hörte schwere Atemzüge. Eine Bestie mit langen, scharfen Krallen, die über den Dielenboden schrammten, kam näher und es wurde dunkler. In der Tür stand ein großer Mann mit langem, drahtigem Haar und einem dicken Mantel, wie ihn die Leute vom Land trugen. In einer Hand hielt er die Leine einer gedrungenen schwarzen Bestie, halb Hund, halb Affe, die schnupperte und schnaubte und mit blutroten Augen in den Laden stierte.

Der Mann drehte sich zu der Kutsche um. »Wenn sie hier sind, findet der Diakka sie«, sagte er.

Tegatus drückte auf den flachen Stein und schob Agetta durch die Lücke zwischen der Säule und dem brennenden Kamin. Die Wand öffnete sich und sie traten in einen kleinen Raum voller Rauch. In der Ecke führte eine schmale

Treppe in die Dunkelheit hinein. Der Junge trat durch die Wand und stand plötzlich zwischen ihnen. Der Rauch zeichnete seine Umrisse nach und zum ersten Mal konnte Agetta ihn sehen.

Draußen kam der Diakka schwerfällig näher.

17

Aurora Sanguinea

Der schwarze Schmutz der Straßen von Holborn klebte an Bonhams Stiefeln. Vor dem Haus Bloomsbury-Platz Nr. 6 kratzte er ihn an dem Eisengitter ab. Blake eilte an ihm vorbei ins Haus. Er hielt den goldenen Griff seines Schwertes umklammert und verfluchte leise die Nacht. Ohne auf Bonham zu warten, stürmte er gleich die Treppe hinauf, wobei er schwarze Abdrücke auf dem weichen, türkischen Teppich hinterließ, der im Flur lag. Er schäumte vor Wut, weil er Agetta und das Buch nicht gefunden hatte. Seine Verbitterung und sein Zorn wurden immer größer. Die Welt ist voller Dummköpfe, die sich selbst etwas vormachen, dachte er. Sein Hass dehnte sich auf alle diejenigen aus, die jemals seine neue Wissenschaft als Hexerei verdammt hatten.

Er drehte sich zu Bonham um, der genau in die schwarzen Abdrücke seiner Reitstiefel trat, und sah ihn an. Auch die Freundschaft zu ihm war oft durch Missverständnisse belastet worden, doch Blake hatte immer ein Auge zugedrückt. Wie ein Heiliger hatte er Bonham durchs tiefe Wasser getragen und es zugelassen, dass der Freund ihm seine Ideen stahl. Aber als er ihn jetzt so anschaute, sah er einen Mann vor sich, der nicht im Stande war, irgendetwas Eigenes zu entwickeln, einen Mann, für den er nichts als Verachtung übrig hatte.

Blake zog das Schwert aus seinem Gürtel und stach es in jede Stufe, als er weiter zum Observatorium hinaufstieg. In dem langen Korridor waren noch die gewaltsamen Spuren der vergangenen Nacht zu sehen. Holzsplitter ragten aus den Wänden wie Igelstacheln und da, wo der Sekaris gegangen war, wuchsen grüne, schwammige Pilze. Im Observatorium fiel Blakes erster Blick auf den Schrank, in dem er das Nemorensis aufbewahrt hatte. Jetzt war er in seiner Suche nach Erleuchtung wieder ganz allein auf sich gestellt. Das Nemorensis konnte ihn nicht mehr führen und leiten, alle seine Hoffnungen waren dahin.

Der Sekaris lag auf dem Tisch. Das rote Taschentuch bedeckte noch immer sein Blättergesicht. Blake ging hinüber und stupste ihn mit der Schwertspitze an. Die Haut war fest und hart. Sie würden ihm glauben müssen, all diese herausgeputzten Pudel, die sich Wissenschaftler nannten. Jetzt können sie nicht mehr über mich lachen, dachte er weiter und stellte sich vor, wie er die Bestie wie gepökelten Schinken aufschneiden und sie ihnen mit kaltem Kohl servieren würde. Er beugte sich über den Sekaris und untersuchte die Haut, betrachtete die Wassertröpfchen, die langsam austraten. Er zupfte an dem dicken Blatt, aus dem sein Ohr geformt war, und zog es mit einem scharfen

Ruck vom Kopf. Er hielt es ins Kerzenlicht und strich mit den Fingern über den wachsigen Überzug. Es fühlte sich an wie Schokolade und roch nach frischem Tabak. Er musste an die Nacht in Oldenbergs Kaffeehaus denken, als sie Josua Oldenberg das Blut einer Ziege übertragen hatten. Der Mann war zur Attraktion der Londoner Gesellschaft geworden. Von dem Tag an hatte er gemeckert und mit dem Kopf gestoßen, das Blut hatte aus ihm, der bisher dunklen, starken Kaffee serviert hatte, einen Gras- und Petersilienfresser gemacht.

»Meine Sohlen sind voller Löcher«, sagte Bonham, als er das Zimmer betrat. »Ich habe ein Vermögen für diese Stiefel ausgegeben. Dann eine Stunde im Dreck dieser Stadt – und er hat sich in sie hineingefressen wie in Papier.«

»Ein Zeichen der Zeit«, erwiderte Blake. Es war ihm unangenehm, wie dicht Bonham hinter ihm stand und ihm über die Schulter schaute, als er die Bestie weiter untersuchte.

»Woher kommt das Ding?«, fragte Bonham und stupste es mit dem Finger an.

Blake antwortete nicht; er hatte keine Lust auf Unterhaltung.

»Es muss irgendeine neue Tierart aus Afrika sein«, vermutete Bonham laut. »Ich habe mal eines gesehen, das einen so langen Hals hatte, dass es die Blätter von der Spitze eines Baumes fressen konnte. Es hatte Hörner wie der Teufel und eine Zunge, mit der es sich selbst die Augenbrauen lecken konnte.«

»Interessant«, erwiderte Blake im Flüsterton.

Bonham ging hinüber zum Teleskop und schaute durch

die Linse ins All. »Wie lange noch, bis das Chaos über London hereinbricht?«, fragte er.

»Fünfzehn oder sechzehn Tage. Es ist noch genügend Zeit, sich in Sicherheit zu bringen.«

»Dein Komet scheint aber näher an der Erde zu sein, als ich dachte«, meinte Bonham.

»Dann bist du jetzt also unter die Astronomen gegangen, Bonham?« Es ärgerte Blake, dass der Freund seine Aussage anzweifelte. »Lass mich mal sehen.« Er stapfte hinüber, schob Bonham zur Seite und schaute durch die Linse. Der Komet hatte die Größe einer Faust angenommen und war so hell, dass man ihn ohne Mühe mit bloßem Auge sehen konnte. Der Drachenschweif war verschwunden und Blake sah, dass der Komet seinen Kurs geändert hatte und der Erde in der Tat etliche Tage näher war, als das Buch es vorhergesagt hatte.

»Isaac, es gibt ein Problem«, sagte er, das Auge immer noch an der Linse. »Der Himmelsdrache kommt jetzt aus einer anderen Richtung. Morgen früh wird er deutlich zu sehen sein. Das Nemorensis hat sich geirrt – oder ich habe mich geirrt.« Panik sprach aus seiner Stimme. »Wir haben noch maximal zwei Tage, bis die Katastrophe über uns hereinbricht.«

Blake trat vom Teleskop zurück und rieb sich die Augen, als wolle er das Bild des Kometen wegwischen. Er zitterte, als er zum Fenster ging und über den Platz schaute.

London erwachte langsam aus dem Schlaf. Die ersten Leute gingen geräuschvoll ihren Geschäften nach, die Straßen füllten sich. Bereits zu dieser frühen Stunde holperten

Kutschen über das Pflaster. Barfüßige Kinder versammelten sich an der Ecke und bettelten die Vorübergehenden an. Milchmädchen wankten unter ihrer Last. Die schweren Kannen hingen an Tragjochen, die sich ihnen in die Schultern gruben. Sie alle waren sich der Katastrophe, die sich über ihren Köpfe zusammenbraute, nicht im Mindesten bewusst.

»Sie haben keine Ahnung!«, sagte Blake schuldbewusst. »Und wir können nichts tun. Wenn wir es ihnen sagen, gibt es nur noch mehr Tote.« Er schaute Bonham an. »Flamberg hat Recht: Es ist besser für sie, wenn sie plötzlich in Unwissenheit sterben, als wenn sie wissen, dass ihnen bald der Himmel auf den Kopf fällt.«

Bonham antwortete nicht. Er schaute in den Spiegel über dem Kamin, an dem er seine Füße wärmte.

»Trotzdem habe ich das Gefühl, ich muss ihnen sagen, was auf sie zukommt«, fuhr Blake fort. Er beugte sich weit aus dem Fenster. »Ein Komet kommt und ihr werdet alle sterben!«, rief er so laut er konnte über den allgemeinen Lärm hinweg. Kein einziger Kopf drehte sich in seine Richtung. »In zwei Tagen wird man euch von diesem Planeten fegen«, brüllte er noch lauter. »Und euch kümmert nur, ob ihr etwas zu beißen und zu saufen habt!«

»Lass gut sein, Blake«, sagte Bonham und zog ihn vom Fenster weg. »Es hat keinen Zweck. Woher willst du überhaupt wissen, dass er früher einschlägt? In dem Buch stand doch . . .«

»Das Buch hat sich geirrt, ich habe mich geirrt. Ich weiß nicht, wie das passiert ist. Es schien alles so klar und deutlich. Im Nemorensis stand, dass es von dem Tag, an dem der Komet zu sehen sei, noch einundzwanzig Tage dauern würde, bis er in die Erde einschlägt. Wenn ich jetzt aber durchs Teleskop schaue, ist ganz klar, dass wir nur noch wenig Zeit haben. Die Bestie hat einen anderen Kurs genommen und ich glaube, sie will uns verschlingen.«

Blake schloss die Augen. Er hatte das Gefühl, als hätte jemand sein Gehirn in zwei Teile gerissen. Er fasste sich mit beiden Händen an den Kopf. »In meinem Kopf findet ein Kampf statt, Isaac. Einmal denke ich, ich müsste ihnen helfen, und beim nächsten Atemzug ist es mir egal, ob die ganze Welt vernichtet wird. Ich werde Yeats berichten, was los ist. Er kann es der Welt über den *Anzeiger* weitersagen und ich kann mit gutem Gewissen aus diesem Leben scheiden.«

»Überstürze nichts. Dem Mann ist nicht zu trauen, er ist keiner von uns. Du solltest es Flamberg sagen und ihn entscheiden lassen, ob die Nachricht verbreitet werden soll.« Bonham redete schnell und sein Blick huschte zwischen Blake und dem offenen Fenster hin und her. Plötzlich stürmte er mit ausgebreiteten Armen auf Blake zu, als wolle er ihn auf die Straße stürzen.

»Ich habe den Herren Frühstück gemacht«, verkündete Mrs Malakin und kam mit einem Tablett mit warmem Fleisch und Kaffee ins Zimmer. Sie sah gerade noch, wie Bonham Blake zum Fenster drängte. »Nein!«, schrie sie. Da packte Bonham den Freund und zog ihn zurück in die Mitte des Zimmers.

»Bei Hermes! Ich dachte, du fällst hinaus«, keuchte Bonham und sah Mrs Malakin scharf an. »Der Wahnsinn hat dich übermannt, du hast geschwankt. Es war einfach zu viel, was du in letzter Zeit mitgemacht hast.« Und an Mrs Malakin gewand sagte er: »Mach ihm sein Bett, er muss sich ausruhen.« Damit schob er sie aus dem Zimmer. Dann ging er wieder zu Blake. »Komm, Sabian, du brauchst Schlaf. Es ist noch genügend Zeit, dich mit Yeats zu treffen, wenn es sein muss. Komm in dein Zimmer und ruh dich aus. Ich kümmere mich um alles.«

Bonham führte ihn rasch aus dem Observatorium, den Korridor entlang und die Treppe hinunter zu dem Zimmer, in dem Mrs Malakin das Bett herrichtete. Blake setzte sich auf die Bettkante und Bonham zog ihm die schmutzigen Stiefel aus. Dann zog er ihm seinen Nachtmantel über und legte mehrere kleine Holzscheite aufs Feuer.

»Schlaf jetzt, mein lieber Sabian. Die Sonne wird deine verwirrten Gedanken bald wieder in Ordnung bringen.«

»Und was ist mit dem Kometen?«, fragte Blake müde. Wellen von Angst überkamen ihn, wie er es noch nie erlebt hatte.

»Der Komet wird noch da sein, wenn du wieder aufwachst, und dann können wir uns gemeinsam einen Plan für die Stadt zurechtlegen.«

»Mein lieber Isaac, ich habe sogar angefangen dir zu misstrauen. Jetzt weiß ich, was wahre Freundschaft ist.« Blake versuchte seine wirren Gedanken zu ordnen. »Ich fühle mich reif für das Irrenhaus.«

»Ein solcher Wahnsinn kann selbst Beziehungen zerstören, die uns sehr wertvoll sind«, sagte Bonham und schob Mrs Malakin aus dem Zimmer und den Flur hinunter zur

Dienstbotentreppe. »Er darf nicht gestört werden, Malakin. Hast du verstanden? Du brauchst nicht das Kindermädchen für ihn zu spielen. Der Doktor braucht jetzt Schlaf.«

Damit schob er die Haushälterin auf die Treppe, warf die Tür hinter ihr zu und schloss ab. Dann lief er zurück ins Observatorium und schloss das Fenster, wobei er darauf achtete, dass die schwarze Metallverriegelung auch ja einrastete.

Er stellte sich vor den Spiegel, betrachtete sich stolz und wischte die dunklen Schmutzstreifen unter den Augen weg. Im Spiegel sah er hinter sich auch den Sekaris auf dem Tisch liegen. Eine Hand hing leblos herunter. Bonham lächelte sich im Spiegel zu.

Mit der linken Hand griff er in seine Tasche, fischte nach der kleinen Glasflasche mit dem Holzstöpsel und holte sie heraus. Das dunkelblaue Glas leuchtete im Schein des Feuers. Vorsichtig zog er den Stöpsel heraus und starrte auf die trübe Flüssigkeit. Den Stöpsel noch in der Hand, tauchte er den kleinen Finger in die Flüssigkeit und leckte die salzige Lösung ab.

Dann ging er zum Tisch und zog das Taschentuch vom Gesicht des Sekaris. Er schaute auf die Wunde, die die Pistolenkugel gerissen hatte. Das Fleisch darum herum war fest und hart geworden und die Wundränder waren grün überzogen. Mit dem kleinen Finger verteilte er etliche Tropfen der Flüssigkeit aus der Flasche in der Wunde.

»Mögen Engelstränen die Wunde beißen,
so wie Hundezähne reißen.

Salziges Wasser, Gnadentränen,
aus euch ein neues Leben entspringe,
Feuer dem Geist, Erde zum Schutz,
auf dass diesen Tempel es niederringe.«

Bonham wiederholte den Zauberspruch mehrere Male, während er die Wunde mit Engelstränen auswusch. Er goss etwas Flüssigkeit auf das Taschentuch und wischte über die Augen des Sekaris, wobei er ständig magische Formeln vor sich hin murmelte. Den Rest der Flüssigkeit goss er über die Lippen der Bestie, dann steckte er die Flasche wieder ein.

Die Engelstränen glänzten auf der grünbraunen Haut des Sekaris. Bonham suchte nach einem Lebenszeichen und lauschte auf Atemgeräusche. Doch die Bestie war kalt, feucht und sehr tot. Bonham war klar, dass es sich nicht um ein Wesen aus dieser Welt handelte. Das seltsame Fleisch und die goldenen Augen deuteten auf Dimensionen hin, die weit über seinen Verstand hinausreichten. »Du Dummkopf! Was musst du dich auch in Dinge einmischen, von denen du nichts verstehst«, schalt er sich leise. Die toten Augen der Bestie starrten ihn an.

Bonham suchte das Zimmer mit den Augen ab. Er war sicher, dass er in den Schränken und zwischen den Papieren etwas finden würde, mit dem er das, was er begonnen hatte, vollenden konnte. Er hatte einmal gesehen, wie Blake einen toten Frosch an ein Elektrometer angeschlossen hatte. Fasziniert hatte er beobachtet, wie jeder Muskel in dem kleinen Wesen gezuckt hatte, als Blake an der Kurbel des

Osolators gedreht und Funkenblitze über dünne Kupferdrähte in den Froschkörper gejagt hatte. Dann war da noch die Sache mit dem längst verstorbenen Soldaten gewesen, dessen Geist Blake und er heraufbeschworen hatten, als sie Verse aus dem Buch Nebukathosis zitiert hatten. Er war erschienen wie ein Schatten und hatte mehrere Minuten mit ihnen gesprochen. Unter anderem hatte er ihnen erzählt, wie der Soldat in der Schänke »Zu den zwei Brücken« ermordet worden war und dass man seine Leiche bis heute nicht gefunden habe, weil sie in einem der Räume über der Schänke eingemauert worden war. Zusammen mit Blake war er an die Grenzen von Wissenschaft, Magie und Vernunft gegangen. Sie teilten mehr Geheimnisse, als normale Brüder dies je tun könnten.

Jetzt hatte Bonham nur noch einen Gedanken im Kopf, der ihn nicht mehr losließ: Er wollte die Bestie unbedingt zum Leben erwecken und freisetzen. Hektisch durchsuchte er sämtliche Schränke, bis er das Elektrometer fand. Er wickelte den Kupferdraht von der Spule, führte ihn zum Tisch und band die Enden an den Handgelenken des Sekaris fest. Dann ging er rasch wieder zu der Maschine und drehte an der Kurbel. Ein höllischer Gestank nach schwelender Erde erfüllte den Raum. Bonham schaute auf und sah, dass die Handgelenke der Bestie verkohlte Streifen hatten. Der Versuch war fehlgeschlagen; er hatte lediglich erreicht, dass es stank wie bei einem Metzger in Spitalfields.

Er räumte das Gerät wieder weg, wobei er darauf achtete, dass der Draht akkurat auf die Spule aufgewickelt war und es genauso im Schrank stand wie zuvor. Dann kam ihm eine Idee: Warum nicht den eigenen Atem in die Bestie blasen? Der Gedanke war aus seinem tiefsten Inneren gekommen; eine unbekannte Macht hatte ihn ihm eingegeben.

Er betrachtete den Sekaris mit seinem Blättergesicht, den tief liegenden Augen und den harten roten Lippen, zwischen denen so etwas wie Moorgas austrat. Plötzlich wusste er, was er zu tun hatte, wusste es ohne allen Zweifel. Bonham legte die Lippen auf die der Bestie und blies seinen Atem so tief in ihren Mund, wie er konnte. Bei dem Gestank, der ihm dabei ins Gesicht schlug, wurde ihm fast übel. Er lief zum Fenster und riss am Riegel, bis es aufging und er die frische Morgenluft einatmen konnte.

Auf dem Tisch tat sich nichts. In der Bestie war kein Leben. Sie starrte blicklos an die Decke, genau wie zuvor. Bonham schnaubte frustriert und griff sich mit beiden Händen an den Kopf. Er nahm das Schwert vom Kaminsims in der vagen Absicht, dem Sekaris den Kopf abzuschlagen und ihn Lady Flamberg zu Füßen zu legen.

Ein Stockwerk tiefer säuberte Mrs Malakin geräuschvoll den Kamin, um ein frisches Feuer anzuzünden. Bonham stellte das Schwert in den Ständer neben dem Kamin, verließ das Zimmer und zog die zerschmetterte Tür hinter sich zu. Er schaute sich noch einmal um, doch die Bestie rührte sich immer noch nicht; der Tod hatte sie fest im Griff. Bonham lief rasch die Treppe hinunter und zur Haustür hinaus. Als er sie hinter sich zuwarf, wackelte das ganze Haus.

Auf der Straße schaute er nach rechts und links. Der Morgennebel lag noch wie ein Schleier über den Bäumen auf dem Bloomsbury-Platz. Wie aus dem Nichts tauchte eine pechschwarze Kutsche vor ihm auf, deren Fenster vernagelt waren. Der Kutscher trug einen Mantel aus festem Öltuch und hatte den Kragen hochgeschlagen, damit man sein Gesicht nicht sehen konnte.

Bonham griff in seine Tasche und zog eine weiße Pfeife heraus. »Brennt Eure Lampe gut?«, fragte er den Kutscher. Der nickte wortlos. »Dann sollten wir zusammen fahren. Man sagt, auf der London Bridge könne man seine Zukunft finden.«

Blake lag noch immer in seinem Bett mit den dunkelgrünen Vorhängen, dem roten Himmel und der dicken Rosshaarmatratze. Er schlief unruhig, Bestien verfolgten ihn im Traum.

In einem seiner Alpträume war er in einem kalten Kellerverließ gefangen und wusste, dass irgendwo im Dunkeln ein Fremder auf der Lauer lag. Er hörte ihn atmen, sah aber sein Gesicht nicht. Er war wieder ein Kind, allein und voller Angst, ein Kind, das niemanden hatte, der ihm half oder ihm seine Furcht nahm. Dann hörte er das Tock-tock-tock eines Blindenstocks auf dem kalten Stein. Blake spürte, wie die Gegenwart des Blinden den Kellerraum ausfüllte und ihm den Atem nahm. In seiner Panik wollte er weglaufen, doch er konnte sich nicht rühren. Aus seinen Stiefeln wuchsen Wurzeln tief in den mit Backstein ausgelegten Boden der Kammer. Mit aller Kraft versuchte er die Füße zu heben, doch so sehr er sich auch quälte, es ging nicht.

Als das Tock-tock-tock des Stockes immer näher kam, wusste Blake, dass man ihn entdecken und dass seine

Schande offenbar würde. Er wusste allerdings auch, dass es ein Wort gab, mit dem er den Fremden in die Flucht schlagen konnte. Verzweifelt versuchte er sich daran zu erinnern, wie dieses Wort lautete, und während er noch überlegte, spürte er, wie dicke Rinde zuerst seine Füße bedeckte, dann die Beine und wie sie ihn schließlich umhüllte wie ein Eichensarg.

Dann war er plötzlich auf einem Floß und trieb auf einer starken Strömung durch einen Tunnel. Ratten ließen sich von der Decke fallen, um nicht in der Flut zu ertrinken. Sie sprangen ihn an und klammerten sich an seinem Rücken fest. Weiter vorn strahlte ein helles Licht in den Tunnel hinein.

Blake versuchte sich selbst aus dem Schlaf zu reißen; er schüttelte sich, um die Schrecken loszuwerden, die ihn plagten. Endlich wachte er auf und schaute sich in dem abgedunkelten Zimmer um. Er war sich nicht sicher, ob er noch träumte oder in eine andere Welt versetzt worden war, die auf wundersame Weise aussah wie seine eigene. Neben dem Vorhang am Fenster sah er die Umrisse eines Mannes.

»Bonham, bist du's?«

»Nein«, antwortete eine dunkle Stimme. »Ich bin's, der Wächter deines Blutes.«

18

Rumskin Ashmodai

Es herrschte vollkommene Dunkelheit. Tegatus schüttelte sich wie ein brütender Vogel. Außer dem leisen Rauschen der Themse, die sich unter den steinernen Brückenbögen hindurchwälzte, war kein Laut zu hören.

Agetta saß auf der niedrigen Steinbank, die in dem Priester-Versteck an einer Wand entlanglief. Sie lauschte auf irgendwelche Geräusche aus dem Buchladen. Seltsame Gedanken nisteten sich in ihrem Kopf ein und ein tiefes Bedauern machte sich in ihr breit, dass sie dem Engel zur Flucht verholfen und ihn mitgenommen hatte. Sie musste verhext worden sein. Irgendein Zauber musste auf sie eingewirkt haben, damit sie ihm half. Denn jetzt kam es ihr so vor, als lauere hinter dem engelhaften Lächeln ein hässlicher Dämon.

Sie dachte daran, ihn in der Dunkelheit zu töten, wollte nach einer Waffe suchen, mit der sie ihn umbringen konnte. Doch das warf jede Menge neuer Fragen auf: War es überhaupt möglich, einen Engel zu töten? Und wenn ja, womit? Gab es eine besondere Methode? War es nur mit einem silbernen Messer möglich oder musste sie ihm die Augenlider mit einem goldenen Faden zunähen? Sie rückte weiter von ihm ab. Musste sie ein Zauberwort wissen, um ihn töten zu können? Oder waren Engel lediglich Menschen mit Flügeln?

Agetta versuchte sich sein Gesicht vorzustellen, doch in der kurzen Zeit, in der sie in dem dunklen Priester-Versteck hockte, musste sie das Gedächtnis verloren haben. Sie versuchte sich daran zu erinnern, wie es war, als sie ihn zum ersten Mal sah. Sein Gesicht hatte eine solche Kraft ausgestrahlt und ein verborgenes Licht hatte aus seinen Augen geleuchtet. Er hatte sie so fasziniert, dass es ihr den Atem verschlagen hatte. Doch jetzt empfand sie ganz anders und verwünschte den Tag, an dem sie ihn kennen gelernt hatte.

»Wie redet das Buch zu den Menschen?«, fragte sie leise, wobei sie nicht sicher war, ob Tegatus überhaupt noch da war.

»Es gibt ihnen die Freiheit, das zu denken, was sie wirklich wollen. Es kann einen harmlosen Gedanken so aufbauschen, dass er zu einem Aufschrei wird. Aus einem Wort des Zorns wird ein Rausch des Hasses. Es erlaubt ihnen, ganz Mensch zu sein.«

»Und warum wollen alle es unbedingt haben?« Weil es so dunkel war, hatte sie das Gefühl, Selbstgespräche zu führen oder mit einem Gott zu reden, der so antwortete, dass sie es auch verstehen konnte.

»Sie wollen das Nemorensis haben, weil es ihnen Geheimnisse verrät. Das ist die größte menschliche Schwäche:

ständig wissen zu wollen, was im Verborgenen ist. Es wurde von einer Person geschrieben, die mehr Macht hat, als gut für sie ist.«

»Und was ist mit dem Jungen? Bleibt er immer ein Geist?«

»Du willst ziemlich viel wissen von jemand, für den du einen solchen Hass empfindest.« Er schwieg lang, damit seine Worte sich setzen konnten. Schließlich fuhr er fort: »Ich kann spüren, was dir durch den Kopf geht. Engel sind wie Fische, wir spüren die Schwingungen in der Luft. Deine Seele spricht viel lauter als dein Mund. Deine überschäumenden Gefühle sagen jedem Geist in der Stadt, dass du hier bist.«

»Du hast mein Leben völlig durcheinander gebracht«, fauchte sie ihn statt einer Antwort an. »Wenn es dich nicht gäbe, wäre ich nicht hier. Ich wäre immer noch bei meinem Vater und hätte das Buch nicht gestohlen.«

»Du vergisst Yerzinia, Blake und all die anderen, die dein Handeln beeinflusst haben. Außerdem bist du nicht so unschuldig, du wusstest, was du tust.«

»Aber wie kommt es, dass einem Engel die Flügel gestutzt werden können und er in einem menschlichen Zoo landet?«

»Weil ich in Ungnade gefallen bin. Ich kann es nicht leugnen: Ich war ein Dummkopf, der seinen Gefühlen die Macht über seinen Verstand gab und ihnen erlaubte ihn von dem zu entfernen, was perfekt war. Liebe ist eine starke Macht und es gibt nichts Schlimmeres, als das zu lieben, was man nicht lieben kann.«

»Könnten wir das Buch fragen, was mit uns geschieht?«

»Es würde uns anlügen – wurde es doch von der größten Lügnerin überhaupt geschrieben. Mehr noch: Der Vater aller Lügen kroch über jede Seite und hat die Welt seither nach seiner Pfeife tanzen lassen.« Tegatus drückte die Handflächen gegen die Mauer. »Ihr Menschen seid besessen von geheimem Wissen, weil ihr glaubt, ihr könntet damit euer Leben selbst bestimmen. Vertraue einem Menschen ein Geheimnis an, schreibe es in irgendeiner alten Sprache nieder und binde es zu einem alten Buch. Dann brauchst du ihm nur noch zu sagen, dass es aus einer anderen Welt stammt und ihm bei richtigem Gebrauch zu Reichtum und Macht verhilft, und du hast das Nemorensis. Es ist ein Buch, das geliebt werden will, ein Buch, das sich für einen Gott hält. Deshalb sind so viele Menschen bei dem Versuch, es zu finden und zu behalten, gestorben. Für jedes Umblättern verlangt es ein Opfer, jedes gelesene Wort muss bezahlt werden und es lässt sich nur mit dem Tod bezahlen. Berühre es und es verbrennt deine Hand, lies es und es verbrennt deinen Verstand. Und wer es einmal gelesen hat, kommt nicht mehr von ihm los.«

»Was geschieht dann mit Blake?«, wollte Agetta wissen. Plötzlich machte sie sich Sorgen um ihren früheren Herrn.

»Er ist erledigt. Vergiftet von dem Gelesenen, ein Mann, dessen Seele brennt.«

»Thaddeus hat gesagt, es habe einmal ihm gehört.«

»Er kann an nichts anderes mehr denken. Es ist seine einzige Leidenschaft und in jeder wachen Minute ruft das Nemorensis nach ihm wie ein verirrtes Kind. Für das Buch würde er alles geben, was er hat, und jeden opfern, den er kennt.« Tegatus unterbrach sich kurz und lauschte, bevor er fortfuhr. »Er würde auch dich opfern.«

Bevor sie etwas darauf sagen konnte, legte er ihr rasch die Hand auf den Mund. Aus dem Laden hörte man klar und deutlich, wie der Diakka vor dem Kamin an den Dielen kratzte.

»Tote Ratten«, sagte eine kräftige Stimme. »Komm weiter, Herzchen, hier findest du kein Frühstück.« Die Worte dröhnten durch das Priester-Versteck. »Da ist keiner«, sagte der Mann und zog die Bestie hörbar vom Kamin weg.

Kurz darauf fiel die Ladentür zu. Dann war wieder alles still. Tegatus drückte auf einen Stein und die Rückwand des Kamins öffnete sich an einer Stelle. Das warme Licht des Feuers flutete in das Versteck.

Plötzlich stand der Geisterjunge wieder da. Er lächelte. »Sie sind weg«, sagte er. »Wir sind allein.«

Agetta hörte schwach die Vibrationen seiner Stimme und sah in dem aufwirbelnden Rauch für einen kurzen Augenblick sein Gesicht, bevor er sich wieder auflöste. »Können wir jetzt hier raus?«, fragte sie.

Tegatus lauschte angestrengt nach draußen. »Ich bin mir nicht sicher. Irgendetwas stimmt nicht, aber ich weiß nicht, was.«

»Sie sind weg, alle weg, niemand mehr da!«, sagte der Junge ungeduldig. Es schien ihm ganz wichtig, dass Tegatus ihm folgte.

Agetta hörte ihn jetzt deutlich und er wurde mit jedem Wort heller. Es war, als ließe sein Zorn ihn sichtbar werden.

»Wir müssen mit ihm gehen«, sagte sie und zog den Engel am Ärmel. »Ich will hier raus und Thaddeus suchen. Wir müssen ihn finden.«

Agetta drängte sich an Tegatus vorbei und trat durch den schmalen Spalt in die Feuerstelle. Die Steine um sie herum glühten und ihr Gesicht fühlte sich an wie Pergament. Sie stolperte in den Laden. Der Junge ging mitten durch die Flammen, als gäbe es sie nicht.

»Ich komme nicht mit«, sagte Tegatus. »Du kannst gehen, wenn du willst, aber ich bleibe hier.«

»Du musst aber *jetzt* mitkommen«, drängte der Junge noch einmal.

»Soll er doch hier bleiben, wenn er will«, sagte der Mann, als der Diakka die Kellertür aufstieß. »Ich kann jederzeit meinem kleinen Freund hier sagen, dass er ihn rausholt. Engelsfleisch ist sehr viel saftiger als das kleiner Kinder.«

»Tegatus!«, schrie Agetta, als der Diakka auf sie zugekrochen kam. Die langen Krallen schrammten über den Boden. Der Mann ließ das Halsband der Bestie los und mit wenigen Sprüngen war sie bei Agetta, packte sie mit ihren Affenhänden am Kragen und zog sie zu sich her. Sie blies ihr ihren heißen Atem ins Gesicht, als sie sie eingehend betrachtete. Ihre grünen Augen waren trüb. Sie schnüffelte an Agetta und leckte ihr dann mit einer langen blauen Zunge langsam und vorsichtig die Schweißperlen von der Stirn. Ein schiefes Lächeln erschien auf ihrem Gesicht, als sie sich zu ihrem Herrn umdrehte, der die lange Lederleine fest in der Hand hielt.

»Noch nicht«, sagte der. Seine Stimme klang müde. Er bürstete sich den Staub vom Gehrock und rückte die Maske zurecht, die sein Gesicht verbarg. Der Diakka seufzte, schnupperte erneut an Agetta und vergrub dann die dicke, kurze Schnauze in ihrem Haar.

Der Mann zerrte an der Leine. »Genug jetzt, Rumskin, du kannst sie nicht haben. Ich habe Anweisung, sie zum Tempelmeister zu bringen. Vielleicht kannst du dich danach mit ihren Knochen vergnügen.« Er schaute zum Kamin. »Der Junge hat mir gesagt, es sei noch jemand im Priester-Versteck, ein Engel, wenn ich mich recht erinnere.«

»Der Geisterjunge hat Euch das gesagt?«, fragte Agetta.

»Er musste. Die Versuchung war zu groß. Ich habe nämlich versprochen ihm seinen Namen zu verraten. Wir waren kaum im Laden, als er schon dastand, um es uns zu melden. Wir haben Thaddeus und seine ganze Geisterbande in unserer Gewalt. Mein kleiner Bluthund ist ein ausgezeichneter Geisterfänger.« Er lachte.

»Aber weshalb konnte er es kaum erwarten, uns zu verraten? Sein Name kann doch nicht so wichtig sein.«

»Mein liebes Kind, für ihn ist er das Wertvollste, das es gibt. Mit seinem Namen sind sämtliche Erinnerungen an sein richtiges Leben verbunden. Jetzt steht er zwischen Leben und Tod und weiß nicht, wohin er gehört. Sein Name wurde ihm genommen, als er verhext wurde. Mit seinem Namen könnte er aus diesem Halb-Leben erlöst werden und ins nächste überwechseln.«

»Habt Ihr ihm seinen Namen genommen?«, fragte sie.

»Nicht ich, sondern derjenige, der ihn beim Übergang zum Tod aufgehalten haben. Man braucht sie nur in dem Augenblick zu verhexen, wenn die Seele den Körper verlässt. Auch mit einem Stück Knochen oder einem Büschel

Haaren und den richtigen Worten kann man sie bis in alle Ewigkeit in diesem Zwischenleben halten.«

Agetta drehte den Kopf zur Seite, da der Diakka sein kaltes, feuchtes Gesicht an ihres drückte. Sie suchte nach dem Geisterkind, das sie verraten hatte.

»Rumskin mag dich«, sagte der Mann und zog wieder an der Leine. »Jetzt bräuchten wir nur noch einen Priester, dann könnten wir euch verheiraten.«

»Mein Vater sagt, dass man denjenigen, der mich einmal heiratet, gut bezahlen müsste.«

»Oh, er wird gut bezahlt. Er kann fressen, so viel er mag und wen er mag. Er hat einen guten Appetit, den Essen allein nicht stillen kann.« Der Mann schaute wieder zum Kamin. »Engel!«, rief er. »Komm aus deinem Grab oder du bleibst bis in alle Ewigkeit dort.«

»Kann man Engel töten?«, fragte Agetta.

»Sie können *verwandelt* werden. Ihrer Pracht und Herrlichkeit beraubt und . . .« Er sah den Diakka an. »Schau dir doch Rumskin an. Er war nicht immer so schön.« Rumskin schüttelte sich, ließ Agetta aber nicht los. »Das Ärgerliche bei Engeln ist, dass sie so schnell anfangen zu lieben. Hol sie aus dem Himmel und weg von ihrem Meister und sie stellen fest, dass sie genau wie wir nicht immun sind gegen dieses Verlangen.« Der Mann sah den Diakka an. »Rumskin war so ein Wesen mit allem, was dazugehört. Doch dann übermannte ihn die Leidenschaft und er wurde in meinen wundervollen Diakka verwandelt.«

Rumskin ließ sich auf die Hinterpfoten plumpsen und stieß einen Schrei aus, der den ganzen Buchladen zum Beben brachte. Er ließ Agetta fallen, zog und zerrte an der Leine und fletschte wild die Zähne. Der Mann zog einen Stock aus seinem Stiefel und zog ihn der Bestie über den Rücken. Bei dem Schlag sprühten blaue Funken und der Diakka jaulte. Dann legte er sich hin und knurrte nur noch leise. Es klang wie das Schnurren einer großen Katze.

»Genug!«, rief der Mann. »Es gibt Arbeit für uns. Wir müssen noch eine Schnecke aus ihrem Haus holen.« Und mit einem spöttischen Blick auf den Kamin lockte er: »Komm heraus, mein Engelchen!«

Tegatus trat aus dem Priester-Versteck. Sein Gesicht wirkte müde und seine Augen waren voller Traurigkeit. Agetta sah ihm an, wie unwohl er sich in den Kleidern ihres Vaters fühlte. Der Beerdigungsrock hing an ihm wie ein nasser Lappen.

»Ein Engel – wie schön!«, sagte der Mann, während der Diakka wieder an der Leine zerrte. »Tust du mir einen Gefallen und zeigst mir deine Flügel?«

Tegatus schaute Agetta an. Sie sah den Schmerz in seinen Augen, als er den Blick zur Decke wandte.

»Er hat keine Flügel mehr«, erklärte sie. »Sie wurden ihm bei meinem Vater gestutzt, damit er nicht wegfliegt.«

»Dann wird dein Vater ein reicher Mann. Engelsfedern sind fast so selten wie Engelszähne. Das wäre doch ein herrlicher Anblick: Rumskin mit einer Kette aus frisch gezogenen Engelszähnen!« Der Diakka knurrte Tegatus an und zerrte an der Leine. »Ich glaube, er will, dass du mitkommst. Draußen steht eine Kutsche und es gibt ein paar Leute, die dich gern kennen lernen wollen.«

Plötzlich trat der Junge aus der Eichenvertäfelung eines Regals und im Licht des Feuers und der Morgendämmerung, die durch das dicke Fensterglas drang, war seine Gestalt zum ersten Mal deutlich zu erkennen.

»Und was ist mit mir?«, fragte er. »Ihr habt mir meinen Namen versprochen.«

»Das war nicht ernst gemeint«, antwortete der Mann ungerührt. Er grinste. »Du wirst noch ein paar Jahrhunderte hier sein und kannst die kommenden Generationen heimsuchen. Spiel weiter, Junge, aber steh uns nicht im Weg herum.«

Der Diakka schlug nach dem Jungen und seine Pfote traf den Geisterkörper, als sei er aus Fleisch und Blut. Der Junge schlitterte über den Boden, glitt durch mehrere Buchregale und verschwand aus ihrem Blickfeld. Rumskin schaute seinen Herrn verschmitzt an und grunzte.

»Gehen wir«, sagte der Mann. »Ich nehme nicht an, dass ihr Schwierigkeiten machen werdet, falls doch, werde ich Rumskin erlauben eure Knochen abzunagen. Verstanden?«

Er wies mit dem Kopf Richtung Tür. Tegatus streckte Agetta die Hand hin. Sie schaute ihn kurz an, senkte dann den Blick, drehte sich um und folgte dem Mann. Der Diakka schnappte nach dem Engel, als er an ihm vorbeiging. Dann trottete er hinter ihnen her zur Ladentür.

Durch die halb offene Tür sah Agetta die schwarze Kutsche und hörte Pferdehufe auf das Pflaster der Brücke schlagen. Fluchtgedanken kamen ihr, aber der Diakka zog an ihrem Mantel und nahm Witterung auf. Tegatus ging langsam hinter ihr her wie ein einsamer Trauergast auf einer Beerdigung, niedergeschlagen und müde. Der Mann an der Spitze der Prozession schritt schwungvoll aus, die lange Leine lag locker über seiner Schulter.

»Wird mein Bewacher mir seinen Namen nennen oder hält er seine Gefangenen gern in Unwissenheit?«, fragte Tegatus.

Der Mann blieb stehen, drehte sich um, zog den Stock aus seinem Stiefel und strich Tegatus leicht damit über die Wange. »Mein Name spielt keine Rolle, aber du kannst mich . . . Komos nennen. Das ist nicht mein wirklicher Name, aber für einen Engel ist er gut genug.«

»Ein Mann mit einem großen Namen und einer Rabenmaske, um seine Lügen dahinter zu verbergen. Ein merkwürdiges Geschäft, Kinder einzufangen und sich einen Diakka zu halten. Ihr seid offensichtlich ein Mann aus anderen Kreisen.« Tegatus schaute zu einer Reihe Bücher hinauf, die über seinem Kopf aus dem Regal zu fallen drohten.

»Bestien wie diese zu zähmen liegt uns im Blut. In London gibt es viele davon, und wenn wir mit euch beiden hier fertig sind und unser Geschäft erledigt haben, gehen Rumskin und ich aufs Land und fangen Schafe. Und verspeisen sie.«

Beim letzten Wort fiel die Ladentür ins Schloss. Direkt über Komos' Kopf purzelte ein dicker Stapel Bücher aus dem Regal, eines schlug ihm die Leine aus der Hand und die anderen trafen seinen Rücken. Er hielt schützend die Arme über den Kopf, als plötzlich aus allen Richtungen Bücher geflogen kamen. Rumskin sprang wütend an den Regalen hoch, als wolle er den unsichtbaren Bücherwerfer fangen. Komos wurde in den Laden zurückgetrieben.

Agetta und Tegatus kauerten bei der Tür und beobachteten den Bücherhagel. Ein großes schwarzes Buch, das von der gewölbten Decke geflogen kam, traf Komos in die Brust und warf ihn um. Kindliches Lachen war zu hören. Komos schaute sich um.

»Rumskin!«, brüllte er. »Bring ihn her!«

Zum ersten Mal löste er Rumskins Leine. Die Bestie suchte schnüffelnd die hohen Regale ab. Ihre Ohren zuckten und ihr Blick folgte etwas, das anscheinend im hinteren Teil des Ladens direkt unter der Decke über das oberste Regalbrett schlich. Der Diakka leckte sich die Lefzen; jeder Muskel in seinem Körper war angespannt. Plötzlich machte er einen Satz und kletterte an einem Regal hinauf.

In mehreren Sprüngen überquerte er den Raum und kauerte sich dann weit über ihren Köpfen auf das oberste Brett eines Regals. Von dort aus belauerte er sein unsichtbares Opfer. Mit einem Satz war er wieder auf dem Boden. Er prallte in ein Regal, aus dem sämtliche Bücher herausfielen. Dann jagte er dem Jungen hinterher, der im Zickzack durch die Gänge lief und der Bestie zu entkommen versuchte. Komos sprang herum und feuerte den Diakka an schneller zu laufen. Der keuchte und knurrte aufgeregt.

Der Geisterjunge lief durch ein Bücherregal hindurch, tauchte direkt vor Agetta auf und verschwand vor ihren Augen in der Wand. Entsetzt musste sie feststellen, dass der Diakka es ihm gleichtat und ebenfalls in der Wand verschwand.

Aus dem Keller kamen Kampfgeräusche und die Schreie eines Kindes. Der Junge kam durch die Dielen in den Laden geflogen, als hätte eine Kanone ihn abgeschossen. Für einen kurzen Augenblick hing er in der Luft, dann fiel er auf den Boden zurück. Im selben Moment stürmte der Diakka durch die Kellertür in den Laden, die Zähne gebleckt, bereit für den tödlichen Biss. Er machte einen Satz auf den Geisterjungen zu, doch dieser rollte zur Seite, verschmolz mit einem Regal und kam auf der anderen Seite wieder zum Vorschein.

Da stand Komos und schlug mit seinem Stock nach ihm. Ein blendend heller Blitz zuckte durch den Raum. Der Junge war gefangen in der Zeit.

»Lasst ihn in Ruhe!«, rief Agetta. »Hat er nicht genug gelitten? Was wollt Ihr ihm noch antun?«

»Er wird verschlungen wie seine Freunde«, erwiderte Komos und legte Rumskin wieder an die Leine. »Zu etwas anderem taugen sie nicht.« Er sah sie an. »Du wirst das wahrscheinlich nicht verstehen, aber er wird nie mehr sein Leben vollenden. Für solche wie ihn gibt es kein Paradies, keinen Himmel, kein Leben nach dem Tod. Seine Zeit ist um; seine Seele verdient nichts anderes als Vernichtung.« Komos wandte sich an Tegatus. »Bring das Mädchen in die Kutsche. Ich komme gleich nach. Rumskin wird dafür sorgen, dass du nicht davonläufst. Wir wollen die Leute auf der London Bridge schließlich nicht erschrecken. Und beim Anblick eines Engels, der von einem Dämonen gejagt wird, würde helle Panik ausbrechen.«

19

Kutschen und Kometen

Wie kommst du ohne Schlüssel in mein Haus?«, fragte Blake. Er kaute auf einem schimmligen Stück Käse herum. »Ich war allein hier und Mrs Malakin kann dich nicht hereingelassen haben. Du hast selbst gesehen, wie sie dich angeschaut hat, als sie mein Frühstück brachte.«

Abram Rickards hatte Blake aus seinem Alptraum geholt und mit einer Armbewegung Dunkelheit und Tod aus seinen Gedanken verbannt, als er den dicken Vorhang aufzog und das Licht hereinließ. Er hatte jedes Mal abgelehnt, wenn Blake ihm eine Tasse dickflüssiger schwarzer Schokolade angeboten hatte. Ansonsten hatte der Doktor still dagesessen und ihm zugehört.

»Schlüssel haben nichts zu bedeuten«, meinte Abram. »Ein Schloss ist dazu da, dass man es überwindet, und ich bin für dein Wohlergehen verantwortlich. Ich bin dein Beschützer.«

»Wovor muss ich denn beschützt werden? Ich kann selbst auf mich aufpassen und habe ein Schwert, um streitsüchtige Dummköpfe loszuwerden.«

»Ich schütze dich vor dir selbst und vor einigen deiner Freunde«, erwiderte Abram, während er über den Platz blickte.

»Und was gibt dir das Recht, mich zu beschützen?« Blake biss noch einmal fest in den Käse.

»Erinnerst du dich, wie du als kleiner Junge in den Fluss gefallen bist? Du konntest nicht um Hilfe rufen, weil das Wasser dich hinuntergezogen hat. Als es hell wurde, hast du dich selbst gesehen, wie du immer tiefer hinabgesunken bist. War dir bewusst, dass du tot warst? Dass du von einer Welt in die andere hinübergingst?«

Blake spuckte den Käse auf die Bettdecke. »Woher weißt du das? Ich war ganz allein und habe es niemand erzählt. Ich habe gewartet, bis ich wieder trocken war, bevor ich nach Hause gegangen bin. Du schnüffelst in meinem Kopf herum.«

»Ich schnüffle nirgendwo herum!«, rief Abram und schlug mit der Faust gegen die Wand, dass der Putz herunterrieselte. »Ich habe dich wieder heraufgezogen. Welcher Mensch könnte sich selbst aus dem Grab befreien?« Er streckte ihm die Hände entgegen. »Siehst du die? Sie haben dich aus deinem wässrigen Grab geholt und aus der dunklen Tiefe heraufgezogen. Diese Hände waren es, die wieder Leben in deinen Körper brachten, mein Atem hat deine leere Lunge mit Leben gefüllt. Ich habe dich aufwachsen sehen, mich an höchster Stelle für dich eingesetzt und in schwierigen Zeiten hinter dir gestanden. Wie war das denn damals, als du versucht hast Blei in Gold zu verwandeln und das Dach deines Hauses in die Luft geflogen ist? Wer hat dich vor dem Feuer bewahrt? Welcher gute Geist verbannte die Kreaturen, die du heraufbeschworen hast und mit deiner fehlgeschlagenen Magie nicht mehr loswerden konntest, als du in deinen seidenen Gewändern getanzt hast?«

»Du schnüffelst überall herum!«, rief Blake. »Was du von mir weißt, hast du dir durch einen Trick aus meinem Kopf geholt – gestohlen, während ich schlief!« Er warf den Teller auf den Boden und sprang aus dem Bett. »Und jetzt kommst du daher und quälst mich wie eine Shibbetta, die das Leben aus mir herausquetscht. Du bist ein Hexenmeister, ein Dämon –«

»Ich bin ein Engel. Ich bin *dein* Engel«, erwiderte Abram leise.

Blake schaute in den Spiegel mit dem goldenen Rahmen, der über dem Kamin hing. Sein Gesicht begann sich langsam zu verändern, als verschmelze es mit einem anderen. Es verzog sich zu einem Lächeln, das immer breiter wurde, bis er schließlich aus vollem Hals lachte.

»Ein Eng. . . ein Eng. . .« Unter Lachen versuchte er das Unaussprechliche auszusprechen. »Du bist ein Lügner und solltest jetzt gehen.« Blake krümmte sich vor Lachen, sein ganzer Körper wackelte und zitterte. Schließlich fiel er lachend und kichernd hintenüber. »Ein Engel! Der Mann behauptet, er sei ein Engel! Ein Scharlatan, ein Vagabund, ein schurkischer Hugenotte, der es auf mein Geld abgesehen hat. Das ja, aber ein Engel? Nie!«

»Woher weiß ich dann, dass du immer noch um deine Mutter weinst und trauerst? Dass du deine Katze mit Blei vergiftet hast, weil du so die Flöhe loswerden wolltest, und das tote Tier dann in deinem Schlafzimmer unter die Dielen gesteckt hast, wo es wochenlang gestunken hat? Ich weiß das alles, weil es meine Aufgabe ist, über dir zu wachen. Wann immer du an einem Scheideweg standest, hast du deine Entscheidung so selbstsüchtig wie möglich getroffen.« Abram packte Blake an der Gurgel und ließ ihn an einem ausgestreckten Arm in der Luft baumeln. »Was dachtest du, als ich diesen Jungen nach dem Duell zurückgeholt habe – dass es ein Trick war?«

»Ja«, flüsterte Blake und strampelte mit den Beinen.

»Ich wusste es!« Abram ließ ihn los und er plumpste auf den Boden. »Nicht einmal wenn Tote wieder lebendig werden, glaubst du. Traust du deinen eigenen Augen nicht? Kannst du die Wahrheit nicht sehen? Hat der Gott dieser Zeit dich schon blind dafür gemacht?« Abram drehte sich um und ging zum Fenster. »Es gibt einen Plan für dein Leben. Einen Plan, der vorsieht, dass es dir gut geht und nicht dass du zu Schaden kommst, der dir Hoffnung geben will und eine Zukunft. Das sind nicht meine Worte, sondern die desjenigen, der mich gesandt hat. Aber du musst gehorchen. Die Zeiten der Rebellion sind vorbei, du kannst nicht mehr deine eigenen Wege gehen. Höre auf das, was ich sage.«

»Du bist ein Meister der Worte und überaus gerissen, aber mich täuschst du nicht. Schau dich doch an. Du bist kaum so alt wie ich und behauptest, du hättest mich schon gekannt, als ich ein kleiner Junge war. Willst du mich für dumm verkaufen? Du bist kein Engel, du bist ein froschäugiger Franzose auf der Flucht vor deinem König. Ich will keinen Engel und brauche auch keinen.«

»Soll ich dich also deinem Schicksal überlassen? Einem Kometen, der die Meere vergiftet und deine Stadt zerstört?«

»Du weißt von dem Kometen?« Auch Blake trat ans Fenster. »Woher?«

»Ich weiß es, weil der Zeitpunkt und der Zweck schon seit langem feststehen. Ich weiß, dass du das Nemorensis gelesen hast und von seinen Lügen fasziniert warst, und ich weiß, dass selbst du die Augen verschließt vor der unvermeidlichen Zerstörung.« Abram schaute Blake eindringlich an. »Bleibst du dabei, dass ich dir nicht helfen kann?«

Blake erwiderte seinen Blick, folgte jeder Linie seines Gesichts. Wenn das ein Engel sein soll, dachte er, wieso sieht er dann so durch und durch menschlich aus? »Ich weiß nicht, was ich denken soll«, erwiderte er schließlich und ging zurück zum Bett. »Es steht so viel auf dem Spiel, wir haben so viel zu verlieren.«

Abram ging nicht darauf ein. Er trat zur Tür, öffnete sie und schaute den langen Flur entlang. Dann schloss er die Tür wieder und drehte den Schlüssel um. »Wir können nicht vorsichtig genug sein. Du wirst von einem Wesen beobachtet, das den Auftrag hat, das Nemorensis zu finden.«

»Die Bestie wollte mich gestern Abend umbringen.«

»Der Dunamez wollte dich töten?«

»Wo warst du denn, oh Wächter meines Blutes? Zum Glück hat Bonham das Ding erschossen. Jetzt liegt es tot im Observatorium.«

»Ein Dunamez kann nicht erschossen werden. Er ist reiner Geist und nicht aus Fleisch und Blut.«

»Dieser war vielleicht nicht aus Fleisch und Blut, aber aus irgendeiner Masse war er ganz gewiss. Eine grüne, tonähnliche Masse, die stank wie ein voller Abtritt. Er wusste, wer ich bin, und war darauf abgerichtet, mich umzubringen. Im Übrigen ist es ein Sekaris.«

»Lass mich deine Hände sehen.« Der Engel schaute sich seine Fingernägel an. »Hast du sie so geschnitten?«, fragte er.

Blake antwortete nicht. Er hatte das Gefühl, am Anfang eines Alptraums zu stehen. Er wusste, was als Nächstes kommen würde, und stellte sich die Szene vor seinem geistigen Auge vor. Er schüttelte den Kopf und senkte den Blick. Er kam sich vor wie ein Kind, das von seinem Vater ausgeschimpft wird.

»Wann ist das passiert?«, wollte der Engel wissen. Er ließ Blakes Hände los und untersuchte seine Kopfhaut. »Hast du irgendein Mal? Es hat die Form eines Mondes. Eine Brandwunde auf der Haut?«

Blake streckte ihm die Hand hin, diesmal mit der Handfläche nach oben. »Suchst du danach?«

Abram schaute sich die Wunde an und lächelte vor sich hin. »Hat es wehgetan?«

Blake nickte.

»Gut! Nächstes Mal wirst du es dir sehr genau überlegen, bevor du einer Frau deine Hand bietest.«

»Ich hatte keine andere Wahl. Lady Hezrin Flamberg ist sehr bestimmend.«

»*So* nennt sie sich also. Ich kenne sie unter einem anderen Namen, aber sie hat viele. Igrat . . . Kettevmiria . . . Lilith . . . Yerzinia . . . Wie ein Hund hört sie auf alle.«

»Du redest, als würdest du sie gut kennen.«

»Sie sammelt Engel und anderen Plunder, der ihr gefällt. Ich kenne sie seit Ewigkeiten, über viele Jahrhunderte hinweg. Paris und Rom, Konstantinopel und Babylon. Igrat verändert sich nicht, hat immer dieselben tiefgründigen, wunderschönen Augen, die die Seele in ihren Bann ziehen – und Hände, die dir das Herz aus dem Leib reißen.«

Beide schwiegen lang. Abram schaute sich im Zimmer um, schnupperte und betrachtete eingehend die Fußleiste. »Sie ist weit davon entfernt, ein Mensch zu sein«, sagte er, gerade als Blake eine Frage stellen wollte. »Die Lady Flamberg, die du kennst, hat sich seit Anbeginn der Zeit am Blut adliger Männer gütlich getan, und du bist fasziniert von ihr.«

»Woher weiß ich, ob das, was du sagst, auch stimmt?«

»Schau dir doch deine Hand an. Das Mal ist ein Beweis für ihren Verrat. Es sagt sämtlichen Bewohnern der Hölle, dass du ihr gehörst. Schau es dir doch einmal richtig an!«

Blake betrachtete die dünne schwarze Linie, die das rote Brandmal in seiner Handfläche umgab. Erst jetzt sah er, dass zwischen dem Schwarz weiße und rote Schnörkel durchschimmerten, die in Zeilen angeordnet waren und Wörter zu bilden schienen.

»Was du denkst, stimmt. Es ist ein Text. In einer Sprache, die von Menschen und Engeln nur selten gesprochen wird.« Abram beantwortete auch Blakes nächste Frage, bevor er sie laut gestellt hatte. »Du wirst feststellen, dass es Worte aus dem Nemorensis sind. Sie binden dich an sie; sie hat jetzt Zugang zu deinem Herzen.«

Blake starrte auf seine Hand und versuchte die winzige Schrift zu entziffern. »Du lügst. So etwas würde sie mir nie antun.«

»Sie würde dich sogar töten. Die Bestie, die nach modriger Erde roch, ist tatsächlich ein Sekaris. Er wurde geschickt, um dich umzubringen. Deine Fingernägel haben ihm den Weg zu dir gewiesen.

Erde, Blut und Bein,
Atem der Gefallenen bringt Leben dem Stein.
Wir rufen den Mond, der im Wachsen ist.
Vollbringe, was sein muss, oh Sekaris!«

»Ich höre nur Reime und Zauberformeln«, erwiderte Blake. »Der Sekaris sollte mich umbringen, das weiß ich, aber ich will nicht glauben, dass Lady Flamberg etwas damit zu tun hat. Du magst ja alles über die Zukunft wissen und über den Kometen, aber wenn du all die Jahre mein Kindermädchen warst, habe ich das Gefühl, im Leben betrogen worden zu sein. Du hast mich getragen, damit ich nicht mit dem Zeh an einen Stein stoße. Und ich dachte, ich hätte mich selbst aus der Fleet gerettet. Jetzt weiß ich, dass es ein Engel war. Du bist für meinen Stolz so nötig wie ein trüber Spiegel.«

»Dann willst du also, dass ich dich deinem Schicksal überlasse, egal, welche Gefahren es bringt?«

»Ja«, erwiderte Blake bestimmt.

»Schön, dann lasse ich dich jetzt allein, bis du deine Meinung änderst.«

»Ich werde meine Meinung nicht ändern. Mein Blut geht nur mich etwas an.«

Der Engel schloss die Tür auf und trat auf den Flur. »Ich würde mir den Sekaris gern anschauen. Es ist lange her, seit ich das letzte Mal einen sah . . . In Prag, glaube ich, 1662. Auch damals hatte Lady Flamberg ihre Hände im Spiel . . . oder nannte sie sich Baroness Manrique de Moya?«

Blake ging mit Abram zum Observatorium hinauf. Mit einem Blick erfasste er die Lage. Der Tisch war leer. Keine Spur von der Bestie.

»Er war da!«, rief Blake und fuhr mit dem Finger über den schmutzigen Tisch. An dem feuchten Holz klebten eine dünne Schicht grüner Algen und winzige Pilze. »Er war tot, wirklich und wahrhaftig tot!« Er konnte nicht glauben, was er sah. »Ich habe gesehen, wie Bonham ihn erschossen hat. Er fiel um und seine Haut wurde zu gebranntem Ton. Ich weiß genau, dass er tot war!«

»Nein, er lebt oder Bonham hat ihn mitgenommen.« Abram trat ans Fenster und schaute über den Platz. »Der Sekaris ist weg, dafür ist der Komet jetzt da.«

Hoch oben am Morgenhimmel war der Komet mit bloßem Auge zu erkennen. Er hing da wie ein kleiner Mond, ein gefasster Diamant, umgeben von sieben kleineren Lichtern, die sich gegen die Sonnenstrahlen durchzusetzen versuchten. Blake eilte zum Fenster.

»Er wird sie alle in den Wahnsinn treiben. Sie werden um ihr Leben fürchten und denken, die Erscheinung sei ein Zeichen einer höheren Macht. Ich muss dem *Anzeiger* die Wahrheit sagen.« Blake strich sich hektisch übers Kinn. »Yeats wird es den Menschen sagen, dann können sie fliehen.«

»Der Komet ist nur noch zwei Tage entfernt. Er wird in der Nacht des nächsten Vollmonds einschlagen. Fürchte dich nicht, Blake, fürchte dich nicht.«

»Das sagst du immer: Fürchte dich nicht! Das mag für Schafhirten und junge Mädchen in Ordnung sein, aber ich bin ein Mann der Wissenschaft. Meine Furcht gründet sich auf Tatsachen, der Verstand hat sie berechnet. Da ist nur noch sehr wenig Raum für den Glauben an Engel.« Blake schaute über die Stadt. »Ich werde heute noch zu Yeats gehen, dann kann er die Leute morgen früh warnen.«

»Es geht um mehr als nur um den Kometen. Yerzinia hat einen Plan und du bist eine Schlüsselfigur darin. Sie hat Freunde, die auf ihrer Seite sind und gegen dich intrigieren . . .« Abram schaute Blake an. »Suche das Nemorensis und bring es mir. Das ist etwas, das du allein tun kannst. Und ich gebe dir einen guten Rat: Tu es wirklich allein, vertraue niemand.«

»Wo finde ich dich? Auf einem Stecknadelkopf? In meiner Vorratskammer?«

»Nenne einfach meinen richtigen Namen.«

Plötzlich schlug die Tür zum Observatorium mit einem lauten Knall zu. Was vom Türblatt noch übrig war, fiel krachend zu Boden.

Abram schaute sich suchend um. »Du hast Besuch, Doktor Blake. Endlich zeigt er sich.« Er lief in die hintere Ecke des Raums und presste sich an die Wand. Die Sonne, die durchs Fenster schien, hüllte Blake in einen Mantel aus aufgewirbelten Staubkörnchen. Es sah aus, stünde er mitten in einem Bienenschwarm.

»Ich sehe nichts. Wer soll denn hier sein?«, fragte er und schaute sich um.

Rechts von ihm war ein lautes Rascheln zu hören, als liefe ein Tier an der Wand entlang. Abram jagte ihm nach, warf alles um, was ihm im Weg stand, und griff immer wieder auf den Boden, als wolle er ein kleines, unsichtbares Tier packen. Blake erhaschte im aufgewirbelten Staub einen Blick auf etwas, das aussah wie ein kleiner Hund.

Abram lief lachend hinter ihm her und streckte die Hand danach aus. »Man kann so viel Spaß mit ihnen haben!«, rief er. Blake hielt krampfhaft das Teleskop fest, damit es nicht Abrams Jagdfieber zum Opfer fiel. »Mach doch mit, Blake. Das macht Spaß . . .« Abram sprang auf den Stuhl neben dem Fenster, schwang sich am Vorhang durch die Luft und ließ sich dann auf den Boden fallen, wo er mit etwas Unsichtbarem kämpfte. »Es gibt in aller Ewigkeit nichts Schöneres, als einen Dunamez zu jagen«, rief er ausgelassen. Er umklammerte fest das zuckende Etwas, das langsam auch für Blake Gestalt annahm.

»Was ist das?«, fragte Blake.

»Das ist der Beweis, der Beweis, dass ich nicht lüge. Es ist ein Dunamez. Er wurde geschickt, damit er Einfluss auf deinen Willen nimmt, sich in deinem Körper einnistet und das Buch stiehlt. Er hätte den richtigen Moment abgewartet, dann wäre er in deinen Körper geschlüpft und hätte deine Seele in die hinterste Ecke deines Bewusstseins gedrängt. Anschließend wäre er mit dir die Treppe hinuntergegangen, hätte dich in deine Kutsche gesetzt und zu seiner Herrin gebracht. Und so wie ich die Dunamez kenne, hätte er vorher noch deinen besten Wein ausgetrunken.«

Das Wesen wuchs, während es Gestalt annahm. Es grunzte und versuchte sich Abrams Griff zu entwinden. Es hatte eine schmale Schnauze und einen kleinen Mund voller spitzer Zähne.

»Was kann ich dir geben, damit du mich loslässt?«, fragte es und versuchte den Kopf so zu drehen, dass es Abram anschauen konnte.

»Ich will nichts von dir«, erwiderte der und legte die Hand fest um seinen Hals. »Ich schicke dich an einen Ort, an dem du keinen Schaden mehr anrichten kannst.«

»Nein – nicht ich! Ich tu doch niemandem etwas Böses! Ich wurde verhext. Man hat mich hierher geschickt zu diesem Mann, mir seine Wärme versprochen und seinen Körper als Schrein«, winselte er.

»Von wem erhältst du deine Befehle?«, fragte Abram und verstärkte den Griff um seinen Hals.

»Ich darf den Namen nicht nennen. Sie kann mich auch in der Hölle erreichen und mir mehr wehtun, als deine Hände es je könnten.«

Blake bekam Mitleid mit der Bestie. Er erinnerte sich, dass er sie schon einmal gesehen hatte, in Stein gemeißelt. Es war, als hätte er einen der Wasserspeier vor sich, die die Dächer der Häuser in der Newman's Row zierten. Sie hatten jeden Tag mit ihren Glupschaugen auf ihn heruntergeschaut und er hatte keinen Gedanken an sie verschwendet. Jetzt stand einer davon lebendig vor ihm. Sein

Herz fing an zu rasen und das Blut jagte durch seine Adern.

»Hat der Himmel noch weitere Überraschungen für mich auf Lager?«, fragte Blake. »Was ist mit dem Sekaris? Wo finde ich den?«

»Dein Freund hat ihn mitgenommen, ich hab's gesehen«, erzählte der Dunamez schadenfroh. Seine Stimme war rau und er sabberte beim Sprechen. »Während du geschlafen hast, hat er ihn weggetragen. Er hat Selbstgespräche geführt, als er die Treppe runterging. Ich bin ihm nach und habe gelauscht. Er wollte das Ding zu einer Gesellschaft bringen, sagte, es würde ihn berühmt machen und dass der *Anzeiger* ihn reich machen würde . . .«

»Sie lügen, Blake, ich würde ihm kein Wort glauben«, warnte Abram und hob den Dunamez mit einer Hand vom Boden hoch.

»Es ist die Wahrheit«, rief der. »Der andere Mann hat etwas in dem Zimmer gesucht, bevor er ging. Er hat irgendein Instrument aus dem Schrank geholt und versucht Blitze durch die Bestie zu jagen.«

Blake sah Abram an und sein Blick bestätigte die Existenz eines solchen Instruments.

»Dein Freund scheint nicht ganz so vertrauenswürdig zu sein, wie du immer geglaubt hast«, meinte Abram. »Ich komme wieder. Es gibt noch viel zu erzählen und uns bleibt wenig Zeit. Zuerst aber muss ich diesen kleinen Teufel hier an den für ihn bestimmten Ort bringen, von dem er nie mehr zurückkommt.«

»Nein, nein, nein!«, kreischte der Dunamez, als Abram

sich vor Blakes Augen in Luft aufzulösen begann. Blake konnte zuschauen, wie der Engel halb durchsichtig wurde und das Sonnenlicht seinen Körper durchdrang, bis nichts mehr davon zu sehen war.

Blake schaute sich im Zimmer um. Es wirkte kalt und Unheil verkündend. Die Morgensonne warf dunkle Schatten über den Boden. In diesem Augenblick sah er den kleinen Tonklumpen neben den Trümmern der Tür. Erst jetzt fielen ihm die grünlichen Fußspuren auf, die vom Zimmer in Richtung der dunklen Wendeltreppe führten.

20

Morbus Gallicus

Die vernagelten Fenster der Kutsche ließen nur einen winzigen Lichtstrahl herein. Die Metallreifen um die Räder ratterten auf dem Kopfsteinpflaster und knirschten durch die schlammigen Fahrrinnen der Straßen von London. Rumskin saß neben Agetta und drückte sie an die Seitenwand, sein kaltes Fell kratzte an ihrer Haut. Komos rauchte eine lange weiße Pfeife. Der glühende, mit Tabak vermischte Hanf ließ seine Augen und seine Stirn glänzen.

»Wohin bringt Ihr uns?«, fragte Tegatus.

»An einen Ort . . . der Freude und des Vergnügens . . . der eure Vorstellung übersteigt«, erwiderte Komos, wobei er zwischendurch immer wieder einen Zug aus der Pfeife nahm. »Es ist nicht weit und der Anblick ist faszinierend. Da, wo ihr untergebracht werdet, ist es allerdings etwas bescheiden und einfach, nicht ganz das, was ihr gewohnt seid.« Er lachte und musste husten. Der Diakka machte ein Geräusch wie ein kleines Kind, das mit warmer Milch gurgelt.

Die bedrückende Dunkelheit erinnerte Agetta an die Nacht, als ihr einmal ein großer Käfer übers Gesicht gekrabbelt war. Sie hatte ihn im Dunkeln mit zwei Fingern gegriffen und hochgehoben und er hatte sich mit seinen Widerhaken an den Beinen an ihrer Haut festgekrallt wie mit Angelhaken. Sie hatte den Käfer in eine kleine schwarze Schachtel gesperrt. Nur manchmal hatte sie ihn herausgelassen und beobachtet, wie er durch ihr Zimmer gehoppelt war. Jetzt vertrieb sie sich in der rumpelnden Kutsche die Zeit, indem sie hektisch Haarsträhnen um ihren Finger wickelte und auf die Glut in der Pfeife ihres Bewachers starrte. Bei jedem Zug wurde seine Maske in rotes Licht getaucht. Agetta wusste, dass sie seine Stimme schon einmal gehört hatte. Eine dunkle Macht hinderte sie jedoch daran, sich zu erinnern, wer er war. Instinktiv wusste sie nur, dass er ein Teil ihrer Vergangenheit war und ein Schlüssel zu ihrer Zukunft.

Plötzlich hielt die Kutsche an. Agetta hörte draußen auf der Straße Rufe und der Diakka packte sie am Arm, damit sie nicht auf die Idee kam, davonzulaufen. Tegatus wurde nach vorn geschleudert und landete mit dem Kopf im Fell des Diakka. Das Tier stieß ihn wieder zurück auf seinen Platz.

Komos lachte. Er stopfte mehr von dem grünen Tabak in die Pfeife und zog heftig daran, damit sie nicht ausging. »Morbus Gallicus!«, rief er und schlug mit der Faust gegen das Kutschdach. »Sieh zu, dass es weitergeht, wir müssen nach Fish Street Hill, und zwar schnell.«

Von draußen kam eine gemurmelte Antwort, die Pferde zogen an, und die Kutsche ratterte weiter über die unebene Straße.

»Der Mann ist halb blind, halb taub und völlig verrückt«, erklärte Komos und kicherte vor sich hin, als sei das ausgesprochen lustig. »Und er hat nur . . . eine halbe . . . Nase!« Vor Lachen brachte er die Worte kaum heraus.

Die anderen in der Kutsche verstanden nicht, was ihn derart erheiterte. Der Diakka grunzte vor sich hin, rieb sein Gesicht an Agetta und rülpste ihr seinen nach Fisch stinkenden Atem ins Gesicht.

»Wie weit ist es noch?«, fragte Agetta. Danach versuchte sie wieder die Luft anzuhalten, um den Gestank des Diakka und den der Pfeife nicht einatmen zu müssen.

»Nicht mehr weit«, erwiderte Komos. »Aber wünsch dir besser nicht, dass das, was dir vom Leben noch bleibt, weiter verkürzt wird. Genieße jeden Augenblick und jeden Atemzug, als wäre es dein letzter . . .«

»Zu welchem Zweck bringt Ihr uns weg?«, wollte Tegatus wissen.

»Das kann ich euch nicht sagen.« Komos lachte. »Das hier ist ein heiliges Experiment, die *gamma draconis.* Wir stehen vor dem Zusammentreffen zweier Zeiten, der Ankunft des Drachen. Nenn es, wie du willst, doch bald werdet ihr es mit eigenen Augen sehen. Und stellt euch vor: Ihr werdet sogar eine Rolle dabei spielen!«

Etliche Minuten und viele scharfe Kurven später hielt die Kutsche erneut. Komos öffnete ein kleines Guckloch in der Kutschwand und schaute hinaus. »Wir sind da«, stellte er erleichtert fest. »Jetzt müssen wir euch nur noch hineinbekommen . . .«

Agetta hörte, wie jemand umständlich vom Kutschbock

kletterte und dann auf ihrer Seite in einer Pfütze landete. Ein Mann stieß einen langen Seufzer aus und murmelte Verwünschungen vor sich hin.

»Verflixt und zugenäht!«, brüllte der Mann schließlich. Dann war das Knallen einer Peitsche zu hören. »Sieh mich nicht so an, du blödes Vieh. Ich ziehe gleich an den Zügeln, dann wird dir das Lachen vergehen.« Wieder knallte die Peitsche.

Man hörte das Geschrei von Fischhändlern und die Geräusche eines Fischmarktes. »Morbus Gallicus«, rief Komos über den Lärm hinweg, »mach das Loch auf und lass uns hier raus!«

Man hörte, wie der Mann unter die Kutsche kroch und etwas Schweres über das Pflaster schob. Dann entriegelte er einen Teil des Kutschbodens und schob ihn zur Seite.

Agetta schaute hinunter in ein tiefes schwarzes Loch. Weit unten sah sie eine Lampe flackern. An der Seite des Schachts war eine Holzleiter befestigt, die nach unten hin immer schmaler zu werden schien.

»Wer geht zuerst?«, fragte Komos. Er klopfte die Pfeife an seinem Stiefel aus und beobachtete, wie die Glut wie Sternschnuppen in das Loch fiel. »Der Weg nach unten ist dunkel, aber am G-Grund der G-Grube erwartet uns alle G-Glanz und Herrlichkeit!« Vor Lachen kam er schon ins Stottern.

Rumskin hopste wie ein Verrückter auf dem Platz neben Agetta herum, bevor er sich ganz plötzlich in das Loch fallen ließ und die Leiter packte. Er verschwand im Dunkeln und sein massiger Körper verdeckte jedes Licht von unten.

»Ich d-denke, ihr b-beide solltet als Nächste gehen.« Komos versuchte das Lachen zu unterdrücken. »Falls ihr an Flucht denkt – Morbus wartet draußen in seinem Kapuzenmantel mit der Peitsche. Er ist ein Mann, der sich bei Tageslicht nicht sehen lassen kann, sein Gesicht ist nur für die Dunkelheit gemacht.«

Komos nickte Agetta zu, damit sie als Nächste ging. Er streckte die Hand aus, als sie mit dem Fuß abrutschte und auf der obersten Leitersprosse landete.

»Jetzt du«, sagte er zu Tegatus. »Und versuch nicht wegzufliegen. Morbus klaubt dich vom Himmel wie eine Fliege von seinem Gesicht.«

Tegatus kniete sich hin, hielt sich am Sitz fest und ließ sich dann in das Loch hinunter. Vorher schaute er jedoch unter der Kutsche durch auf die Straße. Sie befanden sich am Fuß eines gewaltigen Monuments, das auf einem kleinen Hügel errichtet war. Darum herum waren Marktstände. In der Ferne sah er die Themse, auf der sich das Sonnenlicht spiegelte. Direkt neben der Kutsche sah er die hohen Lederstiefel von Morbus. Sie waren schwarz und dreckverkrustet. Der Saum seines gewachsten Mantels schleifte im Schmutz und um seine Füße ringelte sich die lange, zweischwänzige Pferdepeitsche.

Tegatus blinzelte noch einmal ins Licht, dann stieg er hinunter in die dunkle Grube. Komos folgte, wobei er fast auf Tegatus' Hände trat, damit der schneller hinunterkletterte. Von oben drang bald kein Licht mehr herein, da der Stein wieder über den Einstieg geschoben wurde und mit einem düsteren Rumsen an seinen Platz fiel.

Von unten hörte man das Geräusch fließenden Wassers.

Tegatus schauderte; er fragte sich bei jedem Schritt, was ihn wohl erwartete. Er war wütend auf sich, weil er sich hatte fangen lassen, weil er so schnell nachgegeben hatte. Je tiefer er hinunterstieg, desto drängender wurde ihm bewusst, wie sehr sein Leben sich verändert hatte. Früher einmal hatte er in der Himmlischen Schlacht, in der der Drache besiegt und auf die Erde verbannt worden war, die Standarte des Höchsten getragen. Jetzt schmorte er in einem Abwasserkanal wie eine von Flöhen geplagte Ratte. Er schämte sich und war froh, dass man in der Dunkelheit sein Gesicht nicht sehen konnte.

Von unten hörte er das Grunzen des Diakka, der ausgelassen im flachen Wasser herumplanschte. Bald stand Tegatus neben Agetta in klarem Quellwasser, das nur wenige Zentimeter hoch war. Auf einem Bord an der Wand brannte eine Talglampe. Zu seiner Linken fiel ein Tunnel steil ab Richtung Fluss und rechts führte eine Steintreppe zu einer Holztür mit einem großen Messingschloss.

Komos trat mit raschen Schritten herbei und holte einen Schlüssel aus seiner Tasche. Er steckte ihn in das Schloss und öffnete langsam die Tür. »Ihr könnt eintreten«, sagte er und begann die Pfeife neu zu stopfen. Seine Augen waren gerötet und schienen fast aus den Höhlen zu treten. »Es ist bereits ein Gast da und ich glaube, du kennst ihn sehr gut, mein liebes Kind.« Lachend winkte er Tegatus und Agetta näher zu kommen. Rumskin planschte durchs Wasser auf ihn zu.

Auch Agetta trat aus dem schnell fließenden, kühlen Wasser auf die Treppe, gefolgt von Tegatus. Das Wasser hatte den Schmutz der Straße von ihren Stiefeln gewaschen und die Kälte hatte ihr einen klaren Kopf verschafft. Sie betrat eine Kammer mit marmorierten Wänden und großen grauen Steinplatten auf dem Boden, die sich wie Puzzleteile ineinander fügten. Es gab keine Möbel, außer einem breiten Marmorbord an der hinteren Wand, das als Bank dienen konnte, und einem siebenarmigen Leuchter, von dem heißes Wachs auf die Steinplatten tropfte. Am Ende der Bank kauerte ein Mann. Er schien bewusstlos, sein Körper war auf eine Seite gekippt. Man hatte ihm einen Sack über den Kopf gezogen und die Hände mit dicken Stricken zusammengebunden.

Komos zog an seiner Pfeife. »Ihr könnt es euch gemütlich machen. Morbus wird euch etwas zu essen bringen und später beginnt dann der Spaß.« Er nickte Rumskin zu, der die beiden Messingriegel in die Halterungen schob, dabei durch die Holztür trat, als sei sie gar nicht vorhanden, und im Tunnel verschwand. Agetta schaute fasziniert zu.

»Er ist nicht an die physikalischen Gesetze gebunden und kann kommen und gehen, wie er will«, erklärte Komos. »Mein Schoßhündchen unterliegt nicht den Regeln dieser Welt, er folgt nur dem Kommando seines wahren Herrn.«

»Und was tut Ihr Schoßhündchen jetzt?«, fragte Agetta und setzte sich auf die Bank.

»Er wartet draußen und bewacht den Tunnel, damit niemand unbefugt hereinkommt oder glaubt, er könne von drinnen entkommen.«

»Wo sind wir?«, wollte sie wissen.

»Nicht dass es für dein kurzes Leben noch eine Rolle

spielen würde – aber ihr seid fünfzig Fuß unter der Fish Street, am Fuß der hohen Säule. Wir haben sie zur Erinnerung an den Großen Brand errichtet, den Brand, den *wir* gelegt haben, den Brand, der leider seinen Zweck nicht zur Gänze erfüllen konnte, da irgendwelche Dummköpfe es verhindert haben. Jetzt ist die Zeit gekommen, in der das Gesetz erfüllt wird, und ihr beide helft uns dabei. Ein jungfräuliches Mädchen . . . Engelsflügel . . . Krötenauge . . . und die üblichen Sachen, von denen der blinde Pöbel glaubt, dass wir sie verwenden . . .« Komos lachte in sich hinein, als er zur Tür ging und sie öffnete. »Ich will euch jetzt allein lassen mit deinem alten Freund. Denkt gar nicht erst an Flucht, Rumskin hat noch nichts zu fressen gehabt.« Er warf die Tür hinter sich zu, riegelte wieder ab und sie waren allein.

Im Tunnel hörte man noch ein lang gezogenes, lautes Knurren. Rumskin streckte noch einmal den Kopf durch die geschlossene Tür, wo er wie eine vom Körper abgetrennte Trophäe hing. Kurz darauf verschwand er wieder.

Tegatus ging in seinen nassen Stiefeln auf und ab. »Die Bestie will uns verunsichern«, meinte er.

»Agetta, bist du das?«, fragte der Mann mit dem Sack über dem Kopf. Es war Thaddeus – und er lebte! Agetta lief zu ihm und zog ihm den Sack herunter. Sein Hinterkopf war blutverschmiert, er trug ein seidenes Halstuch und Hausschuhe aus blauem Stoff mit gelben Bändern.

»Was haben sie mit Euch gemacht?«, fragte sie entsetzt. Sie richtete ihn auf und versuchte seine Handfesseln zu lösen.

»Sie haben nach dem Nemorensis gesucht. Sie dachten, ich hätte es. Weißt du, wo es ist?«, fragte er gespannt. »Ich scheine an nichts anderes mehr denken zu können.« Er hielt inne und sah zu Tegatus hinüber. »Wer ist das?«, fragte er argwöhnisch.

»Das ist Tegatus. Ich habe ihn bei uns in der Dachkammer entdeckt.« Agetta lächelte Thaddeus an. »Er ist ein Engel.«

»Und warum ist er dann hier? Kann er sich nicht befreien und davonfliegen?«

»Das hat Sarapuk verhindert. Er hat ihm seine Federn ausgerissen und ihm damit all seine Kräfte genommen. Er hat irgendetwas falsch gemacht und ist jetzt fast wie wir.« Sie redete, als sei Tegatus gar nicht da. »Ich habe das Buch für Euch besorgt, aber wir sagen Euch lieber nicht, wo es ist. Rumskin könnte lauschen.«

»Er ist ein Geschöpf der Dunkelheit, wie es kein Abscheulicheres gibt. Er hat mich hierher geschleift wie eine junge Katze und in dieses Loch geworfen. Heute Morgen kam er wieder, um mich zu quälen; gebracht hat ihn sein widerlicher Herr, Morbus.«

»Was haben sie mit uns vor?«, wollte Agetta wissen.

»Das haben sie nicht gesagt, aber ihr müsst mir alles erzählen, was ihr wisst.«

Draußen waren Schritte zu hören, dann klopfte jemand laut an die Tür. Eine vermummte Gestalt schaute durch das mit einem Eisengitter versehene Fenster oben in der Tür.

»Morbus!«, rief Thaddeus und versuchte aufzustehen. »Bleibt zurück, er kann sein Temperament nicht zügeln.

Stell dich dicht hinter mich, Agetta, er hasst Kinder.« Thaddeus redete, als kenne er den Mann gut.

Die Tür wurde aufgestoßen und herein trat ein Mann in einem schweren, bodenlangen Kutschermantel. »Essen«, krächzte er. »Ich weiß gar nicht, warum sie euch noch was zu futtern geben. Reine Verschwendung und genauso unnütz wie das Frühstück, das sie den Verurteilten geben, bevor sie gehängt werden.« Er trat ins Licht des Kerzenleuchters. In der Hand trug er einen schmutzigen Sack mit Brot und Käse. Agetta lugte hinter Thaddeus' Rücken hervor. Als sie sein Gesicht sah, zog sie scharf die Luft ein. Seine Lippen waren geschwollen und voller Blasen, um seine Augen waren schwarze Geschwüre und mitten in seinem pockennarbigen Gesicht klaffte eine Furche. Sie war nur zum Teil von einem Hautlappen bedeckt, der sich beim Atmen hob und senkte. Noch nie hatte sie einen so entstellten Menschen gesehen. Morbus sah aus wie eine wandelnde Leiche, jemand, der langsam aufgefressen wurde. Er sah ihren Blick und wusste, was sie dachte.

»Noch nie einen wie Morbus gesehen, was, Mädchen? Rieche ich so schlecht, wie ich aussehe?« Er machte einen Schritt auf sie zu. »Bracegirdle wird nicht immer da sein, um auf dich aufzupassen . . . vielleicht komme ich bei Nacht und drücke dir einen Kuss auf die Lippen, dann ergeht es dir wie mir und wir teilen die Krankheit.« Morbus trat wieder zurück und schaute Tegatus an. »Seht, seht, wenn mich nicht alles täuscht, bist du ein Engel, erkennbar am Blut eines Lammes an deinem rechten Ohr. 's ist lang her, dass ich das Zeichen gesehen hab, sehr lang – und nicht in einem stinkenden Loch wie diesem hier. Du bist sicher für die Party heute Abend gedacht, das hübsche Hühnchen, das zurechtgemacht und dressiert wird und dann an Rumskin verfüttert. An diese Nacht werden wir noch lange denken!«

Morbus nahm die Kapuze ab und schwarze Haare fielen auf den Boden, als seien sie an den Wurzeln ausgerissen. Auf seinem Kopf waren große, wunde Stellen; Agetta drehte den Kopf weg und wäre am liebsten unter Thaddeus' Mantel geschlüpft.

»Du kannst dich vor meinesgleichen nicht verstecken, nicht hier. An diesem Ort bist du nicht einmal im Schlaf sicher. Selbst wenn du träumst, können sie dir in den Kopf schauen. Ich warne dich, Tochter des Lamian, teile deine Gedanken mit niemand.«

»Ihr wisst, wer ich bin?«, fragte Agetta verunsichert.

Morbus schaute Thaddeus an und ein Lächeln huschte über sein Gesicht.

»Du hast keine Ahnung, Mädchen, was? Nach allem, was passiert ist, weißt du immer noch nicht, was los ist.« Morbus räusperte sich; das Sprechen fiel ihm bei seinem geschwollenen Hals schwer. »Auf dich haben wir jahrelang gewartet, wir haben dich schon als Kind beobachtet und deinen Wächter so gut es ging auf Abstand gehalten. Alles für diesen Augenblick. Du hast vielleicht vergessen, dass morgen dein Geburtstag ist. Du hast das richtige Alter, jetzt ist die Zeit, in der der Glaube dich verlässt und die Zweifel des Erwachsenseins deine Sinne trüben. Das Ritual kann stattfinden und du wirst vor unseren Augen verwandelt . . . mit der Hilfe eines Engels.« Morbus lachte, warf den Sack auf den Boden und wandte sich zum Gehen. An der Tür blieb er noch einmal stehen. »Du hast noch zwölf Stunden deiner Kindheit. Nutze sie gut, Kind.« Er schaute den Engel an. »Und was dich betrifft – überlege dir einen neuen Namen, denn heute Nacht wirst du Rumskins Bruder werden.«

Morbus warf die Tür zu und legte die zwei Riegel vor die dicken Eichenbohlen. Agetta schaute Thaddeus an. Seine Augen schienen mehr zu wissen, als sein Mund verraten wollte.

»Was werden sie mit mir machen?«, fragte sie und suchte nach dem Knoten in dem Strick, mit dem seine Hände gefesselt waren.

»Mach dir keine Sorgen. Ich glaube nicht, dass sie dir etwas tun werden. Was allerdings den Engel betrifft – dem steht aus irgendeinem Grund das Ende bevor. Er wird in einen Diakka verwandelt werden. Dies ist das einzig mögliche Schicksal für ein Wesen, das für irdische Gelüste auf den Überfluss an Gnade verzichtet hat.«

Tegatus ließ sich langsam an der glatten Marmorwand hinuntergleiten und setzte sich auf die kalten Steinplatten. Es war, als sei alle Energie mit einem Schlag aus ihm herausgeflossen. Die Verzweiflung stand ihm ins Gesicht geschrieben.

»Ich wusste, dass es eines Tages so weit kommen könnte, aber doch nicht jetzt schon.« Er schlug die Hände vors Gesicht. »Ich fand den Himmel so langweilig . . . Ich sah die Welt in ihrer ganzen Pracht und wollte ein Teil davon sein. Dann traf ich *sie* – sie stand am Ufer des Euphrat und betrachtete ihr Spiegelbild im Fluss. Von diesem Augenblick an war ich bereit alles hinter mir zu lassen.« Tegatus schaute zu Agetta und Thaddeus auf. »Was mich mehr als alles andere erschreckte, war, dass sie mich sehen konnte. Ich erinnere mich noch an ihre ersten Worte: ›Sein eigenes Spiegelbild anzuschauen ist nichts im Vergleich zu dem Blick in die Augen eines Seruvim.‹«

Er wurde durch ein lang gezogenes, leises Knurren unterbrochen. Tegatus sprang auf, lief zur Tür und schaute durch die vergitterte Öffnung.

Der Angriff erfolgte ohne jede Vorwarnung. Zwei lange Klauen schlugen dem Engel in die Wange. Tegatus wurde auf den Boden geschleudert. Er kroch rückwärts von der Tür weg, als Rumskin die Schnauze durch die Tür drückte. Die Bestie leckte sich das Engelsblut von ihren Fingern, stierte in die Kammer, schnupperte und knurrte.

21

Salve, Regina, Mater Misericordiae

Die Grub Street roch nach verrottetem Tang, ein Geruch, den der Wind von den Ufern der Themse heraufbrachte. Seit Blake den Bloomsbury-Platz verlassen hatte, war er immer wieder Grüppchen von Menschen begegnet, die zum Himmel hinaufschauten und den faustgroßen Kometen betrachteten. In gewisser Weise war er stolz, dass er ihn als Erster gesehen hatte, auch wenn er wusste, dass dies niemand verstehen würde. Der Pöbel war beunruhigt und die Reichen kümmerten sich nur um sich und ihre vollen Bäuche. In seiner Einsamkeit schlug er den Mantelkragen hoch, um sich gegen den Wind und das Gerede seiner Mitmenschen abzuschirmen, und stieß die Spitze seines Stockdegens aufs Pflaster, dass die Steinchen sprühten.

In drei Schritten war er an den hohen Stapeln von Nachrichtenblättern vorbei und stand vor dem Büro des *Londoner Anzeigers*. Die Tür war offen und der Raum merkwürdigerweise leer. Sonst saß hier immer eine alte Frau am

Tisch. Sie hatte nur noch einen Zahn, der wie ein gelber Fels zwischen ihren dünnen, blutleeren Lippen hervorschaute. Kein barfüßiger Zeitungsjunge flitzte herum und verfluchte die Kunden. Das Haus war vollkommen leer und still.

Blake nahm sich eine Ausgabe des *Anzeigers* von diesem Morgen. Gleich auf der ersten Seite, unter der langen Liste der am Vortag zum Tod durch den Strang Verurteilten und der vermissten Schiffe stand der Bericht über seinen Kometen. In einem Absatz voller nahezu unverständlicher Worte war sein Lebenswerk in einem Satz zusammengefasst: *»Wissenschaftler entdeckt neuen Stern, der von der Erde aus sichtbar ist. Keine Gefahr für die Stadt ...«*

Blake überflog den Artikel weiter. Aus dem Geschriebenen hörte er die Stimme Lord Flambergs heraus, der seine Entdeckung auf eine Stufe stellte mit einem neuen Mittelchen gegen irgendeine Krankheit oder mit einem Neuzugang in einer Menagerie von Missgestalten. Die Leser mussten davon ausgehen, dass das, was sie am Himmel sahen, keinerlei Folgen für sie hatte. Man schaute es sich an wie man einen Gehängten anschaute.

»Kein Grund zur Sorge. Genießt das Schauspiel vor Euren Augen.« Blakes Blick hing an der letzten Zeile, als sei sie gerade aus Lord Flambergs Mund gekommen.

Wütend zerknüllte er die Zeitung und warf sie auf die Straße. Dann schaute er sich nach Yeats um, damit er ihm den Grund seines Kommens erklären konnte. Aus dem Stockwerk über sich hörte er schlurfende Schritte. Dann schlug eine Tür zu und alles war wieder still. Blake umklammerte den silbernen Griff seines Stockdegens. Der Löwenkopf passte genau in seine Hand und linderte den Schmerz von der Brandwunde. Das Wissen, dass in dem Stock eine scharfe Klinge steckte, gab ihm eine gewisse Sicherheit. Blake wollte keine böse Überraschung erleben, wenn er ins obere Stockwerk hinaufstieg.

Er ging über den Flur in die kleine Schreibstube auf der Rückseite des Hauses. Die Wände waren von Tabakrauch gelblich verfärbt. Der strenge Geruch nach Virginia-Tabak hing in der Luft, vermischt mit dem von billigem Wein. Es herrschte vollkommene Stille. »Wo seid Ihr, Yeats?«, rief Blake. Seine Stimme hallte in der Stube wider.

Er trat weiter hinein in den Raum. Links stand der große Eichenholz-Schreibtisch mit dem hochlehnigen Ledersessel. Yeats hing über dem Schreibtisch wie ein schlafender Bär; sein Kopf lag auf einem Stapel Papier.

»Yeats, wach auf, Mann!« Blake stieß ihn mit dem Stockdegen an.

Keine Reaktion. Yeats schlief weiter. Sein Kopf rollte auf die Seite und aus seinem Mund lief ein Rinnsal aus Speichel und Blut.

»Aufwachen!« Blake stieß ihn stärker an. »Ihr könnt jetzt nicht schlafen!« In seinem Zorn drückte er ihm den Stock in die Seite, damit er endlich zu sich kam.

Yeats glitt langsam von seinem Sessel und blieb lang ausgestreckt auf den rauen Dielen liegen. Er war tot – seine blau verfärbten Lippen sprachen eine deutliche Sprache. Sein Gesicht war verzerrt und in seiner Brust klaffte ein faustgroßes Loch, als habe ihm jemand durch den dicken

Rock und die Weste hindurch das Herz aus dem Leib gerissen.

Blake überkam das blanke Entsetzen – hatte er doch Yeats seit langem gut gekannt. Aus dem Nebenzimmer hörte er schwere Schritte, dann wieder das Schlagen einer Tür. Er drehte sich um, riss den Degen aus der Scheide und hielt die blitzende Klinge waagrecht vor sich. Er musste an Abram denken und wünschte, der Engel würde ihm bei dem, was ihn erwartete, beistehen. Mit leisen, schnellen Schritten verließ er das Zimmer und betrat Yeats Arbeitszimmer; alles, auch der Boden, war übersät mit Papier und aufgeschlagenen Büchern. Unter dem hohen Fenster, das auf die dunkle Gasse zeigte, stand ein großes Sofa und in der Ecke ein Tisch, der für eine Person gedeckt war. Der Teller war halb leer gegessen und eine kleine Kerze beleuchtete die Szene.

Merkwürdige Gedanken an das Nemorensis trübten Blakes Blick. Er verspürte wieder den starken Wunsch, das Buch noch einmal in den Händen zu halten. Es war, als riefe es nach ihm. Blake dachte an Agetta. Wut überkam ihn und er hieb mit dem Degen auf das Sofa. Die Waffe drang in den Stoff, weiße Federn flogen durch das Arbeitszimmer und segelten wie Schneeflocken auf den Boden. Blake trat mit dem Fuß gegen das Sofa und hieb immer wieder mit dem Degen darauf, bis er von oben bis unten mit Gänsefedern bedeckt war.

Lachend ließ er sich schließlich aufs Sofa fallen, doch das Lachen verging ihm bald wieder, als er hinter der dunklen Eichenvertäfelung, keinen Meter von ihm entfernt, ein leises Klopfen hörte. Der Rhythmus wurde schneller. Der ganze Raum begann zu vibrieren und die einzelnen Wandtafeln wackelten und bebten. Das Geräusch schien jetzt von allen Seiten gleichzeitig zu kommen.

Blake sprang auf, hielt den Degen vor sich und hieb in die Luft, als wolle er einen unsichtbaren Feind niederstrecken. »Du kannst dich ruhig zeigen, Bestie, ich habe keine Angst vor dir«, rief er, doch seine Stimme brach bei den letzten Worten. »Lass es uns hier und jetzt zu Ende bringen!« Er hoffte, Abram könne ihn hören und hätte seine beleidigte Bitte, einmal etwas ohne seinen Schutzengel tun zu können, vergessen.

Das Klopfen wurde mit jedem Schlag lauter; es pflanzte sich von Paneele zu Paneele fort, als stünde ein ganzes Regiment von Geistertrommlern hinter der Wand. »Hör auf damit!«, brüllte Blake. »Komm raus und kämpfe von Angesicht zu Angesicht . . .«

Das Trommeln hörte abrupt auf. Eine gespenstische Stille trat ein; in Luftwirbeln segelten Gänsedaunen zu Boden. Blake wusste, dass sein Gegner ganz in der Nähe war, und seine Gefühle wechselten zwischen leidenschaftlichem Mut, Verzweiflung und Panik, während er sich vorzustellen versuchte, was ihm bevorstand.

In seiner Aufregung sah Blake nicht, dass sich die hohe, schmale Paneele, hinter der sich ein Hinterausgang zum Fluss verbarg, wie eine Tür öffnete. Erst das leise Quietschen der Angeln verriet ihm, dass er nicht mehr allein war. Er drehte sich um und sah den Sekaris an der Wand lehnen.

»Blake«, sagte der Sekaris und es klang wie das Schnurren einer Katze, »endlich begegnen wir uns allein.«

»Warum hast du ihn umgebracht?«, wollte Blake wissen und trat einen Schritt zurück. Der Sekaris blockierte die Tür.

»Man hat mir den Auftrag gegeben ... und ich habe mich mit der Idee angefreundet.« Der Sekaris machte einen Schritt auf ihn zu.

Blake sah die Wunde, die die Pistole in seine Brust gerissen hatte und die fast schon verheilt war. Ein Stück dunklere Haut bedeckte das Einschussloch. »Für eine Bestie aus Ton heilen deine Wunden gut«, bemerkte er, während er sich verzweifelt nach einer Fluchtmöglichkeit umsah.

»Ich hatte einen guten Arzt, einen, der in der Nacht zu mir kam und meine Wunden mit Engelstränen und seinem tiefen Verlangen heilte.«

»Engelstränen?«, hakte Blake nach. »Ein Mittelchen für Quacksalber, Scharlatane und Lügner.«

»Merkwürdig, wie du von deinem Freund redest«, meinte der Sekaris. Seine Augen leuchteten wie die Sonne. »Du kannst es dir leicht machen und dich kampflos ergeben. Dann wäre es so schnell vorüber wie bei dem anderen Mann. Er starb bereitwillig, mit so viel Anmut. Er hat sich fast an seiner eigenen Zunge verschluckt, als er mich sah. Sprachlos und nun ... herzlos.« Er lächelte. »Es wäre schnell vorüber, das verspreche ich dir.« Der Sekaris kicherte und die Blätter auf seinem Gesicht raschelten, als sei ein Wind durchgefahren.

»Ich bin ein Mann und kann nicht ohne Kampf aufgeben.

Also komm und nimm dir, was du von mir haben willst. Aber du musst kämpfen um meinen Körper, und meine Seele wirst du nie erringen.«

»Du glaubst, du hättest eine Seele und könntest nach dem Tod weiterleben? Mach dir nichts vor! Ihr seid nichts als Haut und Knochen, dazu ein Verstand, der euch alles Mögliche vorgaukelt. Euch kann man nur fressen – und selbst das bloß teilweise. Zu etwas anderem taugt ihr nicht.«

»Dann meine Klinge gegen deine.« Blake schwang seinen Degen und hielt so die Bestie auf Abstand.

Zwischen den weißen Daunen, die das zerschnittene Sofa immer noch ausspuckte, waren plötzlich auch ein paar schwarze Federn. Und es wurden immer mehr, wie ein dunkler Nebel füllten sie den Raum. Aus sämtlichen Teilen des Hauses kam jetzt das Krächzen von Dohlen, mit einem Mal waren sie überall.

Blake hieb mit dem Degen nach den Vögeln, die um ihn herumflatterten, von der Decke herabstürzten und nach seinen Augen hackten. Er traf eine, dann noch eine und noch eine. Sobald die Klinge sie berührte, zerfielen sie zu schwarzem Staub. Der Sekaris beobachtete Blake nur und wartete darauf, dass er müde wurde, während die Vögel nach ihm pickten und ihm mit ihren scharfen Krallen in die Haare fuhren. Immer mehr Dohlen kamen in den Raum geflattert. Blake stolperte rückwärts in die hinterste Ecke und der Sekaris verfolgte jede seiner Bewegungen mit Blicken.

Blake drehte sich um, sprang aufs Sofa und schlug mit dem Schwertgriff das Fenster ein. Der Lärm von der Straße drang herein und der Dohlenschwarm verschwand durch das Loch nach draußen.

Blake sprang wieder auf den Boden. »Nur du und ich, Sekaris, von Angesicht zu Angesicht und ohne einen von deinen Geiern, der dir helfen kann.«

Der Sekaris lachte nur. »Deine Tapferkeit kommt ein wenig zu spät, Blake. Asche zu Asche, Staub zu Staub.«

Fauchend machte er einen Satz auf ihn zu. Noch ein Schritt und er hatte ihn an der Kehle gepackt, grub seine langen Finger in Blakes Hals und schnappte nach seinem Gesicht. Blake stolperte, fiel rückwärts über das Sofa und landete auf dem Boden. Der Sekaris folgte seiner Beute und drückte seine Hände fest auf seine Brust. Blake schrie auf vor Schmerzen. Seine Jacke und die Weste wurden bei der Berührung flammend heiß.

»Gib dich geschlagen, Blake. Überlass mir dein Herz, dann sage ich dir, was es mit deiner Seele wirklich auf sich hat.«

Blake schlug der Bestie mit dem Schwertgriff ins Gesicht. Blätter segelten zu Boden, doch er sah, wie sofort frische nachwuchsen. Der Sekaris drückte ihn gegen die Wand, zog ihn auf die Füße und hielt ihn mit einer Hand aufrecht. Er holte aus – vermutlich, um ihm die Faust endgültig in die Brust zu bohren.

Ein verzweifelter Hieb mit dem Schwert trennte die Hand des Sekaris oberhalb des Handgelenks vom Arm. Die grün überkrustete Hand fiel zu Boden und der Sekaris ließ Blake los. Blake holte erneut aus und traf seinen Gegner seitlich am Kopf. Blätter fielen herab wie bei einem Herbststurm. Der Sekaris stürzte rückwärts aufs Sofa. Blake sprang der Bestie auf die Brust und von dort zur Tür, die zu dem Geheimgang Richtung Themse führte. Er tauchte ab in die Dunkelheit, warf die Tür hinter sich zu und suchte nach dem Riegel. Der Geruch des Flusses stieg ihm in die Nase, als er die ausgetretenen Stufen hinunterlief. Oben hörte er das Splittern von Holz, als der Sekaris sich gegen die Tür warf, um die Verfolgung aufzunehmen.

Blake bewegte sich in dem schmalen Treppenabgang in vollkommener Dunkelheit. Er schrammte rechts und links gegen die Wände und Spinnweben legten sich über sein Gesicht. Dann sah er weiter unten einen schwachen Lichtschein: das Ende des Tunnels. Er lief schneller, um ihn zu erreichen, bevor die Bestie ihn einholte. Das Licht wurde heller; es schien durch die Ritzen einer schmalen Tür.

Blake warf sich gegen die Tür und versuchte den Schlüssel im Schloss umzudrehen. Er war vollkommen verrostet und brach ab, sodass er das halbe Rohr und den Ring in der Hand hielt. An seinem Kreischen hörte er, dass der Sekaris nicht mehr weit sein konnte. Blake kämpfte weiter mit der Tür, die sich jedoch nicht öffnen ließ. Schließlich drehte er sich um und sah die Bestie durch die Pfützen patschen. Er saß in der Falle.

Blake sah die Augen des Sekaris in der Dunkelheit leuchten. Noch zehn Schritte, dann war er bei ihm. Er spannte sämtliche Muskeln an und führte mit aller Kraft einen letzten Hieb mit dem Degen quer über die Brust der Bestie. Die hatte noch so viel Schwung, dass sie in ihn hineinprallte und ihn gegen die Holztür drückte. Die Wucht war so groß, dass die Tür nachgab. Die rostigen Angeln brachen und Blake und der Sekaris fielen aus der Dunkelheit ins Tageslicht.

Einen Augenblick lang lagen sie benommen auf den feuchten, mit Algen überzogenen Stufen, die zum Fluss hinunterführten. Dann sprang der Sekaris auf die Füße. Das helle Licht blendete ihn und er torkelte. Aus der Wunde in seiner Brust floss grünes Blut über seinen Bauch. Blake führte noch einen Hieb und traf ihn am Bein. Der Degen drang in den Ton und der Sekaris strauchelte, rutschte die Böschung hinunter und fiel ins kalte Wasser der Themse, die hier ziemlich tief war. Blake wirbelte herum, schaute über den Rand der Böschung und sah die Bestie kopfunter im Wasser treiben. Dann drehte sie sich ein paar Mal um sich selbst, bevor sie langsam in dem braunen Wasser versank.

»Interessant«, sagte eine Stimme neben ihm. »Ich habe mich schon gefragt, wie du den Sekaris bezwingen willst.« Abram Rickards trat aus dem Schatten. Er setzte die Brille mit den blauen Gläsern auf die Nasenspitze und rückte die Drahtbügel hinter den Ohren zurecht. »Solche Wesen sind nicht so leicht umzubringen und ich habe noch nie gehört, dass eines ertrunken ist. Um einen Sekaris zu töten, sucht man am besten in seiner Brust nach der Auster, die er statt eines Herzens hat. Man reißt sie heraus und zertritt sie, erst dann kann man sicher sein, dass er wirklich tot ist.«

»Dann warst du also die ganze Zeit in der Nähe wie eine Amme, die in der Dunkelheit wartet, bis das Kind schreit?«, fragte Blake und trat in den Tunneleingang.

»Sagen wir lieber: Ich war neugierig.« Abram lächelte. »Ich habe dir versprochen, dass ich nicht eingreife, und ich habe Wort gehalten. Erst als ich wusste, dass du gesiegt hast, habe ich mich gezeigt.«

»Und was hättest du gemacht, wenn der Sekaris die Oberhand gewonnen hätte?«

»Dann wärst du jetzt tot. Ich hätte deine Seele in ihre Zukunft begleitet und mir deine Vorwürfe angehört, weil ich dich habe sterben lassen.« Der Engel schaute zum Himmel hinauf. »Aber du hast noch ein größeres Problem als den Sekaris«, sagte er und zeigte auf den Kometen, der über ihnen deutlich zu sehen war. »Der Stern hat die Erde bald erreicht. Jetzt kann ihn nichts mehr aufhalten.«

Auch Blake schaute hoch und sah mit Entsetzen weiße Kondensstreifen über den Morgenhimmel ziehen. Es regnete Himmelseis auf die Stadt. Aus allen Richtungen kam das klagende Ächzen winziger Meteoriten, die hoch über ihnen explodierten und verdampften. Innerhalb von Sekunden ging ein gewaltiger Hagelschauer über London nieder, Vorbote des kommenden Unheils. Die von dem Kometen abgespaltenen Hagelkörner schossen durch die Atmosphäre und zischten auf ihrem Weg zur Erde, wenn die Hitze die vielen Tonnen von gefrorenem Schlamm und Mineralien wegbrannte, die durch Zeit und Raum geflogen waren. Der Himmel brach auf und leuchtete in allen Farben, als die Kristalle zur Erde fielen.

Blake rannte die Treppe hinauf. Vom Hafendamm aus sah er die Kuppel der St.-Pauls-Kathedrale wie eine umgedrehte Obstschüssel in den Farben des offenen Himmels glitzern.

Ein lang gezogenes Donnergrollen war zu hören, als eine gewaltige Kugel aus zischendem Fels durch die Atmosphäre schoss, wie ein Kloß, den man ins Feuer wirft. Sie schlug in die Kirche ein. Ein Aufschrei ging durch die Straßen Londons. Die Schockwelle brandete durch die Straßen und Gassen, walzte alles nieder, was im Weg stand, und überrollte die Alten und Schwachen, die sich nicht retten konnten. Es schien, als fliehe die ganze Stadt Richtung Fluss, und als die letzten Himmelssteine auf die Erde prasselten, kamen die panischen Schreie der Menge immer näher.

Blake schaute den Engel verzweifelt an.

»In den Tunnel«, sagte Abram ruhig. »Der Wahnsinn bricht aus.«

22

Gemara Ge-Hinnom

Auch in der Kammer unter der Großen Säule hörte man das Prasseln der Himmelssteine und die Wände bebten bei dem Einschlag in die Kuppel der St.-Pauls-Kathedrale. Der Kerzenleuchter an der Decke wackelte, die Steinplatten verschoben sich, die Gefangenen verloren den Boden unter den Füßen und die Tür wurde aus den Angeln gehoben. Rumskin kam hereingeschossen, drehte sich einmal um sich selbst und grunzte dabei wie ein Affe im Käfig. Dann schlug er mit der Pfote nach Tegatus und verschwand wieder Richtung Treppe.

»Die nächste Katastrophe ist über die Stadt hereingebrochen«, sagte Thaddeus und rappelte sich auf. »Vielleicht ändert das ihre Pläne für euch.«

»Welche Pläne, Thaddeus?«, fragte Agetta. »Wer sind sie und weshalb wollen sie ausgerechnet mich?«

»Sie bauen an einer neuen Zukunft, einer neuen Gesellschaft. Nach dem, was Morbus Gallicus mir gesagt hat, geschieht irgendetwas, bei dem du und ich eine wichtige Rolle spielen. Worum es geht, habe ich allerdings nicht verstanden. Ich weiß nur, dass sie uns nichts tun werden.«

Agetta fasste ihn am Arm. »Ich will hier nicht bleiben, Thaddeus. Ihr müsst uns helfen, dass wir hier rauskommen. Wir können ihnen das Buch geben, für uns ist es doch wertlos.«

»Wir sollten hier bleiben, mein Kind, und sehen, was sie von uns wollen. Ich glaube nicht, dass sie es böse mit uns meinen. Sie haben es nur auf den Engel abgesehen«, erwiderte Thaddeus.

»Hauptsache, sie wollen *Euch* nicht in einen Freund von Rumskin verwandeln, ja?«, meinte Tegatus sarkastisch. »Ich nutze meine Chance und verschwinde, statt zu warten, bis sie Hühnerfutter aus mir machen.«

»Ich gehe mit Tegatus«, sagte Agetta und ließ Thaddeus los. »Ihr habt gesehen, was die Bestie mit ihm gemacht hat. Er hat es nicht verdient, zu sterben, wir müssen hier raus.«

»Ich bin dafür, dass wir warten. Wir können mit ihnen verhandeln, unsere Freiheit gegen die Preisgabe des Nemorensis. Uns würde nichts passieren, nur der Engel müsste leiden.«

Tegatus ging zur Tür und zog an den Angeln. Das Schloss schnappte auf und die Tür fiel nach draußen. Ein kalter Luftzug drang vom Tunnel in die Kammer.

»Ich gehe, ich habe genug gelitten. Kommt mit, wenn ihr wollt. Während meiner Zeit hier habe ich erkannt, wohin ich gehöre und was ich zurückgelassen habe. Vielleicht gibt es einen Weg, mit meinem Herrn wieder ins Reine zu kommen.«

»Wo ist das Buch, Agetta? Sag mir, wo es ist!«, drängte Thaddeus. Seine Stimme klang jetzt ganz anders als sonst, voller Zorn, und in seinem Blick war keine Spur von Zärtlichkeit, als er sie anschaute. »Ich will es wissen, bevor du hier rausgehst. Rumskin kann aber auch jederzeit gerufen werden, damit er dich sucht.«

Agetta merkte, dass etwas nicht stimmte. Thaddeus sprach bewusst laut, so als wolle er, dass auch andere ihn hörten. Innerhalb eines Satzes hatte er sich verändert, er klang jetzt eher wie ein Vater als wie ein Freund und sie war lediglich ein Mädchen, das man benutzte, weil sie etwas wusste. Sie ging rückwärts Richtung Tür, um Tegatus näher zu sein. Ihre Hassgefühle ihm gegenüber waren verflogen.

»Wenn ich Euch sage, wo das Buch ist, lasst Ihr mich dann gehen?«, fragte sie und streckte die Hand nach dem Engel aus.

»Darüber ließe sich nachdenken«, meinte Thaddeus. »Ich könnte sie dazu bringen, dass sie dich verschonen.«

»Seid Ihr wirklich ein Gefangener?« Sie machte einen weiteren Schritt Richtung Tür.

»Sagen wir ein gefangener Gast, der durch einen Zaubertrick hier festgehalten wird. Aber ich bin trotzdem dein Freund und kenne deine Zukunft«, sagte Thaddeus mit sanfter Stimme. Er legte den Kopf zur Seite und lächelte, da er gemerkt hatte, dass seine barschen Worte sie verletzt hatten. »Du wärst hier sicherer. Lass den Engel gehen, dann können wir zusammen zu Abend essen, wie ich es dir versprochen habe. Und ich wollte dich auch noch fragen, ob du nicht für mich arbeiten willst, für Londons bekanntesten

Buchhändler.« Thaddeus redete voller Stolz, er zog die Augenbrauen in die Höhe, strahlte sie an und ließ die Nasenflügel beben wie ein Kaninchen.

Agetta ließ die Hand des Engels los und erwiderte sein Lächeln. Ihre Augen suchten in seinem Gesicht nach der noch so kleinsten Spur einer Lüge. Thaddeus lächelte immer noch und wartete auf ihre Antwort.

»Ich gehe mit dem Engel«, sagte Agetta und ging weiter rückwärts. »Ich will nichts mit diesen Leuten zu tun haben. Das Leben ist mehr als die Frage, was es zu essen gibt, und mehr als die schönen Kleider der Ladys in der Fleet Street.« Sie überlegte einen Augenblick. »Und die Arbeit in Eurem Laden ist, glaube ich, zu hoch für mich, aus mir würde nie eine gute Buchhändlerin werden.«

Damit drehte sie sich um und schaute Tegatus an. Er nahm die beiden größten Kerzen aus dem Leuchter und wies zur Tür. Leise verließen sie die Kammer und traten in den dunklen Tunnel.

»Wartet, ich komme mit«, rief Thaddeus. Er streifte sich die Fesseln von den Handgelenken und lief ihnen nach. »Ich kann hier nicht allein bleiben. Ich bin ein Gefangener, aber nicht nur von Morbus Gallicus.«

Agetta und Tegatus liefen durch den Tunnel und mit jedem Schritt kamen die Geräusche der Themse näher. Thaddeus versuchte mit ihnen Schritt zu halten, doch er sah nur noch ihre zuckenden Schatten und hörte ihre Schritte im seichten Wasser. Tegatus hielt Agettas Hand ganz fest und zog sie vorwärts. Sie redeten nur im Flüsterton miteinander, damit Thaddeus sie nicht hören konnte.

»Wenn wir es schaffen und hier rauskommen, können wir in die Buchhandlung gehen und das Nemorensis holen«, sagte Tegatus. »Es muss entweder dem Himmel zurückgegeben oder zerstört werden. Ich kann es nicht bei ihm lassen, ich traue deinem Freund nicht.«

Agetta erwiderte nichts darauf, doch insgeheim stimmte sie dem Engel zu. Sie hatte sich so viel von der Freundschaft mit dem Buchhändler versprochen, sich ausgemalt, was noch daraus werden könnte, doch jetzt merkte sie, dass Thaddeus ihr längst nicht alles über sich gesagt hatte.

»Wartet auf mich«, hörten sie ihn aus der Ferne rufen. »Ihr habt ein Licht und ich muss im Dunkeln gehen.«

Sie beachteten ihn nicht, sondern stapften weiter durch das tiefer werdende Wasser.

Auf Londons Straßen wuchs die Panik derweil ins Unermessliche. Die Leute ließen ihr Hab und Gut zurück und flohen aus der Stadt. Wagenräder rumpelten über Kopfsteinpflaster und die Schreie der Menschen drangen in das unterirdische Labyrinth, das sämtliche Teile der Stadt miteinander verband.

»Wie weit ist es noch?«, fragte Agetta. Sie wateten inzwischen durch knietiefes Wasser.

»Bis wir draußen sind«, antwortete der Engel ungeduldig. »Wir sind bald an der Themse und von dort finden wir dann auch die Brücke.«

»Ich kenne den Weg«, rief Thaddeus von hinten. »Wartet, dann zeige ich ihn euch.«

Sie liefen weiter. Plötzlich blieb Tegatus stehen und

lauschte. Er war sich nicht sicher, ob er nicht weit hinter Thaddeus Schritte hörte.

»Es ist vielleicht doch besser, wenn er mit uns kommt«, sagte er zu Agetta. »Dann wissen wir wenigstens, ob er irgendetwas gegen uns im Schilde führt.«

Sie warteten und Thaddeus beeilte sich sie einzuholen. »Wir können immer noch zurück, Agetta. Ich rede mit ihnen . . .« Sein zerfurchtes Gesicht glänzte im Kerzenlicht. Sie standen an einer Gabelung des Tunnels.

»Wir gehen weiter«, sagte der Engel und wies in die Richtung, wo der Gang steil zum Fluss hin abfiel. »Ihr könnt hier bleiben, wenn Ihr wollt, aber das Mädchen möchte mit Euren Machenschaften nichts zu tun haben.«

Von oben drangen aus allen Richtungen gedämpfte Schreie in den Tunnel; auf den Straßen musste das Chaos ausgebrochen sein. Agetta lief es eiskalt über den Rücken. »Was ist da draußen los?«, fragte sie, als sie weitergingen.

»Wieder ein Himmelsbeben oder etwas noch Schrecklicheres«, sagte Thaddeus kläglich und nahm ihren Arm. »Wir sollten umkehren, in der Kammer sind wir sicherer.«

»Ihr, aber nicht ich«, erwiderte Tegatus und zog Agetta von ihm weg. »Wir gehen weiter. Ihr könnt ja bleiben, wenn Euch das lieber ist. Ich habe das Gefühl, dass Ihr nicht wirklich mitkommen wollt. Warum bleibt Ihr also nicht hier? Warum spielt Ihr nicht mit dem dicken Hund, mit dem Ihr Euch so gut zu verstehen scheint – Rumskin, so hieß er doch, oder?« Er strich über die Wunden in seinem Gesicht, dann boxte er Thaddeus vor die Brust. »Ist er vielleicht zufällig hier, um auf Euch aufzupassen? Wie schön, einen

Freund zu haben, der auf einen aufpasst, einen dämonischen Schoßhund, der um Euch herumhechelt, Mister Thaddeus.«

»Was meinst du damit?«, fragte Agetta.

»Frag ihn – frag ihn, was hier wirklich gespielt wird. Falls er die Wahrheit sagt, dürftest du eine Überraschung erleben.«

»Hör nicht auf ihn, Agetta, er will nur dich und mich auseinander bringen. Engel kennen die Angewohnheiten der Menschen nicht. Sie sind dazu geboren, sich einzumischen und in Ungnade zu fallen, sobald sie nur die Schürze einer Schankfrau erhaschen können. Was war es denn bei dir? Der Absinth oder der Genever oder etwas noch Raffinierteres?«, höhnte Thaddeus und schlug dem Engel auf die Wange.

»Jetzt trennen sich unsere Wege«, sagte der, packte Thaddeus an der Kehle, hob ihn mit einer Hand hoch und setzte ihn auf den Steinsims, der an der Tunnelwand entlanglief.

»Wirst du ihn verzaubern?«, fragte Agetta.

»Nein«, rief Tegatus. »Ich werde etwas viel Wirkungsvolleres mit ihm machen.« Er schlug Thaddeus zweimal mit der Faust ins Gesicht, dass dieser bewusstlos auf dem kalten Stein zusammensackte. Tegatus sah Agettas erschrockenen Blick. »Er ist einer von ihnen. Es war alles ein Trick. Thaddeus war der Köder in der Falle. Du bist diejenige, hinter der sie in Wirklichkeit her sind.«

»Aber sie haben gesagt, dass sie dich verwandeln wollen.«

»Das hätten sie auch getan – es gehört zu dem, was mich noch erwartet. Das ist nun mal so, wenn ein Engel weltlichen Dingen verfällt und sich wünscht ein Mensch zu sein. Wir machen uns etwas vor, sagen uns, dass es keinerlei Folgen hat, und wenn, dann erst in ferner Zukunft. Wir versuchen mit aller Gewalt menschliches Leben zu schmecken, doch wenn wir den Schritt einmal getan haben, ist es wie bei jeder Sucht: Der Sündenpfuhl wird zu unserer Heimat und der Körper, in dem wir dann wohnen, ist ein Opfer unserer Lasterhaftigkeit.«

»Dann wirst du also trotzdem verwandelt?«, fragte Agetta und ging rasch weiter. Den bewusstlosen Thaddeus überließen sie der Gesellschaft der Ratten.

»Als die Bestie mich in der Kammer gepackt hat, habe ich gesehen, was aus mir werden wird. In einem Augenblick ist mein Leben an mir vorbeigezogen, ich habe gesehen, wie ich es für das Verlangen hingegeben und vergessen habe, wozu ich bestimmt war. Die Königin der Dunkelheit hielt mich gefangen, aber nicht weil sie so mächtig ist, sondern weil ich es so wollte. Ich hatte die Frucht gekostet und geschmeckt, wie gut sie war.«

»Im Buchladen habe ich dich gehasst, ich wollte, dass du gehst oder stirbst . . .«

»Das warst nicht du, sondern das Buch. Es hat Macht über deine Gedanken und du kannst nichts dagegen tun.« Tegatus blieb stehen und schaute sie an. Er hielt seine Kerze über den Kopf und ließ das Licht über die niedrige Tunneldecke flackern. »Ich gehe noch einmal in den Laden. Ich werde das Nemorensis holen und vernichten. Ich würde es ja dem Himmel zurückgeben, aber ich habe keine Ahnung, wie ich da hinkomme. Ich war so lange auf irdische Dinge konzentriert, dass ich nicht einmal mehr weiß, wie man fliegt.« Der Engel lachte. »Aber da ich keine Flügel mehr habe, ist selbst das . . .« Er hielt inne. Hinter ihnen ertönte ein Heulen, das er nur zu gut kannte. Rumskin rief nach ihnen.

Tegatus warf Agetta einen Blick zu, der sagte: »Lauf!« Zusammen rannten sie durch den Tunnel, dass das Wasser nur so spritzte und fast ihre Kerze auslöschte. Der Engel schirmte die Kerze mit der Hand ab und die Flamme warf Schatten, die aussahen wie lange schwarze Krallen, die über die Tunneldecke huschten. Vor sich sahen sie den Ausgang. Er kam mit jedem Schritt näher – genau wie Rumskin.

Agetta erreichte den Ausgang zuerst. Er war sehr niedrig, ein kleines Kind hätte vielleicht gerade durchgepasst. Sie schaffte es, sich durchzuquetschen, und stand endlich in der hellen Sonne. Tegatus zwängte sich in die Öffnung. Das Keuchen kam immer näher. »Schnell zieh mich raus!«, rief er. Agetta warf die Kerze in den Fluss und zog mit aller Macht an seinem Mantel. Doch Tegatus saß fest, er war zu groß für die kleine Öffnung. »Dann musst du eben allein gehen«, rief er. »Wenigstens kommen sie an mir nicht vorbei, es sei denn, sie fressen sich durch mich hindurch.«

Agetta packte seinen Kopf, stemmte einen Fuß gegen die Wand und zog, so fest sie konnte. »Du musst mithelfen!«, rief sie und plötzlich knallte er wie ein Korken heraus und kullerte auf den Treidelpfad. Agetta schloss rasch die Tür hinter ihm.

Ringsum sah sie rennende Leute und vom Hafendamm herüber, wo die armen Schlucker ihr Hab und Gut auf Karren und Wagen packten, schallten Rufe und Geschrei. Man spürte die Panik wie einen kalten Wind, der durch die Straßen fegte. Sie brachte die Leute fast um den Verstand und der Wille, zu überleben, nahm ihnen ihre Würde. Eine Ewigkeit, so schien es, stand Agetta nur da und schaute sich um. Die Kuppel der St.-Pauls-Kathedrale in der Ferne sah aus wie eine riesige, zerbrochene Eierschale. Dicke Rauchwolken quollen aus dem Loch. Sämtliche Bootsführer ruderten mit aller Kraft zum südlichen Ufer. Sie zogen menschliches Treibgut mit, das sich an ihre Boote gehängt hatte, um dem Schrecken, der vom Himmel gefallen war, zu entkommen.

»Wir müssen zur Buchhandlung, schnell«, drängte Tegatus und riss Agetta aus ihren Gedanken.

In diesem Augenblick warf sich Rumskin von innen gegen die Tunneltür. Sein grotesker Kopf durchbrach das Holz und er stierte Agetta an. Tegatus schnappte sich ein kleines Fass und warf es nach ihm, worauf der Kopf wieder verschwand.

»Er wird uns nicht verfolgen«, sagte Tegatus, als sie erneut zu laufen begannen. »Es ist heller Tag, da wird er es nicht wagen. Als Wesen der Dunkelheit ist Licht für ihn eine Qual. Erst heute Nacht wird er versuchen uns aufzuspüren.«

Eine Beruhigung war das für Agetta nicht. Eine unendliche Furcht erfüllte sie, eine Furcht, die ihre Füße in Blei verwandelte und ihren Magen in einen festen Kloß. Während sie hinter dem Engel herlief und in dem Durcheinander um sie herum Schritt zu halten versuchte, musste sie immer nur an die Katastrophen denken, die über die Stadt hereingebrochen waren, und daran, wie sich ihr Leben verändert hatte. Schuldgefühle und Verzweiflung überkamen sie und erinnerten sie schmerzlich daran, wie unzufrieden sie mit ihrem Leben gewesen war. Ihr schlechtes Gewissen machte sich lustig über ihre Vorstellungen von einem besseren Leben, einem höheren Ideal. Das kommt davon, flüsterte es. Agetta hatte sich nach mehr gesehnt – nach den Reichtümern Yerzinias, einem Leben als Lady. Und das war nun die Antwort auf ihren Wunsch, ihr altes Leben hinter sich zu lassen. Sie hatte alles falsch gemacht.

Yerzinias Worte kamen Agetta wieder in den Sinn und sie wusste, dass sie sie finden musste, um ihr alles zu erzählen, was geschehen war, und ihr Angebot anzunehmen. Sie sah wieder die Gasse vor sich: Yerzinia in ihrem eleganten schwarzen Mantel, die schöne Kutsche mit den samtschwarzen Pferden. Sie würde sie wieder finden und am Abend würde sie ihr das Nemorensis übergeben als Zeichen ihrer Hilfsbereitschaft und Freundschaft.

Auf der Straße zur London Bridge konnten sie kaum noch laufen, weil sie voller Menschen war, die sich wie ein langsamer, schmutziger Strom fortbewegten. Dieser Strom verengte sich am Aufgang zur Brücke und ergoss sich dann wieder auf die Straße am anderen Ufer. Agetta hielt sich am Gehrock des Engels fest, während sie sich von den Menschenmassen treiben ließ. Am Ende der Brücke sah sie das Schild über dem Eingang zum Buchladen, das quietschend im Wind hin und her schwang.

Während Tegatus sich näher an die Buchhandlung heranschob, griffen immer wieder unsichtbare Hände in seine Taschen. Da sie alle leer waren, zogen die kleinen und großen Diebe enttäuscht weiter. Agetta starrte in das Meer von Gesichtern, und je näher sie der Buchhandlung kamen, desto mehr hatte sie das Gefühl, wie ein Kork auf dem Wasser zu treiben. Als sie aufschaute, fiel ihr zum ersten Mal auf, dass das Dach des Buchladens dem einer Burg glich, mit hohen Befestigungsmauern und Schießscharten statt Fenstern. Auf den Zinnen thronten die vertrauten Gesichter der in Stein gemeißelten Diakka, Fabelwesen, die unsichtbare Feinde abwehrten. Über allem schimmerte der Komet in der Morgensonne. Der Himmel im Zenit strahlte silbern.

Plötzlich hatte Agetta Tegatus verloren und wurde im Gewimmel abgetrieben. »Tegatus!«, schrie sie, als sie schon strauchelte und von der Menge niedergetrampelt zu werden drohte. Als Tegatus sich umdrehte, sah er gerade noch ihre ausgestreckte Hand. Er packte sie am Handgelenk und zog sie gegen den Strom zu sich heran. Sie schrie vor Schmerzen und dachte, er würde ihr den Arm ausreißen. Ein alter Mann mit grauem Bart hob sie hoch und schob sie, während der Engel zog. Agetta sah, wie der Mann stolperte, und ihre Blicke trafen sich, kurz bevor er in der brodelnden Menge unterging.

Tegatus hielt sich an der Ladentür fest wie an einem Rettungsanker. Mit der anderen Hand zog er Agetta zu sich heran. Sie fiel in seine Arme und war unter der Tür wie auf einer Insel im Sturm endlich in Sicherheit.

Sie betraten den Laden und verriegelten die Tür hinter

sich, damit die Menge nicht nachdrängte und Lärm und Chaos draußen blieben. Die Bücherreihen verströmten Ruhe und das Wissen von Jahrhunderten.

Man hörte kleine Füße an der Wand entlanghuschen und in der Ecke bei dem alten Kamin war ein heller Schatten an der Wand zu erkennen. Eine kleine Gestalt wurde sichtbar, nahm langsam Formen an, als Staubkörnchen sich zu Staubkörnchen fügte. Zuerst zwei glänzende Augen, dann ein Ohr, ein Mund und eine kleine Stupsnase, dazu verklebtes blondes Haar – vor ihren Augen erschien ein Mädchen in Lumpen.

»Ihr müsst weg«, sagte das Kind weinerlich. »Hier seid ihr nicht sicher.«

23

Le Grand Dénouement

Ich habe neulich einen Mann getroffen, der nicht an Engel glauben wollte«, sagte Blake. Er schaute über die Themse, die dem Meer zustrebte. »Er sagte, so etwas gäbe es nicht. Es war am Tag vor dem Himmelsbeben und bevor der Komet erschien.« Reumütig sah er Abram an. »Wenn er jetzt nur hier sein und sehen könnte, was ich sehe.« Sein Blick ging zurück zur Themse, wo sich ein Boot kieloben im Kreis drehte und Richtung London Bridge gesogen wurde. »Meine Vorstellungskraft wurde bis zum Äußersten strapaziert; jetzt kann mich nichts mehr überraschen. Meine Augen können mich nicht täuschen, da mein Verstand besiegt ist, und ich weiß, dass mein Leben nie mehr so sein wird wie früher. Sag mir nur eines: Warum das alles?«

»Du hast das Nemorensis gelesen, du bist ein Meister der Kabbala – sag *du* es mir, weiser Mann.«

»Ich dachte, ich wüsste Bescheid, könnte vorhersagen, was kommt, doch seit ich das Buch hatte, war ich ein anderer, ich war besessen von meinen Berechnungen, abgelenkt von der Suche nach der Wahrheit.«

»Ob als Wissenschaftler oder Kabbalist, immer sucht ihr nach Antworten, könnt nicht einfach akzeptieren, was geschieht«, erwiderte der Engel. »Ich wundere mich immer wieder. Wann immer ihr nach Erleuchtung strebt, haltet ihr euch an irgendeinem alten Glauben fest. Schau dich doch an – du bist Wissenschaftler, ein Mann, der sein Leben auf Tatsachen aufgebaut hat, und du suchst die Wahrheit in irgendeiner absonderlichen Schrulle. Je mehr ihr entdeckt, desto tiefer vergrabt ihr euch in der Vergangenheit.«

»Je mehr ich entdeckte, desto mehr habe ich mich in die Magie zurückgezogen«, erwiderte Blake. »Es war, als liefe ich vor der Gegenwart davon und suchte eine bessere Welt in der Vergangenheit. Ich hatte immer Angst davor, im Hier und Jetzt zu leben. Ich habe entweder mit Blick auf die Zukunft gelebt oder in der Erinnerung an das, was hätte sein können. Die Gegenwart stellt einen vor so viele Probleme, sie hat mir immer mehr abverlangt, als ich geben konnte.«

»So zu leben heißt, das Leben verleumden«, sagte Abram fast im Flüsterton. »Jeder Atemzug ist ein Sakrament des Augenblicks, der wertvoll ist und einzigartig und ausgekostet werden muss. Wer immer nur in der Vergangenheit lebt, wird verbittert, wer sich in die Zukunft wünscht, vergeudet sein Leben. Du kannst es dir nicht leisten, auch nur eine Sekunde zu verschwenden, es könnte deine letzte sein ... Du konntest also nur noch an das Buch denken und daran, was es dir offenbaren würde?«

»Es wurde zu meinem Lebensinhalt.« Blake hatte das Gefühl, endlich verstanden zu werden.

»Das ist typisch für das Nemorensis. Es findet deine Schwächen und verstärkt sie noch. Diejenigen, die nach Wissen streben, werden in die Irre geführt. Wer nach Macht strebt, wird trunken gemacht von dem Einfluss, den er plötzlich hat, und die verbittert sind, schrumpeln ein wie eine getrocknete Aprikose. Es wird dich von seinem Versteck aus rufen, damit du es wieder findest. Das Nemorensis braucht die Bewunderung seiner Sklaven. Es wird sich bemerkbar machen und dich anziehen, egal, wo du bist, und ich brauche dir nur zu folgen, um es wieder in meinen Besitz zu bringen.«

»Wieder?«, fragte Blake überrascht.

»Ich habe darauf aufgepasst. Ich habe es der Person gestohlen, die es geschrieben hat. Angefangen hat das Buch als Geschichte unserer Familie, bis die Schreiberin es mit Wünschen füllte, die sie tief im Herzen hegte. Sie schrieb, dass unser Herr uns anlügen und uns um unser Erbe bringen würde, behauptete, sie sei ihm gleich, wir alle seien nicht seine Geschöpfe, sondern ihm gleichgestellt. Asche aus Asche, Staub aus Staub.« Er hielt inne, damit Blake die Tragweite seiner Worte begreifen konnte.

»Hezrin war ein guter Engel und so schön. Und genau das wurde ihr zum Verhängnis.« Abram schaute hinauf zu dem Kometen, der hoch über ihnen am Himmel stand. »Sie hat diesen Kometen aus dem All gerufen. Je größer ihre Macht wurde, desto mehr wuchs ihre Gier. Sie will Königin über zwei Reiche werden – über die Erde und den Himmel – und sie will dort mit ihrem Bruder Pyratheon herrschen. Das einzig Gute an dem Buch ist, dass es verrät, welches ihre nächsten Schritte sind. Wenn wir es haben, wissen wir, wie wir sie besiegen können. Und es gibt da etwas, um das sie nicht herumkommt. Alle tausend Jahre muss sie eine andere Gestalt annehmen. Wenn ein Engel auf die Erde kommt, um hier zu leben, und die Welt sein Dasein bestimmt, verwandelt er sich bald in einen knurrenden Dämon. Bei ihr ist es bald wieder so weit, sie muss eine andere Identität annehmen. Das ist nur möglich, wenn sie den Körper der Person stiehlt, die sie werden möchte. Es muss am Geburtstag dieser Person und es muss Vollmond sein. Morgen ist Vollmond und irgendwo ganz in der Nähe ist jemand, dessen Leben sie stehlen wird.«

»Woher weißt du, wer es sein wird?«, fragte Blake. Von Cheapside herüber flogen Schreie wie Herbstlaub über die Türme der Stadt und Glocken läuteten, ohne dass jemand am Strang gezogen hätte.

»Es muss ein Mädchen sein in der Blüte ihrer Jugend und rein. Hezrin hat immer solche ausgewählt, die besonders tatkräftig sind. Sie wählt sie bei der Geburt aus und beobachtet sie, bis die Zeit gekommen ist. Ihre Helfer greifen sich das Mädchen mitten aus dem Leben und Hezrin kann sich verwandeln.«

»Morgen ist Allerseelen, da hat mein Dienstmädchen Geburtstag, Agetta Lamian. Ich gebe ihr an diesem Tag immer frei. Sie hat das Nemorensis gestohlen und mitgenommen.«

»Dann könnte sie die Auserwählte sein und der eigentliche Grund, weshalb das Nemorensis bei dir landete. Hast du dich nie gefragt, weshalb ausgerechnet du ein solches Geschenk erhalten hast?« Dass er Agetta kannte, verriet Abram nicht.

»Ich dachte, es sei ein Geschenk der Götter, das sie mir in Verwahrung gegeben hätten.«

»Es wurde dir gebracht, damit es Einfluss nehmen konnte auf das Mädchen, damit sie mit geistigen Dingen in Berührung kam und es ihre Jugend stehlen konnte. Du bist eine Marionette in ihrem Spiel, eine unbedeutende Torheit, die Lady Flamberg sich leistet.«

»Sie will, dass die Stadt zerstört wird und alle Bewohner umkommen«, sagte Blake. Draußen schwoll das wütende Gebell von Hunden immer mehr an.

»Sie fürchten den Himmel, sie spüren, was über uns hereinbricht, und in ihrer Angst tun sie das, was jede Kreatur tut, wenn sie Angst hat – sie greift an. Sie spüren ihren Gegner auf und dann greifen sie an.« Abram stellte den Kragen seines Gehrocks auf.

Blake ging nicht auf das Gesagte ein. »Ihr Vater sagte, sie sei mit einem Mann aus seiner Sammlung von Missgestalten davongelaufen. Ein Fremder aus Italien soll es sein, ein Mann mit Flügeln.« Er lachte. »Sie wollten mir tatsächlich weismachen, dass sie mit einem Mann mit Flügeln abgehauen ist!«

»Weißt du zufällig den Namen des Fremden?«, fragte Abram.

Blake überlegte. »Er hieß – Tegatus. Ja, genau, der Mann war Italiener und hieß Tegatus.«

»Dann ist noch nicht alles verloren, denn dieser Mann ist

kein Italiener, er ist nicht einmal ein Mensch – er ist ein Engel, ein himmlischer Gesandter, der Yerzinia aufsuchen und im Himmel über sie berichten sollte. Sie hat ihn angelockt, wie das Licht eine Motte anlockt, und er hat sich die Flügel verbrannt. Ich bete, dass er nicht zu tief gefallen ist. Was hätte er davon, wenn er die Welt gewinnen, dafür aber das ewige Leben verlieren würde?« Er sah Blake an. »Tegatus ist wie ein Schaf, das verloren ging und seinen eigenen Weg eingeschlagen hat. Vielleicht gibt es doch noch Hoffnung für das Mädchen und für uns alle.« Abram ging die paar Schritte zum Hafendamm und schaute den Fluss hinunter zu den Häusern auf der London Bridge. »Kennst du einen Buchhändler namens Thaddeus Bracegirdle?«

»Den kenne ich gut. Ein merkwürdiger Mensch mit glänzenden Knopfaugen und einer Nase wie ein Schwein.«

»Kann es sein, dass dieses Mädchen, Agetta, in seinem Laden verkehrt?«

»Sie ist ein intelligentes Mädchen, hat sich vieles selbst beigebracht, aber dass sie in Buchhandlungen verkehrt ...? Nein«, erwiderte Blake bestimmt.

»Ich war in dem Laden und habe dein Dienstmädchen dort getroffen. Sie verhielt sich so, als würde sie Bracegirdle kennen, als sei er ein Freund. Es waren noch andere Wesen in dem Laden – Kinder.« Er unterbrach sich und schaute sich um, da er nicht wollte, dass jemand mithörte. »Tote Kinder, deren Seelen in dem Haus gefangen sind. Es war, als ginge man mitten durch die Unterwelt. Kaum je habe ich die Gegenwart des Bösen so deutlich gespürt. Kannst du dir einen Grund dafür denken?«

Blake schien überrascht und wusste nicht so recht, was er darauf antworten sollte. »Das Haus war früher einmal eine Kirche, eine kleine Kapelle für Reisende, die von außerhalb in die Stadt kamen. Man erzählt, dass sich zu einer bestimmten Zeit im Jahr unter der Brücke ein Strudel bildet, wenn die Sonnenstrahlen das Wasser berühren. Wer da hineinspringe, lande am Tor zur nächsten Welt. Als die Pest in der Stadt ausbrach, sprangen viele Menschen, die den qualvollen Tod fürchteten, von der Kirche aus ins Wasser und wurden nie mehr gesehen. Die Kirche wurde zu einem Haus des Todes, anstatt ein Haus des Lebens zu sein. Der Letzte, der ins Wasser sprang, war der Priester. Er läutete die Glocke zur Frühandacht, schloss die Tür ab und warf sich in die Fluten. Es heißt, dass der Fluss an dieser Stelle nie zufriert, weil es immer warm ist von den Feuern der Unterwelt und der heiße Atem eines Drachen aus der Tiefe aufsteigt. Danach wurde aus der Kirche eine Buchhandlung. Und Thaddeus Bracegirdle ist mit vielen seltsamen Gestalten befreundet.«

»Auch mit Lady Flamberg?«, wollte der Engel wissen.

»Jeder in der Stadt kennt Lady Flamberg oder hat zumindest von ihr gehört«, erwiderte Blake mit einem Lächeln. »Sie wohnt seit ewigen Zeiten hier.«

»Und sie hat sich nie verändert, ist nie älter geworden. Während ihr Mann dick und rund wurde, sieht sie immer noch aus wie das Mädchen, das er vor Jahrzehnten kennen gelernt hat.« Wieder schaute Abram hinüber zur Brücke. »Sie fürchtet, dass diese Verwandlung ihre letzte ist, deshalb darf nichts schief gehen. Der Komet gehört zu ihrem Plan – eine neues Leben und eine neue Stadt.«

»Sie haben gesagt, dass sie in den Norden gehen wollen, in ein Haus auf dem Land, und von dort aus alles beobachten«, erinnerte Blake sich.

»Yerzinia wird sich nicht weit von hier entfernen. Sie hat sich mit treuen Anhängern umgeben und morgen, wenn der Vollmond aus dem Meer aufsteigt, wird der Komet einschlagen und die Verwandlung wird vollzogen.«

»Und London?«, fragte Blake leise.

». . . wird zerstört werden. Die Unterwelt wird ihre Schreckgespenster ausspeien, damit sie die Lebenden quälen – die wenigen, die noch übrig geblieben sind.«

»Und was wird aus dem Mädchen?«

»Man nimmt ihr ihren Körper, sodass ihre Seele in alle Ewigkeit umherirren muss. Hezrin benutzt sie, wie sie eine Kutsche benutzt. Der Körper von Lady Flamberg, der nicht mehr gebraucht wird, verfault. Lord Flamberg wird aufwachen und feststellen, dass seine Frau nur noch ein Haufen Haut und Knochen ist.« Der Engel lachte. »Aber mit der Verwandlung ist es nicht getan. Du hattest Recht, der Komet ist Symbol für eine neue Welt, eine vergiftete dunkle Welt, die von einer fremden Macht beherrscht wird. Sie wird eine neue Stadt errichten, in der Korruption und Angst herrschen. Ein Drache wird ihr Herold sein und am Tor sitzen.«

»Und was wirst du tun?«, fragte Blake den Engel.

»Was *ich* tun werde?« Die Frage schien Abram zu amüsieren. »Wird erwartet, dass ich irgendetwas tue? Ich hatte vor mir das Spektakel ganz entspannt anzuschauen, zuzusehen, wie die Menschheit vor meinen Augen untergeht. Was erwartest du von mir? Du bist ein Mann, der sich mit Magie und Wissenschaft auskennt, du musst das alles doch irgendwie aufhalten können.«

Blake schwieg und starrte über die Stadt. Raben zogen ihre Kreise über den Straßen, die von liegen gebliebenen Menschen und Wagenteilen übersät waren.

Der Engel schaute ihn scharf an. »Was siehst du, Blake?«

»Ich . . . ich sehe, dass wir verloren sind. Alles, was es gebraucht hat, um die Stadt zu vernichten, war die Ankunft des Kometen. Zerstreut sind wir wie gemähtes Gras, in den Wind geworfen, als seien wir die Spreu vom Dreschboden.« Er ließ den Blick über die verwüstete Stadt gleiten. »London ist der einzige Ort, an dem ich mich auskenne, und jetzt wurde er mir genommen. Was kann ich tun?«

»Aus Staub erschaffen, von der leisesten Brise davongeweht, schwach und zerbrechlich wie ein alter Hund, dem man den Gnadentod gönnt – ist es das, was du glaubst?«

»Ich glaube, dass die Macht, die dich gesandt hat, uns aufgegeben hat. Der alt und klapprig gewordene Unsterbliche hat uns in die Hände eines gefallenen Engels gegeben«, rief Blake.

»Siehst du nicht, dass dies alles so gekommen ist, weil ihr den nicht angenommen habt, der euch erlösen kann?« Auch der Engel war laut geworden. Er trat mit dem Fuß gegen ein Fass mit gesalzenem Fisch, das auf dem Hafendamm stand. »Das gemeine Volk hat sich immer auf seinen Instinkt verlassen. Ihr dagegen habt nach Macht und Reichtum gestrebt, habt eure Seelen über euren versponnenen Philosophien verhungern lassen und es nicht einmal gemerkt. Es wäre besser, wenn ihr an gar nichts glauben würdet, als aus allem einen Glauben zu machen.«

»Aber was –«, wandte Blake ein.

»Ihr macht mich krank! Sobald ein Unglück über euch hereinbricht, hebt ihr eure Hände und ruft den Himmel um Hilfe an. Ihr hofft, dass euch alles vergeben wird und Gott angelaufen kommt wie ein Diener und sich verbeugt und verlegen an seinem grauen Bart zupft und dankbar ist, dass man sich an ihn erinnert. *Aber so ist es nicht!*«

Den letzten Satz hatte Abram aus vollem Hals herausgebrüllt. Die Worte hallten in den leeren Straßen wider und dröhnten wie die Vorboten eines neuen Himmelsbebens. Blake spürte den Atem des Engels heiß auf seiner Haut. Er wankte einen Schritt zurück, als Feuerzungen aus dem Mund des Engels schossen und ihn in leuchtend orangefarbenen Rauch hüllten. »Das Größte, wonach ihr aus eigener Kraft streben könnt, ist für uns so viel wert wie ein schmutziger Lappen. Die Menschheit hat nichts Tugendhaftes an sich – das ist eine Täuschung der Ungläubigen und Blinden. Eure Nasen stecken so tief im Schmutz, dass ihr außer dieser Welt nichts sehen könnt. Und ihr zittert vor Angst, wenn ihr fürchten müsst, dass sie euch genommen wird. Mach die Augen auf, du Affe von Eden, und schau dir an, was wirklich passiert.« Der Engel holte plötzlich aus und trat Blake mit voller Wucht ins Kreuz, dass er ein Stück weit durch die Luft flog. Aus Abrams Nase kamen Rauchwölkchen.

Blake saß auf dem Boden, benommen von den Bildern, die sich in seinen Kopf eingebrannt hatten. Er hatte das Gefühl, in die Sonne geschaut zu haben und jetzt geblendet zu sein. »Wir tun nur das, wovon wir eine Ahnung haben«, sagte er beleidigt wie ein Kind, das ausgeschimpft wurde.

»Ihr tut, was die Gier euch diktiert, und erwartet vom Höchsten, dass er die Scherben aufsammelt«, sagte Abram und half Blake auf. »Du hast deine Meinung geändert, ja? Willst du diesen Kampf alleine ausfechten? Nur zu, Blake. Du könntest sie ja vielleicht finden und aufhalten, wenn du wolltest. Dein Freund Bonham würde dir dabei helfen, wenn er nicht so sehr damit beschäftigt wäre, seine Nase in Hezrins Busen zu vergraben wie alle anderen auch.«

Das Heulen der Hunde kam näher und die Schreie derjenigen, die sich nicht trauten die Stadt zu verlassen, waren bis in die Grub Street zu hören.

»Es ist Zeit, dass wir gehen«, sagte der Engel. »Sonst bist du bald Hundefutter.«

Gerade als sie sich umwandten, kamen mehrere Männer den Hafendamm entlanggerannt. Weit hinter ihnen folgte ein ganzes Rudel Hunde, angestachelt von ihren Schreien. Die Hilferufe der Männer gingen im Heulen der Tiere unter, die immer schneller wurden. Ein großer, dicker Mann in einem weißen Nachthemd konnte nicht mehr weiterlaufen. Er stürzte sich vom Damm ins Wasser und wurde sofort von ihm verschluckt.

Blake hob seinen Degen und machte sich auf den Angriff gefasst. Er war zu verwirrt, um wegzurennen, und der Gedanke, diesen Alptraum beenden zu können, hier am Ufer des Flusses und in der Stadt, die er liebte, wurde von Sekunde zu Sekunde verlockender.

»Dann kämpfen wir jetzt gegen Hunde?«, fragte der Engel und wühlte in seiner Rocktasche.

»In diesem Land helfen wir unseren Mitmenschen, ganz egal, was es uns kostet«, erwiderte Blake trotzig. Er schwang seinen Degen und brummte wie ein Bär, auf den die Hunde losgelassen wurden.

»Das gefällt mir, aber verzeih mir, wenn ich verschwinde, bevor es zu Ende ist. Die Gesellschaft von Hunden hat mir nie sonderlich behagt.«

»Wenn ich hier sterbe, sterbe ich wenigstens für etwas Achtbares«, rief Blake.

»Dann sollte ich vielleicht doch warten, damit ich deine Seele in die nächste Welt begleiten kann«, erwiderte Abram lächelnd.

Die Männer rannten schneller, doch die Hunde holten auf. Ein Richter in Perücke und roter Robe hinkte hinter den anderen her. Blake sah, dass er viel zu große Stiefel trug, als hätte er in seiner Panik die falschen erwischt.

Ein Jagdhund war als Erster bei ihm, brachte ihn mit einem Pfotenhieb in den Rücken zu Fall, riss ihm die Lockenperücke vom Kopf und schüttelte sie wie ein totes Kaninchen. Während der Hund auf der Perücke herumkaute, sie mit einer Pfote auf den Boden drückte und daran zerrte, rappelte der Richter sich auf, kickte die zu großen Stiefel von den Füßen und lief barfuß auf Blake und den Engel zu. Die Männer vor ihm verteilten sich und liefen in die Gebäude, deren Rückseiten an die Grub Street grenzten. Wie verängstigte Tiere verschwanden sie in den Häusern und schlugen die Türen hinter sich zu, damit die Hunde ihnen nicht folgen konnten. Von den Fenstern aus beobachteten sie den Mann, der sie einmal vor Gericht verteidigt hatte. Helfen wollte ihm jetzt allerdings keiner.

»Lauf, Mann!«, rief Blake und rannte dem Richter mit gezücktem Degen entgegen. Abram folgte ihm gemächlich. Er betrachtete die schönen Häuser auf der anderen Seite des Flusses.

Der Richter kam nur noch langsam voran; Glassplitter hatten seine bloßen Füße aufgeschnitten. Ein anderer, größerer Hund nahm die Blutspur auf und kam herangeschossen. Ein Hieb mit der Pfote und der Richter lag am Boden. Sofort stürzte der Hund sich auf ihn.

Blake zielte mit dem Degen auf die Kehle des Hundes und tötete ihn mit einem Hieb. Der Richter rappelte sich noch einmal auf, tränenüberströmt und keuchend. Mit dem Degen in der Hand wartete Blake auf den Rest der Meute, die rasch näher kam. Er stieß einen Schrei aus, der seinen ganzen Körper beben ließ. Abram griff rasch in die Tasche seines schwarzen Gehrocks und zog einen kleinen, runden Gegenstand heraus. Er holte aus und warf den Ball mitten unter die Hundemeute.

Ein greller Blitz leuchtete auf. Blake wurde in die Luft gehoben, machte einige Purzelbäume rückwärts Richtung Fluss und landete in einer Reihe von Fässern. Ein donnerndes Brüllen nahm ihm den Atem und die Druckwelle der Explosion rollte ihn hilflos über den Boden.

Dann war alles still. Benommen stand er auf und schaute sich um. Er hörte nur das laute Klingeln in seinen Ohren. Die Explosion hatte sämtliche Hunde getötet und auf dem

Hafendamm verstreut. Abram Rickards saß auf einer niedrigen Mauer und wischte sich weißen Staub von seinem schwarzen Gehrock. Langsam kam Blakes Gehör zurück. Das Echo der Explosion sprang von einem Haus aufs nächste über, bevor es sich entfernte.

»Ich musste einfach mitmischen, ich konnte nicht widerstehen. Mit Abaris-Kristallen kann man viel Spaß haben. Sie sind ausgesprochen nützlich und nichts, aber auch gar nichts kann sich ihrer Macht entziehen.« Abram lachte. »Jetzt sag du mir: War es Wissenschaft oder Magie oder etwas, das machtvoller ist als beide zusammen?« Der Engel erhob sich von der Mauer. »Wie sieht es aus, mein lieber Schützling – können wir uns jetzt auf die Suche nach dem Nemorensis machen?«

24

Optime Disputasti

Es war vier Uhr am Nachmittag. Die Nacht verdrängte bereits die Sonne und warf lange Schatten über die Stadt. Agetta kauerte beim Kamin in der Ecke der Buchhandlung und beobachtete Tegatus, der mit dem Nemorensis in den Händen auf und ab ging und die dicken Pergamentseiten eine nach der anderen umblätterte. Seit sie den Laden betreten hatten, hatte sie gespürt, wie das Buch Besitz von ihr ergriff. All ihre Verbitterung kam wieder hoch und legte sich wie eine Klammer um ihr Herz. Sie schwitzte und verfluchte ihre Mutter für jedes falsche Wort, das sie zu ihr gesagt, und für jeden Fehler, den sie gemacht hatte. Neid und Missgunst gaben ihr Wörter ein, die ihr auf der Zunge brannten. Schlimme Wörter, die sie nicht laut aussprechen durfte, da der Engel sie hören könnte oder die Geisterkinder, die im Laden Fangen spielten.

Das zerlumpte Mädchen hatte ebenfalls am Feuer gesessen und Agetta den ganzen Nachmittag lang angestarrt. Sie warteten auf das Hereinbrechen der Nacht und darauf, dass sich die Straßen vollends leerten. Nur noch vereinzelt kamen Flüchtende aus dem Süden der Stadt über die Brücke. Das Geisterkind war zeitweise blasser geworden, fast unsichtbar, um dann wie eine frisch angezündete Kerze wieder zu strahlen und so real und greifbar zu werden wie Agetta, auf deren Gesicht sich der Schein des Feuers spiegelte.

»Warum geht ihr nicht?«, fragte das Mädchen wütend. Es hatte den ganzen Tag über kaum etwas anderes gesagt. »Hier seid ihr nicht sicher, sie kommen zurück und es gibt noch andere, die euch schaden wollen.«

»Wir bleiben, bis es dunkel wird«, erwiderte Tegatus bestimmt. »Danach hast du die Buchhandlung wieder für dich, vielleicht bist du dann ja glücklich.«

Agetta hatte noch nie zuvor mit einem Geist gesprochen. Wenn sie Geschichten über Geister gehört hatte, hatte sie gelacht und sie als Hirngespinste abgetan. Und jetzt saß so eine Erscheinung vor ihr, mit bleichem Gesicht und traurigen Augen, und man sah ihr an, wie verzweifelt sie über ihre Situation war.

»Ihr müsst gehen, sonst werdet ihr wie wir«, rief das Mädchen mit ihrer schrillen Stimme.

»Wie ist es, wenn man tot ist?«, wollte Agetta wissen. Sie zog ihren Stuhl näher ans Feuer.

»Ich bin nicht tot, ich bin so lebendig wie du.«

»Aber du hast doch einmal gelebt und jetzt läufst du als Geist herum, also musst du tot sein. Wie ist das?«

»Die Verwandlung war ganz einfach, ich bin aus meiner Haut gefahren und hab sie zurückgelassen. Dann war ich hier und alles war anders.«

»Hast du einen Namen?«

»Er hat ihn«, sagte das Mädchen und zog zitternd die Schultern hoch. »Hat ihn irgendwo weggeschlossen. Einmal hab ich ihn gesehen, aber ich kann nicht lesen. Wenn ich meinen Namen wüsste, wäre ich hier raus und könnte weitergehen zur nächsten Welt. Ich will hier nicht ewig bleiben.« Sie lachte, doch es klang wie Zähneklappern.

»Du solltest nicht mit Geistern reden«, meinte Tegatus, klappte das Buch zu und stellte es ins Regal zurück. »Sobald sie diese Welt verlassen haben, hast du nichts mehr mit ihnen zu schaffen. Selbst Engel versuchen sie auf Abstand zu halten.«

»Hat Thaddeus deinen Namen gestohlen?«, fragte Agetta leise.

»Der Buchhändler freut sich über unsere Gesellschaft, wir sind so etwas wie seine Familie.«

»Aber warum lässt er euch dann nicht gehen?«, fragte der Engel. »Damit täte er euch doch den größten Gefallen, oder?«

»Vielleicht sind wir alles, was er hat. Er hat keine eigene Familie . . .« Das Geistermädchen erstarrte; die Augen traten ihm fast aus dem Kopf. »Es kommt jemand«, flüsterte es und verschwand.

Tegatus packte Agetta am Arm und zog sie rasch in das Priester-Versteck hinter dem Kamin. Vorher hatte er noch eine Kerze vom Tisch genommen. Oben in der Wand der Kammer war zwischen zwei Steinen ein schmaler Spalt, durch den man den ganzen Laden überblicken konnte. Agetta schaute hindurch und sah, wie Dagda Sarapuk wie ein großer, schlanker Käfer durch die Buchreihen zum hinteren Teil des Ladens kam, wo sie sich versteckt hielt.

Tegatus ließ sie gewähren; es war, als bräuchte er nicht zu sehen, was draußen passierte, als wüsste er es auch so. »Er hat mir die Federn ausgerupft«, flüsterte er, »und jetzt will er das Buch stehlen.«

Plötzlich blieb Sarapuk stehen und schaute sich um, als hätte er etwas gehört. Agetta sah, wie das zerlumpte Mädchen sich einem Bücherstapel auf dem obersten Regalbrett näherte. Sie wusste, was es vorhatte, und hätte am liebsten laut »Nein!« gerufen. Als das Regal neben ihm wackelte, schaute Sarapuk hoch und sah drei dicke schwarze Bibeln wie einen Wahrheitsschauer auf sich herabregnen. Als die letzte ihn traf, fiel er auf die Knie. Ein schriller Freudenschrei ertönte und das Geistermädchen tanzte über die Buchreihen.

Sarapuk schaute sich mit zusammengekniffenen Augen um, dann fuhr er mit der Hand in die Tasche seines Gehrocks und zog eine Brille mit blauen Gläsern heraus. Agetta zog scharf die Luft ein. Eine solche Brille hatte auch der Mann getragen, der sie verfolgt hatte. Da Tegatus spürte, dass etwas nicht in Ordnung war, schob er sie unsanft zur Seite und schaute durch den schmalen Spalt.

»Meine Chezzed-Brille«, flüsterte er und trat wieder von der Wand zurück. »Dein Vater hat sie mir abgenommen, nachdem er mich für seinen menschlichen Zoo gekauft hatte.«

»Der Mann, der gestern hier war und der mir gefolgt ist, hatte dieselbe«, sagte Agetta.

»Er hatte eine Brille wie diese hier?«

»Genau dieselbe, aus dickem blauem Glas. Und er trug sie auf der Nasenspitze.

»Dann bin ich nicht der einzige Engel in London und ich fürchte, ich kenne den Grund, weshalb dich einer verfolgt«, flüsterte Tegatus. »Durch die Brille sieht er Dinge, die dem menschlichen Auge verborgen bleiben sollten.«

Tegatus schaute wieder durch den Spalt und sah, wie Sarapuk mit der Hand an den Buchrücken auf dem Regalbrett entlangstrich, auf dem er das Nemorensis versteckt hatte. Plötzlich hielt er inne. Sein ganzer Körper begann zu zittern und zu beben, als sei er elektrisch geladen. Die Brille fiel ihm von der Nase und er trat erschrocken einen Schritt zurück. Dann streckte er mit einem Ruck die Hand wieder aus, um nach dem Nemorensis zu greifen, doch ein blauer Blitz, der durch die Dunkelheit zuckte, ließ ihn erneut zurückschrecken. Sarapuk kicherte wie ein Kind, das ein neues Spielzeug bekommen hat, als er die Hand immer wieder ausstreckte und zurückzog und blaue Funken sprühten.

»Das Nemorensis hat ihn gefunden«, stellte der Engel fest.

Sarapuk spielte das Spiel noch eine Zeit lang weiter, bis sein Blick auf das goldene Blatt auf dem Rücken des nächsten Buches fiel. »*Micrografica!*«, rief er und sprang auf. »Blueskin Danby hat nicht gelogen. Sein Schatz liegt hier für mich bereit!«

Als Sarapuk das Buch vom Regal nahm, sah er das tiefe schwarze Loch dahinter. Er schaute hinein, konnte jedoch nichts erkennen. In seiner Gier steckte er einen Arm tief hinein. Er presste den Kopf ans Regal und zerquetschte sich fast die Nase. Seine Fingerspitzen berührten etwas Weiches, Samtenes. Er versuchte den Arm noch länger zu machen und ein paar Mal spürte er die Schlaufe eines Beutels auf dem Handrücken. Sarapuk stemmte die Füße gegen die Wand auf der anderen Seite des Gangs, um noch tiefer in das Loch hineingreifen zu können. Seine Gier trieb ihn an.

»Endlich!«, keuchte er, als er den Beutel zu fassen bekam. Er zog mit aller Macht daran, doch der Stoff hing irgendwo fest. Es war, als halte eine Geisterhand ihn umklammert und wolle nicht loslassen. »Was soll das?«, rief Sarapuk wütend. »Spiel jetzt keine Spielchen mit mir, Danby.«

Er ließ den schweren Beutel los und tastete die kalten, glatten Marmorwände des Loches ab. Dabei dachte er an das Gold und stellte sich schon vor, wie er die dicken gelben Münzen zählte und eine nach der anderen in seine Tasche gleiten ließ. Er kicherte vor sich hin, als ihm wieder einfiel, wie Cadmus beim Anblick von Blueskin Danby erschrocken war. Ein Freund ist dazu da, dass man ihn betrügt, wenn sich die Gelegenheit dazu bietet, dachte er.

Seine Finger berührten einen kleinen Haken am Boden des Loches, an dem der Beutel festhing. Es gelang ihm, ihn mit dem kleinen Finger zu lösen. Im selben Augenblick spürte er, wie eine Seitenwand nachgab, als hätte er die Tür zu einer geheimen Kammer geöffnet. Seine Augen glänzten vor freudiger Erwartung. »Was für ein Tag!«, murmelte er und streckte die Hand in die schmale Kammer, die seitlich abging. »Ein Beutel voller Gold und jetzt noch mehr Schätze aus früheren Zeiten. Bald sind sie mein, bald, bald, bald!«, jubelte er.

Durch den Spalt sah Tegatus, wie Sarapuk plötzlich zusammenzuckte. Er zog die Hand aus dem Loch, sprang auf und schaute auf seine geballte Faust.

Er hielt einen Skorpion in der Hand, der sich zwischen seinem Daumen und den Fingern wand. Sarapuk drehte die Hand um, damit er das Tier besser sehen konnte, da bog sich der lange Schwanz mit dem Giftstachel über seine Finger, zuckte wieder zurück und bohrte sich dann etliche Male in seinen Handrücken.

Sarapuks Faust öffnete sich ruckartig, der Skorpion flog durch die Luft und landete unversehrt zu seinen Füßen. Er öffnete die Scheren und kam rasch auf ihn zu. Sarapuk hüpfte von einem Bein aufs andere, als er versuchte das Tier zu zertreten. Mit der linken Hand umfasste er das Handgelenk seiner Rechten, von der aus das Gift sich langsam im Körper verteilte. Dicke Schweißtropfen traten ihm auf die Stirn. Schreiend hüpfte er weiter herum und versuchte den Skorpion zu zertreten. Dann erreichte das Gift sein Herz. Er fasste sich an die Brust und blieb stocksteif stehen. Innerhalb von zwei Sekunden war alle Farbe aus seinem Gesicht gewichen und die Haut über den eingesunkenen Wangen spannte sich. Sarapuk öffnete den Mund und wollte etwas sagen, konnte jedoch nur noch nach Luft schnappen wie ein Fisch auf dem Trockenen.

Der Staub auf dem Boden wurde aufgewirbelt. Langsam erschien Blueskin Danby. Alles Licht im Raum konzentrierte sich auf ihn, während er Gestalt annahm. Die Schlange auf seinem Gesicht züngelte auf Sarapuk zu, erreichte ihn und wand sich um seinen langen, dünnen Hals. Dann verankerte sie den Schwanz auf seiner Schulter und begann die Luft aus seinem Körper zu pressen.

»Sie ist etwas Wunderbares, diese Schlange«, sagte Danby lachend. »Man hat sie mir bei meinem Tod als Erinnerung fürs nächste Leben mitgegeben, eine lebendig gewordene Tätowierung, die jetzt deinen Tod einläutet.«

Sarapuk erkannte Blueskin Danby in seinem Delirium nur noch schemenhaft. Das Blut rauschte so laut in seinen Ohren, dass seine Worte nur ein leises Gemurmel aus einer anderen Welt waren.

»Was ist los? Hat es dir die Sprache verschlagen?«, fragte Danby. »Ich dachte, Lamian würde kommen, um sich das Gold zu holen, aber deine Gier war größer. Wie ich sehe, hast du die Überraschung gefunden. Diese Falle aufzustellen war meine letzte Tat im Leben.« Er schaute sich um. »Merkwürdig, ich hätte nie gedacht, dass ich erleben darf, wie sie zuschnappt. Aber der Tod war freundlich zu mir. Ich habe den Skorpion im Hafen gekauft. Er saß in einem silbernen Käfig. Ich hätte das Silber ins Pfandhaus gebracht, wenn ich noch Zeit gehabt hätte, aber der Strang ist mir dazwischengekommen.«

Sarapuk versuchte sich von dem lebenden Strick zu befreien, der sich immer enger um seinen Hals legte. Während der Tod von jeder Faser seines Körpers Besitz ergriff, ging Danby langsam um ihn herum. »Was wird jetzt wohl passieren, Sarapuk? Sag mir, was denkst du?« Er streichelte die Schlange, die laut zischte. »Jetzt komm schon, Mann, du hängst dich ans Leben wie ein ängstliches Kind an den Rockzipfel der Mutter. Gib auf und komm zu mir, dann können wir uns als verfluchte Brüder umarmen.«

Sarapuk streckte wie ein Blinder tastend die Hand aus und hielt sich am nächsten Bücherregal, das er fand, fest. Seine Hand war auf das Vielfache angeschwollen; der Schmerz pulsierte mit jedem Schlag seines schwächer werdenden Herzens durch sie hindurch. Er grub die Fingernägel in das weiche Holz in der Hoffnung, sich so am Leben festhalten zu können.

»Komm, Mann«, rief Danby, während seine Schlange über Sarapuks Gesicht kroch, »komm zu mir, dann können wir gemeinsam Rache üben . . .«

Mit letzter Kraft zog Sarapuk die Schlange von seinem Gesicht. Sein Blick ging nach oben, als wüsste er, wo Tegatus sich versteckt hielt. Seine letzten Worte waren: »Nie hast du mir geholfen . . . nie . . . Hölle.« Dann fiel er auf die Knie, kippte vornüber und schlug auf den Boden.

Danby schaute auf den Leichnam hinunter, hob die Schlange am Schwanz hoch und strich an ihrem Körper entlang, bis sie vollkommen steif war und aussah wie ein langer, dicker Stock. Mit dem Kopf der Schlange tippte er Sarapuk dreimal auf den Rücken. »Wach auf, Schläfer, und erhebe dich von den Toten«, sagte er leise. Danach strich er mit dem Schlangenstock über seinen Körper und riss ihm ein paar Haare am Hinterkopf aus. »Mein ist der Geist und mein ist der Tod.«

Sarapuks Geist löste sich langsam von seinem Körper und schaute sich um. Über ihm standen auf sämtlichen

Buchregalen die Geisterkinder. Er drehte sich um, bis er Blueskin Danby gegenüberstand. Der lächelte.

»Ich habe eine Ewigkeit und eine halbe auf diesen Augenblick gewartet, doch dein Tod erscheint mir längst nicht so süß, wie ich einmal dachte.« Danby drehte am Kopf der Schlange, um ihre Trance zu brechen. Dann streckte er die Hand mit Sarapuks Haaren aus. »Du kommst mit mir nach Styx und mit diesen Haaren nehme ich dir auch deinen Namen.«

Sarapuks Geist versuchte das vertraute Wort auszusprechen, das ihn seit frühester Kindheit begleitet hatte, doch es war, als sei es aus seinem Kopf entwendet und in ein Versteck gebracht worden, wo seine Erinnerung es nicht finden konnte. Er war namenlos geworden.

Sarapuks Geist schaute sich um. Über allem, was er sah, lag der eintönig graue Schleier des Todes. Er spürte die Wärme des Feuers nicht mehr und hörte nicht das Zischen der brennenden Scheite. Der Skorpion huschte über den Boden, klappte seine Scheren auf und zu und verschwand schließlich in einem Mauseloch in der Ecke.

Danby kicherte vor sich hin. »Die Leute werden deinen Namen rufen und du wirst nicht wissen, dass sie dich meinen. Ich bin dein Vater in der Hölle und ich gebe dir den Namen Kashal.« Er berührte Sarapuks Geist an der Schulter. »Auf uns wartet Arbeit; wir müssen *meine* Seele retten.«

Danach löste Danby sich auf; er verschmolz mit dem Geist von Kashal. Dieser schaute zu dem Spalt in der Wand über dem Kamin hinauf, während Teile seines Körpers von ihm abfielen und sich in winzige Lichtpünktchen verwandelten, bevor sie vollständig verschwanden.

Tegatus sagte nichts. Er hatte schon einmal miterlebt, wie eine solche Verwandlung stattgefunden hatte, weit weg, am Euphrat. Dagda Sarapuks Leiche lag mit dem Gesicht nach unten auf dem Boden; seine Seele war entschwunden. Der Engel wandte sich ab und setzte sich in seinem Versteck auf die Bank. Er wusste jetzt, was er zu tun hatte. Zu gern hätte er seine Flügel ausgebreitet und wäre nach Hause geflogen. Doch solche hoffnungsfrohen Gedanken platzten wie Seifenblasen, wenn ihm bewusst wurde, wie tief er gefallen war. Er hatte alle seine Kräfte zurückgelassen, vergeudet in der Beschäftigung mit der einen, die er doch nie in die Arme schließen konnte.

In die kalte, stille Dunkelheit der Kammer hinein sprach er die Worte seiner Geburt. Tränen der Reue brannten auf seinen Wangen.

»*Ga-al et ha-shamayim*«, wiederholte er ein ums andere Mal. Es fiel ihm schwer, die Worte auszusprechen, und anfangs wollte ihm die Stimme versagen, doch mit jedem Mal wurde sie kräftiger und bald füllte sie die ganze Kammer.

»Es ist Zeit«, sagte er schließlich zu Agetta, doch er erhielt keine Antwort. Das Mädchen schlief.

25

Seidkona

Im Traum stand Agetta auf einer Marmortreppe vor einem großen Herrenhaus. Sie wusste nicht, wie sie hierher gekommen war. Sie erinnerte sich nur noch, dass sie zu Tegatus hinaufgeschaut hatte, der an dem Guckloch gestanden und in den Laden hinausgesehen hatte. Wieder hatte sie die Macht des Nemorensis gespürt, hatte gemerkt, wie es ihre Sinne verwirrte und Hass und Wut auf alles und jeden geschürt hatte. Danach war sie eingeschlafen und nun stand, umgeben von blendendem Licht, ein Mädchen vor ihr, das nicht viel älter war als sie. Es war ganz in Rot gekleidet und streckte Agetta eine schmale weiße Hand entgegen. Agetta hatte das Gefühl, als würde sie weggezogen von ihrem Körper und hätte jetzt, wo ihr Geburtstag kurz bevorstand, das Recht, ihren dem Verderben geweihten Körper zu verlassen und andere Bereiche der Wahrnehmung zu erkunden. Beklommen ergriff sie die Hand des Mädchens und schaute in ihre dunklen Augen. Dann donnerte es plötzlich, das Mädchen war verschwunden und

Agetta stand vor dem Herrenhaus und starrte auf die breite Eingangstür.

Der Himmel verdunkelte sich. Zwei helle Lampen in Form von Fabelwesen mit behelmten Schlangenköpfen auf dem Deckel bewachten die Tür. Auf einer Seite stand ein Lakai in einer roten Jacke mit goldenen Litzen und schaute über den Platz. Agetta lächelte ihn an. Sie fragte sich, ob er wohl wusste, weshalb sie hier war und wer sie gerufen hatte. Sie sah sich um. Im Norden erstreckten sich die Felder von Conduit und hinter den frisch angelegten Gärten standen die hohen Häuser rund um den Queens-Platz mit ihren hübschen Eisengeländern und den blank polierten Stufen. Halb und halb erwartete sie, dass der Lakai sie vertrieb, dass er sie die Treppe hinunterstieß in den Schmutz wie ein bettelndes Straßenkind. Er drehte sich auch ganz plötzlich um und Agetta versuchte noch ihm aus dem Weg zu gehen – doch er marschierte direkt durch sie hindurch. Sie zog das Genick ein, als der Mann durch ihre Brust in sie hinein- und am Rücken wieder heraustrat, als gäbe es sie nicht oder als sei sie ein Geist. Sie schrie, doch der Lakai schien sie nicht zu hören. Er eilte die Treppe zum Keller hinunter. Auf der anderen Seite des Platzes drehte ein älterer Mann sich zu dem Haus um. Er war sich nicht sicher, ob er einen Schrei gehört hatte, doch er sah nichts.

Im Dämmerlicht der Lampen stellte Agetta fest, dass das Mal in ihrer Hand blutrot war und die kleinen Buchstaben, die die Narbe umgaben, golden leuchteten. Sie schienen sich entgegen dem Uhrzeiger um das Mal zu drehen. Fasziniert beobachtete sie, wie die Worte in ihrer Handfläche herumwirbelten und plötzlich stehen blieben. Um den Rand der rot leuchtenden Narbe waren die Worte *Ga-al et ha-shamayim* zu lesen.

Agetta hatte das Gefühl, als würde sie nach hinten gezogen, als hinge sie am Angelhaken wie eine Flunder und würde aus dem Meer gezogen. In der Mitte der breiten Tür war ein goldfarbener Türklopfer in Form eines Drachen. Er war aus einem einzigen Stück Eisen gegossen. Seine dicken, gerippten Flügel und die grünen Edelsteinaugen leuchteten im Licht der Lampen. Agetta griff nach dem Türklopfer, doch ihre Hand glitt einfach hindurch, als sei er gar nicht da. Als sie sich umdrehte, sah sie in einem Seitenfenster ihr Spiegelbild. Von ihrem Rücken ging eine dünne Silberschnur mit eingelegten Diamanten aus. Der Zug nach hinten wurde immer stärker, ihre Füße begannen auf dem glatten Marmor zu rutschen.

Kurz bevor sie den Halt verlor, kam eine weiße Hand durch die geschlossene Tür und packte sie fest am Handgelenk. Eine zweite Hand fasste sie am Ellbogen. Dann sah sie das Mädchen. Ihre grünen Augen leuchteten so hell wie die Lampen – Schlangenaugen, die einen verzaubern konnten. Das Mädchen zog Agetta durch die geschlossene Tür zu sich in den Flur des Hauses. Agetta überlief ein Schauder, als sie durch das Holz glitt und winzige blaue Funken sprühten. Sie empfand ein überwältigendes Glücksgefühl, stärker als alles, was sie je erlebt hatte.

»Mir macht es auch Spaß«, sagte das Mädchen mit den glitzernden Augen. »Aber beim ersten Mal ist es am allerschönsten.« Sie sprach leise und lächelte, als sie Agetta den Flur hinunterführte.

Agetta fiel der lange, silberne Faden auf, den das Mädchen hinter sich herzog. Er lief eine lange Treppe hinauf und verschwand in einer Tür, die mit Blattgold belegt war.

»Du weißt nicht, wo du bist, oder?«, erkundigte sich das Mädchen, als sie Agetta in ein großes Zimmer führte. Agetta war sprachlos vor Staunen und versuchte zu verstehen, was hier vor sich ging. Es war mehr als ein Traum. Alles schien klar und greifbar, gerade so, als wäre es echt und als wäre sie eine geisterhafte Erscheinung, die die Wirklichkeit aus einem anderen Blickwinkel betrachtete. Als Agetta an einem großen Spiegel vorbeiging, stellte sie erschrocken fest, dass sie kein Spiegelbild besaß.

Das Mädchen lachte. »Du wirst dich nie in dem Spiegel sehen, aber du träumst nicht. Komm mit.«

Im Esszimmer saß ein elegant gekleideter Mann und nagte wie ein hungriger Wolf an einem Affenknochen. Sein ganzes Gesicht glänzte vor Fettspritzern und er sah nicht ein einziges Mal auf, als die Mädchen hereinkamen.

»Uns bindet nur die Zeit. Wir können die Zukunft nicht sehen und nicht in die Vergangenheit gehen, doch hier können wir tun und lassen, was wir wollen, und wenn wir genug haben, können wir in unseren Körper zurückgehen und die Erinnerungen mitnehmen.« Das Mädchen wies auf den Mann. »Er kann uns weder hören noch sehen, doch manchmal nimmt man uns als Schatten aus den Augenwinkeln heraus wahr, wenn wir vorbeigehen.«

»Bin ich ein Gespenst?«, fragte Agetta. Sie versuchte den Ohrensessel zu berühren, auf dem der Mann saß.

»Dein Geist geht umher, während du schläfst. Du bist durch die Lebensschnur mit deinem Körper verbunden. Diese Schnur wird erst bei deinem Tod durchgetrennt. Aber sieh dich vor! Wenn die Stelle, wo sie am Rücken festgemacht ist, verletzt wird, kannst du nicht mehr in deinen Körper zurückkehren.«

Agetta bekam es mit der Angst zu tun. »Wie kann das passieren?«, wollte sie wissen.

»Eigentlich gehören wir Menschen hier nicht hin. Deine Sehnsucht hat dich hergeführt. Normalerweise bleiben wir in unserem Körper, wenn wir schlafen, doch heute Abend hat man dich über den Traum der Sterblichen hinausgeführt und hierher gebracht.«

»Wohnst du hier?«, erkundigte sich Agetta. »Warum bist du nicht mit allen anderen aus London geflohen?«

»Ich stehe im Dienst von Lord und Lady Flamberg. Sie hat mich in dieses Geheimnis eingeweiht. Sie hat mich oft nachts besucht und mir Streiche gespielt. Ich schlafe in einem der Zimmer oben und gehe nachts über die Flure und belausche ihre Unterhaltungen . . . Als die Steine vom Himmel fielen, haben wir uns im Keller versteckt. Uns wird nichts passieren, egal, was geschieht.« Ihre Augen glitzerten aufgeregt. »Es gibt noch andere, die das Geheimnis kennen. Sie wissen, dass du kommst, und warten oben.«

Sie führte Agetta die lange Treppe hinauf. Oben auf dem Flur kam ihnen ein Hündchen entgegen, das erwartungsvoll mit dem Schwanz wedelte.

»Er kann uns sehen«, bemerkte Agetta, als der Hund zu bellen begann und sich vor sie hinsetzte.

»Nicht nur das, er ist bei uns in dieser Welt.«

Agetta spürte, wie ihre Lebensschnur sie zurückriss.

»Jemand weckt dich auf und wir können nichts tun, um dich hier zu behalten«, sagte das Mädchen traurig.

Agetta streckte die Hand aus und versuchte sich an der Erscheinung festzuhalten. »Lass nicht zu, dass ich zurückmuss. Ich weiß nicht einmal deinen Namen.«

»Du wirst aufgeweckt und musst gehen. Sag mir, wo du schläfst, dann besuche ich dich dort.«

»Ich bin in der Buchhandlung auf der London Bridge im Priester-Versteck hinter dem Kamin«, sagte Agetta rasch, da sie spürte, dass immer stärker an der Schnur gezogen wurde. »Komm und bring mich hierher zurück. Ich muss mehr darüber wissen.« In diesem Moment verlor sie den Boden unter den Füßen und wurde rückwärts die Treppe hinuntergezogen.

Der Hund lief ihr fröhlich bellend nach, als sei dies ein Spiel. Agetta schwebte die Treppe hinunter, durch die geschlossene Eingangstür und hinaus auf die Straße. Sie flog durch Gassen und über Plätze Richtung London Bridge. Kurz vor der Brücke ließ der Zug der Lebensschnur nach und sie schwebte langsam eine schmale Gasse entlang.

Ohne jede Vorwarnung erstrahlte die Gasse plötzlich in einem hellen silbernen Licht. Der Nordhimmel schien zu explodieren und ein Feuerball stürzte herab. Ein ohrenbetäubendes Brüllen erfüllte die Luft und die Gebäude um sie herum bebten, als der Feuerball in die Themse stürzte. In der

Hitze verdunstete das schmutzige Wasser sofort; der Wasserdampf hing in der Luft wie ein Schleier.

Hilflos schwebte Agetta am Ufer der Themse entlang. Sie betrachtete die schönen Häuser rechts und links, die sich dunkel vor dem roten Schein des Feuers abhoben, das in Hampstead im Norden wütete. In diesem Stadium, in dem sie halb träumte und halb wach war, berührte sie das Chaos in der Stadt nicht. Sie beobachtete, wie ein Kirchturm, der wie ein Finger anklagend zum Himmel gezeigt hatte, in der Mitte abbrach. Es war, als seien die Gebäude für diese dunkle Stunde errichtet worden, als habe ihr Erbauer gewusst, dass sie kommen würde und dass nur in dieser Zeit und an diesem Ort ihre wahre Schönheit erkannt werden würde.

Agetta schaute zu den Sternen hinauf und sah, wie Fels- und Eisbrocken auf die Erde fielen. Die eingebrochene Kuppel der St.-Pauls-Kathedrale gab Zeugnis davon, dass sie in ihrem Erlösungsauftrag gescheitert war. Der Ort, an dem zuvor die Menschen ihre Traditionen gefeiert hatten, vibrierte jetzt vom leisen Grollen der Brocken, die von den äußeren Himmelsschichten zur Erde fielen. Der Komet wurde von der Erde angezogen; sie lockte ihn mit jeder Umdrehung näher zu sich.

In der Ferne sah Agetta das Mädchen mit dem Hund an ihrer Seite am Ufer entlanglaufen. Das Mädchen winkte und rief etwas, doch Agetta verstand es nicht. Ihr Herz hämmerte erwartungsvoll. Sie wusste jetzt, dass ihre Freundin sie ausfindig gemacht hatte und dass sie sie im Traum wieder sehen würde. Während Agetta wie schwerelos dahinschwebte, versuchte sie zurückzuwinken.

Dann wurde noch einmal heftig an der Schnur gezogen. Agetta durchbrach leise und schmerzlos die dicke Mauer der Buchhandlung und sank mit einem langen Seufzer in ihren kalten Körper zurück.

Tegatus rüttelte sie vollends wach. Sie fasste sich an den Kopf und rieb sich verschlafen die Augen.

»*Ga-al et ha-shamayim*«, wiederholte Tegatus immer wieder, als sei es eine Zauberformel. »Du hast im Schlaf geredet. Wo warst du?«

»Ich weiß es nicht«, erwiderte Agetta leise. Sie musste ihre Gedanken erst noch sortieren. »Ich habe gesehen, wie erneut ein Steinhagel auf die Erde niedergegangen ist und ein Feuerball vom Nordhimmel fiel. Ich war in einem Haus in der Nähe von Conduit Fields, ein großes Haus mit einer Marmortreppe. Dort habe ich ein Mädchen getroffen, ein Dienstmädchen wie ich. Sie sagte, sie könne im Schlaf herumgehen wie ein Geist, und ich habe es auch getan. Es war kein Traum, oder? Und das, was du gerade eben gesagt hast, stand auf meiner Hand.«

»Du hast einen Seher-Stein. Vielleicht ist jetzt die richtige Zeit, ihn für dich zu entdecken«, meinte Tegatus und ließ sich neben sie auf die Bank fallen. Agetta holte den Kristall aus der Tasche, legte ihn über das Mal in ihrer Hand und konnte beobachten, wie die schwarzen Buchstaben sich veränderten. *»Die Himmel hat er erlöst«,* las sie laut. »Das hast du also gesagt, als ich aufgewacht bin. Was bedeutet es?«

»Es bedeutet, dass du außer Gefahr und in Sicherheit bist. Du bist der Mittelpunkt von etwas, das selbst ich nicht verstehe. Es sieht so aus, als geschehe das alles hier nur wegen dir. Während du geschlafen hast, wurde Sarapuk getötet. Sein Geist wurde von einem Dämonen mit blauem Gesicht gefangen gesetzt. Sie sind jetzt weg.«

»Danby!«, keuchte Agetta. Dann hatte der Wegelagerer also ihr Versteck gefunden. »Er war ein Freund meines Vaters, ein Betrüger und Mörder und jetzt im Tod verfolgt er mich.«

»Hab keine Angst, Mädchen. Es gibt eine Kluft zwischen Himmel und Hölle, die kein Geist überschreiten kann, und ich kenne einen, der diesen Danby für immer in die Hölle schicken kann.«

»Er hat gesagt, dass er mich umbringen wird, um sich an meinem Vater zu rächen, und das wird er auch tun«, sagte sie verzweifelt und stand auf, um ihr Versteck zu verlassen.

»Halt! Bevor du nach draußen gehst, muss ich noch etwas erledigen.« Tegatus zog sie am Arm in die Kammer zurück. »Ich gehe zuerst und tue für Sarapuk, was getan werden muss. Auch wenn er ein Betrüger ist, kann man ihn nicht einfach hier verrotten lassen.«

Tegatus ging hinaus. Das Geistermädchen lag ausgestreckt auf dem Leichnam wie auf einem französischen Sofa. »Er braucht ihn doch nicht mehr«, sagte sie schuldbewusst, als sie den Engel sah. »Ich wollte hineinschlüpfen und sehen, wie es ist, wieder einmal in einem Körper zu leben, aber alles Leben war schon entflohen. So hat es mein Meister mit uns allen gemacht. Er setzt unseren Geist gefangen, dann lässt er unseren Körper durch die Falltür in die Themse plumpsen.«

»Dieser Buchhändler kennt sich nicht nur mit Büchern aus«, meinte Tegatus.

»Er ist ein Meister in vielen Dingen und hat viele Freunde. Er hat gewusst, dass das Mädchen hierher kommt. Ich habe gehört, wie er mit der Frau in der Kutsche gesprochen hat. Sie brauchen das Buch, das du hergebracht hast, zusammen mit dem Mädchen, und zwar heute Nacht. Du hast gedacht, du hilfst ihr bei der Flucht, und hast sie genau zur rechten Zeit an den rechten Ort gebracht. Anscheinend bist du doch nicht so schlau.« Sie verblasste, während sie redete, bis nur noch eine schwache Umrisslinie von ihr zu sehen war.

»Sie werden ganz London absuchen, deshalb ist es hier am sichersten, wo sie uns nicht vermuten.«

»Sie durfte traumgleiten. Ich war auf dem Dach und habe sie gesehen. Sag, Engel – sie kann sich das nicht selbst beigebracht haben, also müssen sie sie verhext und aus ihrem Körper geholt haben. Aber wenn sie das gemacht haben, wissen sie, wo sie ist . . .«

»Dann werden wir hier verschwinden und du kannst deinem Meister sagen, dass wir weg sind«, sagte Tegatus und schubste das Mädchen von Sarapuks Körper, der bereits steif wurde. »Jetzt zeigst du mir aber noch, wo die Falltür zum Fluss ist.«

Das Mädchen zeigte auf einen dicken Messingring, der neben dem Kamin in den Dielenboden eingelassen war. Tegatus zog daran und hob die drei Bretter in die Höhe, die die Falltür bildeten. Darunter brodelte das schmutzig braune Wasser der Themse unter dem engen Brückenbogen hindurch.

»Das bringt Erinnerungen zurück«, seufzte das Mädchen, während es hinunterschaute. »Ich erinnere mich noch an die Nacht, als es mir passiert ist. Ich hab zugesehen, wie mein Körper da runterfiel. Das Beste, was mir je passiert ist. Ein elendes Leben, ein elender Tod. Wo ist der Unterschied?«

Tegatus schleifte Sarapuk zu dem Loch und stieß ihn ohne alle Feierlichkeit und ohne ein Wort des Trostes einfach hinein. Er lauschte auf das Aufklatschen des Körpers, doch es war nichts zu hören, außer dem Rauschen des Wassers und dem Pfeifen des Windes.

Das Mädchen verschwand in dem Loch, um kurz darauf wieder aufzutauchen. »Er ist noch da«, kreischte sie. »Er ist an einem Balken hängen geblieben. Da baumelt er jetzt bis Weihnachten oder bis er verrottet.« Sie kicherte.

»Dann hängt er eben bis Weihnachten. Sollen die Toten ihre Toten begraben«, erwiderte der Engel ungerührt. Er ließ die Falltür wieder zuschlagen. Eine dicke Staubwolke stieg auf.

Tegatus drehte sich um und rief Agetta zu: »Ich bin so weit. Komm, wir müssen hier weg, bevor sie uns finden. Das Geistermädchen hat dich beim Traumgleiten beobachtet. Jetzt fürchtet sie, dass diejenigen, die dich suchen, dir gefolgt sind.«

Als Agetta aus dem Versteck trat, hatte ihr Gesicht sich verändert. Dem Engel fiel auf, dass der Kummer und die Angst sie hatten altern lassen und sie jetzt erwachsen wirkte.

»Mir ist jemand gefolgt . . . das Mädchen aus meinem

Traum . . . und ihr Hund. Ich will, dass sie mich finden. Sie tun mir nichts. Ich will mehr über ihre Zauberkunst erfahren.«

»Wo sind sie jetzt?«, fragte das Geistermädchen.

»Ich habe sie bei der Kirche gesehen, deren Turm nach Blackfriars hinzeigt.«

Tegatus lief zum Fenster und schaute hinaus. Im Norden glühte der Himmel rot von dem Feuer. Sehen konnte er niemand.

Am Tor zur Brücke beschnupperte ein kleiner Hund einen weggeworfenen Mantel, drehte sich ein paar Mal um sich selbst und legte sich dann darauf. Mit einem Auge lugte er hinüber zum Eingang des Ladens, den er bewachte.

In dem Haus nahe Conduit Fields verscheuchte Hezrin Flamberg beim Erwachen den Schatten des Mädchens. Sie schnippte mit den Fingern und Morbus Gallicus kam zu ihr gekrochen.

»Ich lasse Rumskin, wo er ist. Er sagt es uns bestimmt, wenn sie versuchen zu fliehen. Bring Thaddeus Bracegirdle zur London Bridge und pass auf, dass sie nicht entwischen.«

26

Hamartia

Denk nach, Mann! Denk nach!«, sagte Abram, während er Blake durch eine schmale Gasse schob, die von einem vom Himmel gefallenen Brocken verwüstet worden war. »Hast du denn überhaupt kein Gespür in deinen Knochen, wo das Buch sein könnte?«

»Ich kann nicht nachdenken. Es gibt einfach zu viel zu denken«, erwiderte Blake. Eine ganze Reihe Ziegel rutschte vom Dach eines Hauses und zerbrach mit lautem Getöse in der Gasse. Er schaute sich im Dämmerlicht um. Sämtliche menschlichen Schwächen waren hier versammelt. »Schau uns doch an. Du bist aus einer anderen Welt – was hältst du von dieser wundervollen Schöpfung?«, rief Blake erbittert.

»Es ist besser, du weißt nicht, was ich denke«, meinte Abram und schob Blake weiter. »Ich habe sämtliche Kloaken dieser Welt viel zu oft gesehen, habe die Schnapsleichen aus dem Sumpf geholt und wieder auf die Beine gestellt. Und meinst du, sie danken es einem? Mit keinem Wort! Vielleicht seid ihr ja selbst für das alles verantwortlich. Man hat euch einen freien Willen gegeben, damit ihr tun könnt, was ihr wollt. Und ihr wolltet euch nur um euch selbst kümmern. Wenn er euch doch nur euren Egoismus genommen hätte, dann hätten Yerzinia und ihre Hunde niemanden gehabt, den sie zerfleischen konnten. Ihr seid leichte Beute. Ich habe miterlebt, wie euer Wissen von Generation zu Generation größer wurde. Ich war dabei, als das erste Rad aus gebogenem Holz gefertigt wurde, ich habe gesehen, wie ihr Erfindungen gemacht und herrliche Maschinen gebaut habt. Aber auch Gier und Mordlust habt ihr wie ansteckende Krankheiten weitergegeben. Vielleicht ist mehr Hölle in euch als Himmel.« Tegatus stieg über einen toten Esel, der mitten auf der Gasse lag. »Ich habe mich schon oft gefragt, ob ihr wohl glücklicher wärt, wenn wir euch ganz euch selbst überließen und nicht versuchten euch das zu bringen, was ihr Tugendhaftigkeit nennt. Ich habe das auch einmal dem Schöpfer gesagt – aber er hatte meine Gedanken natürlich schon gelesen, bevor ich sie ausgesprochen hatte. Er hat nicht darauf geantwortet; es war auch nicht nötig. Die Antwort stand in seinen Augen geschrieben, in diesen alles sehenden, alles wissenden Augen, denen nichts verborgen bleibt. Sie sagten alles, sprachen von einem starken, festen Band, das nur er kennt.«

Der Engel wurde ganz melancholisch. Er nahm Blakes Arm und sie bogen in eine menschenleere Gasse ein, die parallel zur Fleet Street verlief. »Wir sind neidisch auf euch«, sagte er. »Wir verstehen nicht, weshalb er so viel für eure Welt übrig hat. Aber dann wird uns wieder bewusst, dass wir Boten sind, seine Boten, und dass wir, im Gegensatz zu euch, in sein Angesicht schauen und leben können.«

»Aber warum dann das alles?«, fragte Blake drängend. Der Gedanke an das Buch wurde wieder übermächtig. »Die Stadt ist vom Wahnsinn zerrissen, der Himmel hat einen Kometen geschickt, wie es in einem alten Buch vorhergesagt wurde, und die Welt wird von einer Dirne bezwungen werden. Ist dem Alles-Sehenden, Alles-Liebenden das denn egal? Oder ist er so schwach, dass er uns nicht helfen kann?«

Plötzlich konnte er die Füße nicht mehr heben. Es war, als hätte man ihm die Stiefel mit Blei gefüllt. Er bekam Krämpfe und sank auf die Knie. Eiskalte Finger griffen nach seinem Gesicht und unzählige Hände bohrten sich durch das Pflaster und den Schmutz, arbeiteten sich herauf aus der Grube, die seit der ersten Pest ihr Grab gewesen war.

Abram trat nach den Händen, die nach seinen Füßen griffen. Er ging zu Blake, der immer tiefer hinuntergezogen wurde. »Eine Pestgrube ist wieder zum Leben erwacht!«, rief er, packte Blake unter den Achseln und zog ihn hoch. »Dafür ist *sie* verantwortlich. Die Gräber werden sich öffnen und die Straßen werden wimmeln von den Seelen der Verstorbenen. Bald ist es so weit, Blake, und sie weiß, dass du versuchen wirst sie aufzuhalten. Wir müssen hier weg.«

Abram griff nach Blake und trug ihn die Gasse hinunter.

»Woher kommen sie?«, fragte Blake, als Abram ihn an die Tür einer Schuhmacherwerkstatt lehnte.

»Sie hat die Toten gerufen. Sie steigen aus ihren Gräbern, bis die Verwandlung der Lady vollzogen ist. Damit will sie uns daran hindern, das Mädchen zu finden. Sie weiß, dass eine Kraft gegen sie arbeitet. Wir müssen in Erfahrung bringen, wo dein Dienstmädchen gefangen gehalten wird, dann mache ich mich auf die Suche nach Tegatus und wir können der ganzen Sache ein Ende bereiten.«

»Und du hast tatsächlich die Macht dazu?« Blake holte tief Luft und schaute zurück zu den gekrümmten, zuckenden Händen, die wie Halme im Wind schwankten. »Schau dir das an – sie strecken die Hände aus wie Blinde, doch das Grab gibt sie nicht frei.«

»Wenn die Zeit gekommen ist, steigen sie aus der Grube und sind dann gefangen in ihrem früheren Wahnsinn. Das Böse wohnt nicht nur bei den Menschen, es gibt Orte, wo das Böse sich im Boden konzentriert. Jede Gewalttat und jede Tragödie lädt die Erde bis ins kleinste Staubkorn mit ihrer Energie auf. Es gibt Kräfte, die davon zehren und ihre Zelte unter den Menschen aufschlagen und unter ihnen wohnen. Hast du dich noch nie gefragt, warum die großen Plagen der Menschheit sich über die Jahrhunderte immer an derselben Stelle wiederholen, dass die jeweils nachfolgende Generation genauso gestraft ist wie die vorhergehende? Was immer die Menschen tun, es hinterlässt seine Spuren im Land. Egal, wo du hintrittst, der Schweiß deiner Füße haftet dem Land an. So ist es auch mit den Seelen. Ihr Stöhnen wird von den Steinen aufgesogen und wieder abgegeben, immer und immer wieder.«

Nachdem er einen letzten Blick zurückgeworfen hatte auf die winkenden Hände, ging Abram weiter. »Komm, mein lieber Wissenschaftler, wir müssen eine ganze Stadt durchsuchen, und sobald der Mond aufgeht, meldet sich das Nemorensis bei dir. In einer Nacht wie dieser verlangt es nach der Verehrung seiner Anhänger.«

Blake schaute noch einmal zurück. Das Nordlicht warf lange Schatten, die über die Dächer tanzten. Unten versuchten die Hände der Toten sich aus der Erde zu befreien. Alles war still, nur gelegentlich war ein Knirschen zu hören, wenn durch die Bewegung der Hände zwei Steine aneinander rieben. Blake war fasziniert. Nie im Leben hätte er gedacht, dass er einmal Zeuge eines solchen Schauspiels werden würde.

»Macht dir das keine Angst?«, fragte der Engel. Gemeinsam beobachteten sie, wie die Pestgrube ihre Toten langsam freigab.

»Ich wünschte, ich hätte dies schon vor langer Zeit gesehen. Mein Ziel wäre ein anderes gewesen und ich hätte nicht so viele Jahre damit vergeudet, nach etwas zu streben, das nie erreicht werden kann. Für mich ist das der Beweis, auf den ich so sehnsüchtig gewartet habe, der Beweis, den meine wissenschaftlich begründete Magie nie erbringen konnte.« Blake lachte. »Kein Mensch würde mir glauben, wenn ich ihm sagen würde, dass ich mit einem Engel in einer Gasse hinter der Fleet Street gestanden und zugeschaut habe, wie sich Totenhände aus der Erde graben.« Er wischte sich mit einer Hand über das Gesicht.

»Dahinter steckt noch mehr«, sagte Abram. Er fasste Blake am Arm und drehte ihn in die andere Richtung. »Vor einigen Tagen wurde der Versuch unternommen, die Welt zu zerstören. Das erste Himmelsbeben und die wahnsinnig gewordenen Hunde waren das Zeichen. Ich habe hoch oben im Norden mit einem Bruder Yerzinias gerungen. Er wollte eine goldene Statue haben, einen Keruvim, mit dessen Hilfe er den Himmelsthron umgestürzt hätte. Er ist gescheitert und kann uns hier nichts anhaben. Doch Yerzinia ist noch weit schlechter, als er je sein wird. Sie ist eine Plage für die Menschheit und wird nicht eher ruhen, bis sie den Himmel erobert hat und das Herz sämtlicher Männer, die sie begehrt. Sie will, dass die Welt sich vor ihr verneigt.«

»Dann sag mir das eine: Warum scheint das Böse so mächtig und das Gute so schwach? Wenn du allmächtig bist, warum kann sie dann nicht mit einem Fingerschnippen vernichtet werden? Ich habe gesehen, welche Macht das Meer hat. Ich habe zugeschaut, wie Blitze mit solcher Kraft vom Himmel zuckten, dass ganze Häuser einstürzten. Warum nicht sie?«

»Das Universum ist nicht um der Macht willen erschaffen worden, sondern um der Liebe willen. Beide gehorchen ihren eigenen Gesetzen. Macht sucht ihresgleichen, und wer zu schwach ist, den Weg der Wahrheit zu gehen, wird von ihr korrumpiert, aufgefressen wie von einem bösartigen Geschwür. Wenn du die Macht der Liebe vorziehst, kannst du Trugbilder für die Wirklichkeit halten und dir in alle Ewigkeit etwas vormachen. Die Wege des Schöpfers sind unergründlich und selbst ich frage mich manchmal, was dieser Wahnsinn für einen Sinn macht. Aber ich weiß, dass das, was wir jetzt erleben, der letzte Kampf des Bösen ist, das sich an der Welt festklammert.« Abram blieb stehen, schaute sich um und lauschte auf etwas, das nur er hören konnte. »Wir sind nicht allein hier . . . es sind noch andere da, die sich vor dem Kometen in Sicherheit gebracht haben.«

Blake hörte nur das Knistern des Feuers im Norden und ein Grollen, wenn Häuser einstürzten.

Eine schmale Gestalt überquerte lautlos die Straße. Sie hielt sich immer im Schatten der Häuser und Werkstätten, die sich zum Fluss hin aneinander reihten. Der Engel bedeutet Blake ganz leise zu sein, und zog ihn in einen Hauseingang.

Schritte näherten sich, und wer immer stolpernd heranschlich, murmelte leise vor sich hin. Blake hielt den Atem an. Weit konnte der Fremde nicht mehr sein. Abram drückte ihn mit einer Hand gegen die Tür, damit er nicht die Nerven verlor und aus ihrem Versteck stürmte. Die Häuser auf der gegenüberliegenden Straßenseite leuchteten im roten Schein des Feuers, das in Hampstead wütete. Die Szene erinnerte Blake an das chinesische Theater, das er im Park von Vauxhall gesehen hatte, mit den geheimnisvollen Schatten-Figuren, die von in Seide gekleideten Puppenspielern geführt wurden.

Plötzlich tauchte eine schwarze Gestalt vor ihrem Versteck auf. Wie eine Spinne stürzte Abram sich auf sie und drückte sie zu Boden. Er hielt sie so fest, wie er den Dunamez festgehalten hatte, und presste ihr die Hand auf Mund und Nase, sodass sie keine Luft mehr bekam.

Im Dämmerlicht sah Blake die Augen eines jungen Mannes, der verzweifelt versuchte sich aus Abrams Griff zu befreien.

»Still, Mann, oder du hast deinen letzten Atemzug getan«, flüsterte der Engel ihm ins Ohr.

»Du bringst ihn um!«, rief Blake, doch auch ihm gelang es nicht, Abrams Hand vom Gesicht des Mannes zu ziehen.

»Er wäre nicht der Erste und wahrscheinlich auch nicht der Letzte«, erwiderte Abram drohend, doch er lockerte seinen Griff etwas. »Für jemand, der das Übernatürliche so intensiv erforscht hat, hast du eine ziemlich merkwürdige Vorstellung von Engeln. Die kleinen Putten, die ihr malt, haben mit dem, wie wir wirklich sind, herzlich wenig zu tun.«

Der Mann atmete tief die kalte Nachtluft ein, dann kauerte er sich auf den Boden und hustete die Angst aus seiner Lunge. »Ich will den w-w-werten H-H-Herren nichts Böses«, stammelte er.

»Dann sag uns, warum du nicht mit den anderen geflohen bist«, verlangte Blake.

»Ich komme aus Newgate, ein Gefangener, den die Explosionen am Himmel von seinen Ketten befreit haben. Der Wärter dachte, das Jüngste Gericht sei angebrochen und die Welt würde untergehen. Da hat er uns alle freigelassen. Für einen Dieb in London waren die Zeiten nie besser als heute Nacht. Jetzt kann man sein Glück machen, die Reichtümer liegen an jeder Ecke bereit.«

»Und wo sind die anderen?«, wollte Blake wissen.

»Wir verstecken uns in der alten Kirche in Blackfriars. Ihr könnt euch zu uns gesellen, es ist für alle genug da. Esst, trinkt und seid fröhlich, denn morgen . . .«

»Morgen kannst du tot sein, und was hat dir deine Stehlerei dann eingebracht?«, fragte Abram und drückte wieder fester zu.

»Bist du ein Richter?«, fragte der junge Mann wütend.

»Einige würden sagen, ich bin ein Friedensrichter, andere ein Geschworener oder Scharfrichter, aber das ist Ansichtssache. Für dich bin ich das Tor zur Freiheit – wie würdest du mich also nennen?«

»Du machst dich über ihn lustig, Abram«, sagte Blake. »Lass ihn laufen, er tut uns nichts.«

»Aber *ich«,* ertönte hinter ihm eine Stimme, gefolgt vom Klicken eines Abzugshebels. »Ein Unglück kommt niemals allein«, sagte der Mann, drückte Blake den Pistolenlauf an die Schläfe und wandte sich an Abram. »Lass ihn frei oder das, was dein Freund an Gehirn im Kopf hat, hängt gleich an deinem Rock wie ein spanischer Orden.«

Aus den Augenwinkeln heraus sah Blake zwei Männer. Einer hielt ihm die Pistole an den Kopf, der andere stand hinter ihm und schaute sich nervös um.

»Ihn freilassen?« Abram stellte den jungen Mann auf die Beine. Er war die Ruhe selbst. »Man kann ein Sklave sein und dennoch frei, kann arm sein und die Welt als Heimat haben. Aber seid *ihr* denn frei? Welche Untaten quälen euch Nacht für Nacht und nagen in der Dunkelheit an euch, wenn ihr euch nur mit euch selbst und eurer Einsamkeit vergnügt?«

»Er redet daher wie ein Barde aus Garrick, während ich seinem Freund die Pistole an den Kopf halte«, sagte der Dieb. Sein Kumpan lachte und der, den Abram an der Gurgel gehabt hatte, packte jetzt den Engel am Kragen und drückte ihn gegen die Tür.

»Lass das lieber sein«, warnte Blake und trat vorsichtig einen Schritt zur Seite. »Einen wie ihn schubst man nicht herum. Mein Freund ist ein Engel und Engel schätzen so etwas gar nicht.«

»Habt ihr das gehört? Er ist ein Engel und schätzt es nicht!«, äffte der Mann mit der Pistole Blake nach. Die anderen beiden lachten. »Wie gepflegt du dich ausdrücken kannst, genau wie die feinen Herren von Vauxhall. Die auszurauben war ein ganz besonderer Spaß. Und nun, meine Herren – wie ihr seht, haben wir Newgate etwas überstürzt verlassen und hätten jetzt gern eure Röcke und Stiefel und natürlich eure Geldbörsen. Also zieh dich mal aus, mein kleines Engelchen.«

»Wenn wir euch unsere Sachen überlassen, werdet ihr keine Gelegenheit mehr haben, das Geld auszugeben. Euer Fett wird sieden und eure Knochen werden zu Staub zerfallen. Nimm deshalb die Pistole herunter und geht eures Wegs.« Abram straffte die Schultern und stieß den Dieb mit einem Finger weg.

»Und wo sind deine Waffen, die uns dazu zwingen könnten? *Ich* habe doch die Pistole und du hast nichts.« Der Mann ließ sich nicht einschüchtern. Er schaute Abram fest in die Augen. »Gebt uns eure Kleider, dann verschone ich euer Leben. Wenn du hier aber weiter herumdiskutieren willst, nehme ich gern beides – dein Leben und deinen Rock.«

»Ihr begreift nicht«, mischte Blake sich aufgeregt ein. »Er ist tatsächlich ein Engel und kann den Wahnsinn aufhalten.«

»Dieser Wahnsinn ist so übel gar nicht. Er hat uns unsere Freiheit gegeben und wird uns all das geben, was wir brauchen, um ein neues Leben anzufangen. Wir werden es drauf ankommen lassen, egal, wie es weitergeht. Und da ihr uns lebendig nicht geben wollt, was wir verlangen, werdet ihr eben sterben.« Der Mann nahm die Pistole von Blakes Schläfe und drückte sie Abram an die Stirn. »Lebendig oder tot, wie hättest du es gern?«

»Insgeheim hast du bereits über mein Schicksal entschieden und ich über deines.« Abram legte die rechte Hand um den Pistolenlauf und drückte das Metall zusammen. Der Pistolengriff in der Hand des Mannes begann weiß zu glühen. »Drück ab und schau, was passiert!«, rief Abram. *»Tu es!«*

Der Mann ließ die Waffe los und trat in den Schutz der Arkaden, die vor den Läden entlangliefen.

Plötzlich gab es ein Geräusch wie das Knallen einer Pferdepeitsche. Abram hatte sich kaum gerührt, doch der Dieb sackte in sich zusammen.

Der Engel schaute auf seine geballte Faust und dann auf die anderen beiden Diebe. Er hob eine Augenbraue und fragte: »Wollt ihr seine Erfahrung teilen?«

»Du hast ihn umgebracht!«, rief einer.

»Noch nicht, aber ich könnte es tun, wenn ihr mich darum bittet. Ich schlage vor, ihr geht und nehmt ihn mit. Erzählt niemand, was sich hier zugetragen hat, dann seht ihr mich auch nicht mehr wieder.« Abram trat auf die Straße.

»Du bist kein Engel«, rief einer der Männer, zog ein langes Küchenmesser aus dem Gürtel und kam auf ihn zu.

Abram streckte nur wortlos die Hand aus. Der Mann ging auf ihn los und schlug ihm die Spitze seines Zeigefingers ab.

»Du blutest wie jeder Sterbliche«, rief er und holte erneut aus.

»Und du verrottest wie eine schwelende Matratze«, erwiderte Abram und machte eine schnelle Bewegung aus dem Handgelenk heraus.

Zwei dicke Blutstropfen fielen auf das schmutzige Hemd des Mannes, das sofort zu schwelen begann. Dicke blaue Rauchwolken stiegen auf. Der Mann ließ das Messer fallen und versuchte die Flammen zu ersticken, doch vergeblich. Nicht nur sein Hemd brannte, sondern er selbst ging in Rauch und Flammen auf.

»Ich gebe dir Frieden, du kannst gehen«, sagte Abram zu der Seele, die über den Flammen schwebte.

Während Blake in die Flammen starrte, sah er vor seinem geistigen Auge das Nemorensis. Die goldenen Buchstaben glänzten matt im Schein eines anderen Feuers. Er hatte das Gefühl, diesen Ort schon einmal gesehen zu haben. Abram hatte Recht – das Buch zog ihn magisch an.

»Wir müssen hier weg«, sagte Abram und Blake machte sich schweigend und mit gesenktem Kopf auf den Weg Richtung Themse. »Sie waren entschlossen uns umzubringen, aber deine Zeit ist noch nicht gekommen.«

»Kannst du unsere Gedanken lesen?«, fragte Blake.

»Manchmal noch bevor ihr sie selbst gedacht habt.«

»Und du weißt, was ich jetzt denke?«

»Dass ich ein Mörder bin und ein Dämon, dem man nicht

trauen kann«, erwiderte Abram und legte ihm den Arm um die Schultern. »Ich weiß, dass du mich zur Themse führst, und ich sehe, dass unser gemeinsamer Weg zu Ende geht. So, wie ich deine Welt kenne, ist das, was wir suchen, in Bracegirdles Buchhandlung. Das Feuer, das du vor deinem geistigen Auge gesehen hast, ist der Kamin dort und wo anders als in einer Buchhandlung könnte ein Buch versteckt sein?«

»Du wachst über mein Blut und deines vergießt du.«

»Hast du vergessen, dass ich ein Engel bin? Engel sind Krieger.«

27

Summis Desiderantes

Eine gespenstische Stille breitete sich über London aus, als würde eine riesige Glasglocke über die ganze Stadt gestülpt. Der frische Wind legte sich und das Feuer im Norden erlosch langsam, als fehle ihm die Luft, die es zum Brennen braucht.

Als Blake die Handflächen aneinander rieb, merkte er, dass sein Schweiß zu weißen Salzkristallen getrocknet war. In seinen Augenbrauen hing Salz, in jeder Falte seines Gesichts und auf seinen aufgesprungenen Lippen.

Abram schaute ihn an und wischte ihm mit seiner weichen Handfläche Stirn und Wangen ab. Sein eigenes Gesicht glänzte im schwachen Schein des verlöschenden Feuers.

»Ich bin ausgetrocknet wie ein Salzhering«, stellte Blake fest und leckte sich über die Lippen. »Es muss mit den Eiskristallen zusammenhängen, sie verändern die Atmosphäre.« Mit hochgezogenen Schultern ging er an einer Reihe leer stehender Gebäude vorbei. Weiter vorn war der Bogen über dem Tor zur Brücke ebenfalls mit weißen Kristallen überzogen. Er hörte, wie das Buch seinen Namen flüsterte und ihn leise rief. Ihn überkam eine solche Aufregung, dass ihm richtig übel wurde.

»Es geht bald vorüber«, beruhigte ihn der Engel. »Du hast viel mitgemacht, aber bald ist alles vorbei. Dann bist du entweder tot oder frei und kannst dein Leben noch einmal leben.«

»Und was wird aus dir?«, fragte Blake den Engel. »Wirst du auch sterben?«

»Und du willst ein Kabbalist sein! Engel sterben nicht – zumindest nicht so, wie du vom Tod denkst.«

»Und wie ist das mit heute Nacht?«

»Dieses Geheimnis wurde noch nicht gelüftet. Ich weiß nur, dass wir das Buch finden werden und dass ein Engel und ein Lamm geschlachtet werden sollen. Das ist Arbeit genug für dich und mich. Danach werde ich dich deiner Welt überlassen, deiner misslungenen Magie und deiner tollkühnen Wissenschaft und nach Hause zurückkehren.

»Und mich hier zurücklassen als jemand, der in ständiger Angst und Sorge lebt?«, fragte Blake. Das Buch hatte ihn in Zweifel gestürzt, die er vorher nicht gekannt hatte. »Die Beschäftigung mit Magie und Wissenschaft erschien so einfach. Ich wollte derjenige sein, der all das entdeckt, was die Menschheit braucht. Jetzt frage ich mich: Habe ich wirklich für sie geforscht oder um meines eigenen Ruhmes willen?«

»Man hat dich geprüft und gemerkt, dass du mehr wolltest. Die klugen Sprüche, die du im Nemorensis gelesen hast, nützen dir jetzt nichts. Du dachtest, es sei ein Buch der Erleuchtung, doch es ist ein Buch der Dunkelheit, das dich in die Irre führen sollte.«

Der Engel blieb stehen und presste sich an die Mauer einer Gaststätte, deren Tür schief in den Angeln hing. Im Schatten einer Holzwand schlich er weiter. Blake folgte jeder seiner Bewegungen. »Vorne beim Tor wartet etwas auf uns, ein Wächter von der Art, wie ich ihn schon lange nicht mehr gesehen habe.«

Blake schaute angestrengt zum Tor, konnte jedoch nichts erkennen. Der feine Salzregen hatte aufgehört. Er hatte eine weiße Decke über die Straßen und Dächer gelegt, die nun wie in einer frostigen Winternacht glitzerten.

Blake schaute dem Engel über die Schulter. »Ich sehe nur den Salznebel, sonst nichts«, sagte er leise.

»Es ist ein Diakka, ein gefallener Engel«, erwiderte Abram. »Dass er hier ist, bedeutet, dass auch sie nach dem Nemorensis und dem Mädchen suchen und wissen, wo sie sind.« Abram ging ein paar Schritte näher heran. »Du musst mir helfen und zum Tor gehen. Wenn du schnell gehst und die Bestie nicht beachtest, lässt sie dich vielleicht vorbei. Ich glaube nicht, dass du viel zu befürchten hast.«

Etwas in seiner Stimme verriet Blake, dass er nicht die Wahrheit sagte. Vor Angst war er wie am Boden festgenagelt. »An einer Bestie vorbeigehen, die ich nicht sehen kann? Und was ist, wenn sie angreift? Mir waren schon zu viele Nachtgespenster auf den Fersen. Gibt es keinen anderen Weg?«, flüsterte er.

»Vielleicht lässt sie dich ja vorbei.« Abram schob ihn vorwärts. »Wenn sie angreift, komme ich dir zu Hilfe. Habe ich dich jemals im Stich gelassen? Ich bin der Wächter deines Blutes und will nicht, dass es vergossen wird.«

Blake trat aus dem Schatten des Hauses und hielt den Blick auf die Mitte des Tors gerichtet. Von oben blickten die grauen Wasserspeier aus Stein auf ihn herunter. Als er sich dem Tor zur Brücke näherte, sah er die Bestie auf einem steinernen Sockel sitzen, schwarz und gedrungen. Eine weiße Staubschicht bedeckte ihre langen schwarzen Stacheln.

Bei jedem Schritt krampfte sich sein Magen fester zusammen. Blake konzentrierte sich ganz auf das Tor und auf das, was dahinter lag, während er die Bestie nur aus den Augenwinkeln heraus beobachtete. Seine Stiefel wirbelten den Salzstaub auf. Er hörte die Bestie leise seufzen, als er vorbeiging. Mit einer langen blauen Zunge leckte sie sich die dicken Lippen und fuhr sich über Gesicht und Nase, als schmecke sie in der Luft den Geruch ihres Opfers.

Blake lief ein kalter Schauer über den Rücken. Er wusste, dass die Bestie von ihrem Sockel springen und ihn ohne Vorwarnung von hinten angreifen konnte. Er widerstand dem Drang, zur Buchhandlung zu rennen, und zählte stattdessen die Schritte, während er äußerlich ruhig weiterging.

In der nächsten Sekunde verlor er den Boden unter den Füßen und flog wie eine Lumpenpuppe durch die Luft. Der Aufprall auf dem Boden wurde von der Bestie abgemildert, die ihn noch halb in der Luft hinten an seinem Gehrock packte. Er wurde umgedreht und sah den Diakka zum ersten Mal aus der Nähe.

Das Tier stierte ihn aus trüben Glupschaugen an und

bleckte die langen weißen Zähne. Es schnurrte wie eine zufriedene Katze, wischte mit einer Hand das Salz von Blakes Gesicht und leckte ihm dann mit der Zunge über Augen und Nase. Mit jedem keuchenden Atemzug, den Blake tat, schien die Bestie zu wachsen. Er erwartete jeden Augenblick, dass sie zuschnappte. Da öffnete sie auch schon das Maul und holte tief Luft. Eine Bereicherung für jede Kuriositätenschau, schoss es Blake durch den Kopf. Seine Gedanken rasten und er kämpfte gegen die Panik an, die in ihm aufstieg.

Plötzlich hörte er ein dumpfes Geräusch, das wie ein weit entfernter Kanonenschlag klang. Der Diakka stieß einen Schrei aus und sein Kopf schoss ruckartig nach vorn. Seine Zunge schnellte heraus wie eine dicke Schlange und im selben Moment lockerte sich sein Griff, weil er keine Kraft mehr in den Fingern hatte. Er kippte lautlos zur Seite.

Hinter der Bestie stand der Engel und grinste breit. »Welche Freude!«, sagte er, eine Hand in der Tasche seines Gehrocks. »Das hätte ich nie erwartet, als er dich packte. Ich dachte, er würde dir sofort den Kopf abbeißen, aber zum Glück hast du seine Neugier geweckt. Das hat mir dann die nötige Zeit gegeben.« Abram zog ein Rolle rote Schnur aus der Tasche und begann der Bestie Hände und Füße zusammenzubinden.

»Ist er tot?« Blake trat vorsichtshalber einen Schritt zurück. »Was hast du gemacht?«

»Er ist nicht tot, so wie du denkst, aber in nächster Zeit kann er uns nicht mehr schaden. Und zu deiner zweiten Frage kann ich nur sagen, dass ich einem Abaris-Kristall dankbar bin und einem stinkenden Loch am hinteren Ende des Diakka. Das hätte er bestimmt nicht erwartet.«

»Du hast der Bestie einen explodierenden Kristall in den . . .?«

»Es hat sich so angeboten. Außerdem war keine Zeit, um lang zu überlegen, schließlich hieß es entweder die Bestie oder du.«

»Dann bin ich dir dankbar für deinen fehlenden Anstand und dein physiologisches Verständnis«, meinte Blake. »Lässt du die Bestie hier liegen?«

»Warte im Eingang zur Buchhandlung, ich kümmere mich schon um sie. Du solltest dir keine Gedanken darüber machen, was mit ihr geschieht.«

Ein seltsamer Ausdruck huschte über Abrams Gesicht. Blake wandte sich ab. Er fürchtete, dass gleich wieder irgendetwas Schreckliches geschehen würde, mit dem er nichts zu tun haben wollte. Er ging zur Buchhandlung und schaute durch die mit Salzkristallen überzogenen Scheiben. Hinten im Laden brannte ein Licht und ein hoher Schatten huschte über die Wand.

Vom Brückentor hörte Blake ein lautes Gurgeln und ein Geräusch, ähnlich wie Zähneknirschen. Die Nachtluft trug es klar und deutlich zu ihm herüber. Ein hoher, gerade noch wahrnehmbarer Schrei folgte. Kalte Schauer überliefen ihn. Auch wenn er nicht wissen wollte, was der Engel mit der Bestie gemacht hatte, ging ihm der Schrei unter die Haut. So schrien Lämmchen, bevor sie geschlachtet wurden.

Abram kam herüber. Er wischte sich die Hände an einem Stück Mantelstoff ab, und als er Blake anschaute, wusste er sofort, was dieser dachte. »Engel haben andere Methoden als Menschen. Ich tue dies alles nur für die Rechtschaffenheit, vergiss das nicht. Im Himmel herrscht Krieg, und wenn wir ihn verlieren, hieße das, dass die teuflischen Mächte die Herrschaft über die Welt hätten und wir alle vernichtet würden.«

Plötzlich stürmte der Engel an Blake vorbei und warf sich gegen die verriegelte Tür des Buchladens. Er stemmte die Füße aufs Kopfsteinpflaster und drückte, bis die Tür in der Mitte auseinander brach und er die gesplitterten Bretter zur Seite schieben konnte. »Tegatus!«, rief er, als er den Laden betrat. »Ich bin's, Raphael. Ich bin gekommen, um dich heimzuführen und das Mädchen zu befreien.«

Blake und der Engel gingen die schmalen Gänge zwischen den Bücherregalen entlang. Sie folgten dem Schein des Feuers, das im Kamin brannte. Bei jedem Schritt schaute Abram sich in dem hohen, gewölbten Raum um, als suche er nach etwas.

»Tegatus!«, rief er noch einmal so laut, dass der ganze Raum zu vibrieren schien.

»Wir sind beim Kamin«, erwiderte Agetta leise.

Blake und Abram gingen um das letzte Regal herum und an Thaddeus' hohem Schreibtisch vorbei. Dort, zwischen Schreibtisch und Kamin, stand Tegatus. Er hatte ihnen den Rücken zugewandt und schaute aus dem hohen, bleiverglasten Fenster. Agetta saß zusammengesunken auf der Kaminumrandung und wärmte sich am Feuer.

»Tegatus, mein Freund«, sagte Abram leise, »dreh dich um und komm zurück zu mir.«

»Ich bin zu tief gefallen, Raphael. Deine Reinheit kann mich nicht vor dem bewahren, was ich kennen gelernt habe.«

»Das Böse in deinem Herzen hält dich gefangen. Die Hamartia-Stricke halten dich fest, du wirst für tot erklärt und in einen Diakka verwandelt werden. Aber das ist kein Schicksal für einen wie dich. Du bist nicht so tief gefallen, dass du die Rebellion deines Herzens nicht beenden und noch einmal umkehren könntest.«

»Umkehren wohin – zu dem Leben, das ich zuvor geführt habe?«, fragte Tegatus. Er kehrte Abram noch immer den Rücken zu. »Ich bin zu weit gegangen. Ein breiter Graben trennt uns, den keiner von uns beiden überschreiten kann. Ich habe mein Schicksal gewählt, aus freien Stücken. Es war eine Entscheidung meines Herzens, den Pfad zu verlassen und einem anderen zu folgen.«

»Dann wäre es besser für dich, du wärst tot als in die Hände dieser Frau zu fallen.«

»Wenn es doch nur möglich wäre, dass ich in ihre Arme fallen könnte, dann hätte ich das Ziel meines Lebens erreicht.« Endlich drehte er sich zu Abram um. »Ich bin nicht so dumm, dass ich nicht wüsste, was für ein Narr ich war. Mein Stolz hält mich hier. Wenn es nur anders sein könnte, wenn ich doch die Zeit zurückdrehen könnte . . . Nimm das Nemorensis, Raphael. Du bist sein Verwahrer und kannst es im Zaum halten. Ich werde allein zurückfinden.«

»Hört nicht auf ihn«, rief Agetta. »Nehmt ihn mit, er will zurück, das hat er mir gesagt. Seht Ihr nicht, dass er zu stolz ist, um Euch darum zu bitten? Wenn er hier bleibt, bringen sie ihn um und verwandeln ihn in eine Bestie. Das könnt Ihr nicht zulassen, ich erlaube es nicht!« Sie wandte sich an Blake und schaute ihn herausfordernd an. »Macht Ihr es, Ihr seid ein Hexenmeister, ich habe Euch beobachtet. Sagt ihm, dass er Tegatus hier wegbringen soll, bevor Morbus Gallicus ihn erwischt.«

»Gallicus? Morbus Gallicus?« Blake klopfte den weißen Staub von seinem Gehrock. »Wo hast du den Mann getroffen?«

»An der großen Säule. Ein Mann mit einer Maske und eine Bestie, die er Rumskin nannte, hat uns dort hingebracht. Sie haben uns in einer Kammer gefangen gehalten, und als die Sterne vom Himmel fielen, konnten wir fliehen. Thaddeus hat uns getäuscht, er hat behauptet, er sei auf unserer Seite – und dabei war er auf *ihrer*.« Plötzlich musste sie kichern. »Tegatus hat einen Zauber angewandt und jetzt liegt er im Tunnel bei den Ratten. Er hat mich gerettet, deshalb muss er zurück. Sie bringen ihn um und machen so etwas wie Rumskin aus ihm . . .«

»Ein *Zauber*, Tegatus?«, fragte Abram. »Ein Engel, der einen Zauber anwendet?«

»Es ist nicht, was du denkst. Sie hat nur Spaß gemacht.«

»Er hat ihn geschlagen, mitten ins Gesicht, dass er umgekippt und ins Wasser gefallen ist. Dann hat er ihn wieder aufgehoben und den Ratten überlassen«, erzählte Agetta aufgeregt.

»Ich mache mir Sorgen über den Ort, an dem ihr gefangen gehalten wurdet«, sagte Blake. »Habt ihr noch jemand dort gesehen?«

Abram schaute ihn an. »Weshalb Sorgen, Blake?«

»Die große Säule ist Mittel und Zweck für ein geheimes Experiment, von dem nur die Mitglieder der Königlichen Gesellschaft etwas wissen, allen voran Isaac Bonham. Sie ist ein riesiges Brennglas, das die Kraft der Sonne einfängt und in eine unterirdische Marmorkammer leitet. Bonham war der Überzeugung, dass er Kräfte freisetzen könnte, die stark genug wären, sämtliche Kriege zu beenden. Er hätte von eurer Gefangenschaft wissen müssen, denn er ist jeden Tag dort.«

»Dann ist er an der Verschwörung beteiligt und hat Eure Freundschaft verraten«, erwiderte Tegatus.

Blake warf Abram einen reumütigen Blick zu. »Ich habe mich getäuscht. Der Betrug geht weiter, als ich zunächst dachte. Ich wurde auf Schritt und Tritt manipuliert und jetzt muss ich sogar feststellen, dass selbst diejenigen, die mir nahe standen, mich betrogen haben. Ich wurde dazu benutzt, den Kometen zu entdecken und dich in die Falle zu locken, Agetta. Das alles ist meine Schuld. Mein Wissensdrang hat uns alle zu Sklaven gemacht.«

»Ihr wollt aus mir eine Sklavin gemacht haben? *Ich* habe Euch doch jeden Tag bestohlen. Ich habe Euch bedauert, weil Ihr mich eingestellt habt.«

»Agetta«, sagte Abram und trat einen Schritt auf sie zu, »du bist der Grund für alles, was hier geschehen ist. Die Frau, die du unter dem Namen Yerzinia kennst, ist ein gefallener Engel. Sie ist an einem Punkt in ihrem Leben angelangt, wo sie entweder verwandelt werden muss oder endet wie Rumskin. Sie braucht *deinen* Körper. Sie will sich in dich verwandeln und deine Seele der Dunkelheit überlassen. Tegatus, du erinnerst dich doch an den Befehl unseres Herrn beim Kampf auf dem Schädelberg. Heute Nacht kämpfen wir wieder, aber gegen ein noch größeres Übel als zuvor. Wirst du mir beistehen?«

»Wofür sonst wurde ich erschaffen?« Tegatus lächelte und seine Seele hüpfte vor Freude.

Vor dem Laden kam eine große schwarze Kutsche, gezogen von schwarzen Pferden, knirschend zum Halten. Morbus Gallicus sprang mit der langen Peitsche in der Hand vom Kutschbock. Sein Mantel aus gewachstem Tuch wehte hinter ihm her.

»Sie sind gekommen, um dich zu holen, Agetta. Wir müssen hier weg«, sagte Abram. Er zog seinen Gehrock aus und warf ihn ins Feuer. »Schnell – aufs Dach! Wir müssen weg sein, wenn der Abaris-Kristall explodiert.«

»Das Buch!«, rief Tegatus, schnappte sich das Nemorensis und folgte Blake, der bereits hinter Abram und Agetta zur Treppe lief.

Bonham stürmte mit seiner Rabenmaske auf dem Gesicht und der Pistole in der Hand in den Laden und rannte sofort zum Kamin. »Sie sind sicher im Priester-Versteck«, sagte er zu Morbus Gallicus. »Den Engel bringst du um, aber das Mädchen verschonst du.«

Abrams Mantel im Kamin ging in blaue Flammen auf, die immer heller leuchteten. Ein Abaris-Kristall fiel aus der Manteltasche und rollte Bonham vor die Füße. Der riss die Kellertür auf, kullerte mehr, als er lief, die Treppe hinunter und landete in dem feuchten Raum im Brückenpfeiler.

Das Licht des Kometen drang durch ein kleines Fenster herein. Etwas klopfte in gleichmäßigen Abständen an die Scheibe. Bonham schaute genauer hin und sah Sarapuk über einem Balken hängen. Was klopfte, war sein Fuß in dem schwarzen Stiefel.

28

Lunar Lustrum

Immer höher hinauf ging es auf der schmalen, gewundenen Steintreppe. Agetta hielt sich an dem Seil fest, das als Geländer diente. Abram nahm immer drei Stufen auf einmal und drängte sich in der Dunkelheit an ihr vorbei. Sie hörte, wie Blake und Tegatus unten die Tür verriegelten und dann rasch heraufkamen. Die Dunkelheit umgab sie wie eine dicke Decke, die ihr den Atem nahm. Als sie versuchte schneller zu gehen, stolperte sie in ihrer Angst und tat sich weh.

»Helft mir doch!«, rief sie.

Tegatus nahm sie bei der Hand und führte sie weiter hinauf. »Geh langsam, immer eine Stufe nach der anderen. Es wird bald wieder hell.«

»Sie kriegen uns und dann bringt Gallicus dich um . . .«

»Ich fürchte mich nicht vor dem, was kommt. Sie können meinen Körper vernichten, aber ich werde frei sein.«

»Schneller!«, rief Blake. »Der Abaris explodiert gleich, da will ich möglichst weit weg . . .«

In dem Moment hörte man unten in der Buchhandlung

einen lauten Knall. Abrams Gehrock war verbrannt und der Abaris-Kristall hatte Feuer gefangen. Es war, als wackelte jeder einzelne Stein in den Mauern. Die Tür wurde aus ihren Angeln gerissen und ein weiß qualmender Feuerball schoss hinter ihnen die Treppe herauf. »Runter!«, rief Blake und drückte Agetta mit seinem Körper auf die kalten Stufen. Der Feuerball donnerte über ihn hinweg, versengte den Stoff seines Gehrocks und seine Haare. Tegatus erfasste das Feuer ungeschützt. Mit Brandwunden im Gesicht und an den Händen stürzte er wieder ein Stück die Treppe hinunter.

»Lass mich . . .«, murmelte er, als Blake Agetta auf die Füße zog. »Du musst sie hier wegbringen. Ich halte jeden auf, der euch folgen will.«

»Nein!«, protestierte Agetta, als Blake sie weiter nach oben zog. »Wir können ihn doch nicht hier zurücklassen!«

»Hast du nicht gehört, was er gesagt hat? Du musst hier weg, wir können ihm nicht helfen.«

»Schnell!«, rief Abram von oben. Er machte sich bereits an dem Schloss der Tür zu schaffen, die aufs Dach führte.

»Tegatus ist verletzt«, keuchte Agetta, als sie schließlich neben Abram auf dem obersten Treppenabsatz stand.

»Einem Abaris kann nichts widerstehen, nicht einmal ein Engel«, erwiderte Abram und stemmte sich gegen die Tür. »Aber Tegatus wird wissen, was er zu tun hat.« Er trat zwei Schritte zurück und warf sich dann gegen die Tür. Die brach aus den Angeln und ein Regen aus Holzsplittern ging auf das Flachdach nieder. »Folge mir und gib deiner Angst nicht nach, egal, was passiert.«

Der Erzengel – denn das war sein Rang unter den Engeln – trat aus der Dunkelheit der Treppe ins Licht des Vollmonds, gegen das sich die Mauerzinnen scharf abhoben. Von dem Feuer im Norden zeugte nur noch ein bernsteinfarbenes Glühen am Himmel. Er schaute nach oben und sah, dass der Komet mit jeder Sekunde näher kam.

Das Dach glich dem Turm einer Burg; die Zinnen ragten hoch über dem Wasser auf. Auf den vier Eckpfeilern saßen steinerne Ungeheuer, die das Dach in jeder Himmelsrichtung zu bewachen schienen, und darunter schauten Wasserspeier hinunter auf die Stadt.

Auf dem Boden war ein großer, fünfzackiger Stern, dessen längste Spitze nach Norden zeigte, in die Steinplatten geritzt worden. In der Mitte prangte Yerzinias blutrotes Zeichen mit der schwarzen Umrandung.

»Wir haben nicht mehr viel Zeit, vielleicht schaffen wir es nicht einmal mehr aus London hinaus, bevor er einschlägt«, sagte Abram, als er Agetta ins Licht zog. Sie hob die Hand, um die Augen vor dem hellen Licht zu schützen.

»Bedeutet das dann für uns das Ende?«, fragte Blake.

»Es ist für euch alle das Ende«, sagte eine Stimme hinter ihnen. »Wir warten bereits eine ganze Weile und freuen uns sehr, dass ihr gekommen seid.« Yerzinia trat hinter einem hohen Schornstein hervor. Ihr Gesicht hatte sie unter einer Tigermaske verborgen.

Als Blake sich umdrehte und zur Tür zurücklaufen wollte, trat eine zweite Gestalt mit einer Rabenmaske mit langem schwarzem Schnabel und schwarzblau schimmernden Federn aus der Dunkelheit. Sie hielt das Nemorensis in den Händen, um das jetzt eine rote Kordel geschlungen war. Blake kannte die Gestalt gut.

»Isaak Bonham, der sich hinter einem Raben verbirgt!«, rief er. »Kannst du mir nicht mehr in die Augen schauen, du Verräter?«

»Meine Verkleidung konnte dich nicht täuschen – ich bin beeindruckt. Und das ist also der Engel? Und Agetta – schön, dich zu sehen. In Zukunft werde ich dich noch öfter sehen, viel öfter.«

»Wenn es nach mir geht, siehst du gar nichts mehr. Ich werde dir mit meinen eigenen Händen die Augen auskratzen, wenn es sein muss«, rief Blake wütend.

»Für dich gibt es kein Entkommen, Blake.« Yerzinia schwang den langen Stock, den sie in der Hand hielt. »Du hättest dich uns anschließen können, du hast deine Chance gehabt, doch in jener Nacht, als ich dir die Fingernägel schnitt, merkte ich, dass dein Herz nicht schwarz genug war für das, was wir erreichen wollen. Bonham dagegen ist mein Darling der Dunkelheit, und wenn ich frei bin von den Fesseln Lady Flambergs und ihres fetten Gatten, werde ich ihn heiraten.«

Mehrere graue Steinhände erschienen nacheinander auf den Zinnen. Die Chimären, die jahrhundertelang auf London hinabgeschaut hatten, waren zum Leben erwacht und krochen von ihren Plätzen.

»Noch mehr Dämonen, Yerzinia?«, fragte Abram.

»Freunde, die mir bei meiner Arbeit helfen. Du hast hier nichts zu suchen, Raphael. Geh jetzt, dann gebe ich dir deine Freiheit – oder bleib, und du wirst in einen Diakka verwandelt.«

»Kühne Worte, doch deine Zeit läuft ab. Es ist Vollmond und der Komet hat die Erde bald erreicht, dann ist die Zeit für deine Verwandlung verstrichen.« Abram zog Agetta zu sich heran und flüsterte ihr etwas ins Ohr.

»Wer war das?« Morbus Gallicus kam die Treppe heraufgestürmt. »Warst du das, Blake, mit deiner verfluchten Wissenschaft? Rumskin war mein Kamerad, das einzige Wesen, bei dem ich mich nicht schämen musste, wenn es mich anschaute. Warst du das?«

»Ich war's«, erwiderte Abram rasch. »Rumskin hat sich in mein Leben eingemischt, da hab ich mich in seines eingemischt . . . Was willst du jetzt machen?«

»Du bist ein gefährlicher Mann, aber für das, was du getan hast, werde ich einen Kerzenhalter aus deinem Kopf machen«, brüllte Gallicus heiser.

»Überlass ihn mir, Morbus«, mischte Bonham sich ein. Er zog seine Pistole und zielte. »Ich habe ebenfalls ein Hühnchen mit diesem Kerl zu rupfen. Ein toter Engel liegt bereits auf der Treppe, bald kommt ein zweiter dazu.«

»Mein Blut ist etwas, das ich freiwillig gebe.«

»Lass ihn«, sagte Yerzinia besorgt. »Er täuscht dich, Bonham. Sein Blut würde unser aller Tod bedeuten, es darf nicht vergossen werden.« Sie schaute zum Mond und dem näher kommenden Kometen. »Es ist so weit.« Ein kalter Schauer überlief sie. »Ich muss diesen Körper jetzt verlassen und in ihren schlüpfen. Macht sie bereit. Gib sie mir, Raphael, sie steht dir nicht zu.«

Gallicus holte aus und traf Abram in die Brust. Dann packte er rasch Agetta und zog sie übers Dach, während die Chimären den Erzengel umringten.

»Hilf ihr, Blake, bring sie hier weg!«, rief Abram. Er selbst wurde von den Chimären an die Zinnen gedrängt. Sie schlugen mit Schwertern um sich und lachten dabei.

Gallicus war mit drei Schritten bei Blake, warf ihn zu Boden und drückte ihn mit einem Arm auf die Steine.

»Schnell!«, rief Yerzinia. »Halte das Mädchen fest und mach sie bereit für mich, Isaac. Es dauert nicht lange, bis wir wieder zusammen sind, dann steht uns niemand mehr im Weg.«

»Du hast mich betrogen, Isaac. Denkst du nach all den Jahren, die wir zusammen verbrachten und in denen wir enger verbunden waren als Brüder, nur an dich?«, fragte Blake.

»Sie ist alles, was ich will. Von ihr erfahre ich in einer Minute mehr an Wissen als von dir in einem ganzen Leben«, erwiderte Bonham. Dann löste er die Kordel um das Nemorensis, schlug es auf und legte es in die Mitte des schwarzen Kreises. Er nahm Agetta beim Arm, führte sie zu der nach Norden zeigenden Spitze des Sterns und stellte sie vor Yerzinia hin.

»Überlass dieser Frau nicht dein Leben!«, schrie Blake, worauf Gallicus ihn noch fester auf den Steinboden drückte.

Das Nemorensis wuchs. Bald füllte es den Kreis vollständig aus und pulsierte in einem weißen Licht.

»Würdest du es ihr nicht auch gern überlassen?«, rief Bonham Blake zu. »Ich weiß, was du gedacht hast, du bist genauso schwach geworden wie ich, aber du hattest nicht den nötigen Mut.«

»Und was ist, wenn du alt wirst und sie einen anderen braucht und dich wegwirft, wie sie es mit Flamberg gemacht hat?«

»Dann werde ich als glücklicher Mann sterben«, antwortete Bonham und sah Yerzinia an. »Jetzt ist es so weit: Das Buch ist bereit, der Komet kommt und das Mädchen wartet auf dich.«

Das Nemorensis wurde noch einmal doppelt so groß. Die Seiten brachen aus dem Rücken und flogen in die Luft.

»Es wird euch alle vernichten!«, rief Abram. »Du weißt nicht, was du tust, Yerzinia.« Er trat nach den Chimären, die ihn gegen die Mauer drückten.

»Vergiss nicht, es ist *mein* Buch. Ich habe jedes Wort darin geschrieben, mein Herzblut steckt in den Seiten. Ich weiß, was es tun wird. Heute Nacht werde ich zum letzten Mal verwandelt. Ich muss nicht mehr bei jeder Jahrtausendwende in einen andern Körper wechseln. Wenn die Sterne und das Nemorensis in ihrem Körper zusammenkommen, bleibe ich für immer.«

»Ihr Körper soll auf deinen Knochen verfaulen und du sollst den morgigen Tag nicht mehr erleben!«, rief Abram.

»Verwünschungen aus dem Mund eines Engels? Die Verzweiflung bringt dich mir näher. Merkst du jetzt, dass sogar du fallen kannst? Es muss Versuchungen gegeben haben, etwas, das dein Denken von blinder Nachfolge abgelenkt und den Wunsch nach wahrem Leben in dir geweckt hat.

Niemand kann in seiner Gegenwart ausharren und bis in alle Ewigkeit seinen Willen tun. Noch ist es Zeit, Raphael . . .«

»Wormwood wird vom Himmel fallen und die Gewässer vergiften und vielen den Tod bringen, aber du – *du* wirst im ewigen Feuer brennen!«

»Worte, nichts als leere Worte, um die Leichtgläubigen zu täuschen und in Angst und Schrecken zu halten. Was ich geschrieben habe, zeigt zumindest Wirkung. Schau dich doch um, Raphael, und sieh selbst, wie meine Schöpfung Gestalt annimmt und meine Magie überall ist.«

Abram sah auf. Vor ihm stand das Nemorensis aufrecht wie eine leuchtend weiße Marmorsäule. Um die Säule herum wand sich eine rote Kordel; wie von unsichtbarer Hand geführt, wickelte sie sich vom Knäuel ab. Der Buchrücken war breiter geworden, die goldenen Buchstaben hatten sich verformt. Oben am Himmel zog der Mond seine Bahn und der Komet kam auf die Erde zu; es sah aus, als würden sie jede Sekunde zusammentreffen.

Im Osten fuhr ein heulender Wind in die Themse und ließ das Wasser in einer riesigen Säule aufrecht stehen. Es wirbelte die Trümmer gesunkener Schiffe hoch in die Luft. Wie eine gewaltige Geistererscheinung kam die Wassersäule auf dem Fluss auf sie zu und schoss von einem Ufer zum anderen.

»Ein weiteres Zeichen!«, rief Yerzinia. »Dann ist es jetzt so weit. Der Mond steigt am Himmel und Wormwood kommt. Halte das Mädchen fest, ich spüre, dass der Augenblick gekommen ist!«

Yerzinia presste die Hände auf den Bauch und krümmte

sich. Wie eine Wahnsinnige riss sie an ihren Kleidern und zerrte sich die Tigermaske vom Gesicht.

Blake konnte sich von Gallicus losreißen und rollte über den Boden.

Sein Bewacher kauerte an der Wand und schlug die Hände vors Gesicht wie ein ängstliches Kind. Auch Bonham konnte die Verwandlung nicht mit ansehen und wandte den Kopf ab. Aber Agetta ließ er nicht los, seine Fingernägel gruben sich in ihre Haut. Yerzinia stolperte auf ihn zu, die Hände nach Agetta ausgestreckt.

»Komm, mein Mädchen, komm zu mir«, lockte sie. »Lass das Kind los, sie muss es aus freien Stücken tun, ohne Zwang.« Yerzinia schaute Agetta in die Augen. »Als wir uns das erste Mal trafen, habe ich dir ein neues Leben versprochen und dass wir Freundinnen werden würden. Tu dies für mich, dann werden wir für immer zusammen sein. Mein Leben wird dein Leben sein, ich zeige dir die Erde und die Himmel. Sie werden dein sein. Öffne mir dein Herz, öffne es mir, und ich werde eins werden mit dir.«

Agetta musste daran denken, wie sie Yerzinia zum ersten Mal hinter der Tigermaske hatte lächeln sehen. Ihre Augen hatten gefunkelt wie Edelsteine. Sie hatte wieder den Geschmack des Absinths auf der Zunge, der eine tiefe Sehnsucht in ihr weckte . . . »Ich will es tun«, sagte sie leise. »Ich will dir mein Herz öffnen. In der Kutsche sind wir zu Geschwistern geworden und ich würde alles für dich tun, im Leben und im Tod.«

»Das willst du nicht wirklich! *Sie* spricht aus dir!«, rief Blake und lief auf sie zu.

Bonham hob die Pistole und drückte ab. Der Schuss traf Blake in die Brust und warf ihn um.

»Dann ist die Zeit jetzt gekommen.« Yerzinia lächelte Agetta an. »Gib mir deine Hand . . . schnell, wir müssen den Mond festhalten.« Ihr Gesicht war schmerzverzerrt.

Agetta streckte die Hand aus und ergriff die von Yerzinia. Im selben Moment durchzuckte es sie heiß, als hätte sie einen Stromschlag bekommen.

»Hebe deine Hände auf zum Mond, heiße ihn in deinem Leben willkommen«, sagte Yerzinia. Sie lehnte sich an die Säule des Nemorensis und wickelte sich die rote Kordel ums Handgelenk. »Wenn der Komet einschlägt, wird es Lady Flamberg nicht mehr geben.«

Eiskristalle fielen vom Himmel und prasselten auf die Stadt und das Umland. Die Häuser auf der Brücke bebten, als Meteoriten in den Fluss einschlugen und zischende Gaswolken aufstiegen. Am Osthimmel leuchtete Wormwood immer heller. Er schoss hinter dem Mond vorbei auf die Erde zu.

»Nachtgestirn, im Namen des Einen – steh still!«, rief Abram und riss an den Chimären, die ihn bewachten.

»Es ist zu spät, du kannst ihn nicht mehr aufhalten«, keuchte Yerzinia und umklammerte Agettas Hand noch fester.

Wieder rief Abram: »Nachtgestirn, im Namen des Einen – steh still!« Dabei reckte er die Hände zum Himmel.

»Schnell, sieh mich an, Mädchen«, rief Yerzinia, während sie sich Agetta zuwandte.

Mit einem lauten Stöhnen öffnete sie den Mund, um den

Geist freizulassen. Etwas Weißes trat aus ihrem Körper aus und stand wie eine Schlange über ihrem Kopf. Es war noch an Yerzinia gebunden und schwankte vor und zurück, während es auf den Augenblick wartete, an dem es in ihr Opfer einfahren konnte.

In diesem Moment kam Tegatus aus der Dunkelheit der Treppe ins Licht gewankt. Er war mehr tot als lebendig, sein Gesicht war voller Brandwunden und mit letzter Kraft schleppte er sich über das Dach. Er packte Yerzinia und zog sie von Agetta und dem Nemorensis weg. Dabei zerriss die rote Kordel. Das Nemorensis sank in sich zusammen und die Säule schrumpfte in das Buch zurück. In einer fließenden Schrittfolge wie aus einem vergessenen Tanz drängte Tegatus Yerzinia an die Brüstung. Bonham und Gallicus stürzten hinterher.

Während der Engel Yerzinia übers Dach schob, wickelte er sich die Kordel ums Handgelenk und legte das Ende um ihren Hals. Als die Schlinge sich zuzog, wurde der Geist wie eine sich windende Schlange in ihren Körper zurückgedrängt. Yerzinia schlug nach Tegatus und schrie ihn an, er solle aufhören. Der Geist war wieder in ihr gefangen.

»Du kannst mich nicht aufhalten, Tegatus. Auch dein eifersüchtiges Herz wird mich nicht in den Tod stoßen!«, kreischte sie.

Da entriss Abram der letzten Chimäre das Schwert und stach zu. Die Bestie explodierte, purpurrote Flammen stiegen auf und pulverisierten den Stein. Dann lief Abram zu Bonham. Mit einem Hieb schickte er ihn zu Boden. Die Pistolentasche ging auf und schwarzes Schießpulver verteilte sich auf dem Dach.

Yerzinia rang mit Tegatus. Sie schrie und versuchte ihm die Augen auszukratzen, während er sie gegen die Brüstung drückte.

»Der letzte Flug unserer Herzen wird in den Tod sein«, rief Tegatus über das Donnern entfernter Explosionen hinweg. Dann zog er sie über die Brüstung und sprang mit ihr in die Tiefe.

Yerzinia fiel wie ein verletzter Vogel in ihr brodelndes Grab. Zusammen stürzten sie in den Fluss. Das Wasser schäumte und zischte, als Yerzinia versuchte sich aus den reißenden Fluten zu befreien. Für einen kurzen Augenblick wuchsen ihr Flügel, als sie ihren Engelsstatus zurückerlangte. Wie ein Schwan schlug sie damit aufs Wasser, doch Tegatus zog weiter an der Kordel und riss sie mit sich in die Tiefe. Der Strudel, der unter einem der Brückenbögen durchzog, riss sie rasch mit und sie verschwanden in dem schwarzen, brodelnden Wasser.

Bonham rappelte sich auf. »Er hat sie mir weggenommen!«, jammerte er. »Dazu hatte er kein Recht ... sie gehörte mir!«

»Sie gehörte niemandem, auch dir nicht«, sagte Abram und trat auf ihn zu.

»Dann soll das Mädchen ihnen folgen«, brummte Gallicus und drückte Agetta gegen die Brüstung.

Abram schaute auf eine Wunde an seiner Hand, aus der Blut tropfte. »Denk dran, was ich dir zugeflüstert habe, Agetta. Jetzt musst du dich daran erinnern!«

»Wahre Liebe verdrängt alle Angst«, sagte sie und lächelte ihn an.

Er machte einen schnellen Schritt vorwärts und schnippte einen Blutstropfen Richtung Gallicus. »Blut zu Blut«, sagte er dabei.

Agetta sprang zur Seite, da Gallicus anfing zu beben. Seine Augen traten aus ihren Höhlen, aus Mund und Nase quoll dichter weißer Qualm und Flammen züngelten wie blauer Nebel über seine Haut.

»Eine leere Hülle, die man nur noch verbrennen kann«, sagte Abram und stieß ihn über die Brüstung ins Wasser.

Wormwood flog in einem weiten Bogen auf den Mond zu. Das Nachtgestirn beeinflusste seine Flugbahn und zog ihn zu sich heran. Die gesamte Erde bebte, als der Komet in die dunkle Seite des Mondes einschlug und Wolken von Mondstaub ins All schickte. Er explodierte und zerfiel in Millionen winziger Eispartikel, die Richtung Erde schwirrten.

»Was nun, Yerzinia? Wormwood ist gefangen wie eine Fliege im Netz«, rief Abram in den Wind. Er trat auf Blake zu. »Keine Angst, ich mache das nicht zum ersten Mal.« Lachend fuhr er mit der Faust in seine Brust. »Siehst du die Kugel in meiner Hand? Und mehr als einen stechenden Schmerz hast du nicht gespürt, mein lieber Freund.«

Bonham sah seine Chance, packte das Nemorensis und lief damit zur Treppe wie ein ertappter Hund.

Blake schaute zum Himmel hinauf, der von den glitzernden Eiskristallen taghell erleuchtet war. Auch Agetta konnte den Blick nicht abwenden; sie war sich nicht sicher, ob sie richtig gesehen hatte. Da kam von hoch oben ein Geräusch wie das leise Schlagen von Engelsflügeln.

»Du wirst ihr Beschützer sein«, sagte Abram und legte Agettas Hand in die von Blake. »Von jetzt an ist sie eine Freundin und kein Dienstmädchen mehr. Wobei sie dir auch als Freundin treu zur Seite stehen wird.«

»Und Bonham?«, fragte Blake.

»Er läuft weg und versteckt sich und, ja, er wird dich wieder in Bedrängnis bringen. Aber keine Angst – ich bin der Hüter deines Blutes.«

Damit drehte er sich um und ging zur Treppe. Sie lauschten seinen Schritten nach, die im ersten Morgengrauen verklangen. Der Himmel wurde wieder dunkel, als die letzten Meteoriten zu Staub zerfielen.

Agetta schaute hinunter zur Themse. »Tegatus ist tot«, sagte sie. »Er starb, damit ich gerettet wurde.«

»Die Nacht ist noch nicht vorüber und die Schlacht noch nicht gewonnen«, meinte Blake. »Komm, gehen wir zu Mrs Malakin, die versteckt sich bestimmt im Keller.« Er lächelte Agetta zu. »Ich habe einmal einen Mann getroffen, der sich nicht vorstellen konnte jemals an Engel zu glauben. Aber vielleicht sind sie ja das einzig Wahre, an das man glauben kann . . .«

G. P. Taylor

Der Schatten-beschwörer

Obadiah Demurral, der Vikar von Thorpe, behauptet ein Mann Gottes zu sein – aber wer ihn kennt, hält ihn eher für einen Teufel. Der 13-jährige Thomas weiß davon ein Lied zu singen, denn als oberster Gerichtsherr über die Dörfer und Menschen der Umgebung hat Demurral aus einer Laune heraus Thomas' Familie ins Unglück gestürzt. Nun muss sich Thomas allein durchschlagen, lebt in einer Höhle am Strand und trifft sich höchstens mal mit der rebellischen Kate, einem Mädchen, das Männerkleider trägt und besser schießen kann als jeder Schmuggler. Aber Thomas hat den Verdacht, dass Demurral seine Herrschaft über die Dörfer noch lange nicht genug ist. Auf geheimnisvolle Weise hat der Vikar einen Keruvim erhalten, eine goldene, geflügelte Statue, die ihm die Fähigkeit verleiht, die Schatten der Finsternis zu beschwören. Nur zwei dieser Keruvim gibt es auf der Welt – und wenn es Demurral gelänge, auch noch den zweiten in seinen Besitz zu bringen, dann hätte er eine unvorstellbare Macht über das Universum. Nur Thomas und Kate und ein seltsamer Fremder namens Raphah wagen es, sich dem finsteren Vikar in den Weg zu stellen. Sie lassen sich auf einen Kampf ein, der Himmel und Erde in Aufruhr versetzt ...

424 Seiten. Gebunden. Ab 12.